比较文学与世界文学名家讲堂

王向远 主编

辨源析流

徐东日教授讲东亚文学关系

徐东日 著

中央编译出版社
Central Compilation & Translation Press

作者简介

徐东日(1963年10月),吉林延吉人。北京大学博士后出站,教授,博士生导师。教育部人文社会科学重点研究基地"朝鲜—韩国学研究中心"研究员,《东疆学刊》(CSSCI来源期刊)主编,吉林省比较文学学会副会长兼秘书长。主要研究方向为东亚比较文学、朝鲜—韩国文学研究。主持完成"2004年全国高等院校优秀博士学位论文专项资助经费研究项目"等多项国家级和省部级研究项目。先后出版《李德懋文学研究》、《朝鲜朝使臣眼中的中国形象》、《朝鲜实学派文学与中国之关联研究》(上、下)等十多部学术专著,发表学术论文70多篇。多次获得吉林省社会科学优秀成果一等奖、二等奖、三等奖以及教育部高等学校科学研究优秀成果奖。

《比较文学与世界文学名家讲堂》前言

"比较文学与世界文学"学科,顺应改革开放的时代潮流,在上世纪最后二十年开始起步发展,到现在为止的三十多年时间里,已经有了丰厚的知识产出和思想建树。它的异军突起,是当代中国一道引人瞩目的学术文化景观,是中国走向世界、世界走进中国的鲜明印证,也是当代中国学术文化繁荣的一个重要表征。

三十多年的学科建设和学术发展史已经表明,要在人文研究及文学研究中建立世界观念和视野,要把中国文学置于世界文学背景下加以考察和研究,要把外国文学放在中国文化立场上加以审视和阐发,要连接中外文学,要打通文学研究与其他学科的壁垒,要把细致微观的实证研究与高屋建瓴的理论建构相结合,那必然会走向比较文学与世界文学。

在这里,"比较文学"与"世界文学"两者相辅相成、互为依存。"比较文学"是学术观念、研究范式与研究方法,"世界文学"则是学科资源与研究视野。它在贯中外、跨文化、通古今、越科界的学术视阈与研究方法上的优势,使其无可替代地成为当代中国学术文化中最有时代性、最有包容性、最有创新性的高端学科之一。

事实上,近二十年来,中国的比较文学不仅在中外文学关系史研究等方面生产了大量的新知识,而且逐步建立了既有中国特色又具有理论普适性的学科理论系统,逐步完善了比较诗学、中西比较文学、东方比较文学、翻译文学等分支学科,在学术成果的质与量上已居世界各国之首，还全面进入了大学中文系、外文系文学专业的课程体系，从而使中国比较文学成为当代世界比较文学的重心和中心，代表着世界比较文学兼收并蓄、超越学派的第三个发展阶段。

收在这套《比较文学与世界文学名家讲堂》的作者，在当代中国比较文学学术史上，是继季羡林、乐黛云等老一辈学者之后的第二代学人。这些作者固然只是第二代学者中的一部分，却有相当的代表性。他们现年多在四十五至六十五岁之间，从学术年龄上说大体属于中壮年，都是各大学的教授、博士生导师和学术带头人，大都在1980年代后走上比较文学与世界文学之道，1990年代后崭露头角或脱颖而出，进入21世纪后的十几年里，更成为我国比较文学与世界文学学术界的中坚力量。他们有幸拥有了可以安心治学的环境，赶上了数字化、信息化的新时代。既抬头看世界，又埋头务笔耕，既坚持学术的严谨，也保持思想的活跃，充分展示了中国学者的文化立场，充分发挥了中国学者的学术优势和想象力、思考力、创造力，取得了与时代要求相称的成果。这些成果不仅是个人学术履历的证明，也是对中国学术文化史上的一份奉献，更成为新时代"国人之学"即"国学"的重要组成部分。

《比较文学与世界文学名家讲堂》二十卷，选题上以比较文学与世界文学的学科理论为主，以讲述和示范学术方法为要，涉及比较文学与翻译文学基本理论、比较诗学、东方文学及东方比较文学、西方文学及中西文学关系、世界文学总体研究等方面。各卷均按一定的范围和主题，将作者有原创性、有特色的成果收编起来，将大学讲堂搬到书本上来，以读者为听众，以写代"讲"，以言代"堂"，深入浅出，以雅化俗，汇集中国比较文学第二代学者中的代表人物，以使五指成拳、十指合掌，形成大型丛书的规模效应，得以占书架之一角，入读者之法眼，从一个侧面展示近年来中国比较文学的新进展和新成果。而且，不同作者及著作之间也可以相互显彰、相互映照、相互补充，读者也可以在异中见同、同中见异，在参读和比照中领略五彩缤纷的文学世界和世界文学，得窥比较文学殿堂之门径。

《比较文学与世界文学名家讲堂》的编辑出版，得到了北京师范大学的资助和中央编译出版社的支持，编者和作者深表谢意！

愿"讲堂"满座，愿比较文学与世界文学学术事业更加繁荣！

王向远
2014 年 4 月 20 日

自　序

　　自古以来，中国大陆与朝鲜半岛山水相邻，同属于"汉字文化圈"。中国古代文学与朝鲜半岛文学之间存在着同中有异、异中有同的复杂现象。两国文学尽管在艺术表现手法方面有许多相同之处，但在其表现的内涵上却都具有民族化、本土化的鲜明特征，因而研究两国文学，实际上也是在研究两国不同的文化。就整个"汉字文化圈"而言，中国文学是源，而朝鲜半岛文学是流。朝鲜半岛文学是在中国古代文学的推动下持续发展起来的，无论是文学理论、诗歌、小说还是散文、戏剧，都无一例外地受到中国文学的深刻影响。正因如此，我们在谈到朝鲜半岛文学时，就不能不谈到中国文学对朝鲜半岛文学的影响关系。但与此同时，我们也必须清楚地看到，就朝鲜半岛文学本身而言，本土国语文学与外来的中国汉文学也互为朝鲜半岛文学的源与流（实际上同为源头），两者互为补充：既体现其时间性，又体现其空间性；既具有音乐美，又具有建筑美。这足以证明在历史上，朝鲜半岛的文学家们努力实现将中国文学融入本国文学之中，从而实现了本民族文学的持续变异、创新以及对中国文学所产生的反馈，这又充分体现了朝鲜民族不凡的包容胸怀与创新意志。

　　正是基于这种思想，笔者撰写了《徐东日教授讲东亚文学关系》一书，此书主要分为中国诗学影响论、东亚诗歌中的中国因素、比较文学视域下的中国形象等三个部分，辑录了笔者近三十年来专心研究中朝韩(或中朝韩日)比较文学而取得的主要学术成果(20多篇学术论文)。尽管散论了不同的文学体裁与文学主题,但还是相对集中于"李德懋文学研究"与"燕行录研究"这两个方面。前者侧重于传统的纯文学研究和文学影响研究,后者则侧重于跨学科的比较文学研究,由此实现了从文学研究向文化研究的一种转向,即从着眼于"怎么样"转变为着眼于"为什么"。这种转向,不仅仅是从单一视角向多视角的变化,而且是研究思维的根本变化。这就意味着自己所开展的才真正是一种比较文学研究,尽管这一过程充满了艰辛与痛苦。

目 录

《比较文学与世界文学名家讲堂》前言 …………… 王向远 1
自 序 ……………………………………………………… 1

中国诗学影响论 ……………………………………………… 1
李德懋诗学观与王士祯诗学观之比较 …………………… 3
天真：李德懋的诗歌本质论 ……………………………… 17
探析李德懋"知人论世"的诗评观 ……………………… 33
品藻：李德懋诗评品格的体现 …………………………… 46
李德懋诗学观：言意论 …………………………………… 65
李德懋诗学观中的"通变论" …………………………… 78

东亚诗歌中的中国因素 ……………………………………… 91
期待视野：朝鲜、日本接受中国诗歌文学的相异点 …… 93
新罗宾贡生的汉诗与唐代格律诗 ………………………… 103
李德懋诗歌与中国文学关系探析 ………………………… 124
论李德懋对诗歌辞采美的创造 …………………………… 140
论李德懋对诗歌复合意象美的创造 ……………………… 154

1

比较文学视域下的东亚形象 ································ 167
  朝鲜朝燕行使臣笔下清朝中国形象的嬗变及其内因 ········ 169
  朝鲜朝燕行使臣笔下的"紫禁城"形象 ················· 180
  朝鲜朝使臣眼中的清朝产业与器物 ····················· 196
  朝鲜朝燕行使者眼中的关羽形象 ······················· 216
  朝鲜朝燕行使臣眼中的中国北方集市形象 ··············· 229
  朝鲜朝燕行使节眼中的乾隆皇帝形象 ··················· 249
  朝鲜朝使臣眼中的满族人形象 ························· 266
  试论朝鲜朝燕行使臣眼中的满族人形象 ················· 279
  朝鲜朝燕行使臣眼中的中国汉族士人的形象 ············· 299
  《燕行录》中的千山、医巫闾山和首阳山形象 ··········· 313
  朝鲜通信使眼中的日本器物形象 ······················· 331

其 它 ································ 345
  《金鳌新话》与《剪灯新话》之比较 ··················· 347
  论宫本研《阿Q外传》的结构特征 ····················· 357
  中朝(韩)文学交流研究的重要论著:评《韦旭升文集》 ····· 367
  安藤昌益与朴趾源比较研究绪论(1) ··················· 370
  安藤昌益与朴趾源比较研究绪论(2) ··················· 381

后 记 ································ 388

中国诗学影响论

李德懋诗学观与王士祯诗学观之比较

李德懋(1741—1793年)是朝鲜英正朝著名的诗论家,他的诗学思想的形成,除了他自身聪慧天资等先天因素的作用之外,更主要的是他如"蜂酿蜜"般地汲取了王士祯等中国文学家在诗学理论方面许多有价值的"营养"。仅就王士祯而言,李德懋不但热情传播了王士祯的"神韵说",而且积极扬弃了王士祯的诗学思想。笔者在本文中将从3个方面着重分析一下李德懋与王士祯在诗学上的异同点。

一、气(神)

1. 相同点。王士祯与李德懋都将"生气"、"奇秀之气"视作贯注整个作用中的一种内在精神,一种超越形象表现的艺术美感,即神。

在王士祯看来,诗中的"生气",是指超越诗歌表面的形象描写而能表现出其内在精神的存在,是一种审美客体之神与审美主体之神的结合。它能够增强诗作的鲜明性与生动感。他曾言:

> 吾盖疾夫世之依附盛唐者,但知学为九天阊阖,万国衣冠

---

① 本文原载于《中国比较文学》2008年第4期。

之语，而自命高华，自矜为壮丽，按之其中，毫无生气。故有《三昧集》之选，要在别出盛唐真面目与世人看，以见盛唐之诗，原非空壳子、大帽子话；其中蕴藉风流，包含万物，自足以兼前后诸公之口。后世之但知学为九天阊阖、万国衣冠等语，果盛唐之真面目真精神乎？①

在此，王士祯指出：不论诗作在形式上有多么高华、壮丽，倘若缺乏生气，也就只是徒具空壳、毫无生命力的存在。这样，"生气"就成了作品的精神。诗要传神，就必须体现一种真面目、真精神，以真情实感为基础。

同样，在李德懋看来："奇秀之气"也是一种超出艺术形象表现之上的一种精神存在，是创作主客体、审美主客体都潜蕴的一种精神的空气（如第二节所述）。他曾指出："奇秀之气寂然，则无论万品皆坠俗臼。山无是气，则败瓦也；水无是气，则腐溲也……方外无是气，则团泥也；武夫无是气，则饭袋也；文人无是气，则垢囊也。至于虫鱼花卉书画器什无不皆然。灵淑精英天钟地毓，得此者贵，岂与滓秽朽臭骈肩接踵哉。是故有炯然双眸，一俯一仰又四顾之，先察是气之销旺，森罗万象不可遁情。然象外缥缈，意中氤氲，心了了而口不能言也"。②

在此，他认为：世上万物的存在，倘若缺乏"奇秀之气"，就徒有躯壳而毫无生命可言。反过来说，气是"形之君"，是显现其个性、完整性格的根本。由此可见，李德懋所强调的"奇秀之气"，实际上与高丽文学中所推崇的那种作为促发主体审美心理需求内在动力的"真气"以及作为制约与规定作家审美能力的决定性要素的

---

① [清]王士祯：《燃灯纪闻》，第4页。
② [韩]李德懋：《青庄馆全书》卷四十八，"耳目口心书（一）"，韩国民族文化促进会，1989年，第7页。

"豪气"是相同的。

此外,王士祯与李德懋都力主作者不去直接释明诗作的旨意与思想内涵,而须求含蓄,使读者能心领神会诗情,这样才能保持诗的韵味盎然。在这点上,李德懋所说的"象外缥缈,意中氤氲"的境界与渔洋借严沧浪之言描绘的"羚羊挂角,无迹可求"、"空中之音,相中之色"的神韵境界,在其意义上是完全相同的。可见,他们两个人都重视形象之外的内在的本质之神。

2.相异点。王士祯所说的"生气",是指诗中已存在着的、超越其表面形象的抽象存在;而李德懋所说的"奇秀之气",则是既指诗中已存在的精神,也指潜在于事物或作家精神中须进一步发掘才能使作品具有精神生动性的感性存在。

王士祯所注重的"生气",不是作者思想情感的直接表露,而是须经过纯粹的静观才能加以掌握的形而上的存在。所以,作品的精神是诗句之外所蕴含的,即味在酸咸之外,从而强调了"诗中无人"。

与此相比,李德懋尽管也创作了大量思想情感较含蓄的诗作,但他并不持极端的立场。他认为"难齐万品整而斜,色色玲珑日灸霞。吃着虽殊元一致,蚕家未必哂耕家。"①即他主张多种风格、多样形态的诗歌并存,尤其是在诗中表达"哀"、"怒"等怨愤之情时,认为"尤易发而难抑",②力主体现"哀""怒"之情真实、强烈、深切等美感特点,以"鼓舞千古者",使人们"哭也有思","动天地、泣鬼神",从而达到审美情感活动的极致。由此可见,李德懋是"诗中有人"。

---

① [韩]李德懋:《青庄馆全书》卷五十一,"耳目口心书(四)",韩国民族文化促进会,1989年,第166页。
② [韩]李德懋:《青庄馆全书》卷四十八,"耳目口心书(一)",韩国民族文化促进会,1989年,第7页。

二、形与神

1. 相同点。王士禛主张"诗画相通",并把它视作达到"神韵"之境的基本途径。受其影响,李德懋也主张"诗画相通",认为"画而不知诗意,画液暗枯;诗而不知画意,诗脉潜滞。"①进而以画喻诗,深刻揭示出用语言难以表述的诗情、诗理。

王士禛和李德懋都很清楚:由于客观事物具有多样性与复杂性,作为艺术家不可能将它们都详尽地描绘出来。但艺术家却能够通过部分有形的实的描写,借助于艺术的比喻、象征、暗示等手法,引导人们产生一种必然的联想,从而传达出一种虚的境界,使实的部分和虚的部分结合成为一个完整而丰满的艺术形象。

对此,王士禛曾指出:"诗如神龙,见其首不见其尾,或云中露一爪一鳞而已,安得全体?"②在这里,王士禛认为,可以将画龙比喻为作诗。即真正的神龙,不必画出全体,而只要画云雾中露出的"一鳞一爪"就行了。这"一鳞一爪"是"实"的部分,而由此产生的对龙的全体的想象,就是"虚"的部分。这"实"的"一鳞一爪"和云雾中由想象而得的龙的虚的部分的互相结合,就构成为生动逼真的活龙的形象。

与此相同,李德懋也指出:"展画海潮小幅,注目久之,翻澜处如万鳞掀动,激沫处如千手拿攫。悠禽之间,身俯仰作虚舟出没状,急卷之乃止"③。这是一段描写大海的文字,但它却省去了有关

---

① [韩]李德懋:《青庄馆全书》卷六十三,"蝉橘堂浓笑",韩国民族文化促进会,1989年,第44页。
② 赵执信:《谈龙录》,第1页。
③ [韩]李德懋:《青庄馆全书》卷六十三,"蝉橘堂浓笑",韩国民族文化促进会,1989年,第46页。

大海全貌的文字，只集中描写"翻澜"与"激沫"，这是"实"的部分。李德懋并不限于此，他通过联想，却得到有关大海的虚的部分，即无数游泳者的身躯与手臂以及一些船只，再继续加以联想，还可以看到无数只鱼、海鸥、蓝天与白云，等等。这是一种虚实结合重在"虚写"的方法。自然，并不是任何一种"实"象描绘都能产生这种效果与作用，要做到这点，首先就要求在艺术家的心目中必须具有包括"虚"的境界在内的完整的艺术形象。

王士祯和李德懋除了用"以实出虚"的方式构筑完整的艺术形象之外，还善于用司空图所说的"万取一收"的艺术方式，抓住客观对象的典型特征"以少总多"，对它作切中要害的真实描写，这样就可以概括出客观对象的本质，做到传神写照，情貌无遗。

王士祯曾在《渔洋诗话》中写道："一滴水可知大海味也。"这正是对司空图"万取一收"说的形象表述。这里的"一滴水"即是"一"，而"大海"则是由亿万滴海水汇成的，这就是"万"。从"一滴水"可以知道"大海味"，"大海味"也要通过"一滴水"体现出来。文学作品所描绘的，只是广阔的现实生活的一部分、一个小侧面。即，如果说广阔的现实生活是大海的话，那么，文学作品就只是"一滴水"，但是这"一滴水"却可以反映广阔的现实生活内容。

与王士祯相同，李德懋也力求抓住客观对象传神之意思所在的形似特征。他曾言：

> 观万物，可别具眼孔。驴度桥，但看耳之如何；鸽步庭，但看肩之如何……此皆精神发露而至妙之所寄处也①。

---

① ［韩］李德懋：《青庄馆全书》卷四十九，"耳目口心书（二）"，韩国民族文化促进会，1989年，第57页。

遂洞幽蛛虚自裒，黄牛听雨角峥嵘①。

　　这两句话，不仅道出了观察事物的方法，也揭示出了艺术上"以形写神（写意）"的奥妙。本来，通过物象把握作品的"意"是件极难的事情，但通过李德懋这种"万取一收"的手法，就使作品所表达的"意"形象地突现出来。第一句话以驴做例：在驴身上，耳朵是最能传神的部分。于是，李德懋就略去了其他部分，专意于驴的耳朵。即，对事物进行了有选择的凝缩。其结果，却给欣赏者留下了广阔的想象空间。尽管是用写意法只画出了驴的一部分，却在无形间展示了驴的全貌（这与追求形似正相反），从而突现出驴的精神面貌与个性——"透得画外旨"。同样道理，"遂洞幽蛛虚自裒，黄牛听雨角峥嵘"这两句诗，也是通过动物的生趣与典型特征，传递给读者一种借助于联想而带来的美感——"蛛裒时，想其脚幽虚可推也；牛听时，想其角峥嵘可知也。"②从而以画意表现了诗趣，含蓄蕴藉，令人品味不尽。

　　2. 相异点。如上所述，王士禛和李德懋在以形写神、重视神似与传神写照方面都有许多共同点。但在是否要求形似问题上，却存在着较大的分歧。

　　在王士禛的诗学中，尤为重视纯粹内在精神与文艺的审美活动，认为诗歌重要的是要具有审美的真实与客观的共感带。这样，诗人才能突破自己的情感，进入到人类普泛的情感领域去领会永恒的人类情感或本性，进而构筑纯粹审美的境界（象外之象，言有尽而意无穷的境界）。而这些都是在象外，因而不必执着于现实世界，其

---

　　① ［韩］李德懋：《青庄馆全书》卷四十九，"耳目口心书（二）"，韩国民族文化促进会，1989 年，第 58 页。

　　② ［韩］李德懋：《青庄馆全书》卷四十九，"耳目口心书（二）"，韩国民族文化促进会，1989 年，第 59 页。

兴象也不必在经验世界中具有真实性。王士禛曾举王维画"雪中芭蕉"来说明这一道理。他说：

> 世谓王维画雪中芭蕉，其诗亦然。如"九江枫树几回春，一片扬州五湖白"。下连用兰陵镇、富春郭、石头城诸地名，皆寥远不相属。大抵古人诗画，只取兴会神到，若刻舟缘木求之，失其指矣①。

王维画"雪中芭蕉"的理论意义就在于，它表明艺术中所描绘的事物不必符合现实世界的真实性。在诗学领域里，王士禛是从兴象、兴会的角度提出的；而在山水画领域里，则是以形神关系的方式提出的，这就是所谓形似与神似的问题。其"形"指山水写真，其"神"则指山水抒情。山水诗以抒情为目的，山水自身则成为诗人抒情的工具，为表现情感服务。因而，山水的写实性就不是必然的要求，形似必然越来越没有地位。王维画"雪中芭蕉"，正典型地体现了这种倾向。同理，王士禛所谓"兴象超逸"、"兴会神到"、"兴会超妙"云云，也都是从抒情工具的角度理解物象的，物象不具有独立的价值，只是为抒情服务，因而对于物象没有客观真实性的要求。即王士禛认为，诗人只论兴象，不必符合现实世界的真实。因此，他力主不模仿，不追求形似而求得其神。

与王士禛不同，李德懋在强调探求事物内在本性以及对客观对象兴会（即追求神似）的同时，也强调逼真地描写客观对象（即要求形似）。在他看来，形似与神似两者并不对立，它们之间是相互关联的。即只有通过形似，才能达到神似（写意）的境界。再具体些说，他认为形似是所有艺术家必需的入门修炼，只有经此修炼，才能达

---

① 王士禛：《池北偶谈》卷十八，中华书局，1982年，第436页。

到写意的境界，去表现作家的"神宇"与事物的本性（物性）。李德懋这种形似与神似并举的文艺思想，多体现在他的创作实践中。他曾言：

> 秋日乌巾白袷，搖绿沈笔，评海渔图。蜡窗明映，白菊花作鼓斜影。抹淡墨欣然摹写，一双大蝴蝶逐香而来，立花中，须如铜线，的历可数。仍添写，又有一雀捵枝而悬，尤奇之而恐其惊去急写了，铿然掷笔①。

这里描述了李德懋欣然执笔摹画"蝴蝶"、小"雀"的情景。由于其描摹得神态逼真，因而"蝴蝶"身上似乎散发着花香，须毛似铜线般历历可数；而悬伏在树上的小"雀"，其神态仿佛顷刻间振翅飞去。由此可见，李德懋具有高超的绘画技法与敏锐的观察力。实际上，倘若只去追求形似，只要去细心观察事物就实刻画也就可以了，无须达到深刻体识事物的程度。但是，要做到"写意"就不同，它须掌握对象的"气"，"反归自家之神宇"，通过观察事物的"至细至微"处，最终体识到事物的"至妙之所寄处"，即事物的造化与个性。

三、悟

1. 相同点。诗学中所讲的"悟"、"妙悟"，借用的是佛学术语，是指认识、把握诗的艺术特点、艺术规律的过程。它与佛教所谓"悟"的具体对象（佛教真谛、妙义）不同，但在思维方式上有着

---

① ［韩］李德懋：《青庄馆全书》卷六十三，"蝉橘堂浓笑"，韩国民族文化促进会，1989年，第45页。

某些相似之处。即要靠诗人（或鉴赏者）自己去心领神会，而不可诉诸语言文字解说，也不可以用逻辑推理来论证。

王士禛与李德懋都十分强调"悟"的重要性。他们尽管也强调学问根柢与具体艺术创作方法对艺术创作的作用，但更加强调诗人"悟解"诗歌的才能，认为真正的诗作主要是因"悟"而出。下面具体论之。

就王士禛而言，他十分推重严羽的"妙悟"说，对钱谦益、冯班攻讦严羽"以禅喻诗"深为不满，认为这是深文周纳。他在《蚕尾续文》中写道：

> 严沧浪以禅喻诗，余深契其说，而五言尤为近之。如王、裴辋川绝句，字字入禅……妙谛微言，与世尊拈花、迦叶微笑等无差别。通此解者，可悟上乘①。

在此，"世尊拈花"而"迦叶微笑"，靠的便是一种神秘、非理性的直观体悟，或曰"妙悟"。而引出"妙悟"的事物，却与人的所悟无一定的联系，甚至绝无联系，即不可得而传。由此可见，"妙悟"既然是非理性的，那么以此为诗也就"不涉理路"、"不落言筌"，只能静观自得。即超然物外，物我两忘，展开对艺术真谛的觉解，进而"伫兴而就"，达到圆融无碍、一切归源于一的体悟顶点。这从文学的角度看，是艺术要达到的最高境界。这是因为，豁然顿悟的瞬间，就明彻了一切事物的真相，并把握了宇宙万物的玄机乃至"诗家三昧"。这时，禅与诗相通，正所谓"舍筏登岸，禅家以为

---

① 王士禛：《徽喻类带》，《经堂诗话》卷三，人民文学出版社，1982 年，第 83 页。

悟境，诗家以为化境"①，最终进入到"兴象"、"神韵"的境界。

李德懋尽管没有首肯禅悟，但他还是通过王士禛接受了严羽的"妙悟说"。他曾说：

> 文章有悟处，然后立脚……斋心静会，必透得玲珑宝。一转眼则万物皆吾文章也②。自有妙解透悟法，在人人各自善得之如可耳③。

在他看来，诗歌创作重要的一点，就是要"斋心静会"、"静观"、"理会自得"。在这个过程中，虽然不排斥直觉，但与禅悟的那套神秘的直觉顿悟却有很大不同，是直接把握内心的自得。一旦得悟，诗人的心态就与自然万物相融，物我两忘，知觉客体与知觉主体就会发生转换。即，就知觉客体而言，它已由物理客体转换为审美客体；就知觉主体而言，他则由观看转换为领悟。只有在这种"妙解透悟"中，人的知觉才能不被限定在事物的物理空间，而是被赋予活力进行相对自由的创作，才能心了了而口不能言，即做到"兴会神到"、"截断中流"、"超津筏而上"④，从而创作出"洞天别开"的佳诗来。

王士禛与李德懋不仅在诗歌"妙悟"重要性问题上持相似的观点，而且在对诗人进入"妙悟"状态、"兴会神到"的描述上，也持

---

① 王士禛：《微喻类带》，《经堂诗话》卷三，人民文学出版社，1982年，第23页。

② [韩]李德懋：《青庄馆全书》卷三十四，"清脾录（三）"，韩国民族文化促进会，1989年，第12页。

③ [韩]李德懋：《青庄馆全书》卷三十四，"清脾录（三）"，韩国民族文化促进会，1989年，第11页。

④ [韩]李德懋：《青庄馆全书》卷五十一，"耳目口心书（四）"，韩国民族文化促进会，1989年，第176页。

有相同的看法。

王士祯曾在《居易录》中写道：

> 僧宝传石门总禅师谓达观云颖禅师曰："此事如人学书点画，可效者工，否者拙。何以故？未忘法耳。如有法执，故自为断续，当笔忘手，手忘心，乃可。"此道人语，亦吾辈作诗文真诀①。

李德懋在《耳目口心书》中描写得更为详切：

> 笔枯筠死兔也，墨陈膠剩煤也，纸败麻烂谷也，砚老瓦顽铁也，何与人精神意想奇变幻化事也。今以笔纸墨砚，谓似血肉之心包，屈伸之腕指，耽耽之眼孔，则人必不信矣。且谓笔肖墨，墨肖纸，纸肖砚；心肖眼，眼肖腕，腕肖指也。则虽明目张胆，俯思俯察，不其近也。然吾心一寓境触象，若有所为，则忽眼为之转，腕为之运，指随以操。砚须墨，墨须笔，笔须纸，纸横敽仄左右驰骤，顷刻飞腾出入变化，气得意满，无所不可。心忘眼，眼忘腕，腕忘指，指忘墨，墨忘砚，砚忘笔，笔忘纸。当此之时，呼腕指为心眼可也，呼笔纸墨砚为心眼腕指可也，呼墨砚为笔纸可也。及其寂然默心收，湛然眼忘，腕指拱手袖拭墨洗砚，阁笔轴纸则俄然之间，笔纸墨砚，心眼腕指，不相为谋，又忘前之周旋矣②。

---

① 王士祯：《微喻类带》，《经堂诗话》卷三，人民文学出版社，1982 年，第 22 页。

② ［韩］李德懋：《青庄馆全书》卷四十八，"耳目口心书（一）"，韩国民族文化促进会，1989 年，第 7 页。

从以上两段文字可见，艺术家一旦进入到妙悟之境，他的创作就可做到欲罢不能、挥洒自如，就能够达到"笔忘手"、"手忘心"、对象与自我完全合一的会心境地，即天然凑泊、水到渠成。其结果，他所创作的艺术作品，就可以做到自然化成而无痕迹可寻，成为真正优秀的作品。因而，这是艺术创作最为称道的自由境界。

2. 相异点。如上所见，王士祯与李德懋都极力强调"妙悟"在文学创作中的重要性，但两人在一些论述上也有所差异。这体现在：王士祯较重视悟后的境界，而李德懋则较重视入悟时的境界。下面分别加以论之。

王士祯在描绘诗人悟后境界时，一再称引司空图"不著一字，尽得风流"、"味在酸咸之外"的主张及严羽形容盛唐诗歌"如空中之音，相中之色，水中之月，镜中之象，言有尽而意无穷"的说法，并自以为"二家之言别有会心"。因而，他欣赏那种含蓄蕴藉的诗境，认为那种诗境，恰如"采采流水，蓬蓬远春"①，美妙非常而无所不至。这是一种以意象传情的超逻辑、超语言的纯粹的审美境界，是具有言外之意、味外之味的美妙的诗境。这种诗境，实际上具有清幽淡远而富于诗情画意的特征。王士祯所说的"神韵天然，不可凑泊"②，就是指诗歌所表现的一种冲淡闲远的画面，即不用生僻艰涩的字眼而力求自然天成的境界。因而，他特别指出"清"、"远"为"神韵"的特点。

汾阳孔文谷云："诗以达性，然须清远为尚。"薛西原论

---

① [清]孙联奎等著：《司空图〈诗品〉解说二种》，山东人民出版社，1962年，第15页。

② 王士祯：《微喻类带》，《经堂诗话》卷三，人民文学出版社，1982年，第71页。

诗,独取谢康乐、王摩诘、孟浩然、韦应物,言"白云抱幽石,绿筱媚清莲",清也;"表灵物莫赏,蕴真谁为传",远也;"何必丝与竹,山水有清音","景昃鸣禽集,水木湛清华",清远兼之。总其妙在神韵矣①。

在此,"清"偏向于浸透着主体情趣的审美客体的审美表现,即重在景物描绘;而"远"则侧重于审美客体中所蕴含的主体思想情感的审美表现,重在情感的抒发。倘若两者兼之,则会体现出一种山水清淡之色与超尘脱俗的境界。

与王士祯描述悟后境界不同,李德懋则着重描述了艺术家入悟时的虚静境界。他对"悟境"是这样描绘的:

> 读是诗者,净室洁席,焚香而玩,可得其趣。亦于古松、流水之侧,高吟朗诵,与松声水音,共具琤琮清冷之韵,甚至欲起舞,或恐舞而仍飞去也②。
>
> 有超世先生,万峰中雪屋灯明,研朱点《易》,古炉香烟,袅袅青立,空中结彩球状。静玩一二刻,悟妙忽发笑③。

在现实生活中,人们为自身的生计与名利,已变得越来越"俗气"了,人们总是用实用的、贪欲的眼光去观看周围的一切。因此,事物的表现性难得在眼前呈现出来。所以李德懋主张:无论是

---

① 王士祯:《微喻类带》,《经堂诗话》卷三,人民文学出版社,1982年,第73页。
② [韩]李德懋:《青庄馆全书》卷四,"婴处文稿(二)",韩国民族文化促进会,1989年,第274—275页。
③ [韩]李德懋,青庄馆全书,卷六十三,"蝉橘堂浓笑",韩国民族文化促进会,1989年,第39页。

创作还是欣赏，艺术家都必须从过分的社会性中退出来，最好是能暂隐至大自然中，这样就有利于用生命个体独特的艺术眼光去领悟周围的世界，并进入到"湛怀息机"的虚静境界，亦即庄子所说的那种既无"机事"缠身、更无"机心"缠神的境界，就会在艺术家的心胸产生豁然开朗、万象迭现、百感交集的生动局面。这时，感兴萌发，想象丰富，联翩不绝，自然涌现奇特的艺术形象，即突发灵感，"兴会神到"，完全进入"妙悟"诗歌"言外之意"的意境。只有这样，艺术家笔下方能"幻出奇诡"，创作出高妙之作。而倘若艺术家始终不能排除"营营世念"，不具有"澡雪"精神，就决不能创作出较优秀的艺术作品。由以上比较分析，我们可以看到：李德懋不仅像王士禛那样重视审美结果，而且更注重其审美过程。究其原因，王士禛受到严羽"以禅喻诗"理论的深刻影响，力主追求一种"无迹而神"的形而上的境界，因而其诗中无人、无物，而李德懋则接受中国诗歌"缘情"理论、绘画"形神"理论以及朝鲜传统的"寓兴触物"、"触物生情"美学理论的综合影响，力主诗歌创作由形至神、（其情）由入至出，从而做到"形神丰备"，诗中有人。

总之，李德懋不仅热情传播王士禛的"神韵说"，而且扬弃王士禛诗学。即他接受王士禛有关"生气"、以形写神、"妙悟"的诗学思想，同时拓宽诗中"气"的内涵，力主神似与形似兼备。另外，相对于王士禛较重视悟后境界，他更重视入悟时的境界。

天真：李德懋的诗歌本质论[①]

朝鲜北学派文学是18世纪后期朝鲜社会党争加剧、统治者穷奢极欲地拼命搜刮民财与兼并土地，同时将朱子学神秘化与宗教化、日趋脱离实际、清谈空论的十分混乱与危机的社会状态下萌生的具有近代文化因素的一种文学现象，其代表性作家为朴趾源与李德懋。如果说，朴趾源以短篇小说的创作著称于世；那么，李德懋则是以奠定北学派诗歌理论、创作大量"雄深雅健"的具有"朝鲜风"的作品而得到了中朝诗坛的一致赞誉。限于篇幅，本文仅就其诗学理论的核心内容——诗歌本质论进行论述。

一、"天真"的内涵

诗歌的本质问题，是诗歌理论的核心问题。中国古人论诗，历来有"诗言志"与"诗缘情"之分，它们实际上代表着两种诗歌观念和价值取向。与此同时，中国古人还从诗学传统的内在要求出发，将"真"视作衡量诗歌艺术价值的一种基本尺度。即诗歌只有表现了一种真情、真理，才具有一种永恒的艺术魅力；否则，只能遭到人们的唾弃。究其原因，就是由于"真"是创造万物的终极的根源性的生命本身，一切艺术要真正体现其完美性，就必须与

[①] 本文原载于《吉林大学（社会科学学报）》，2005年第4期。

"真"结缘，始终追求与体得美的对象自身生命的终极根源，从而原天地之美，达万物之理。

"真"在其表述过程中，可与"神"、"气"、"天真"等概念相通用。李德懋著述中使用频率较高的"天真"、"天机"、"生气"等语（譬如"沦其天真"、"保本然之天真"、"活泼天机"、"小儿啼哭，天也"、"真情之发"、"天机流动"）就是一组相通的概念。李德懋诗学观的本质特征，就在于追求一个"真"字上，可以说，他将表现自然、纯朴的艺术真实，视作他毕生孜孜以求的文学理想。他在读罢守真子的《烛台说》后，曾写道：

> 夫事物之近乎巧者，流以为诈，诈者，真之反也。且守真子，生于斯世，志尝好古焉。好于古者，必取朴与素，维朴与素，非今之所好，而亦巧与诈之相反者也。其好古而取朴者，舍乎真而安所守与？此余所以读其文而知之乎守真子之为守真也。①

在此，他认为无人工雕琢的朴素，才接近于事物的真实。所以，他主张即便生活在今世，也不要流于世俗，而要"好古而取朴"，进而去"守真"，从而力求在人们的言行或在客观事物中体现绝对的真实。在此，我们不难理解，他的所谓天真就是依理性衡断世上一切事物真伪的真理，但与此同时，他所理解的天真又与朝鲜朝性理学所说的"形而上"的"天真"的内涵有所不同，它主要指世上一切"至细至微"的事物及其相互间的感应关系。关于这一点，他在《婴处稿自序》中做了相当形象的阐释：

---

① 李德懋：《青庄馆全书》卷三，"婴处文稿（一）"，韩国民族文化促进会，1989年，第51页。

夫婴儿之娱弄，蔼然天也；处女之羞藏，纯然真也。兹岂勉强而为之哉……其娱弄果人乎，其羞藏果假乎。①

在此，李德懋指出了婴儿蔼然的天真性与处女纯然的真实性。这种天真与纯真，绝非出自假饰或某种目的，而是出自一种天然的纯真无伪。这与李贽所说的"夫童心者，真心也。夫童心者，绝假存真，最初一念之本心也。若失却童心，便失却真心；失却真心，便失却真人……童子者，人之初也……童心者，心之初也"②同出一辙。

他由此论述诗歌道：作诗是以自然为本，而所谓自然，即指心灵的原始状态，亦即婴儿的观物状态，亦即王国维所说的"似自然之眼观物"的意思。诗人透过这种自然之眼，把握事物内在的本性与审美形象。所以作诗不能像科儒那样为作诗而作诗，作无病之呻吟，模仿汉唐的语式与程文的格式，从而陷入全无自己精神的"辞章之学"；而应有感而发，有悟而言，即"天然自得"、"不勉强而为之"，这与诗家三昧"忽自有之"、"偶然欲书"、"佇兴而就"有相通之处。此时诗人所感受到的"真"，与常人所说的"真"有别。即依直觉所得的艺术之真，不同于现实生活中的真。艺术境界是"呈于吾心而见于外物"的"须臾之物"，是"刹那间的情思、偶然的影像恍惚之间融为一体。"③这时候的境界之真，是具有打破逻辑的现实的惯性的特点，所以李德懋肯定了"雪中芭蕉"、"芥里须弥"的文学形象。

与此同时，李德懋还认为：有真性情才有真诗，必须先有真

---

① 李德懋：《青庄馆全书》卷三，"婴处文稿（一）"，韩国民族文化促进会，1989年，第48页。
② 李贽：焚书·童心说，蓝天出版社，1998年。
③ 王振铎：《论王维的境界说》，文艺论丛，1981年第4期。

19

人,然后才有真诗。即从诗人到诗的直接一贯来说真,这与中国公安派的论述方式是相同的。从这种要有真诗必须先有真人的前提出发,李德懋明确反对了科儒过分强调社会功利性的做法与那种强调社会纯粹自然化的倾向。其理由有两个:

首先,李德懋作为一位真正的儒士,虽然也主张"兼济天下",但更多的是力主"独善其身",认为知分而不妄想才是自己的立身之法。因而,他在与世界的关系中,"高扬无欲的思考",反对为入仕而行科业的行为,主张为保有或再现人们本然的天真,必须脱离科举之文,摆脱世俗的贪欲与世上科儒轻薄陈腐的习气,完全靠自己的努力,达到自立、自足,确立其主体性;反之,若一瞬脱累,即刻成仙。

其次,他反对庄子片面强调自然性的说法。庄子在《秋水》中认为:"牛马四足,是谓天;落马首,穿牛鼻,是谓人。"①而李德懋认为,牛马羁勒马首、贯穿牛鼻本身就是"天",人们要适时辅助牛马按照它的自然本性去活动和表现自己。倘若说庄子的"天"意味着生命的原初状态,那么,李德懋则试图依据事物的本性去把握"天",即人化自然。他指出:"天之生物,无非欲生之心也。彼蜘蛛腹便便貌瞿然,虫之不捷者,不使之方便,则不可以食,故与之丝食于网。"②从而主张任何物种为获得生存与发展,都应积极依据自身的生存方式去生活,倘若纯任自然,只依赖生命的自然发展是行不通的。从《婴处稿自序》中处女呈现"羞藏"行为的过程看,也隐含着适合少女天性的"雍容闺阁,礼防自得。馈馔缝织,非母仪不遵;行止言笑,非母教不服"等修养过程。

由上可见,李德懋所理解的"天"是以事物的存在为基础,以

---

① 曹础基:《庄子浅讲》,"秋水(第十七)",中华书局,1982年,第248页。
② 李德懋:《青庄馆全书》卷四十八,"耳目口心书(一)",韩国民族文化促进会,1989年,第23页。

人生为内涵的强调理性的伦理的"天",为了体现这种"天"之"真",他力主建立一个不脱离自然与社会的虚拟的想象世界,从中寻觅自我的心理真实,进而深刻揭示事物的特性。这实际上是一种审美活动。他藉此深刻认识到文学是一种体悟自得、自娱的"天真"的思维实践,因而力求高扬"天真"的作家精神,并以此统摄其文学观及其整个作品世界,全面体现出作家的天真与作品的真实。

二、真情

"真"是东方抒情诗学传统的内在要求之一。对于诗歌的性情,有一条原则,那就是诗歌所抒写的情感与诗人的真实情感应该是一致的。所谓修辞立诚,所谓文如其人、诗如其人,指的都是这种一致性。这一原则,我们可以称之为情感真实性原则。这是因为,真情是诗的生命,唯有情真方能感人。

李德懋主张诗歌创作应"本乎情"(为情而造文),反对"设情"(为文而造情),这实际上就是提倡"真情",反对"假情"。真情,是诗的生命。历史上那些真正感人的优秀诗篇所具有的共同特点,就是抒情的真实性、真挚性。从这种认识出发,李德懋同当时其他实学派文学家一样,极力主张诗思所致非"假情所为",而是创作主体内心真情的激发,诗人应"以写出真情为务",这种诗才"无非胸臆间事",从而入人骨髓。与此同时,他比起当时其他诗学家,更加深刻地描绘出了真情发露与感发人心的情态:

真情之发,如古铁活跃,池春笋怒出土;假情之饰,如墨涂平滑石，油泛清澈水。①

　　且夫所谓七情者，感触之震撼之不已。至使发之黑者，化而为素；颜之丹者，变以为苍；駸駸乎病且死，皆使之然也。世岂有无七情之人。人亦岂有无七情之日哉？②

　　在这里，李德懋强调文学是心学，诗歌是以情感人的艺术。"作者本人不感动，并非语语从肺腑中自然流出"③，即在情感上弄虚作假，人为地造情，就绝不能感动他人。唯有以自然、真挚的情感去触发读者，读者才会被深深地感动。

　　李德懋正是基于这种意义，才吸取了明末"公安派"的"性灵说"。"性灵"一词，李德懋理解为"性情"和"灵机"二义。"性情"主要指"真情"，而"灵机"主要指"天分"与由此而来的"兴到自成"。李德懋巧妙地接受了这种观点，并创造性地运用到自己的诗论中。

　　他首先承认，在某些人身上，的确存在着"天慧识"——天赋的悟性（举"鼎大方"的例子），但他也不否认后天的艺术修养也能达到"兴到自成"的情境。不仅如此，他认为成熟的"纯然真"、"悟性"，反而比本然的"天机"、"灵机"要重要得多、有价值得多。因为这种"真"和"悟性"，是基于丰富的审美经验之上的。由此，他十分珍视由现实生活触发的创作情态。他说自己作诗"有时而爱，欲藏佛腹；有时而憎，欲承鼠溺"④。这既表露出了他真实的

---

① 李德懋：《青庄馆全书》卷四十八，"耳目口心书（一）"，韩国民族文化促进会，1989年，第27页。

② 李德懋：《青庄馆全书》卷二，"婴处诗稿（四）"，韩国民族文化促进会，1989年。

③ 敏泽：《形象·意象·情感》，河北教育出版社，1987年，第13页。

④ 李德懋：《青庄馆全书》卷六十三，"蝉橘堂浓笑"，韩国民族文化促进会，1989年，第20页。

创作情态，同时也道出了诗歌创作的普遍规律。

另外，李德懋还谈道，一个诗歌欣赏者，只有具备相应的情感基础和艺术鉴赏力，才能真正体味和感悟到流溢真情的诗作。正是出于这种认识，他说：

> 古人云"可与知者道，不可与俗人语。"余每疑此语甚薄，而无忠厚意。近日渐觉此语不得已也。①
>
> 周伯维翰见杜机《山有花诗》，欣然起舞仍往见杜机，结为题襟之友，相视莫逆，托为知音。②

李德懋从自己的创作、鉴赏实践中，深刻地体会到：读者读诗作，就是读自身；对诗歌的体验和思考，就是对自身的体验和思考。这正如马克思所言："我的对象只能是我的本质力量的确证。因为任何一个对象对我的意义，都以我的感觉所及的程度为限。"③欣赏者只有具备一定的情感积淀和审美心理结构，才能具有相应的审美感知能力，从而唤起相应的情感体验。而对于那些没有审美欣赏力的人来说，如同音乐对于"非音乐的耳朵"没有审美价值一样，任何佳诗都不是他们的审美对象。李德懋的这种观点，是其他北学派人士所未能言及的。

怨愤之情是真情的一种，是在各类真情之中，属于与诗人的生活遭际最为密切的一种。韩愈曾说过："凡物不得其平则鸣"，欧阳

---

① 李德懋：《青庄馆全书》卷四十八，"耳目口心书（一）"，韩国民族文化促进会，1989年，第8页。

② 李德懋：《青庄馆全书》卷二十三，"清脾录（二）"，韩国民族文化促进会，1989年，第17页。

③ 马克思：《私有财产和共产主义》，《1848年经济学—哲学手稿》，第三稿，人民出版社，1979年，第79页。

修曾言"诗穷而后工",谈到的都是作家的不幸处境对于作家的影响。李德懋从自身的不幸遭际中深悟到这一点。他作为"庶子"出身的儒士,自小受到社会的歧视,生活也极其困苦。据朴趾源《炯庵行状》记载:"懋官自少安于贫窭,或日晚而不具食,或冬寒而不燃垓,冬月寒甚,支一木板于壁,寝其上。"①正如李德懋自言:"不掩风雨室,诟愁妻无裙","饥读当珍膳"②。因此,他始终将自己视为社会的弃儿,对现实人生充满了怨愤之情。

原想得到微官末职而苟且偷安,或者隐逸山林、静寂养生。但少小时的悲惨遭际和成年后不得实现抱负的苦闷,却在无形间使他滋生了对社会人生的不平之气和抗争意识。作为一位在专制政体下珍视人格修养的典型儒士,他选择了通过诗歌创作以消解各种压抑生命的因素的方式。这表明了他对自己命运的强烈不满和愤世嫉俗的生活态度并在一定程度上再现了屈原的抗争精神。

李德懋在自己的诗论中,非常强调屈原式的怨愤之情对人心的惩创作用:

> 九歌九章丰美之极,欲樊笔砚,一月几四五次。诗而泣鬼神,笔而夺造化,画而犯灵境。随到清贫,穷鬼随之耶。大半不解世事,岂鬼挟之耶。③

> 余曰"平日脑中有块磊气,时时作无故之悲而噓唏之极,诵《离骚》、《九辩》,尤感触层叠。"④

---

① 朴趾源:《燕岩集》,《孔雀馆文稿·炯庵行状》,景仁文化社,1982年。
② 李德懋:《青庄馆全书》,"雅亭遗稿(三)",韩国民族文化促进会,1989年。
③ 李德懋:《青庄馆全书》卷四十九,"耳目口心书(二)",韩国民族文化促进会,1989年,第40页。
④ 李德懋:《青庄馆全书》卷四十八,"耳目口心书(一)",韩国民族文化促进会,1989年,第15页。

松江寓哀时，忧国之诚于"歌"，有《离骚》之忠愤。故"长歌"、"短谣"，至今籍甚。①

李德懋认为屈原的《楚辞》之所以具有"诗而泣鬼神"②的艺术震撼力，关键在于，它道出了人们心中的怨愤之气，吐出了那个大灾难、大忧患时代许多人"欲吐不敢吐之物"，③点出了一般人"欲语而莫可所以告语之处"。④这样，屈原的怨愤就远远超出了纯粹个人的不平与愤懑的范围，而变成了一种现存社会抗争者的历史性的不幸与愤懑。其结果，不仅社会意义更加深广，而且，情感表达也更加强烈。

李德懋从怨愤之情出发，认为悲哀之情也具有感发人心的美感功能。

首先，他指出"哀"情之"真"、之"至诚"的特性，说它是"七情之中""尤直发难欺者"，⑤因而，"其至诚不可伪"。⑥其次，他指出"怒"情的突发性，说它是七情之中"最易发而难抑"⑦的情感。再次，他指出"哀"情之"深""切"："哀之来也，四顾漠

---

① 李德懋：《青庄馆全书》卷四十八，"耳目口心书（一）"，韩国民族文化促进会，1989年，第41页。
② 李贽：《焚书·杂说》，蓝天出版社，1998年。
③ 李贽：《焚书·杂说》，蓝天出版社，1998年。
④ 李贽：《焚书·杂说》，蓝天出版社，1998年。
⑤ 李德懋：《青庄馆全书》卷四十八，"耳目口心书（一）"，韩国民族文化促进会，1989年，第26页。
⑥ 李德懋：《青庄馆全书》卷四十九，"耳目口心书（二）"，韩国民族文化促进会，1989年，第27页。
⑦ 李德懋：《青庄馆全书》卷五十一，"耳目口心书（四）"，韩国民族文化促进会，1989年，第37页。

然，只欲钻地，无一寸可活之念。"①"哀之道甚于尖……真尖骨中透。"②

这样，李德懋从分析审美主体的情态出发，深刻地揭示出了"哀"、"怒"情所具有的真实、强烈、深切等美感特点，指出"哀""怒"情的发露，以其经久不衰的艺术魅力，必将"鼓舞千古者"，使人们"哭也有思"、"动天地、泣鬼神"，从而达到审美情感活动的极致。

李德懋对"哀""怒"心态生动形象的刻画，对哀、怒之情鞭辟入里的分析，确实体现了他的诗学理论造诣之深、阐述之独到。

三、"天机"

"天机"一词，语出《庄子·大宗师》"其嗜欲深者，其天机浅"，指天然的本能，后引申为自然事物的特性、奥秘以及人的天赋灵机。"天机"一词，尚不知何时传入韩国，但早在李朝初期成伣的诗论中就有所体现。譬如，他曾言："描写物象，非得天机者，不能精。"③这里指要描写物象，倘若不清楚物象所具有的奥秘、特性，其描写就不会生动、精细。由此可见，这是一种"天←人"的结构，重在观察与反映物象。到了李朝后期，"天机"的涵义有了一些变化，即具有了天赋灵机的内涵。诗论家们将这种境界称作"天真"、"自然"、"性灵"等。譬如洪大容曾言："舍巧拙，忘善恶，

---

① 李德懋：《青庄馆全书》卷四十九，"耳目口心书（二）"，韩国民族文化促进会，1989 年，第 27 页。

② 李德懋：《青庄馆全书》卷四十九，"耳目口心书（二）"，韩国民族文化促进会，1989 年，第 28 页。

③ 成伣：《慵斋丛话》卷一，大洋书籍，1975 年。

依乎自然，发乎天机。"①由此可见，李朝后期的"天机论"，乃是一种"天→人"的结构，重在表现人的性灵。

李德懋则是兼取这两种"天机"的内涵，主张审美主客体的融合，主张反映与表现的统一。其中，上面主张表现"真情"的内容侧重于体现人的天赋灵机，而下面体悟"天机"的内容则侧重于在静观中探析出自然事物的特性与奥秘。

李德懋肯定"真"是诗歌的本质特点，所以在文学创作中必然要求景物描写的真实性，他曾指出：

草虫虽细，一翻一叫，何尝有假饰，何尝有胸得。只任真机而已耳。②

婴儿之啼哭，市人之买卖，亦是以观感。骄犬之相闻，黠猫之自弄，静观则至理存焉。春蚕之蚀叶，秋蝶之采花，天机流动。③

在这里，"婴儿之啼哭"、"春蚕之蚀叶"、"秋蝶之采花"等都是生动活跃着的万物天真的样态，它们没有"人为"的虚饰，而是呈现着事物"天机流动"的本来面目。李德懋由此认为：万物的真机生动之时，就能使人领悟到天地间的至妙之处。他常使用"天机流动"、"天机活用"、"任真机"、"精神发露"等词语来表现文学描写对象的本质所在，并指明诗学应当洞察与把握潜存于审美对象中的"内在本性"或者"生动感"。而至于如何在完美调和的自然界

---

① 洪大容：《湛轩书·大东风谣序》，韩国民族文化促进会，1989年。
② 李德懋：《青庄馆全书》卷四十九，"耳目口心书（二）"，韩国民族文化促进会，1989年，第26页。
③ 李德懋：《青庄馆全书》卷四十八，"耳目口心书（一）"，韩国民族文化促进会，1989年，第6页。

中寻得这种"生动感"、"内在本性",李德懋自有一番高见,那就是"静观"。

  静观则至理存焉。①
  斯皆至细至微者,而各有至妙至化之无边焉。夫天地之高广,古今之来往,观不亦壮且奇乎哉。②

李德懋认为,宇宙间任何有生命的存在,皆有幽玄的天机,倘若能够静观对象,就一定能破除外表形象而通达内在生命的至理,即以万物的天机作为他的审美对象,以客观的静观探索事物的奥妙、精神。因而他譬喻道:

  三月青谿,时雨新晴。日色怡熙,桃花红浪。潋滟齐崖。五色小鲫鱼,不能猛其鬐,游泳荇藻间。或倒立,或横翻,或吻出于浪,细呷粼粼,真机之至,猜快恬然。③

在此,李德懋通过静观雨后溪水中小鲫鱼"跃动"、"活泼自然"的物象,深感其"猜伎恰然",进而发现其真机,达到清纯的心境。继此,他还指出"观万物,可别具眼孔。驴度桥,但看耳之如何;鸽步庭,但看肩之如何……此皆精神发露而至妙之所寄处

---

① 李德懋:《青庄馆全书》卷四十八,"耳目口心书(一)",韩国民族文化促进会,1989年,第6页。
② 李德懋:《青庄馆全书》卷四十八,"耳目口心书(一)",韩国民族文化促进会,1989年,第6页。
③ 李德懋:《青庄馆全书》卷四十八,"耳目口心书(一)",韩国民族文化促进会,1989年,第6页。

也。"①这里驴之耳、鸽之肩、蝉之胁等都是这些动物身上最能传神、最有特征的地方。诗人只有很好地从其"至细至微处"把握他们"精神发露"的"至妙至化"之理,才能写出"活文",由此他认识到"万物皆吾文章"②,即万物中蕴含文心的真谛。他在给妻弟朴相洪的文稿中写道:"凡诗文,个个有一脉精神流动,方是活文,若蹈袭腐陈,便是死文。"③即诗文中若不蕴含作者的精神,就只能是"死文"。因此,诗人就必须表现潜蕴于审美对象中的奥妙真实,使读者感受到形象之外生动的纯粹精神。而这种诗就是实现了自我与自然的合一,把握了宇宙的真机,明彻了事物的真相。其真实的描写不止于现实真实、生活真实,而是通过客观的观照,最终成为艺术的真实。为此,李德懋论诗重在营造诗的意境,实现诗人与万物内在本性之天机的全然契合,要求诗中蕴寓事物的至理、真相,以形写神。因此,李德懋所主张的"天机",犹如中国艺术所强调的"空灵"美,即在对大自然的审美活动中,超越了时间、空间,与宇宙沧冥悠然心会,化为一体,以博大的心胸、莹洁的灵魂去体验宇宙间的浩渺无际。讲究"传神",标举"气韵",推崇"意境",就是这种崇尚空灵的审美精神的具体体现。由此可见,李德懋继承中国传统文化中"天人合一"的思想,以素朴的系统观来看待宇宙,认为自然与人本为一体,二者不可须臾分离,自然的秩序与人伦秩序也有许多相通之处,同为天之真。他强调自然不是外在于人的客体,人也并非外在于自然的主体,人与天之间相通无碍,彼此

---

① 李德懋:《青庄馆全书》卷四十九,"耳目口心书(二)",韩国民族文化促进会,1989年,第26页。

② 李德懋:《青庄馆全书》卷十六,"雅亭遗稿(八)",韩国民族文化促进会,1989年,第49页。

③ 李德懋:《青庄馆全书》卷四,"婴处文稿(二)",韩国民族文化促进会,1989年。

交融。

这样，在李德懋看来，比起静观审美对象从中发现"天机"更为直接的审美方式，就是审美主体直接融入自然之中。因为诗性主体融入自然本身就是真机，即诗人融入审美对象中，可以与内蕴天机的大自然同呼吸，无须有任何假饰与功利需求，其亲和自然的意识会变得更强烈，由此产生强烈的力求体现天真的意愿。此外，亲和自然的结果，诗人可以多少摆脱现实的烦恼与贪欲，趋于一种自由、平和、"理想"的生活状态，体现出东方式的达观。实际上，亲近自然、融入自然一直是（朝鲜）韩国文学的传统。只不过李德懋不同于历来江湖诗歌逃避现实、逍遥吟咏的趋向，他在以羸弱之躯、纯善之心承受现实不公正待遇并饱受种种不幸的同时，始终以肯定现实生活的姿态，亲近自然，融入自然，由此充分体现了其透悟生活真谛的仁者的风范。由此我们不难体会到，自然亲和意识不是出自与现实对立关系的逃避现实空间的意识，而是出自平和、宽容的生活态度或意识，体现了恢复人性的纯粹性（善性、本真）的意愿。李德懋多次强调融入自然的重要性，旨在以文学潜移默化的审美功能，多少克服朝鲜朝一些人膨胀的利欲之念与虚伪意识，使社会与文学能复归到婴儿与处女般纯真的境界。他将自己的初期作品集命名为《婴处诗集》、《婴处文稿》，正是出于这个目的。

李德懋在诗的本质论上要求具有真实性与客观性。他在强调描写自然需要逼真、实在的同时，也强调必须直探事物的内在本性，亦即要求通过逼真形似以达到神似。同时要求把握情感投入的度、诗人与描写对象之间应保持一定的审美距离，以全面客观地观照审美对象。他说：

> 严欲其不阻,畅欲其不流;略而骨不露,详而肉不满。①
>
> 文章一艺耳,尚浑混于雅俗真伪之辨。山水何能品,人物何能鉴,持公心者识文章,偏见之守不可以口舌诤。②

在此,他所谓的"公心",是指诗文的纯粹性、客观性、真实性。即以光明正大的客观精神作基础,实现诗语的客观化、情感的客观化、观照的客观化等,从而观照天然本色之美,体悟事物的天机。这是因为,在他看来,自然秩序之中,存在着万物的意志和精神,而诗作本身就是探索天机的结晶,因此作为诗人,必须保持客观精神。因而,他要求节制主观的情感,主张诗中情感含而不露,追求含蓄蕴藉的美感,使读者获得客观的共感。与此同时,他主张文学不是语言的游戏,而是高度精神的产物,因而丧失真实内容的语言不是文学。由此他力主文学应建筑在现实生活的空间,指出那些靠单纯的语言表现力构筑而成的文学只是一种幻想而已,只能成为与宗教相仿的神秘的观念形态,它只能给人带来空虚感,只会误导诗人躲进艺术的象牙塔而最终脱离大众的真实生活。因此,他比起语言表达能力,更重视表现审美对象的客观真实,进而要求诗人不能靠"一时笔端之语"建构作品,而应在"真有闻见"与透彻的现实体验的基础上用"纪实之质言"进行创作。

四、结论

综上所述,可以看出,强调文学表现的真实,是李德懋诗学的

---

① 李德懋:《青庄馆全书》卷十五,"雅亭遗稿(七)",韩国民族文化促进会,1989年,第27页。

② 李德懋:《青庄馆全书》卷四十九,"耳目口心书(二)",韩国民族文化促进会,1989年,第44页。

一个显著特征。李德懋诗学观的本质特征，就在于追求一个"真"字上。为此。他以婴儿蔼然的天真与处女纯然的真实的独创性譬喻，表明自己孜孜追求一种自然纯朴的艺术真实，一种基于事物本性的作家的天真与作品的真实。正是基于此，李德懋明确提出"诗源于性灵"、诗人"以写出真情为务"，而且比起同时代其他文学家，更为独到地揭示出诗人的情感心态与流程，即指明真情表露能够成为诗歌本质特征的根本所在。由此，李德懋得出结论：审美情感是诗歌的血液和生命，它灌注生气于作品的全体、创作的全过程，体现着艺术创作的普遍规律。这样，李德懋就将诗歌看作是情感之学。

探析李德懋"知人论世"的诗评观[①]

李德懋(1741—1793)是朝鲜朝时期北学派文学的重要诗人和主要诗学家,在其具有百科全书性质的《青庄馆全书》中,收入了大量的诗作和诗话。就其诗话而言,除了有少数内容是论述诗歌的本质论与创作论之外,他所撰写的大多是对诗作的品评或对作家生平、人品、才性的评述,而这些,又恰恰属于诗歌批评的范畴。

李德懋的诗评言论,主要集中在《清脾录》中,另外还散见于《耳目口心书》、《雅亭遗稿》、《婴处文稿》等著作中。这些诗评著作从某种意义上讲,也是读者接受理论著作或读者鉴赏理论著作,其中一个主要的内容就是"知人论世"。

中国古代的文学评论,历来就有一个"知人论世"的优良传统。孟子曾指出:"颂其诗,读其书,不知其人,可乎?是以论其世也,是尚友也。"[(90)]它要求读者在阅读文学作品时,要结合作者的生平事迹、人品才性,同时还要结合作家所处的时代背景和社会环境来全面地理解其作品。这是因为,诗歌的本质特点就是抒情言志,每一首诗无不是诗人在特定社会环境和审美心态下创作出来的,它既打着诗人所处时代的烙印,又是诗人彼时彼地思想情感的自然流露或寄托所在。

"知人论世说"是对诗歌、作者、世运三者关系的综合认识,

[①] 本文原载于《东疆学刊》2004年第1期。

即知人知世以知诗,或因诗而知人知世。这两者是可逆的,可见诗作与作者、世运的密切关系。由此要求诗评者论诗不应只局限在诗作本身,还要联系作者所处的时代,联系作者的创作环境、创作动机等。就"知人论世"方法的表现而言,总的说来,越来越重视"知人",即由简单而直接地以政治教化观念论人论世,趋于全面地观察作者的才性、志气、情趣、品德以及相关的生活细节、审美追求。

李德懋用"知人论世"的方法评诗,主要体现在以下几方面:

一、论诗人的生平、品行

李德懋选评诗作,特别注重诗人的"品行",认为有什么样的品行、胸襟,就会有什么样的文学作品。所以要知其诗首先要知其人,知其人便会知其诗。由此认识出发,李德懋试图通过对诗人家世、经历的考察以及其他相关写作背景的辨明,深入剖析出诗人的人品、德行,并阐述诗人品行对诗品的重要作用。这类诗评多见于李德懋为他人撰写的诗文集的"序"或"记"类文章中。譬如《碧玉栏诗稿》、《茶溪诗文序》、《郑耳玉诗稿序》、《玉瓢斋记》。

天山吕佐伯,志洁贫,家无长物,有古蓄玉瓢一枚……指弹之,韵清越,窈而远,使人心涤滓移,宜佐伯之爱而蓄焉。其大可容水半升,佐伯酌清泉,日漱其齿,而沃其喉。佐伯意君子欤。玉惟君子爱之,瓢惟君子之贫者亦能安而作器用。佐伯贫而蓄玉瓢,其为君子,不可以辞焉……人以为,玉之为瓢甚华侈,非贫者所当有也,是徒知贫者之无长物,不知君子之有所比德。①

吾同宗有正夫者,幼失怙而能有志于文与学,家贫不以为病,务古人自期,守之以正,断之以理。余尝闻其名,不得见其面。虽不得见其面,其愿交之诚,常在于中也。今年孟秋,邂逅于南涧之堂。初见其貌,瞿瞿若不胜其衣也。诚与之语,果尔博又简,有大理焉。余于是心醉而师友之。又论文章,不骎骎乎雕绘之末。以和平纯雅为大旨……其诗清简幽婉,得风人之旨;其词赋古而洁;其文有和正平温奇奥典雅之体。余于是叹曰:"有德者其有言乎?此吾所谓偃蹇于蓬蒿之下,既以文章自娱,又以道学自卫者欤?其真见之尤最难也。君子哉是人,吾舍此孰与游哉?"②

由此可见,无论是《玉瓢斋记》中的吕佐伯,还是《茶溪诗文序》中的正夫,他们都是家境破落、生活困窘的穷书生,但他们却不以"家贫为病","务古人自期,守之以正",具有高洁的德行。对此,李德懋"比德于玉",即将玉的"温润而泽"比"仁","缜密如栗"比"智","指弹之,韵清越窈而远"比"乐"(93),即从玉的自然品质中找出与人的道德品行、仪表风范的类似之处,并通过相互比照,使两者融为一体,从而使"玉"负载起超越自身自然品质的道德意义,并成为美与善的表征、理想人格的化身。正因如此,诗人才能即便"偃蹇于蓬蒿之下"也能"以文章自娱,又以道学自卫",并且写出众多"清简幽婉"、"疏朗秀逸"的优秀诗作。

---

① 李德懋:《青庄馆全书》卷三,"婴处文稿(一)",韩国民族文化促进会,1989年,第53页。

② 李德懋:《青庄馆全书》卷三,"婴处文稿(一)",韩国民族文化促进会,1989年,第45页。

二、论诗人的才、情、气、学

李德懋认为,诗文是作者人格精神的外现,也是作者才、气、学、习的一种自然表现。因此,他在评诗时,相当重视对诗人才、气等方面的论述。

1. 才思

李德懋在《清脾录》、《耳目口心书》中,对诗人的才思有如下描述:

> 燕岩古文词,才思溢发,横绝古今。①
> 丁参议范祖……诗思泉涌,与申宁越光洙齐名。②
> 瓮湖有许主簿,藻思敏速,呼韵辄应…夏日江水大涨,使人呼险韵,时方食,水浇麦饭,才讫二七,已成。③
> 虞裳左应右酬,笔飞墨腾,倭皆瞠目结舌,诧若天人。④
> 李奎报字春卿……惟其敏速富瞻,故人皆畏之。⑤
> 稚弟鼎大方九岁,性植甚钝,忽曰耳中鸣铮铮。余问"其

---

① 李德懋:《青庄馆全书》卷三十四,"清脾录(三)",韩国民族文化促进会,1989年,第43页。
② 李德懋:《青庄馆全书》卷三十五,"清脾录(四)",韩国民族文化促进会,1989年,第58页。
③ 李德懋:《青庄馆全书》,卷之三十五,"清脾录(四)",韩国民族文化促进会,1989年,第54页。
④ 李德懋:《青庄馆全书》卷三十四,"清脾录(三)",韩国民族文化促进会,1989年,第38页。
⑤ 李德懋:《青庄馆全书》卷三十三,"清脾录(二)",韩国民族文化促进会,1989年,第25页。

声似何物？"曰："其声也，团然如星，若可观而拾也。"余笑曰："以形比声，此小儿不言中根天慧识。"古有一小儿见星曰："彼月屑也。"此等语，妍鲜超脱尘气，非酸腐所敢道。①

由上可见，李德懋很重视对"才思"的论述。他认为："才思"是由作家的天赋所决定的，因而具备作诗的天分对写出好诗至关重要。在此，李德懋认为，诗人的天赋才思应包含如下两方面的内容：

首先是敏锐的审美直觉力。他认为创作主体对自然事物与社会生活要有敏感纤细的感受力，同时要具备生动奇特的想象力，将这些因素融为一体的便是艺术通感能力。引文中的鼎大方就有一种将听觉感受转换为视觉感受的通感能力。他认为，只有具备这种审美直觉力（悟解力），才能超越时空乃至生死的界限，写出生气灌注的作品来。

其次是文思迅捷。李德懋在以上引文中，几乎都提到了作家的文思。譬如："才思溢发"、"诗思泉涌"、"藻思敏捷，呼韵辄应"、"笔飞墨腾"、"敏速富赡"。这些都是赞扬他们的才思敏捷。同时，也间接地指出：文思是否敏捷，是作家才气高低的显著标志之一。

2. 性情

李德懋在《清脾录》中，还对诗人的"性情"做过如下描述：

> 泛看心溪，似是冷淡者。而其诗词清真如此，始知读书而

---

① 李德懋：《青庄馆全书》卷四十八，"耳目口心书（一）"，韩国民族文化促进会，1989年，第1页。

品高者，情甚浓至。①

　　李雨村与友朋交际，情真语挚……每有飘然霞举之想，作忆醒园诗，以见其志……羹堂诗，步武腾骧，边幅展拓，每一读之，襟抱豁如，雄秀博达，浩无端倪。②

　　朴楚亭……大有慷慨，才情蓬勃……志慕中原，奇气横绝。③

在以上文字中，李德懋强调了诗人的志向、品格、情感对诗歌创作的重要作用。即一方面，诗人只有志向高远、眼界开阔，才能做到"才情蓬勃"以至"声宏"、"意远"，也才能使读者"襟抱豁如，雄秀博达"。④另一方面，诗人与人相交或所创作的诗作只有做到具有真挚的情感（"情真语挚"、"情甚浓至"），才能深深地打动读者的心，才能具有"清真"的或超逸的审美品位。

3. 气质

这里的气质，主要指诗人后天形成和培养起来的精神气质，它是作家天生禀赋在其心理个性上的总体表现。在李德懋的著述中，虽言不多，但颇为重要。

---

① 李德懋：《青庄馆全书》卷三十五，"清脾录（四）"，韩国民族文化促进会，1989年，第53页。
② 李德懋：《青庄馆全书》卷三十五，"清脾录（四）"，韩国民族文化促进会，1989年，第51页。
③ 李德懋：《青庄馆全书》卷十九，"雅亭遗稿（十一）"，韩国民族文化促进会，1989年，第74页。
④ 范开：《稼轩词库》，黄保真《中国文学理论史》，北京出版社，1987年。

崔杨浦……诗尤清逸，天资温洁，眉目如画，世称仙才。①

柳泠庵欣然玉貌，温雅成性……李素玩简淡自牧，持心孤绝。②

边子钦若淳……性疏雅，方若苦思，若忘形骸者，炯然如卧石观音。③

柳醉雪迂字子相，清瘦潇闲，美鬓须髯，轩然有仙气。丁卯充通信书记入日本，庄重有仪，日本人士皆敬惮。癸未之行，日本人问其安否。舌人妄对已仙去，其人汪然垂泪。元玄川详说曰："今清健无恙；日哦诗，人称地行仙。"其人遂收泪而喜。今年八十九，吟诗不辍，诗甚清顺无结缔。④

从以上四人身上我们不难看出，他们都是仙风道骨，具有儒雅的气质。这是李德懋最为推崇的气质，正如李德懋所指出："可贵者，儒雅气。将帅妇人农商，若有是气，可爱也。"⑤他主张将帅妇人农商都最好具有"儒雅气"。至于诗人文士，他们更应具有一种"温文尔雅"的气质，"轩然有仙气"，"淡然无累"，即从社会功利性的羁绊中摆脱出来，达到无欲粹然的审美境界。只有这样，诗人

---

① 李德懋：《青庄馆全书》卷三十五，"清脾录（四）"，韩国民族文化促进会，1989年，第56页。

② 李德懋：《青庄馆全书》卷十九，"雅亭遗稿（十一）"，韩国民族文化促进会，1989年，第74页。

③ 李德懋：《青庄馆全书》卷五十二，"耳目口心书（五）"，韩国民族文化促进会，1989年，第84页。

④ 李德懋：《青庄馆全书》卷三十三，"清脾录（二）"，韩国民族文化促进会，1989年，第31页。

⑤ 李德懋：《青庄馆全书》卷五十，"耳目口心书（三）"，韩国民族文化促进会，1989年，第32页。

才能具备"将俗化雅手段",①使自己诗作表达的情致暗合从前优秀作品充溢理性精神的真诚情思——"古意",从而真正体现事物的特性、真趣。

4. 学识

在《文心雕龙·体性》中,刘勰把创作的主体条件分为四个方面,即才、气、学、习,他认为才、气多得之天赋,而学、习则依靠后天的读书积累和刻苦训练。在这里所说的学习,主要是指广博地读书以及对各种文体的钻研和练习。

李德懋认为:诗人的创作才能固然与"天分"有关,但主要还是得之于后天的"学识",因而他作为一位博学多识的文学家,不仅自己做到"泛览百家,全经全史而著书立言……别裁伪体,多师为师……盖自三百篇骚赋古逸、汉魏六朝、唐宋元明清、罗丽本朝以至安南、日本、琉球之诗,上下三千年,纵横一万里,眼里所凑,不遗镏铢"②,而且也十分推崇与品评其他作家的博学之举。他曾言:

> 李芝峰……诗学唐中晚而渊博,东国之升庵。③
> 李彦瑱……性慧悟,博极群书,聪记绝世。尝学诗于李惠寰用休,心摹手追,尽得其妙奥。④

---

① 李德懋:《青庄馆全书》卷十七,"雅亭遗稿(七)",韩国民族文化促进会,1989年。
② 李德懋:《青庄馆全书》卷十五,"雅亭遗稿(一)",韩国民族文化促进会,1989年。
③ 李德懋:《青庄馆全书》卷二十三,"清脾录(二)",韩国民族文化促进会,1989年,第27页。
④ 李德懋:《青庄馆全书》卷二十三,"清脾录(二)",韩国民族文化促进会,1989年,第38页。

  薑山妙年英才，闻学日富，其为诗也，根据乎全经全史篆籀分隶，以秀其气，卉木禽虫，以致其才，运之以性灵，会之以鉴识……余尝叹其典裁如王渔洋，渊雅如朱竹陀。①

  泠斋……博观诗家，自《毛诗》、《离骚》、古歌谣、汉魏六朝、唐宋、金元明清以至三国、高丽、本朝，傍及日本，自为选抄，箱溢几满，目不暇给。不惟其才妙绝，其为专门，今世罕比。②

  由上可见，李德懋通过总结自身的创作经验和评论他人的创作实践，将读书和学问积累作为创作主体修养的重要部分，强调博观积学即"博极群书"、"闻学日富"、"博观诗家"。与此同时，他还重视作家的才识，主张由经验知识上升为艺术识度，即"以致其才，运之以性灵，会之以鉴识"，这样作家的文艺创作就能达到挥洒自如的程度。究其原因，是由于这种才识已转化为直觉性认知，达到一种悟道的境界，"尽得其妙奥"。这样，在李德懋看来，诗歌创作既要靠"学"，又要靠"悟"；诗人的识见因"学"而得，因"悟"而出。

  出于这种认识，李德懋主张：诗人学诗，一是要学成法，二是要学无法之法。对成法，他认为应兼取百家之长，凡是他人在诗歌用典、用字、对仗等方面写得奇妙的，都要用心去学习。因为恰恰在这些细微之处，体现了诗歌的"妙谛"。他认为，这些因素本身和由这些因素构成的形式，有其相对独立性、规律性，可称为"成法"。与"成法"相对的是"活法"。它是指构成艺术思维的各种辩

---

① 李德懋：《青庄馆全书》卷二十五，"清脾录（四）"，韩国民族文化促进会，1989年，第50页。

② 李德懋：《青庄馆全书》卷二十五，"清脾录（四）"，韩国民族文化促进会，1989年，第47页。

证因素以及诗歌艺术的特殊规律等。实际上，诗人学习成法的目的，就是为掌握"活法"而奠定基础。要想掌握"活法"，首要一点，就是"处事贵通，读书贵活"，要懂得"明月照水，随处有光。照于淮水者，未必不照于济水；照于江水者，未必不照于河水，然月则一也"①的深刻道理。即，不仅要知其为"法"，而且还要知其所以为"法"。这是因为，诗歌创作是依照情感、事物的自然法度去表现事物，而不是把抽象的法则加以形象化，所以，按照情感事物本身的逻辑表现情感和事物，就是诗歌创作的首要法则。这样一来，诗人就有可能超于法，达到艺术创作的自由境界。

三、"论世"

李德懋选评诗作，不仅力主"知人"，也力主"论世"。他认为有其世必有其文，有其文也必有其世。因此，他十分注重时代环境与写作背景对作诗的影响，同时注重诗作所反映的社会现状。他曾这样叙述作者的写作背景以及有关诗作的本事：

蓝芳威字万里，以游击将军，壬辰东援，编《朝鲜诗选》……载李达《步虚词》：
三角嵯峨拂紫绡，散垂余发过纤腰。
须臾宴罢西王母，一曲鸾笙向碧桃。
注曰："三韩妇人，盘发为饰，女子卷而垂于后，然咸作雅髻，余则垂之"。故曰："余发过纤腰也"。余以为尝见麻姑像，顶上作髻，散垂余发。此是《步虚词》，则何必专指东方女子

---

① 李德懋：《青庄馆全书》卷五十一，"耳目口心书（四）"，韩国民族文化促进会，1989年，第68页。

也。蓝万里见东方女儿辫发，错解此诗。①

倭应神天皇时，百济遣阿直歧献《易经》、《孝经》、《论语》、《山海经》。皇子菟道雅师之。天皇问直歧曰："有胜汝之博士耶？"对曰："有王仁者，胜于我。"天皇遣使百济征王仁，百济久素王送王仁持《千家文》而来，道雅又师之。儒教始行。仁本汉高帝之后，作《难波津歌》、《仁德宝祚颂》，谓之歌父；《陆奥宋女奉葛城王歌》，谓之歌母。

天武天皇第二子曰大友，其弟曰大津，皆才学。诗赋之兴自此始。五古诗昉于大友，七言诗昉于大津，五言七句昉于纪麻吕，七言长篇昉于纪古麻吕，七言四句昉于纪男人。人君诗昉于文武天皇，释氏诗昉于智藏，女子诗昉于大伴姬。林道春曰："藤太政者淡海公也，本朝和韵于此始见之。且唐元、白、刘酬和之前，则可谓奇也……"②

从以上两则引文，我们不难看到，李德懋善于考订作者的写作背景，稽钩其史实（"蓝芳威……以游击将军，壬辰东援"），从而辨订了文献（作品）的真正作者（是吴明济而不是蓝芳威），同时，对注解内容的谬误之处重新加以考订，由此足见其考据学功力的深厚。另外，李德懋还重视诗体探本溯源。在《倭诗之始》一则诗话中，他通过王仁到日本传播儒教、始创"倭诗"，此后日本诗赋方兴的史实，有力地考证了在接受中国文化的大背景下"倭诗"这种诗体的产生渊源。李德懋由此认为，国际间的文化交流、友好往来在很大程度上决定了文学的产生与发展。与此同时，李德懋认为，文

---

① 李德懋：《青庄馆全书》卷二十四，"清脾录（三）"，韩国民族文化促进会，1989年，第32页。
② 李德懋：《青庄馆全书》卷二十三，"清脾录（二）"，韩国民族文化促进会，1989年，第24页。

学作品本身恰恰是社会政治、文化乃至人生哲理最形象的反映。他曾云：

  偶阅吕晚村诗、明末文章，分门割户，互相攻击，甚于巨鹿之战。党锢之祸，亦可以观世变也。古来未之见也。⁽¹¹⁸⁾
  李美，字纯之，永平府人。丙申柳琴弹素自燕回，相亲。赠诗稿一册。
  大漠秋阴生碣石，太行空翠接祁连。
  几处苍烟迷古戍，一声寒雁下汀州。
  此不过边裔之一学究，其诗如此，中原之文雅成俗可知也。①
  金圣叹诗语曰：郑谷
  石城昔为莫愁乡，莫愁魂散石城荒。
  江人依旧棹舴艋，江岸还是飞鸳鸯。
  之诗，千古人只知李青莲欲学《黄鹤楼》，何曾知郑鹧鸪曾学《黄鹤楼》耶。人生世间，前浪自灭，后浪自起，有何古人纯是今人。只知"舴艋""鸳鸯"明是一场扯谈，而升牛山犹有挥泪之老翁，此亦甚为不远时务也。圣叹慧眼，不独知诗，洞观阎浮，令人每每洒落快绝。②

  正因为他认为文学是对时世环境真实形象的反映，藉此"可以观世变"，可知社会的"文雅成俗"，因而他认为读者要想准确无误地理解这些作品，首先必须知其世，知其境遇，知其时的文化与习

---

① 李德懋：《青庄馆全书》卷二十三，"清脾录（二）"，韩国民族文化促进会，1989年，第29页。
② 李德懋：《青庄馆全书》卷二十四，"清脾录（三）"，韩国民族文化促进会，1989年，第44页。

俗,有较深厚的社会人生体验,而后方能知其诗命意之所在。倘若不是这样,读者缺乏相应的社会经历和人生体验,就不能与文学形象发生共鸣。这对于一位批评读者来说更是如此。究其原因,是由于"人各于才之局处焉专心。若以一部《史记》言之,同一读也,务经纶者,所见无非成败治乱之迹,其他不知也;力文章者,所见无非篇章字句之法,其他不知也;业科举者,所见无非寻摘奇偶,涉猎奇巧,尤不知其他也,是下之下也。一切子集稗家,亦皆如此,虽有一条之通,而非大方也。鸿儒则眼目甚长远,并行齐进,不少窘束,磊磊落落,如破竹建瓴耳"①,所以,李德懋主张,对于一位优秀的批评读者而言,他必须超越从个人兴趣出发,不求对作品的全面理解,主要用自己的生活经验与作品的艺术世界进行简单类比的阶段;十分重视扩充自己的知识领域与认知领域,并以自己特殊的心理结构去化解作品的意义,力图进一步揭示作者怎么写和表现什么的内涵。只有这样,才能做到"鸿章巨篇无论,虽瑕句类什,顿增声价"②,从而使作品意义在接受批评中不断引申出来,并得到无限扩充和丰富。

---

① 李德懋:《青庄馆全书》卷四十八,"耳目口心书(一)",韩国民族文化促进会,1989年,第4页。
② 李德懋:《青庄馆全书》卷四十九,"耳目口心书(二)",韩国民族文化促进会,1989年。

品藻：李德懋诗评品格的体现[①]

品藻批评的方法是中国传统的"品藻流别"中的"品"为品类之意，它还有等第差别之意。孔颖达疏："品，阶级也"。它作为动词，便有加以品类区分之意。而"藻"，则有华彩、华饰之意。古代服饰器用的装饰与人物礼制的等级有密切的关系，于是"藻"与"品"相关联，共同"定其差品及文质"（颜师古注）。以"品藻"论文，最早为沈约，著有《品藻》一书。品藻的方法最贴近文学欣赏。读者在文学欣赏之余，若要发表一些批评意见，最自然、最直接的方法便是品藻。因品藻而产生比较，于是形成系统的文学观念。所以魏晋间文学观念自觉后，品藻的方法也自然形成，此后的文学批评，除专门的考证和以治经方法阐释作品外，都离不开这种批评方法。

李德懋(1741—1793年)作为一位饱学中国诗学理论的朝鲜英正朝时期的文学家，他在品评朝鲜与中国的诗人诗作时，不仅以知人论世的批评方法去品评作者、论析社会，而且还运用品藻流的批评方法去评点与比较中、朝、日等国诗作在风格类型、体制结构、语言修辞等方面的特征，并在此基础上品评优劣（这种批评方法具有"论事"、"论辞"之分，可相比之下，真正有理论价值的却是后者）。李德懋运用品藻的批评方法品评诗作，主要体现在以下三个方

[①] 本文原载于《延边大学学报(社会科学版)》2004年第2期。

面:其一是意新语工之品(诗歌修辞批评),其二是辨味之品(诗歌风格批评),其三是格调家数之品(诗歌比较批评)。下面分论之。

一、意新语工之品

李德懋在品评他人诗作时,十分重视诗作的美学价值——"丽",主张以诗的特定美去表现诗歌的内容,因而对"意新语工"的诗作十分推崇。这表现在他工于诗歌的修辞。即他注重字句的锤炼与事典,强调通过烘托、反衬、夸张等手法来增强诗作的艺术感染力。

1. 炼字、炼句

诗歌是语言的艺术,特别要求语句的精炼、生动、新颖、形象。要写出一首好诗,即便是下妥诗中的一个字,都要付出艰辛的劳动。而诗句中最能充分传神的那个字,是历经锤炼而不容变易的那个字。它一字传神,可使全篇生色,"百炼为字,千炼为句。"①正是在这个意义上,李德懋十分赞赏中、朝各代诗人炼字琢句"认取诗眼"和往"眼"上炼的做法,并选择他人诗作中富有动感、生动、传神且有神韵的"响"字,加以切中肯綮的品评。

首先看炼字:

> 元玄川"鸣虫恳到晨","恳"字甚精神。吴草庐诗"蝉未知秋恳恳吟",其意同然。②
>
> 孟郊诗"故人独自归,苦泪满眼黑";元使臣诗"白酒红

---

① 魏庆之编:《诗人玉屑》,上海古籍出版社,1978年。
② 李德懋:《青庄馆全书》卷三十二,"清脾录(一)",韩国民族文化促进会,1989年,第9页。

人面，黄金黑吏心"；岑参诗"雨过风头黑，云开日脚黄"；白居易诗"天黄生飓母，雨黑长枫人"。四黑字俱妙。①

暹，日光升也。花蕊夫人宫词"双凤楼头晓日暹"，杨铁崖"城角初升旭日暹"，诗用"暹"为韵，稍僻不轻清。升，日上也。杨诗既曰升，又曰暹，每或叠乎。②

李德懋在以上诗句中指出，作为"诗眼"的"响"字，分别为"恳"、"黑"、"暹"。其中，最后一个词是动词。李德懋认为它的"绝奇"是指此词在诗句中造成了强烈的动感，强调、突显了事物的形象。另外，两个词"黑"与"恳"本来是形容词与副词，但用在具体诗句中，则变得"动词化"，"黑"有"变黑"的含义，表现出审美对象内心的苦楚、贪婪的欲求、昏暗的天气以及上空的乌云等不同的内涵。"恳"则突现出了昆虫在凄冷的天气中"坚持苦鸣"的神态，李德懋认为"恳"字甚精神。这种动词化的描写，使整个诗句显得生动而传神。

由此可见，李德懋对"炼字"的品评，尤其侧重于对"响字"、"健字"的品评，即主要是炼动词、形容词，其位置一般在七言第四字、七言第五字、七言第七字以及五言第四字、五言第五字上。这在下面诗评文字中还可以得到进一步印证。

高丽朴浩诗"鸡潮冷溅渔船枕，蟹火斜连岛寺篱"，精新，

---

① 李德懋：《青庄馆全书》卷三十四，"清脾录（三）"，韩国民族文化促进会，1989年，第34页。

② 李德懋：《青庄馆全书》卷三十三，"清脾录（二）"，韩国民族文化促进会，1989年，第20页。

能脱东人本色。①力闇评养虚诗曰"平生感慨头今白，异域逢迎眼忽青"，真正妙极。②

郑敏侨季通……有《寒泉集》，诗颇清警。"花外微风来隐几，柳边斜日照看书"；"乱石人独宿，沧海日孤悬"……"天长雁横月，寒夜水鸣山"。③

以上诗句中的"健字"分别为"溅"、"连"、"白"、"青"、"来"、"照"、"宿""悬"、"横""鸣"这些"健字撑柱"，在句中关键地位用得"颖异不凡"，将整个句子挑了起来，因而李德懋品评它们"精新"、"清警"、"妙极"。

李德懋认为炼字不一定要用奇特的字。如果用普通的字，而又用得妥帖，富有表现力，也是值得称道的。这体现在诗评《杨凝诗》与《险句》中：

唐杨凝诗："真交无所隐，深语有余欢。"此至理之言，令人感激。④

高丽牧隐诗"饥火镜涎成既济，悭风齿雨是休征。"……至险之句。⑤

---

① 李德懋：《青庄馆全书》卷三十二，"清脾录（一）"，韩国民族文化促进会，1989年，第9页。
② 李德懋：《青庄馆全书》卷三十四，"清脾录（三）"，韩国民族文化促进会，1989年，第44页。
③ 李德懋：《青庄馆全书》卷三十三，"清脾录（二）"，韩国民族文化促进会，1989年，第17页。
④ 李德懋：《青庄馆全书》卷三十二，"清脾录（一）"，韩国民族文化促进会，1989年，第2页。
⑤ 李德懋：《青庄馆全书》卷三十四，"清脾录（三）"，韩国民族文化促进会，1989年，第38页。

这两句诗用的都是普通的字("无"、"有"),甚至是诗中少用的字("成"、"是"),它们不是不需要锤炼,而是正像王安石所说的那样"看似寻常最奇崛,成如容易却艰辛"(《题张司业诗》)。

其次再看炼句:李德懋还十分称道其他诗人在炼句方面的造诣,譬如:

> 《中州集》张澄诗"坏壁粘蜗艰国步,荒池漂蚁失军容",对仗精绝。①

> 成士执得见稚川诗,大称其似唐,于余座始逢讽诵稚川"草长沙绕岸,江远月垂楼"之句,仍笑曰:"风骨秀雅,不害为名士。"②

> 金吕子午唐卿,有诗曰:"小诗穷则变,美酒数斯疏。"善用经语。③尹镗亦乱流,如"云开万国同看月,花发千树共得春"。句甚壮丽,不必以人废诗。④

> 子虚……虽病未尝废吟。赵子昂称其诗皆不经人道语。其诗如"桃叶歌残秣陵酒,梨花梦断景阳钟","雨青榆荚地,风白柳花天。鸟衔丸罢药,猿拾著残棋","病去情怀逢酒恶,困来天气与茶亲。客愁万斛添杯量,春瘦三分减带围"。⑤

---

① 李德懋:《青庄馆全书》卷三十二,"清脾录(一)",韩国民族文化促进会,1989年,第10页。

② 李德懋:《青庄馆全书》卷四十九,"耳目口心书(二)",韩国民族文化促进会,1989年。

③ 李德懋:《青庄馆全书》卷三十二,"清脾录(一)",韩国民族文化促进会,1989年,第3页。

④ 李德懋:《青庄馆全书》卷三十二,"清脾录(一)",韩国民族文化促进会,1989年,第6页。

⑤ 李德懋:《青庄馆全书》卷三十三,"清脾录(二)",韩国民族文化促进会,1989年,第28页。

以上譬举的诗句,都十分讲究对仗,显得工整精丽、形象生动。其中也不乏奇巧的"诗眼",如"艰"与"失"、"绕"与"垂"、"穷"与"数"、"残"与"断"、"衔"与"拾"、"添"与"减"。这些字用得并不奇僻,而且整个诗句也是句法浑涵、无斧凿痕,并能状难写之景,含不尽之意,因而都是不易得到的佳句。因此,李德懋品评这些诗"对仗精绝"、"风骨秀雅"、"句甚壮丽",可见他评诗是极具慧眼的。

2. 沿袭、点化

首先看沿袭:李德懋并不提倡单纯地沿袭前人的诗句典故,但在他在《清脾录》中也做了一点肯定性的评价,譬如他写道:

> 宋景文猎诗"冰崖初辨马,昏谷自量牛",一出庄子,一出《史记》,用事精切,亦可见作《唐书》减字手段。①
>
> 高丽林惟正,工于集句,有百家衣集。如:花非识面迎人笑(齐己),草不知名随意生(李商隐)。能歌姹女颜如玉(李宣),爱酒山翁醉似泥(欧阳修)。岭上晴雪披絮帽,(苏轼),水中明月卧浮图(王维)。劝君更进一杯酒(王维),与尔同销万古愁(李白)。皆如天衣无缝。②

以上仅是集句诗,对此,李德懋却称其为"用事精切","皆如天衣无缝"。这从某种意义上讲,也反映了他对中国文学的尊崇与热诚学习的态度。

---

① 李德懋:《青庄馆全书》卷三十五,"清脾录(四)",韩国民族文化促进会,1989年,第48页。
② 李德懋:《青庄馆全书》,卷三十二,"清脾录(一)",韩国民族文化促进会,1989年,第17页。

李德懋更多的诗话，则是叙述了略有字句改动的"沿袭"诗句，譬如：

偶见唐殷尧藩诗"文字饥难煮"，东坡"一字不堪煮"出于此；殷诗"野禽无语避茶烟"，东坡"魏野烹茶鹤避烟"出于此殷诗。①

吾友泠斋诗"蝶光依草醉，醉态趁花颠"，本于元代黄庚"花香能醉蝶，柳色欲迷莺"……王渔洋诗"依依望杨柳，春色醉明驼。"②

以上两个诗句都是"偷语"，它们与原来诗句是相似的。由此可见，苏东坡沿袭唐代诗人殷尧藩的诗作不少，但他在意象选择上却比殷尧藩更加精到。相比之下，在后一句中，泠斋的诗却比黄庚、王渔洋的诗在选择语词上别有一番特色，更有动感。

其次再看点化。在此所说的点化，就是诗人对前人诗句中的语词加以变化，使之更加完美，为己所用。李德懋十分称道这种点化的手法，他曾言：

唐·江为诗"竹影横斜水清浅，桂香浮动月黄昏。"宋·林处士逋《咏梅》，易江诗"竹"、"桂"二字为"疏"、"暗"，遂为千古名句。历城王苹字秋史，王渔洋同时人，其诗有曰："乱泉声里谁通屐，黄叶林中自著书。黄叶下时牛背晚，青山缺处酒人行。"诗甚清拔，而对仗犹不精。余《秋日田舍》有诗

---

① 李德懋：《青庄馆全书》卷三十三，"清脾录（二）"，韩国民族文化促进会，1989年，第21页。

② 李德懋：《青庄馆全书》卷四十九，"耳目口心书（二）"，韩国民族文化促进会，1989年，第6页。

曰："青山缺处时沽酒，江树围中独著书。"盖用秋史二句而成之也。①

古人以柳子厚《龙城录》为宋人伪著。唐代殷尧藩《梅花诗》曰："好风吹醒罗浮梦，莫听空林翠羽声。"此亦引《龙城录》中"月落参横，翠羽啁啾"事也。②

在以上诗句中，既有替换语词而使其"遂为千古名句"者，也有对前人语词进行加工提炼而见出"点化"之神者，这些创作方法也叫做"换骨法"，是李德懋所十分欣赏的一种诗歌创作方法。

3. 比喻、夸张

李德懋在《清脾录》中，对取喻或夸张较奇特的诗句，也做了一些品评。其中，有关"比喻"的诗评段落有《月似蛾桃如马》、《松羔》等。

> 梁元帝《燕歌行》"黄龙戍北花似锦，玄菟城前月似蛾"。庾信《燕歌行》"桃花颜色好如马，榆叶新开巧似钱"。"蛾"者眉也，马有桃花马，故人取喻极奇。③
> 元遗山《种松》诗"百钱买松羔，植之我东墙"。羔为羊子，松羔稚松奇甚。杜诗有"栗雏"，谓壳中之颗也。④

---

① 李德懋：《青庄馆全书》卷三十二，"清脾录（一）"，韩国民族文化促进会，1989年，第13页。
② 李德懋：《青庄馆全书》卷三十二，"清脾录（一）"，韩国民族文化促进会，1989年，第11页。
③ 李德懋：《青庄馆全书》卷三十二，"清脾录（一）"，韩国民族文化促进会，1989年，第5页。
④ 李德懋：《青庄馆全书》卷三十二，"清脾录（一）"，韩国民族文化促进会，1989年，第3页。

前一句，喻体与本体相当明显，本体在前，喻体在后，其间用"如"、"似"相连接，属于明喻。而后一句只出现喻体，不出现本体，是一种"借喻"，即借"羔"来喻松之幼小。两段诗句都是想象丰富、比喻新颖，不仅"取喻"极为新奇，而且"取喻"相当贴切。

李德懋对夸张诗句的诗评，则主要体现在对《高丽馆偏凉亭》一诗的品评上。

  金魏雷溪道明字元道。《高丽馆偏凉亭》诗："碧海半湾蜗角国，春风十里鸭头波。"极其蹄涔弹丸之小，而渺然不盈一眦之意，见于言外。①

《高丽馆偏凉亭》一诗所用的夸张手法，不是将某种事物的性状加以夸大，而是将某种事物的性状加以缩小，即将"碧海半湾"夸张缩小到"蜗角国"大小，"极其蹄涔弹丸之小，而渺然不盈一眦"。同样，将"春风十里"夸张缩小到"鸭头波"程度。这种夸张故意言其小的结果，强调了事物的玲珑可爱，有利于情感的抒发和意境的创造。

二、辨味之品

以味论文，渊源很早，南朝时期刘勰、钟嵘就已有"讽味"、"研味"、"滋味"之称，用以表达对文学内在之美的欣赏、体味。如钟嵘《诗品》称陆机"文温以丽，意悲而远"。辨味之品由刘勰、

---

① 李德懋：《青庄馆全书》卷之三十四，"清脾录（三）"，韩国民族文化促进会，1989年，第36页。

钟嵘开其端，经过唐代以后的发展，至宋代趋于成熟。严羽指出：诗本于情性，情性表现于诗中便是兴趣，故要识其兴趣便当辨其味，而辨味之法是妙悟、熟参之、体会之。辨味所得，若以类分之，则其"品"有九（高、古、深、远、长、雄浑、飘逸、悲壮、凄婉），"大概"有二（优游不迫、沉着痛快），"极致"有一（入神）。这些标目，近于风格又不是风格，而是艺术境界。到了这一时期，辨味之品的内涵便从对情感、辞采的欣赏提升到对意象、境界的领会。

朝鲜文人受中国文学批评理论的影响，从高丽时期起，就开始沿用了辨味之品的诗评方法。李德懋作为深受严羽"妙悟"论影响的诗评家，更是倾心于采用这种诗评方法。他作为兼重人品、诗品的文学家，十分强调诗人应分辨诗歌的雅俗、真伪，具备"将俗化雅手段"，做到一生都努力创作高雅的诗作。他的这种美学倾向表现在诗评中，就体现为多用"淡"、"雅"、"清"、"静"、"洁"、"韶"、"丽"、"朗"、"爽"、"潇"等词语来品评他认为淡雅的作品。譬如：

> 金佐郎……诗甚新雅淡警。[1]
> 扶安县妓福娘，赠李承旨某诗……婉韶堪选。[2]
> 李进士……诗雅重深洁，名满一国，或云诗为当世第一。[3]

---

[1] 李德懋：《青庄馆全书》卷三十五，"清脾录（四）"，韩国民族文化促进会，1989年，第53页。
[2] 李德懋：《青庄馆全书》卷三十二，"清脾录（一）"，韩国民族文化促进会，1989年，第3页。
[3] 李德懋：《青庄馆全书》卷三十四，"清脾录（三）"，韩国民族文化促进会，1989年，第44页。

李凝斋……（诗）流利韶雅，绰有风致。① 余内弟稚川诗，从温雅平淡入……皆可传也。② 陶靖节诗天然……读陶诗，先观其语趣之雅洁……③ 得读和陶诗，淡然天趣，怡怡如也。④
　　高丽僧禅坦诗……颇清警。⑤

　　以上所评，总括起来体现的是对一种优游不迫的诗境、阴柔之美的诗风的推崇。据研究结果表明，李德懋品评诗歌时，使用频率最高的字眼是"淡"、"雅"、"清"，这些也是韩国诗话中品评具有阴柔之美诗作时经常使用的词语（见表一）。⑥

表一

神	
阳刚之美（男性性向）	阴柔之美（女性性向）
豪、奇、高、雄气	清、丽、雅、淡韵

　　正因为李德懋偏好体现阴柔之美的诗风，所以他大加称道王士祯等人具有神韵风格的诗作，推崇王士祯所追求的清远淡雅的诗境。他曾借柳得恭之口，称赞黄未称曰："清真淡远，洵为渔洋嫡

---

① 李德懋：《青庄馆全书》卷三十四，"清脾录（三）"，韩国民族文化促进会，1989年，第35页。
② 李德懋：《青庄馆全书》卷三十四，"清脾录（三）"，韩国民族文化促进会，1989年，第41页。
③ 李德懋：《青庄馆全书》卷二十二，"婴处杂稿（一）"，韩国民族文化促进会，1989年，第24页。
④ 李德懋：《青庄馆全书》卷十六，"雅亭遗稿（十一）"，韩国民族文化促进会，1989年，第57页。
⑤ 李德懋：《青庄馆全书》卷三十五，"清脾录（四）"，韩国民族文化促进会，1989年，第60页。
⑥ 李义澈：《汉诗批评中的风格研究》，庆熙大学硕士论文，1999年。

派。"[155]他又在自己的著作中，多次高度评价这种诗风、诗境：

> 王士祯……善为诗，大率清秀闲雅，淡静流丽……皆其所谓清婉可诵者也。①
>
> "闲花梦中落，明月觉来圆"，此吴副学载纯诗也，神韵灵炯；"雨余草色桥南路，日午机声谷口家"，此副学弟载绍诗也，淡静而宛宛，恨不多见全集。②
>
> 西樵王士禄，渔洋之兄也。赠冒巢氏诗……余尝爱此诗潇朗妍淡，恨不读其全集。③
>
> 吾宗心溪……其诗好出灵虚悟脱之语。④
>
> 观斋诗最为工妙，以其能晓乐律，故诗现言外之致。⑤
>
> 《绘声园诗集》……盖清虚洒脱……皆韵清调高。⑥
>
> 在先……其诗淡泊潇洒，克肖其人。⑦

由上可见，李德懋在品评具有神韵之风的诗作时，紧紧抓住了

---

① 李德懋：《青庄馆全书》卷三十四，"清脾录（三）"，韩国民族文化促进会，1989年，第41页。
② 李德懋：《青庄馆全书》卷三十四，"清脾录（三）"，韩国民族文化促进会，1989年，第36页。
③ 李德懋：《青庄馆全书》卷三十五，"清脾录（四）"，韩国民族文化促进会，1989年，第48页。
④ 李德懋：《青庄馆全书》卷三十三，"清脾录（二）"，韩国民族文化促进会，1989年，第26页。
⑤ 李德懋：《青庄馆全书》卷三十四，"清脾录（三）"，韩国民族文化促进会，1989年，第41页。
⑥ 李德懋：《青庄馆全书》卷三十四，"清脾录（三）"，韩国民族文化促进会，1989年，第41页。
⑦ 李德懋：《青庄馆全书》卷十一，"雅亭遗稿（三）"，韩国民族文化促进会，1989年。

神韵诗"诗即其人"的诗学精髓，从而在论述过程中，将诗当作一个生命体，由诗歌这个生命体直接感知诗人的整个人生境界或生命情调。这种境界、情调在诗作中虽然没有直接说出来，但是它是从作品中间接地透露出来的，它是一种通过作品具体人、事、景象呈现出来，同时又超越了这些具体物象的东西。即一种"清秀闲雅、淡静流丽"、"淡泊潇洒"、"疏朗秀逸"、"清虚洒脱"、"灵虚悟脱"、"潇洒妍淡"的"言外之致"（神）。这种"言外之致"带给人一种悠远缥缈的审美感。其间带给人以悠远延宕的时间感、音乐感；同时，它又在具体的景象之外，带给人以缥缥缈缈的空间感、绘画感。

然而，李德懋并不认为只有优游不迫的诗风才能体现诗歌的"言外之意"，他主张沉着痛快的诗风也照样能体现诗歌的"言外之意"。这集中表现在如下诗评言论中：

余尝爱其"晚木声奔野，寒山影入树。晴鸥飞点水，倦卧拧看山"，有趣有理，亦淡亦精。①

林龙村……诗亦奇爽。②

毛西河奇龄全集，诗文高华逸宕。③

张童子健……和子美《同谷七歌》……辞甚雄雅。④

---

① 李德懋：《青庄馆全书》卷三十三，"清脾录（二）"，韩国民族文化促进会，1989年，第28页。

② 李德懋：《青庄馆全书》卷三十五，"清脾录（四）"，韩国民族文化促进会，1989年，第53页。

③ 李德懋：《青庄馆全书》卷三十三，"清脾录（二）"，韩国民族文化促进会，1989年，第22页。

④ 李德懋：《青庄馆全书》卷五十二，"耳目口心书（五）"，韩国民族文化促进会，1989年，第83页。

金艺园子五言古诗,有汉魏风,皆可诵。①

元美之哭于鳞一百二十韵诗,瑰奇谲诡,灵气薈杂,盖大物也而伟材欤,不让为大明文章也。②

在此,李德懋的可贵之处就在于鉴赏诗作摒弃成见,不以已好为是非,对各种风格的作品都勇于接受、乐于接受,正如他所指出:"文章不必专主一门,随地从心。有时以险媚,有时以险怪;有时以新奇,有时以平易。或洪或纤,或浮或沉,但不失古人之旨。而其变化伸缩,在吾手中也。"③而且在对诗作的接受过程中,李德懋始终对具有不同风格的作品做出公正的审美判断和创造性的评价。譬如,他指出"假使吾为唐,人为宋,则责人之不如吾之为唐也,而为宋乎。则岂公论哉。"④

继此,笔者想指出的是,诗歌的艺术风格,尽管千姿百态、异彩纷呈,但从美学的角度看,大多数可归属于"阳刚之美"与"阴柔之美"这两大审美范畴。倘若以此鉴赏与批评诗作,就可以从多样的艺术风格中深刻地理解与分析诗作的意蕴和艺术特色,进而加深对艺术审美特征的认识,并且准确地对其进行审美评价。当然,有些诗作的风格,尚难以用以上两种审美范畴的词语加以品评,尤其是那些显现非刚非柔风格的诗作。在李德懋的诗歌批评中,尤其在他的体味批评中,对有些诗句的品评,就使用了较中性且抽象的

---

① 李德懋:《青庄馆全书》卷五十三,"耳目口心书(六)",韩国民族文化促进会,1989年,116页。

② 李德懋:《青庄馆全书》卷二十二,"婴处杂稿(一)",韩国民族文化促进会,1989年,第11页。

③ 李德懋:《青庄馆全书》卷六,"婴处杂稿(二)",韩国民族文化促进会,1989年,第23页。

④ 李德懋:《青庄馆全书》卷二十二,"婴处杂稿(一)",韩国民族文化促进会,1989年。

评语。譬如：

> 赵云江瑗……小室李氏……诗如《即事》……《闺情》……皆有情致。①
>
> 吕留良……其《季臣兄病卧欲荒园》……若以诗品论藻思妙绝，而味胜者也。②
>
> 泠斋、素玩、苏书，俱有别诗，诗皆妙绝。③

由此可见，李德懋具有一种高尚的批评品格，他鉴赏品评诗作是按照文学自身的规律和美学标准去体味与切近作品实际的，从而尽可能客观地揭示出作品整体的审美特征和接受者的审美感受。不仅如此，李德懋品评诗歌，还突出个人情感的投入，"以意逆志"，从而细细品味诗歌所蕴含的"兴趣"。

> 吾宗心溪，笃行君子也……余将先归……心溪诗曰"……"惜别恋恋，惆怅无聊之意，溢于言外。④
>
> 泠斋……其佳句……皆妍洁不尘，时带凄楚悲壮之音，其人可想见也……泠斋文弱如处子，而诗有时哀切，其胸中诚有

---

① 李德懋：《青庄馆全书》卷三十三，"清脾录（二）"，韩国民族文化促进会，1989年，第23页。
② 李德懋：《青庄馆全书》卷三十三，"清脾录（二）"，韩国民族文化促进会，1989年，第19页。
③ 李德懋：《青庄馆全书》卷三十五，"清脾录（四）"，韩国民族文化促进会，1989年，第48页。
④ 李德懋：《青庄馆全书》卷三十三，"清脾录（二）"，韩国民族文化促进会，1989年，第26页。

触激而然欤。①

　　魏际瑞……明亡,(兄弟)隐于宁都金精山翠微峰,耕田教授,肆力为古文辞……尝游燕,遇朝鲜使者,有诗二篇……披露情曲,慨叹艳羡……洋溢言外。②

　　在以上品评中,李德懋将自身投入作品之中,浸染沉潜,与作品融为一体。其目的或出于品味情致,或出于在咀嚼中体悟言外之意,或意在讽诵中见义理,又或者要体认其中流露的人格精神。总之,不管怎样,他都以欣赏的态度,沉浸其中,为之感动,有所会意,并形成立足于审美的体味批评。

　　与此同时,李德懋也深深地体识到:诗歌语言概括简洁而意味无穷,它所造成的审美意境给读者留下了相当大的想象空间,其间可以容纳许多具体的情感内容。所以,欣赏诗作本身,就是一种创造性的精神活动,它不仅要求鉴赏者生活经历丰富,还要具有较高的文化修养和审美水平。对于一个不懂诗的读者来说,诗是索然无味的,更谈不上去品评诗。对此,李德懋指出:"古人云:可与知者道,不可与俗人语。余每疑此语甚薄而无忠厚意。近日渐觉此语不得已也。"③同时,他也不无慨叹地赋诗道:"丁宁有眼堪千古,珍重知音只数人。"④这与刘勰"知音其难哉!音实难知,知实难逢,逢其知音,千载其一乎"(《知音篇》)是同出一辙,它喊出了文学家

---

　　① 李德懋:《青庄馆全书》卷三十五,"清脾录(四)",韩国民族文化促进会,1989年,第47页。

　　② 李德懋:《青庄馆全书》卷三十二,"清脾录(一)",韩国民族文化促进会,1989年,第5页。

　　③ 李德懋:《青庄馆全书》卷四十八,"耳目口心书(一)",韩国民族文化促进会,1989年,第8页。

　　④ 李德懋:《青庄馆全书》卷三十四,"清脾录(三)",韩国民族文化促进会,1989年,第37页。

渴望知音的心声。

三、格调家数之品

首先比较品评中国诗人与韩国诗人诗作。

　　余尝读《益斋集》，断然以益斋诗为二千年来东方名家。其诗华艳韶雅，快脱东方僻滞之习，虽在中原，优入虞（集）、杨（载）、范（梈）、揭（傒斯）之室，成慵斋所谓"益斋能老健，而不能藻者，非铁论也。"以益斋而不能藻，何者果能藻乎。①
　　郑东溟诗，专以气为主张，其伸缩变化，颇似于鳞而较浊，然东诗之巨擘欤。②
　　薑山……其为诗也……古淡幽洁，高亮闲远。余尝叹其典裁如王渔洋，渊雅如朱竹垞。③
　　金佐郎……诗甚新雅淡警……当世若有朱竹垞，皆可编入《诗综》中。倘不在崔（颢）、白（居易）之下也。④

　　李德懋认为：尽管韩国诗学是在中国诗学的影响下发展起来的，但其中有些诗人诗作却要优于中国的诗人诗作［如"益斋诗……优入虞（集）、杨（载）、范（梈）、揭（傒斯）之室"］，有些诗人诗作

---

　　① 李德懋：《青庄馆全书》卷三十四，"清脾录（三）"，韩国民族文化促进会，1989年，第32页。
　　② 李德懋：《青庄馆全书》卷十六，"雅亭遗稿（十一）"，韩国民族文化促进会，1989年，第35页。
　　③ 李德懋：《青庄馆全书》卷三十五，"清脾录（四）"，韩国民族文化促进会，1989年，第50页。
　　④ 李德懋：《青庄馆全书》卷三十五，"清脾录（四）"，韩国民族文化促进会，1989年，第54页。

同中国的诗人诗作不相上下［如"金佐郎……诗甚新雅清警……不下崔（颢）、白（居易）之下也"］,有些诗人诗作兼取中国诗人诗作的长处（如"薑山……其为诗也……典裁如王渔洋,渊雅如朱竹坨"）,因此,没有任何理由妄自菲薄、失去自信。由此不难看出,李德懋对自己民族的文学成就相当自负,评价较高。

其次,比较韩国诗人之间的诗作或比较中国诗人之间的诗作。

（1）重阳诗,温而洁,典而则,如狮子搏兔,俱有全力;芝园之作,轩然屹立,如无复婴儿姹女之想,顾不可爱耶。①

（2）纤丽而成家者,其（崔）柳下乎;痼疾于模唐者,其（李）苏谷乎;（许）兰雪（轩）全用古人语者多,是可恨也;（宋）龟峰带濂、洛而神化于色香者;（李）泽堂之诗,精致有识,且典雅,不可多得也。②

（3）丽末诸公中,能嗣唐音者,圃隐先生。然繁丽少逊于益斋,奇健不及于牧隐。大抵益斋是元调,牧隐是宋体,何尝有圃隐袅袅绵绵之态致耶。③

（4）老苏之文有气力而大有才思,小苏色香不足,长苏则集一家之大成者。④

（5）盖于麟辈雄健,中郎辈退步矣;中郎辈超悟,于麟辈退

---

① 李德懋:《青庄馆全书》卷十六,"雅亭遗稿（八）",韩国民族文化促进会,1989年,第58页。

② 李德懋:《青庄馆全书》卷二十二,"婴处杂稿（一）",韩国民族文化促进会,1989年。

③ 李德懋:《青庄馆全书》卷六,"婴处杂稿（二）",韩国民族文化促进会,1989年。

④ 李德懋:《青庄馆全书》卷二十二,"婴处杂稿（一）",韩国民族文化促进会,1989年。

步矣。①

(6)铁桥兄九峰名杲,高雅绝俗,与弟齐名。时人比之(陆)机、(陆)云、(苏)轼、(苏)辙。②

由上可见,李德懋十分强调"识",即把对诗的体识所得上升到理性认识的高度,总结归纳出不同诗人在诗歌表现风格上的差异。具体而言,引文(1)是对"重阳诗"与"芝园之作"的"气象之品",前者"如狮子搏象搏兔,俱有全力",而后者则"如无复婴儿姹女之想"。引文(3)是体制之品,李德懋品评"益斋是元调,牧隐是宋体"。引文(5)是对格力之品与兴趣之品的综合运用,谓于麟"雄健"是格力之品,谓中郎"超悟"则是兴趣之品。其他的引文,则对众多诗作有褒有贬,不拘一格,从而充分体现出李德懋诗评方式的多样性。

---

① 李德懋:《青庄馆全书》卷四十八,"耳目口心书(一)",韩国民族文化促进会,1989年。

② 李德懋:《青庄馆全书》卷三十三,"清脾录(二)",韩国民族文化促进会,1989年,第31页。

李德懋诗学观:言意论①

　　李德懋作为朝鲜朝实学派的重要诗论家,他对诗论的突出贡献之一,就是在继承中国传统的哲学和诗学思想的基础上,较全面、完整地提出了有创意的"言意论"诗学观。

　　李德懋"言意论"的理论渊源有两个:一个是以庄子为首的浪漫主义创作理论,这是直接的理论渊源。另一个是传统的"气论"思想,这是间接的理论渊源。庄子从"道"是无形无象、不可言喻的角度出发,认为言是不能尽意的,意只能默会而无法言传,但言却可以作为象征意的工具,使人们由此而获得意;然而,"得意"后却要"忘形(言)"。后来,这种观点运用到绘画上,就体现为"以形写神";运用到文学(诗歌)上,则反映为通过具体有代表性特征的形象来象征作者的意图,言在此而意在彼。

　　中国古代诗论家对此曾作过许多理论阐述。其中最突出的就是司空图、严羽和王士禛。司空图强调"象外之象,景外之景"。严羽以禅喻诗,归于妙悟。即,要求诗人能够体会到艺术形象所象征的内容和意义。王士禛则进一步发挥了司空图、严羽的论述。他在《香祖笔记》中说:"舍筏登岸,禅家以为悟境,诗家以为仙境,诗禅一致,等无差别。"佛学上的"舍筏登岸"与庄子的"得鱼忘筌"是一样的。"舍筏"即"忘筌","登岸"即"得鱼",目的都在说明

---

　　① 本文原载于《延边大学学报(社会科学版)》1994年第3期。

工具与所要达到目标之间的关系。这种原理运用到诗歌创作中，是指用语言塑造的形象，仅仅是象征作者所要表达意思的一种工具，而并不是所要表达的意思本身。王士祯认为：正是在这种象征方法的运用上，诗禅是一致的，没有差别。

李德懋作为深受中国古代诗论影响的诗学家，他对庄子等人的"形神""言意"论思想兼收并蓄，并做了有创意的阐释。

李德懋对"言"、"意"概念的理解是正确的。他认为："言意"中的"言"，是指诗歌语言所表现的形象（物象）；"意"则指诗歌所要表达的情感与思想。任何一首诗，诗人的情意是作品的精神主体，语言文字是物质载体；没有一个载体，情意不能输出。因此，"有言"是绝对的。至于"无言"，则是因有的"意"不可用"言"尽行表达出来而蕴于言外，只能让读者超越已有的文字去体味、探索。因此，"无言"是相对的。

在此基础上，李德懋对"言意论"做了全面的理论阐述。这具体表现在三个方面。

一、"气"与"意"

李德懋在《耳目口心书》中指出：

"奇秀之气寂然，则无论万品，皆堕俗臼。山无是气，则败瓦也；水无是气，则腐溲也；学士无是气，则束蒭也；方外无是气，则团泥也；武夫无是气，则饭袋也；文人无是气，则垢囊也。至于虫鱼花卉书画器什，无不皆然。灵淑精英，天钟地毓,得此者贵,岂与滓秽朽臭,骈肩接踵哉。"①

在这里,李德懋认为:世上万物,如果没有这种"气",就毫无生命力。这种观点,似乎与朴趾源所理解的"气化"相近,但比它要深刻得多。那么,这种气究竟是指什么呢?这实际上就触及到了"言意论"的第二个渊源"气论"思想。

中国古人对"气"的理解,不外有以下三种:第一种是,作为宇宙自然万物存在之根据的"气";第二种是,指生命现象的基质。第三种是,如曹丕所说,将"气"理解为"精神—心理"现象的统一体。即,文学活动主体所具有的气韵、气质、艺术个性的总和。其中,第二种"气"是自然生命存在的实存性根据,其气一绝,生命就结束,机体就腐烂;第三种"气",则是主体生命存在的精神性根据,其气即使去了,自然生命仍然存在,只不过迹近行尸走肉。

李德懋在继承传统"气论"思想的基础上,从审美角度糅和以上第二、三种观点,阐发了自己独到的见解。他认为审美活动中的"气"是指每个事物所特具的审美个性("精神的空气")。就审美客体而言,它体现为审美对象(如自然万物)中所蕴含的生机;就审美主体而言,它体现为审美主体所具有的气韵、气质、精神、修养等。由此可见,李德懋在这里所主张的"气",是类似于文学活动"意识场"之类的存在。

与"气"的概念紧密相关,是"意"的概念(意分为"言内之意"与"言外之意")。两者的区别在于,"气"属于审美实践内容的外在方面,具有广延性、模糊性特征;而"意"属于审美实践内

---

① 李德懋:《青庄馆全书》卷四十八,"耳目口心书(一)",韩国民族文化促进会,1989年,第1页。

容的内在方面,具有多层次性、含蓄性的特征。两者的共同点是,都以在审美对象中实现审美主体"本质力量对象化"为其中介。

正是基于这种中介,李德懋顺利地实现了由"气"向"意"的转换。这突出体现在其由强调"儒雅气"自然导向追求"古意"的心理流程中。他曾说道:

"可贵儒雅气,将帅妇人农商,若有是气,可爱也。万物皆然。"①

在这里,李德懋尽管没有特别强调文学家人格修养的重要性,但通过强调所有人都应具有"儒雅气"的论述,更加反衬出文学家具有这种"气"的重要性。在李德懋看来,当一个文学家的心灵被一种自私、狭隘的占有欲役使时,他的自由本质的实现就必然会受到阻碍,其审美理想也无法在对象中得到确证与观照;与此同时,文学家就很难具备"将俗化雅手段"②,与人的自由本质相适应的描写对象的本质特征也不能得到充分、深刻的揭示。因为,这不可避免地要产生实用功利性与审美特性间的尖锐矛盾。所以,李德懋强调每位文学家都应不断提高自身修养(人格修养和艺术修养),具有一种开放的、超越世俗功利性的审美眼光,达到无欲粹然的艺术境界,从而使自己(在文学作品中)表达的情致,最大可能去暗合过去优秀作品充溢理性精神的真诚情思——"古意",从而真正体识事物的特性、真趣。

总之,李德懋极力强调:文学家们应该注重养"气",从而使他

---

① 李德懋:《青庄馆全书》卷五十,"耳目口心书(三)",韩国民族文化促进会,1989年,第52页。
② 李德懋:《青庄馆全书》卷十五,"雅亭遗稿(七)",韩国民族文化促进会,1989年。

们创作的作品意蕴更加深广,以引起读者更加深厚的审美情感,使他们得到品味不尽的艺术享受。总而言之,养"气"的目的,就在于更好地体现作者的"意",使作品的"意蕴"更加深刻。

二、诗、画之意

王士祯等人追求"景外之景"、"言外之意",主张"诗画相通",并把它视为达到神韵诗境的途径。李德懋接受王士祯等人的影响,也主张诗画相通,认为"画而不知诗意,画液暗枯;诗而不知画意,诗脉潜滞。"①并且以画喻诗,深刻揭示出用语言难以表述的诗情、诗理。

首先,谈他对绘画的看法。李德懋认为:世上万物都有能得其传神之意思所在的形似特征。作为一个高明的艺术家,就应该善于抓住客观对象的典型特征,"以少总多",对它作切中要害的真实描写,这样就可以把客观对象的形貌神态生动地再现出来,做到传神写照、情貌无遗。他说:

"观万物,可别具眼孔。驴度桥,但看耳之如何;鸽步庭,但看肩之如何……此皆精神发露而至妙之所寄处也。"②

李德懋的这席话,不仅道出了观察事物的方法,也揭示出了艺术上"以形写神"(写意)的奥秘。本来,通过物象把握作品的"意"是件极难的事情,但通过李德懋这种"万取一收"的手法,

---

① 李德懋:《青庄馆全书》卷六十三,"蝉橘堂浓笑",韩国民族文化促进会,1989年,第17页。

② 李德懋:《青庄馆全书》卷四十九,"耳目口心书(二)",韩国民族文化促进会,1989年,第26页。

就使作品所表达的"意"形象地突现出来。仅以驴做例：驴身上，耳朵是最能传神的部分，于是，李德懋就略去了其他部分，专意于描写驴的耳朵，即他对事物进行了有选择的凝缩。其结果，就给欣赏者留下了广阔的想象空间。尽管是用写意法只画出了驴身上的一部分，却在无形间展示了驴的全貌（这与追求形似正相反），从而突现出驴的精神面貌与个性—"透得画外旨"。

其次，谈他对写诗的看法。李德懋认为：作诗也和绘画一样，只要能创造出"不著一字，尽得风流"的审美意境，就是写出了诗歌的意蕴。

李德懋十分欣赏"邃洞幽蛛虚自袅"①和"黄牛听雨角峥嵘"②这两个诗句，认为这是通过动物的生趣和典型特征（形象），传递给读者一种借助于联想而带来的美感——"蛛袅时，想其脚幽虚可推也；牛听时，想其角峥嵘可知也"，③从而，以画意表现了诗趣，含蓄蕴藉，令人品味不尽。

由此，他非常推崇王士祯所追求的清远淡雅的诗境。他曾借柳得恭之口，称赞黄未称曰："清真淡远，洵为渔洋嫡派"。④他又在自己著作中，多次高度评价这种诗风、诗境。

---

① 李德懋：《青庄馆全书》卷四十九，"耳目口心书（二）"，韩国民族文化促进会，1989 年，第 26 页。

② 李德懋：《青庄馆全书》卷四十九，"耳目口心书（二）"，韩国民族文化促进会，1989 年，第 26 页。

③ 李德懋：《青庄馆全书》卷四十九，"耳目口心书（二）"，韩国民族文化促进会，1989 年，第 26 页。

④ 李德懋：《青庄馆全书》卷三十二，"清脾录（一）"，韩国民族文化促进会，1989 年，第 15 页。

"观斋诗……以其能晓乐律,故诗现言外之致。"①

"《绘声园诗集》……盖清虚洒脱……皆韵清调高。"②

另外,他评价李秉渊、李芝峰、李喜之、崔彦沉等人的诗,也不离"清"、"雅"、"韶"这几个字。

但是,李德懋并不认为只有优游不迫的诗风才能体现诗歌的"言外之意",他主张沉着痛快的诗风也照样能体现诗歌的"言外之意。"他说"晚木声奔野,寒山影入树"③一句诗"有趣、有理,亦淡亦精,"④正是表明了这一点。另外,从他引用龙门师东山的诗"拔剑起舞,临风舒啸"⑤与"落花一瓣,新月一钩"⑥的话语中,又可以看出李德懋是兼倡优游不迫和沉着痛快这两种诗风的。

三、"妙悟""言外之意"的途径

上面我们已经论述过,"意"分为"言内之意"和"言外之意"。"言内之意"可以通过字面直接把握;可"言外之意"却只能"到人所难言处而会"。即,只能靠自己心"悟"来加以领会。因

---

① 李德懋:《青庄馆全书》卷三十四,"清脾录(三)",韩国民族文化促进会,1989年,第41页。

② 李德懋:《青庄馆全书》卷四十九,"耳目口心书(二)",韩国民族文化促进会,1989年,第26页。

③ 李德懋:《青庄馆全书》卷三十三,"清脾录(二)",韩国民族文化促进会,1989年,第28页。

④ 李德懋:《青庄馆全书》卷三十三,"清脾录(二)",韩国民族文化促进会,1989年,第28页。

⑤ 李德懋:《青庄馆全书》卷三十三,"清脾录(二)",韩国民族文化促进会,1989年,第28页。

⑥ 李德懋:《青庄馆全书》卷三十三,"清脾录(二)",韩国民族文化促进会,1989年,第28页。

此，作为一位诗人，无论是在创作诗歌时，还是在欣赏诗歌时，都应当具备"妙解通悟法"，①这样才能像李德懋所言，"各自善得之如何"。②

李德懋关于"悟"的认识，（通过王士祯）得之于严羽的"妙悟说"。严羽认为："妙悟"是诗歌创作的根本方法。其核心是，深入领会、掌握前人和他人作诗的规律，从而达到"气象"、"兴趣"、"本色"、"入神"的标准。另外，从李德懋指出须读《愣严经》的言语中，可知他的"妙悟"观点，与佛教的悟不无关系。但他并未对此盲目因袭，而是结合自己的实践与思考，摆脱佛禅所标榜的形而上的境界，对悟作了更为具体的理论阐述。这体现在以下两方面：

第一，他认为要实理"妙悟"，必须进入一种"悟境"。他对"悟境"是这样描述的：

"有超世先生，万峰中雪屋灯明，研朱点《易》，古炉香烟，袅袅青立，空中结彩球状。静玩一二刻，悟妙忽发笑。"③

"读是诗者，净室洁席，焚香而玩，可得其趣。亦于古松、流水之侧，高吟朗诵，与松声水音，共具琤琮清冷之韵，甚至起欲舞，或恐舞而仍飞去也。"④

---

① 李德懋：《青庄馆全书》卷四十八，"耳目口心书（一）"，韩国民族文化促进会，1989年，第4页。

② 李德懋：《青庄馆全书》卷四十八，"耳目口心书（一）"，韩国民族文化促进会，1989年，第4页。

③ 李德懋：《青庄馆全书》卷六十三，"蝉橘堂浓笑"，韩国民族文化促进会，1989年，第15页。

④ 李德懋：《青庄馆全书》卷四，"婴处文稿（二）"，韩国民族文化促进会，1989年，第65页。

在现实生活中,不少人为自身生计,已变得越来越"俗气"了,他们总是用实用的、贪欲的眼光去观看周围的一切,难得有机会用审美的眼光感悟身边的一切。所以,李德懋主张,无论是创作还是欣赏,都必须从过分的社会性中退出来,最好是能够暂时隐居到大自然中去,这样就有利于用生命个体独特的、异乎寻常的艺术眼光去领悟周围的世界,使人心旷神怡、忘怀一切,由此突发灵感,"兴会神到",完全进入"妙悟"诗歌"言外之意"的意境。

第二,他认为"悟"的能力基于"天分"也靠后天培养。李德懋论述道:

> "稚弟鼎大方九岁,性植甚钝,忽日耳中鸣铮铮。余问,'其声似何物',曰'其声也,团然如星,若可观而拾也。'余笑曰:'以形此声,此小儿不言中,根天慧识。'古有一小儿见星曰:'彼月屑也'。此等语,妍鲜超脱尘气,非酸腐所敢道。"①

鼎大方这么小小的年纪,竟有如此奇敏的通感能力——悟解力。这一方面说明,他具有聪颖过人的天分,一指便悟;另一方面也证明,一个创作主体在他进行文学创作时,越是能保存他自己本然的东西,就越能创造性地运用艺术直觉(而非一般的理性认识和逻辑思索)创作作品,其作品也就愈加具有审美性。当然,我们这么说,并不认定只有孩童才真正具有这种审美知觉力,成年人在进行审美实践时,如果能在深谙自己周围社会的同时,能有所超脱,能尽量少受社会功利性的羁绊,那么,他们比起孩童们的审美知觉力将会更

---

① 李德懋:《青庄馆全书》卷四十八,"耳目口心书(一)",韩国民族文化促进会,1989年,第1页。

加深刻、成熟，更加富有哲理性的内涵。反过来，妙解为文处，非陈文腐士所可及。"①

李德懋的这段话，实际上是要求成年人为了恢复和发展自己的审美知觉力，应该不断地去磨炼自己的心性修养，从而减少一点"世俗气"，重新寻回"诗化"的童心。

实际上，朝鲜的李齐贤、徐居正、张维等人也都十分注重自然感应，讲求"天机"。张维在《溪谷漫笔》中说："诗，天机也。鸣于声，华于色泽，清浊雅俗，出乎自然。"这里所谓"天机"，指人的天赋灵机，语出《庄子·大宗师》，"其嗜欲深者，其天机浅"。②它体现在诗歌上，就是指自然发露的性情。李德懋在文中指出："草虫虽细，一翻倒一叫，何尝有假饰，何尝有拘碍，只见真机而已耳。"③可见，李德懋深受到了他们的文学影响。李德懋的《耳目口心书》就是他将"耳所闻，目所睹，口所言，心所思"④的内容毫无掩饰地坦露出来的作品结集。由此可见，他观察、认识世界的态度和方法是：摒弃一切虚伪意识和惯习，静观事物的本来面目，并从自然的"至细致微"⑤处悟出"至妙至化"⑥的道理，从而达到生机流动的古意境界。在此过程中，全身斋心静会，变得神态朦胧，则会觉得世上万物皆吾文章。

---

① 李德懋：《青庄馆全书》卷五十，"耳目口心书（三）"，韩国民族文化促进会，1989年，第113页。

② 蔡镇楚：《诗话学》，第346页。

③ 李德懋：《青庄馆全书》卷四十九，"耳目口心书（二）"，韩国民族文化促进会，1989年，第27页。

④ 尹基洪：《尹基洪全集1》，第130页。

⑤ 尹基洪：《尹基洪全集1》，第130页。

⑥ 李德懋：《青庄馆全书》卷三十三，"清脾录（二）"，韩国民族文化促进会，1989年。

李德懋认为诗歌创作作为一种特殊的艺术思维活动，确实要求诗人有天分，才思敏捷，然而最主要的，还是出之于后天的"学"与"悟"。诗人"悟解"诗的才能，因"学"而得，因"悟"而出。这与严羽在讲"悟"时不提"学"的观点不同，说明李德懋所理解的"悟"，不再是"禅悟"。

　　诗人学诗，一是学成法，二是要学无法之法，即"活法"。关于成法，他主张兼取百家之长，凡是他人在诗歌用典（文字饥难煮——一字不堪煮，①恳），②对仗（坏壁粘锅艰国步，荒池漂蚁失军容）③等方面写得奇妙的，他都主张去用心学习。因为恰恰就是在这些细微之处，体现了诗歌的"意"。李德懋认为：这些因素本身和由这些因素所构成的形式，有其相对独立性、规律性。从这个意义上讲，也不妨称之为"法"。这种法，有的属于一般的形式规律，有的属于特定的艺术技巧。如果"作文者不到精熟地步，而反以减字为先务……不先学精神意趣之如何，而区区于律格高低"。④而且，"命物之必依汇部，使事之要有来历，蹙蹙圈套之中，不敢傍走一步，遂使真机活用，括而不行。"⑤即，受"古人轨辙"的拘束，将形式规律、艺术规律当作艺术本身来追求，就从根本上违背了艺术思维的规律，写出来的东西也就徒具躯壳而无生命了。

---

① 李德懋：《青庄馆全书》卷三十二，"清脾录（一）"，韩国民族文化促进会，1989年。

② 李德懋：《青庄馆全书》卷三十二，"清脾录（一）"，韩国民族文化促进会，1989年。

③ 李德懋：《青庄馆全书》卷三十二，"清脾录（一）"，韩国民族文化促进会，1989年。

④ 李德懋：《青庄馆全书》卷五十一，"耳目口心书（四）"，韩国民族文化促进会，1989年。

⑤ 李德懋：《青庄馆全书》卷五十一，"耳目口心书（四）"，韩国民族文化促进会，1989年。

与"死法"相对的是"活法"。它是指构成艺术思维的各种辩证因素、诗歌艺术的特殊规律等。实际上，学习成法的目的，就是为掌握"活法"奠定基础。要想掌握"活法"，首要一点，就是"处事贵通，读书贵活"，①要懂得"明月照水，随处有光。照于淮水者，未必不照于济水；照于江水者，未必不照于河水，然月则一也"②的深刻道理。即，不仅要知其为"法"，而且还要知其所以为"法"。诗歌创作是按照人情、事理的自然法度表现事物，而不是把抽象的法则加以形象化。因此，按照情感、事物本身的逻辑表现情感和事物，就是诗歌创作的首要法则。这样一来，诗人就有可能超于法而达到艺术创作的自由境界。

譬如，诗人在看某一事物时，他的知觉首先把握到的是事物的物理属性。可是，当他在凝视那一事物时，却仿佛看见了另一些活生生的事物在飞动起来，由此心中产生了愉悦之情。那么，他的知觉也就把握到了事物的表现性的一面，即审美属性。这种表现性或审美属性，也就是超越事物的物理空间的形象与感情，即，"象外之象"、"象外之韵"、"景外之景"、"景外之情"。在审美知觉（悟解）中，知觉客体和知觉主体都发生了转换：就客体而言，它已由物理客体转换为审美客体；就主体而言，他已把观看转换为领悟。如果只是单纯地"看"的话，是无论如何也"看"不出其活生生的事物来的。只有在"悟"中，即在"妙解透悟"中，人的知觉才能不被限定在事物的物理空间里，才能通过"各自善得"被赋予活力而进行相对自由的创作，才能"兴会神到"、"截断中流"、"超津筏

---

① 李德懋：《青庄馆全书》卷五十，"耳目口心书（三）"，韩国民族文化促进会，1989年，第53页。

② 李德懋：《青庄馆全书》卷五十一，"耳目口心书（四）"，韩国民族文化促进会，1989年。

而上",①从而创作出"洞天""别开"的佳诗来。

综上所述,李德懋的诗歌"言意论"实际上精辟地阐析了他对诗歌审美规律的认识。就创作而言,审美主体应该尽量淡化和超越社会功利性,直觉把握审美对象,大胆地对生活进行艺术"变形",做到用有限的诗歌语言表达出无限的诗歌"意蕴"。就欣赏而言,审美主体也应进入虚静的审美状态,充分调动自己的各种艺术感官,对意味无穷的诗作进行通悟妙解,从而真正妙悟诗歌的意境与内涵。而要达到以上目标,审美主体就必须十分注重"炼气"(自我修养),尤其是修炼后要真正具有一种"儒雅气"。

---

① 李德懋:《青庄馆全书》卷四十八,"耳目口心书(一)",韩国民族文化促进会,1989年,第9页。

李德懋诗学观中的"通变论"[①]

李德懋(1741—1793,字懋官、号青庄馆等),是李朝末期著名的诗学家。他十分珍视继承朝鲜与中国在审美和艺术活动方面所取得的丰硕成果,深入探究诗歌的本质规律与审美规律,最终确立了包涵"情感论"、"言意论"、"通变论"内容的较完整的诗学理论体系。其中,"通变论"的思想,作为一种开放的诗学思想体系,为其他诗学理论的形成,起到了其墓作用。本文拟就李德懋"通变论"的诗学思想,做一番细致、深入的探析。

"通·变"概念,最初源于《易经·系辞》。《易·系辞(上)》说:"化而裁之谓之变,推而行之谓之通。"《易·系辞(下)》说:"易穷则变,变则通,通则久"。这是论述事物必须不断变化、革新,才能发展。因而,这里的变,是变革的意思;通,则是发展的意思。

后来,陆机、刘勰等人将此概念运用到文艺创作和批评上,是指文学的继承和创新(这里,"通"的含义,由原来的发展,衍变为继承)。从理论上讲几这个概念是要求做到通中有变,变中有通;既要从古人创作经特中,极取其合理内核,又要按照现实的需要来创新;既要坚持历代相沿之法则,又要有今天创造之新奇。只有将这两方面有机地统一起来,才能创作出优秀的文学作品。

[①] 本文原载于《延边大学学报(社会科学版)》1993年第4期。

李德懋借鉴前人对"通变"问题的正确观点，在自己的诗学著作中，针对当时的拟古风气，全面、深刻地阐述了自己的独特见解。这体现在以下三个方面：

一、反拟古、倡创新

李朝末期，拟古风气盛行，许多诗人以中国古代，特别是以唐、宋名家诗为尚，甚至提倡：

> "凡作唐律，起处要平直，承处要从容，转处要变化，结处要渊水，上下要相联，首尾要相应。最忌俗意俗字俗语俗韵，用工二十年，始有所得。"①

这种形式主义的作诗规则，使很多"诗人不可惜手足"②，只能发出"人巧既极、天机顾安所活泼哉"③的叹息。尤其是科诗的风行，使这种"命物之必依汇部，使事之要有来历，蹙蹙圈套之中"的弊端更加严重。

李德懋同当时许多北学派文学家一样，是在反拟古的文学斗争中确立自己诗学观的。他明确地指出：

> "假令聪之，虽三昧于摹拟之法，反大不如渠，自有渠之

---

① 李德懋：《青庄馆全书》卷五十，"耳目口心书（三）"，韩国民族文化促进会，1989年，第61页。

② 李德懋：《青庄馆全书》卷五十，"耳目口心书（三）"，韩国民族文化促进会，1989年，第61页。

③ 李德懋：《青庄馆全书》卷五十，"耳目口心书（三）"，韩国民族文化促进会，1989年，第61页。

文章也。如彼者虽无优孟逼模孙叔教段，然犹天多而人少也，如子则人多而天少也。"①

"文章一造化也，造化岂可拘缚而齐之于篆拟乎？夫人人俱有一具文章，幡忧脑中，如其面不相肖，如贵其同也，则板刻之画，举子之券也，何奇之有？"……振作多士之文章，岂一律而已哉。②

在这些论述中，李德懋强调：所谓文学创作，是创作主体通过客体（在客体身上），寻找自我，超越自我，从而创造新我的过程。正因为如此，作家"造化"的世界，有其自身的自律性，发展的无限性。这就决定了绝不能按某一种模式将它们统一起来，我们如果真的一味强求"通肖古人"、"境事雷同"，就必然会导致创作主体被创作客体所同化——"日人面疮"，就会完全泯灭其审美个性。虽自称是"诗人"可创作出来的却是非诗的诗。

那么，怎样克服这种弊端呢？李德懋是从两方面阐述的：

其一，认为"今"犹"古"，"古今贯一"。在李德懋看来，"古"与"今"是个相对的概念，相对于过去，今天是"今"；而相对于未来，今天却又是"古"。"古"与"今"的转换只是"瞬息"间的事情，因而"古今"是"贯一"的。这正如他所言："人生世间，前浪自灭，后浪自起，有何古人，纯是今人。"③更何况"今人不及古人者，只以今人自处，不以古人自处故也"。因此，只要我们

---

① 李德懋：《青庄馆全书》卷四十八，"耳目口心书（一）"，韩国民族文化促进会，1989年，第3页。

② 李德懋：《青庄馆全书》卷四十八，"耳目口心书（一）"，韩国民族文化促进会，1989年，第3页。

③ 李德懋：《青庄馆全书》卷三十四，"清脾录（三）"，韩国民族文化促进会，1989年。

"修置好事"、"如古人"则"必有后人赞我曰某古人,有某好事可学也。"①这样,他就旗帜鲜明地否定了一味拟古仿古的恶习。他指出:"我是今人亦嗜今。"②这既是对当代诗作价值的充分肯定,又是体现了作为实学派诗论者的自尊意识。

其二,要做到"代各有诗,人各有诗"。李德懋说:

"各梦无千共一床,人非甫白代非唐,吾诗自信如一吾面,依样衣冠笑郭郎。"③

"诗则本无师承,自创为格。"④

"代各有诗,人各有诗,诗不可相袭,相袭伪诗也。"⑤

"小诗穷则变"。⑥

他认为,任何时代的文学创作,总是那个时代社会生活的反映,"时移世改",文学必变。这里隐约可见朴趾源"汉唐非今世、风谣异诸厦"思想的影响。

另外,就文学自身的发展轨迹而言,它总是因旧生新,由新而旧的循环往复的辩证发展过程——"穷则变"的过程。具体而言。

---

① 李德懋:《青庄馆全书》卷四十九,"耳目口心书(二)",韩国民族文化促进会,1989年。
② 李德懋:《青庄馆全书》卷十一,"雅亭遗稿(三)",韩国民族文化促进会,1989年,第4页。
③ 李德懋:《青庄馆全书》卷三十二,"清脾录(一)",韩国民族文化促进会,1989年,第9页。
④ 李德懋:《青庄馆全书》卷五十一,"耳目口心书(四)",韩国民族文化促进会,1989年,第73页。
⑤ 李德懋:《青庄馆全书》卷十一,"雅亭遗稿(三)",韩国民族文化促进会,1989年。
⑥ 李德懋:《青庄馆全书》卷三十二,"清脾录(一)",韩国民族文化促进会,1989年,第3页。

不同时代的文学有不同的历史特点,不同作者的作品,体现不同的个人风格。而且,每个时代,每个作家的文学作品,都是在矫前人之弊、变前人之法的过程中产生的,因而,就完全不必厚古薄今,无须扬此抑彼,而要深入发展各个时代的文学所独具的价值,充分发挥自己的特长,充分表现自己的个性:即所谓"自创为格",一个时代作家的作品之所以能够光照青史、流芳百世,就是因为它不法前朝,自我作古,标新立异,独具一格。它的价值就在于它的个性,没有个性就没有审美价值。

提倡创新的结果,同一时代的不同诗人(不同国度、民族的诗人)所表现出的风格,也必定不尽相同。正如李德懋所言:

"难齐万品整而斜,色色玲珑日炙霞。吃著虽殊元一致,蚕家未必晒耕家。"①

这是一种很自然的现象,因为任何诗作都是"有斯事,则具斯格",是一种自由的精神产品,它肯定要表现出千差万别的风格形态。这是文学发展的需要。只有这样,才能形成优胜劣汰的竞争环境,保证优秀的作品更加优秀。

另外,李德懋从"华夷一致观"出发,认为各个国家、民族的文学,应力求表现本国或本民族独特的社会生活,体现出自己民族独到的风格特色。作为朝鲜的作家,他首先应当熟悉朝鲜良族的"语言、衣服、风俗、法制"②然后在文学创作中,表现这些。"若

---

① 李德懋:《青庄馆全书》卷九,"雅亭遗稿(一)",韩国民族文化促进会,1989年。

② 李德懋:《青庄馆全书》卷四十八,"耳目口心书(一)",韩国民族文化促进会,1989年,第16页。

欲超脱违俗，非妄人，则狂夫也。"①在这里，李德懋虽未明确指出"越是民族的，就越是世界的"这种口号，但的确表现出了强烈的艺术共存意识。

二、强调"古意"，主张继承

李德懋反对拟古，提倡创新，但他并不否定学古。他主张任何时代的文学创作，都是在继承历史遗产的基础上进行的，以古为师，事出必然。只是这种继承不是盲从，而是有批判、有选择的继承。这就是说，他既反对不师古而专重自得，也轻视拘于古而不知变化，认为文学的发展是继承和创新的辩证统一。

基于这种观点，他主张"师其意，不师其辞"。这里，"意"的含义较广，凡词句中内涵的东西都是"意"。那么，李德懋所强调的"意"主要是指什么呢？大致而言，他主要强调学习古人"自咏情性、自运意旨"的写作态度，强调"情气"、"兴"等文学作品的基本特质，强调"专期于达"的写作目的。这实际上都是反对复古，提倡创新。李德懋在给柳惠甫的信中说：

"读足下诗及素玩薛书二士诗，以为古人诗。古人已死，眠中不见一古人，何尝今日作诗示我，以为今人也。盈天下皆今人也，焉有今人吐出者个好诗，古今二字，交战脚中，无法可解。"②

---

① 李德懋：《青庄馆全书》卷四十八，"耳目口心书（一）"，韩国民族文化促进会，1989年，第16页。

② 李德懋：《青庄馆全书》卷十九，"雅亭遗稿（十一）"，韩国民族文化促进会，1989年，第61页。

实际上，李德懋并不认为这种现象"无法可解"。因为"古人"和"今人"的"情""兴"在很多方面是相通、相达的，只要每个诗人能立足于现实，为求发出内心的"情性"，"一字一句皆切近情理，模写真境"，就一定能与"古意"相通，就根本不必为"不见古人"而"嘘稀之甚"。李德懋曾对如何得古人之"意"说过这么一句话：

> 看诗文，先寻作者之情境；评书画，反归自家之神宇。①

即，学习他人的作品，首先应揣知作者当日所处的境遇，以作为悟入作品的开端。然后以己之心感受作品的意境，直至"无殊重睹，灼然毕现"于眼前，这样便切实领会了作品的艺术境界。如此日积月累，就会纵笔挥洒而"语语有古人面目"，真正自得"古人旨趣"。

学习诗歌创作的前提是诗歌鉴赏，不经鉴赏，就不知诗味，也就不知何者为真诗。一些倡导"师其意而不师其辞"的人，多停留在一般强调学习古人的道理、情性的层次上，于是就把学习古人之诗等同于学习古人，或把学诗等同于学道，而未能深入到学习诗歌的特殊规律的层次。李德懋则是真正将师古理解为感受古代作品的艺术境界，理解为学习古代名儒、硕辅、志士高人作品中趣味深、品格高、有益于风教的内容，并由此结集为《清脾录》。这都说明，他是真正把掌握诗歌创作的艺术规律，当作师古的目的。这是其他北学派文论家们尚未全面论及的。

---

① 李德懋：《青庄馆全书》卷六十三，"蝉橘堂浓笑"，韩国民族文化促进会，1989年。

三、全方位的"求是性"继承观

李德懋主张：任何时代的文学作品，都有它的独特个性和价值，就这一点而言，后人永远不能超过前人；但任何时代的文学作品，又总是同前人保持着外在的或内在的某种联系，因而总是在继承前人的基础上，有所变化、有所发展，这种以创新为目的的继承观，在李德懋的著作中是怎样得到体现的呢？

这里，我们看看其继承观。李德懋的继承观，是全方位的、以求是原则为指导的继承观。它具体体现在以下两个方面：

首先，他主张兼取各国文学之长、各个时代之长、各位诗人之长。长期以来，朝鲜基于文化事大主义，只注重接受中国文学，而歧视和排斥他国文学。更为严重的是，这又继而导致了盲从于某一时代、某种思潮的弊端（诗歌，大致经历了宗唐—宗宋—宗唐—兼宗唐宋等四个主要阶段）。李德懋针对这种一元的接受意识，积极主张接受活动要实现多元化。即，兼收并蓄各国、各代、各人之长，不因国、因代、因人而废诗。他说道：

"或问历代诗，何者最好。曰'蜂之酿蜜不择花；蜂若择花，蜜必不成。为诗亦犹是也。'为诗者，当泛滥于诸家，有所裁度，则吾诗各具历代体格。"①

"吾侪二十年前，泛览百家，亦云富有，毕竟归趣，即，全经全史而著书立言，不出经济实用间。窃自付于渔仲贵与之列，发为词章。亦以别裁伪体，多师为师。相与约誓，盖自三

---

① 李德懋：《青庄馆全书》卷十九，"雅亭遗稿（十一）"，韩国民族文化促进会，1989年。

百篇骚斌古逸、汉魏六朝、唐宋元明清、罗丽本朝以至安南、日本、琉球之诗，上下三千年，纵横一万里，眼里所凑，不遗镏珠，自谓不敢多让。"①

李德懋主张采用"酿蜜法"学习他人的诗作，大概是受到了明朝诗人谢榛的直接影响所致，李德懋用此喻旨在说明：学诗，不应死守一家，照搬成品，不应心存偏见，出于主观喜好去学哪家诗，而应博采众家之长，摒弃诸家之短，有所鉴别地接受它们。从而经过自家的加工制作，变成与他人皆为不同的创意品。这样，"在李德懋看来，作为接受主体，在接受活动中决不能盲目倾向于某个时代或某个作家，而必须以能者为师，广泛地接受一切时代、一切民族、一切优秀作家的经验和长处，并把它融会贯通，形成自己的风格和个性。"②

李德懋不仅在理论上这样主张，而且在实践中，也真正达到了他所说的"泛览百家"、"生下三千年，纵横一万里，眼里所凑，不遗镏珠"的境地。即，不仅积极接受本国与中国文学的优良传统，而且还善于虚心接受从前落后，今天却显示出独特审美个性的日本等邻近国家的文学，由此充分体现了李德懋文学接受意识的全方位性。

其次，李德懋坚持从作品实际出发，以诗为断，"以意逆志"。他主张，看待一首诗作，首先应着眼于它的艺术性，而不应受诗作者的国别、民族、身份、地位、年龄、人品及艺术风格的限制。即，"以诗为衡"而"不以人衡"，要以一分为二的观点分清任何诗作的优劣。在他的著作中，处处都体现着这种闪光的思想。分别

---

① 李德懋：《青庄馆全书》卷十五，"雅亭遗稿（七）"，韩国民族文化促进会，1989年。

② 金柄珉：《朝鲜中世纪北学派文学研究》，延边大学出版社，1990年，第95页。

来说：

1. 国别、民族

他指出：

> "朝鲜亦自好，中原岂尽善，纵有都那别，须俱平等见。"①
>
> "朱太史笑曰'国虽分华夷，诗岂有内外，况今天于一家，四海皆兄弟。'"②
>
> "余尝读《益斋集》，断然以益斋诗为二千年来东方名。其诗华艳韶雅，快脱东方僻滞之习，虽在中原，优入虞、杨、范、揭之室。"③
>
> "元玄川之言曰：'日本之人…诗文笔语，皆可贵而不可弃也，我国之人，夷而忽之，每骤看而好诋毁。'余尝有感于斯言，而得异国之文字，未尝不拳拳爱之.不啻如朋友之会心者焉。"④

在这里，李德懋继承和发展了洛论派所倡导的"人物性同论"的理论主张，明确提出了"华夷一致"的观点。即，尽管"东国文教较中国，每退计数百年后始少进，东国始初之所嗜，即中国衰晚

---

① 李德懋：《青庄馆全书》卷十二，"雅亭遗稿（四）"，韩国民族文化促进会，1989年，第105页。

② 李德懋：《青庄馆全书》卷三十二，"清脾录（一）"，韩国民族文化促进会，1989年，第8页。

③ 李德懋：《青庄馆全书》卷三十四，"清脾录（三）"，韩国民族文化促进会，1989年，第32页。

④ 李德懋：《青庄馆全书》卷三十二，"清脾录（一）"，韩国民族文化促进会，1989年，第7页。

之所厌。"①但作为一门艺术的诗歌,它本身有其相对独立性,后进国家的诗人,也照样能写出有较高审美价值的诗歌来。同时,李德懋还揭示出了朝鲜民族的劣根性——"狭陋而多忌讳","无挟自骄,凌侮异国"②,这使得文明悠久、文学水平本来较高的朝鲜,到后来,不论是"风流文雅",还是"诗文笔语",皆"友逊于日本",令人嗟叹不已。这说明,文学水平的高低都是相对的,并非一成不变。 正是基于上述这些认识,李德懋主张:"以诗为断",实事求是地评价和接受各个国家、民族诗人的作品。

2. 身份、地位、年龄、人品

评价一首诗的优劣,究竟是因人而断,还是以诗而断?这是许多诗论家所长期探讨的尖锐问题。清代著名诗沦家叶燮曾指出:"文选一律也,人选则不一律也。或以趋附,或以希求,或以应酬交际,其选以人衡,何暇以文衡?不以文衡,于是天下多弃人,天下多弃文矣!"③李德懋对此也颇有同感,他认为:一些在文学史上颇有价值的诗作,常因诗作者年幼,或品质、身份低下,无情地被埋没于民间。李德懋感于斯,身体力行去力图扭转这种颓风.他在《清脾录》和《耳目口心书》两书中,大量收录了"妓女、旁流、浮屠、童、儒"的佳作,并加以高度评价。现摘录几段如下:

"甲申年,人持示湖中九岁儿诗'……',笔法亦俊

---

① 李德懋:《青庄馆全书》卷六十八,"寒竹堂涉笔(上)",韩国民族文化促进会,1989 年,第 8 页。

② 李德懋:《青庄馆全书》卷三十二,"清脾录(一)",韩国民族文化促进会,1989 年,第 7 页。

③ 叶燮:《原诗》。

迈。"①

"扶安县妓福娘，赠李承旨某诗曰'……'婉韶堪选。"②

"高丽僧禅坦诗'……'，颇清警。"③

"宋逆贼刘豫诗，甚清和，诗出性情之语，诚未可信耶。"④

可见，李德懋选诗论诗，遵循"以诗为衡""选诗非选官，论诗非论人"的原则，认为那些"低贱之人"和"乱流匪人"，他们所作的一些诗，照样能"光彩动人"。这是因为，诗只是"技而已矣"。它虽然同一个人的气质、艺术修养有必然联系，但与一个人的人格及现实处境，却没有直接的因果联系。像宋之问这种"讹人"，"其诗温平"，但却非"出于性情之正"⑤；像蔡京这种"谲人"，"其笔劲端"但却非"从心而形画"⑥。李德懋的这番论述，实际上揭示出了艺术创作和欣赏的特殊内在规律，指明了"持公心者识文章，偏见之守不可以口舌诤"⑦的深刻道理。

---

① 李德懋：《青庄馆全书》卷三十二，"清脾录（一）"，韩国民族文化促进会，1989年，第22页。

② 李德懋：《青庄馆全书》卷三十二，"清脾录（一）"，韩国民族文化促进会，1989年，第12页。

③ 李德懋：《青庄馆全书》卷三十五，"清脾录（四）"，韩国民族文化促进会，1989年，第60页。

④ 李德懋：《青庄馆全书》卷三十五，"清脾录（四）"，韩国民族文化促进会，1989年，第38页。

⑤ 李德懋：《青庄馆全书》卷五十，"耳目口心书（三）"，韩国民族文化促进会，1989年，第47页。

⑥ 李德懋：《青庄馆全书》卷五十，"耳目口心书（三）"，韩国民族文化促进会，1989年，第47页。

⑦ 李德懋：《青庄馆全书》卷四十九，"耳目口心书（二）"，韩国民族文化促进会，1989年，第44页。

与此同时，李德懋也反对盲目推崇任何一位大诗人。他主张对任何一位诗人都应该持一分为二的批评原则，他在《清脾录》中，指出苏东坡用词的"纰谬"，也评论过李春卿"诗若无警协之趣，粗率散漫，名不副实，惟其敏速富赡，故人皆畏之"①，从而表现了一位诗论家大无畏的理论勇气和一种"求是"的探索精神。

　　总之，李德懋持有十分正确的诗歌接受观和创新观，以及"胜于我者，仰而慕之；与我同者，爱而交相助；不及于我者，怜而救之"②的博大胸怀，他力求采集世界诗坛百花园中任何一种花朵上的花粉，从而为酿造有自己特色的"蜂蜜"，做出了最大努力。

---

① 李德懋：《青庄馆全书》卷三十三，"清脾录（二）"，韩国民族文化促进会，1989年，第25页。
② 李德懋：《青庄馆全书》卷六十三，"蝉橘堂浓笑"，韩国民族文化促进会，1989年，第19页。

东亚诗歌中的中国因素

期待视野：朝鲜、日本接受中国诗歌文学的相异点[①]

中、朝、日三国自古以来就在文学领域开展着相互间的频繁交流，其中，中国文学对朝鲜、日本文学的影响尤为巨大，占据主导地位。在接受中国文学这一点上，朝鲜与日本具有许多共同点，可由于两国文学接受者的期待视野不尽相同，因而朝鲜与日本在接受中国文学时，所选择的接受对象就大为不同，从而呈现出不同的文学接受倾向。就诗歌文学而言，笔者认为，杜甫、苏轼诗歌对朝鲜诗歌的影响是巨大的，而白居易诗歌对日本诗歌的影响也是相当突出的。

其表现是：（1）朝鲜文学方面。首先看杜甫。自杜甫的名字及其诗集传入朝鲜后（高丽朝时），便产生了轰动效应，朝鲜名贤都极力学杜。各种"注释"、"谚解"、"批解"杜诗的著作大量刊行。尤其是编纂《杜诗谚解》时，动员了当时所有的诗学者，前后费时40年之久。杜诗所具有的忧国忧民、致君泽民、美刺劝惩的思想极大地影响了朝鲜诗人，使他们在己作中不同程度地表现出民本主义思想。其代表作有李奎报的《望南吟》、《苦寒吟》，丁若镛的"三吏"、"三别"、"三行"等。在艺术形式上，朝鲜诗人无论从结构形式、构筑艺术境界，还是在字词、韵脚上，都受到杜诗的深刻影响。譬如，丁若镛摹仿杜甫的"三吏"、"三别"，创作了他的"三

[①] 本文原载于《延边大学学报（哲学社会科学版）》1997年第2期。

吏"、"三别";郑梦周袭用杜甫《春夜喜雨》的诗韵,写就了《春》。其次再看苏轼。苏轼的诗传入朝鲜后(高丽朝时),便很快成为文人们学习的典范,并很快以东坡豪放雄健的诗风排挤掉了当时文坛积富丽的诗风。当时,高丽贵族社会对东坡的名声无人不知、无人不晓,甚至金榜题名者也都被命名为东坡的化身。高丽文人中,受东坡影响较深的有李仁老、崔滋、李奎报、林椿。其中,李仁老模仿东坡文学的形式,李奎报模仿东坡的气蕴与文体,林椿攘取东坡用语。朝鲜朝时期,东坡诗虽受程朱理学的排斥,但却深受政治失意者的欢迎。譬如,徐居正深受东坡诗格的影响;以朴门言为中心的"海东江西派",其诗风的豪放承袭东坡;郑澈歌辞的不少字词都脱胎于东坡诗。

(2)日本文学方面。白居易。自从《白氏文集》传入日本后,日本诗人、尤其是王朝时代的诗人对白居易及其《白氏文集》的推崇,几乎达到了无以复加的地步,并使之具有无与伦比的权威性。这表现在:出现了侍读《白氏文集》的专业户,如大江家;不少诗人对白居易思慕至极而夜寐成梦,如高阶积善;不少诗人不仅规摹白居易的诗作,而且也仿效其生活情趣,如菅原道真;一些日本文人还组织起了模拟白乐天人格风骨的诗会——"尚齿会"。自平安朝起,日本贵族文人由于他们在情感上和艺术上都倾向于白居易,因而他们开始自觉地模仿、借鉴白居易的诗作,较自由地运用白居易诗中定型化的"意象"去作诗。这类诗可统称为"白体诗",它带有对白居易诗模仿的若干痕迹,又是在模仿中逐步融化而表现日本民族感情的一种诗。它可分为下述三类主要形态:第一类是以白居易诗歌的形体为范本模仿而创作的日本汉诗,可称为"仿体诗"。这是对"白诗"外部艺术形态的模拟。第二类是采撷白居易的诗句,融合进入日本汉诗中,可称为"仿句诗"。第三类是融合白居易诗歌的主题或意境,并仿此创作的日本汉诗,可称为"仿意诗"。这一类诗作是

"白体诗"趋向成熟的形态。

针对以上影响关系,笔者认为:朝鲜与日本在接受中国诗歌文学方面呈现这种相异点的原因,正是出自两国在审美意识、社会文化秉性方面存在着很大的差异。下面分别详加论述。

一、审美意识不同

1. 日本民族的审美意识

日本作为多山地而四面临海的国家,生息在这块土地上的原始居住民们,自古以来就对高山和海洋,产生了许多遐想,并代代积淀产生出一种对于"自然美"特别强烈的情感意识。可以这么说,日本民族的美学意识多源生于大自然,也由大自然的风物所规定、所影响。在他们看来,大自然就是美的本源、美的蓝本、美的极致,一句话——自然即美。因而,在日本民族的审美意识结构中,真占据着相当重要的地位,美与真联姻。

日本民族不仅特别看重自然风物的审美属性,而且还把这种自然主义的美学观贯彻到人生其他领域,以便能在人与自然间建构一种纯粹的审美关系,作为自己民族的性格追求和文化理想。这种美学倾向体现在文学上,就表现为"物我交融"的移情心理。譬如,日本和歌诗人们大都通过抒写自然界的景物,如春花、秋叶、明月、风雪来寄托与表现自己缠绵、孤寂的情怀,并运用积极细密的联想与体悟,在心理上产生一种"移情作用"。由于日本民族长期以来在人与自然的关系上所形成的"移情心理"与"物我交融"的审美旨趣,从而最终导致其文学家们在自己作品中构筑了一种"幽玄"的审美境界。可以说,"幽玄"这种唯美主义的日本风格的美的境界,在8世纪的《万叶集》到10世纪初的《古今和歌集》中,体现得十分突出。此后，日本文学中"幽玄"这种审美意识，随着佛教的传入，又逐步融入了"空无"的观念，从而使"幽玄"向着"清寂"的方向发展。这就是日本民族在文学创作与欣赏方面所形成的独具特色的审美意识。

从日本民族这种审美意识返照白居易的诗歌作品，就会发现这样一个重要特点。即，在白居易的三千多首诗作中，约有十分之九是闲适诗与感伤诗。这些诗作，表现出了诗人避世与空无的观念与寻求内心深处宁和的旨意。因而，他常常用自然界中那些幽寂、宁静的景象去构筑自己诗的意境，去间接地表露人生的苦闷与内心的伤感。

白居易诗歌中表现的这种感情色彩，虽然与日本古代文学中的"幽玄"不尽相同，但却十分相近，所以很容易在古代日本知识界引起强烈的共鸣。正因如此，他的诗作比同时期其他中国作家，更能为日本知识界所接受。

2. 朝鲜民族的审美意识

与日本民族的审美意识相对，在朝鲜民族的审美意识结构中，善占据着尤为重要的地位，美往往与善联姻。朝鲜作为一个次大陆国家，其民族自古以来侧重于探究人与社会间的关系问题，强调人与社会间的协调、和谐，建立在氏族社会组织结构基础上的农耕文明比日本发达，伦理意识也比日本更为强烈。因而，较之日本人审美意识中的唯美主义倾向，朝鲜人在其审美意识中，更具有功利主义的倾向，更主张乐生的现实主义。具体而言，朝鲜民族自古以来就以能歌善舞著称于世，而这些歌舞却往往是与他们的生产、生活、原始宗教活动结合在一起的，即同社会的功利活动结合在一起的。在他们的许多歌舞中，体现了娱天思想。而娱天的目的，却在于保佑人们的生产、生活，为了人们的乐生。在这里，我们不难看出朝鲜人所受巫俗思想影响的巨大。

古代朝鲜人信奉巫俗,并形成祭政不分的氏族乃至部族,即便在佛教、道教等外来文化的冲击下也没有丧失其信仰。巫俗作为历史必然性的产物,不仅积淀在其民族的文化心理结构中,潜存在其民族的潜意识中,而且在适当的社会环境的激发下,还常常得到显现与发扬。巫俗最大的特点是现世人生主义。它为了现世人生而宁可趋利避祸、不择手段。它甚至将神也"亵渎性"地降格为一种追求物质享乐的工具类的东西。这与日本的神道教使人匍匐在神面前以求精神解脱的情形恰成鲜明的对照。古代朝鲜人所具有的这种巫俗思想,最终形成了他们急功近利的现时功利主义价值观。这在朝鲜古代建国神话里就表现为对具有现时功利的魔力及狡诈之术的推崇。由于朝鲜民族自古以来具有这种现实理性精神与现世主义思维方式,所以就能很快地自觉融进儒家思想,并在更高的层次上,逐步形成自己独特的现世功利主义思想,并以此为基础,构成了朝鲜民族"以善为美"的审美意识,推崇中和、和谐之美。

因此,当我们以朝鲜民族的这种审美意识去返照杜甫、苏轼的诗作时,就不难发现存在这样一种倾向:杜甫、苏轼在其一生中,都恪守儒家"仁政爱民"、"匡时济世"的传统,紧密联系自己所处的时代环境和遭遇而创作,他们的诗不仅具有极为丰富的社会内容、鲜明的时代色彩和强烈的政治倾向,而且具有那种一贯同情人民、热爱人民和热爱国家的思想情感。

杜甫、苏轼诗歌中表现的爱国、爱民、兼济天下的思想内容,尽管与朝鲜民族的那种现世功利主义思想与现实理性精神有一定的距离,但在很大程度上又是相接近的,因而较易被古代朝鲜的知识界所接纳,何况杜甫、苏轼的诗歌又分别代表着唐代与宋代现实主义诗歌的最高成就,所以,更是得到朝鲜知识界的普遍欢迎与推崇。

二、社会文化秉性不同

1. 日本民族的社会文化秉性

古代日本是属于汉文化圈内的国家,因而,一般人会认为日本是个深受中国儒学思想的国家,称日本是一种"儒教主义"的社会。但是,如果体察日本文化的深层内容,那么就不难看出,儒学对于日本社会的影响,远远比不上佛教的作用。在律令制时代,儒学的影响主要表现在国家制度和政治思想方面,却未能影响文化教育思想(譬如日本从未实行过科举制),更谈不上真正地透入到民众的生活意识之中。即使在江户时代,幕府定程朱理学为国家哲学,但这一时期,社会上却是人欲横流,而且文学作品也充溢着对物欲和性欲的追求,与程朱理学南辕北辙。

产生这种社会文化现象的原因:(1)由于日本是个岛国,与中国大陆隔海相望,交通不便,因而较少直接从中国输入先进的思想文化,而往往是经由朝鲜这个媒介传入。尤其是那些赴日外国学者所传播的儒学及汉文学,一般只局限在少数皇室成员和贵族子弟的范围内,其影响不很广泛。(2)日本在公元 3 世纪采用汉字(古汉字)作为书面语不久,便改造汉字形成了"万叶假名"(即借用汉字作标音的文字),并很快使"假名书"文学占据文学的主导地位。同时,设置儒学教育机关也很晚,日本在大化革新后才设立了儒学教育机关(数量少,范围窄)。(3)日本是在奴隶制的社会条件下接受了儒学,因而并不完全符合日本奴隶主贵族阶级的利益。即,由于日本刚刚踏入文明社会不久,原始宗教意识仍居主导地位,因而尚未展开理性的启蒙,很难对儒学产生共识。尤其是在以天皇为核心的中央集权制度下,无法形成社会批判。(譬如有些诗虽不乏社会倾向性，但却没有像杜甫那种忧国忧民的激愤诗人），但就是在这种情形下，日本的统治者还是抱着实现国家统一，促进社会进步的目的，接受了儒学。因而，在大化革新之后，他们就往往将儒学作为一种新的学术思想，采取择需学习的态度。

在这种文化背景下形成的日本文学，其作家的创作意识与读者的欣赏心理，都具有与中国文学很不相同的内容和形式。同时，还有别于中国、朝鲜古代的"诗教"之说，中世纪时代的"文以载道"论等所谓"文章乃经国之大业"的观念。日本文学从一开始就远离政治，它仅仅作为一种纯粹表达感情和调剂精神享受的手段，因而也就绝少中国文坛那种作家、诗人由文学获取功名升入官僚阶层的情景。日本民族对于文学的这种根本观念，造成日本古代文学耽于唯美的内容和形式，追求"物哀"、"幽玄"等境界，以求表达民族深层心理的古朴、典雅和自然返真等气质的"民族性"。

白居易的诗歌，正是在这一点上，十分切近于日本文学的"民族性"。即，白居易在其后半生所创作的表现"中隐"、"禅"与"欢娱"的诗作，对于日本文人，尤其是对于平安时代的日本文人，具有很强的吸引力。就上流社会的官僚文人而言，由于他们本身社会地位的高贵和经济上的富足，所以，他们对白居易后期官居高位，过着一种拥妾挟妓的"欢娱"生活，以及他在诗歌中反复表现的自由空想的仙界和极乐世界，在心理上感到某种满足。因而，当时上流社会的官僚文人对白居易的生活及其文学，自然产生一种"亲近感"。对中下层贵族文人而言，由于他们的地位较低，经济上濒于破产，因而他们很注重习得白居易奉行的"穷则兼济天下，达则独善其身"的办法。据史料记载，白居易前半生的生活很不得志，但后来却达到了富贵。此后，他却力求保持物质上的享受并求得精神上的超脱。即用自然归真的坐禅来求得内心的自我静寂。这对于仍然以中国儒家思想为其内心支柱，却又无法摆脱现实困境的日本中下层贵族文人，具有很强的吸引力。总之，平安时代以降的日本各阶层文人，从自己所处的社会地位及其实际需要出发，在白居易文学中都找到了自己需要的内容。

2. 朝鲜民族的社会文化秉性

与日本社会的情形不同，朝鲜作为与中国山水相连的国家，很早开始就与中国进行了物质、文化的交流，直接从中国输入儒学思想（公元前一世纪），并逐渐将儒学思想变成朝鲜的正统思想，从而极大地影响了朝鲜社会的文化。这体现在：（1）儒学思想影响了朝鲜社会的政治思想。譬如，自三国时期，就提出了"德治"、"仁"、"正名"等重要的社会政治思想。（2）儒家思想影响了朝鲜的伦理道德思想。古朝鲜的统治者照搬儒学的"三纲五常"思想，并结合古朝鲜"子孝于父"的孝道思想与祖先崇拜思想，确立了自己的伦理道德思想与封建宗法等级制度。（3）儒学思想影响了朝鲜的文化教育思想。儒学思想影响朝鲜的主要途径是通过教育机关。朝鲜的教育机关分为官学与私学，后来在高丽朝时政府"始置科举"，并以此作为选拔官吏的主要手段。科举制的实施，促进了儒学的深入发展。

产生这种社会文化现象的原因，（1）出于与中国相邻的地缘优势（上面言及，略）。（2）在文字方面，尽管引进和使用汉字的时间很早（约公元前二世纪），但迟迟未能创制出本民族的文字（直到15世纪），从而使朝鲜在长达十几个世纪的漫长岁月里，主要运用汉文这种书写工具进行了文学创作。致使朝鲜文人长期以来习惯于以汉文文学为正宗，对中国文学产生了依赖心理，这在朝鲜文字产生后直到19世纪后期的四百多年里，也没有多大改观。（3）在意识形态方面，以"天命"观为核心的儒学思想与以祖先崇拜和"天神"崇拜为内容的朝鲜固有宗教间在本质上是一致的，因而儒学思想在朝鲜的传播并没有遇到朝鲜土著思想的多大排斥。(4)在政治思想方面，崇尚名分等级制的儒学思想符合以等级制为基础的朝鲜封建国家的政治需求，因而能顺利地变成强化新兴封建国家王权的思想基础。正因为具有以上几点原因，儒学思想传入朝鲜后，便迅速得到传播和普及。

正是在这种社会文化背景下所形成的朝鲜文学，自它诞生不久，就表现出了相当浓厚的政治、伦理的倾向性。譬如，三国时期出现的朝鲜汉诗——高句丽乙支文德的《遣于仲文诗》、新罗真德女王的《太平颂》，正是直接为当时的军事、政治服务的。自从朝鲜实施"科举制"以来，朝鲜文学与其政治、伦理道德间的联系得到了进一步加强，因为通过科举选拔官吏时尤其注重考察诗赋的创作水准。从此，朝鲜的正统文学开始由士大夫文人所支配。譬如，被称为"东国文宗"的崔致远的文学活动，就给后人树立了文学为政治服务的榜样。其结果，尽管在一方面大大提高了文学的社会地位，可却在另一方面，则将文学沦为伦理道德与政治的附庸，甚而以善代美，破坏了美与善的和谐统一。

正是由于朝鲜具有文学为政治服务的社会文化秉性，因而，朝鲜就很自然、很顺利地接受了代表中国诗歌文学最高成就的、具有典型儒学思想内容的杜甫、苏轼的文学，并大力加以推崇。只不过不同社会阶层的士大夫文人对杜、苏文学的理解与接受方式不同而已。

那些处于上层的士大夫文人，由于他们已经"发达"起来了，因而对未来更是踌躇满志，他们不管是出于"致君尧舜上，再使风俗淳"的宗旨，还是出自搜刮民财、升官晋爵的欲望，都不约而同地打出"兼济天下"的旗号，其心态是安稳的，他们更多的是摹拟或习作杜、苏处在仕途巅峰时的诗篇，应制之作和述怀之作较多。相比之下，处于社会中下层的士大夫文人或方外人，由于他们还没有"发达"起来,或者尚处于"穷困"状态,因而,总的来说,他们的心态是矛盾、急躁的。他们一方面渴望功成名就,另一方面又怕遭到失败,脸面上不好看,因而全面打出杜甫、苏轼曾使用过的"穷则独善其身,达则兼济天下"的口号,并着意摹拟创作杜、苏在贬谪时期所写下的反映人民生活疾苦、揭露黑暗统治的诗篇。

此外,纵观自新罗到朝鲜朝的整个朝鲜中世纪文学发展史,我们还可以发现,从事文学创作的士大夫文人,大多数都留下个人文集;而新进学子要通过科举考试,就必须首先熟悉中国儒家经典和历代诗文。因此,他们也像杜甫、苏轼那样,既是从政的官僚,又是富有才情的文士。

新罗宾贡生的汉诗与唐代格律诗[①]

格律诗是一种严格按照一定格律写成的诗,简称律诗。齐梁时它曾被称为"今体诗"或"新体诗"(亦称"永明体"),因为那时它们属于新兴诗体。入唐以后,渐趋成熟,被时人称为"近体诗"(唐以前的汉语诗体,则被笼统称为"古体诗")。

格律诗是在唐代成熟并盛行起来的。但它的产生,却是经历了相当长的酝酿、渐变过程,才逐渐完成的。这个形成过程,可以用四句话来概括:植根于汉语言的特点,萌芽于汉魏晋古诗,初创于齐梁"永明体",定型于初唐沈、宋。

一、朝鲜文化属于汉文化圈,其文学发展始终与中国文学保持着密切的联系

早在公元前后,随着汉文化的传入,中国的各种文学思潮、流派、作家与作品,各种文字种类和形式,便陆续介绍到朝鲜,朝鲜作家也以积极的姿态接受中国文学,并结合本国实际,创作了许多优秀作品。在此过程中,许多朝鲜作家来到中国,广泛地开展文学交流活动和文学创作,从而将中朝文学交流不断推向了新的高潮。[②]

[①] 本文原载于《东北亚论坛》2008 年第 4 期。
[②] 朱卫新:《汉字与汉文化在东亚的传播与影响》,东北亚论坛,2007 年第 1 期。

我们仅仅窥析对朝鲜文学影响最为深广的格律诗，就可以得出如上的结论。

朝鲜开始接受中国格律诗的影响，也是在中国格律诗完全定型的初唐时代（当时朝鲜正值新罗时代）。新罗自27代善德女王9年（640年）时起，就开始派遣贵族子弟赴唐留学⋯新罗所派遣的留学生和使臣，亲眼目睹了唐朝正进行的一场新型诗体的变革。于是，神文王在其登基后的第六年，便为了输入唐代文学作品又派出了使臣。①

新罗最早赴唐为宦者为金云卿，他在长庆（821—824）初第一个在唐朝进士及第，这成为新罗汉文学兴盛的契机。其后，"新罗留学生在唐朝及第者达58人，在后梁和后唐及第者达32人，合计90人。"②可以说，他们共同协力绽放了新罗末期硕大的文学之花。金云卿作为宾贡生在唐进士及第时，正值中唐末期（代宗大历元年，766—835年，文宗太和九年）。这一时期，唐进士创作近体诗的人数大为增加，但在当时的新罗，近体诗却仅仅处在起步阶段。

当时作为七律诗主要定型者的沈佺期（37岁）、宋之问（31岁），在中国文坛上都相当活跃。在他们的理论指导与创作实践的带动下，严于韵律要求的五言或七言绝句、律诗、排律等都大为盛行。这时的新罗，在唐代诗坛风气的影响下，几乎没有历经他们自己的探索与尝试的阶段，就把中国现成的格律诗体承袭了过去。其结果，新罗在33代圣德王8年（709年）时期，便产生了最早的七绝诗和五律诗，这就是《请宿诗》。尽管它算不上是佳作，但其艺术技巧已达到相当纯熟的地步。

---

① 池浚模：《新罗汉诗的发展过程》，新罗文化弘扬会，新罗文学的新研究，1986年第2期，第237、241、242—244页。

② 池浚模：《新罗汉诗的发展过程》，新罗文化弘扬会，新罗文学的新研究，1986年第2期，第237、241、242—244页。

在新罗汉诗诗坛上，留学唐朝的宾贡生成为文学创作的主体。在现存的新罗宾贡生的格律诗中，崔致远诗作的数量较多，崔致远留学中国"考取进士后留在唐朝担任侍御史的内供奉官等职"①，保存最为完整的当属成均馆大学大同文化研究所编辑出版的影印本《崔文昌侯全集》，其中收有五言绝句 2 首，五言律诗 5 首，七言绝句 66 首，七言律诗 27 首（五言古诗 4 首，其他缺字七言诗 4 首，合计 100 题 108 首诗）。相比之下，朴仁范、崔匡裕、崔承祐的诗作保存至今的较少，保存较完整的当属《东文选》。其中收录他们创作的七言律诗各 10 首。

二、新罗宾贡生创作的汉诗，其思想内容相当丰富

这体现在以下几个方面：

1. 在新罗宾贡生创作的汉诗中，感时伤事、体现游子思乡之情的诗作占很大比例。譬如崔致远的《秋夜雨中》、《途中作》、《邮亭夜雨》，朴仁范的《江行呈张峻秀才》、《早秋书情》，崔匡裕的《长安春日有感》、《早行》、《送乡人及第还国》，崔承祐的《忆江西旧游因寄知己》、《读桃卿云传》等：

> 秋风唯苦吟，世路少知音。
> 窗外三更雨，灯前万里心。②

> 旅馆穷秋雨，塞窗静夜灯。

---

① 蒲星光：《儒家文虎道德对韩国的深远影响》，东北亚论坛，2005 年第 6 期，第 93 页。

② [韩]东文选，卷 19。

自怜愁里坐,真个定中僧。①

  在以上的《秋夜雨中》和《邮亭夜雨》中,诗人表现了在秋风萧瑟、秋雨绵绵的凄凉气氛中怀念故土的情怀。"世路少知音"表明周围没有自己的同胞,也表现出他与唐代文人间存在一种距离感。正因如此,逢上"秋风"、"秋雨"就"愁"坐在"旅馆"的"寒窗"前,凝望"静夜"中的一盏"灯",心中自然滋生出思乡的"万里心"。朴仁范也在《早秋书情》中,借助"古槐花落"、"早蝉鸣"、"霜发"、"秋"等意象,抒发了自己的客居之恨与"千绪旅愁"。

  崔匡裕的《长安春日有感》、《早行》则在抒发乡愁的同时,表达了一种对功名的追求。

麻衣难拂路歧尘,鬓改颜衰晓镜新。
上国好花愁里艳,故园芳树梦中春。
扁舟烟月思浮海,羸马关河倦问津。
只为未酬莹雪志,绿杨莺语大伤神。②

才闻鸡唱独开局,羸马悲嘶万里亭。
高角远声吹片月,一鞭寒彩动残星。
风牵疏响过山雁,露湿征光隔水莹。
谁念异乡游子苦,香灯几处照银屏。③

  前一首诗抒发了诗人在长安春日里,为科举中第而忍受种种困

---

① [韩]东文选,卷19。
② [韩]东文选,卷12。
③ [韩]东文选,卷12。

苦的愁闷心情。抒情主人公多年来科举落第，至今仍布衣寒食，他在清晨醒来，不经意间在镜中发现了自己头上的白发，这不禁令我们联想起李商隐《无题》中"晓镜但愁云鬓改，夜吟应觉月光寒"的诗句来。这是对自身落魄憔悴形象的生动写照。正因如此，他才从夜莺不停的啼叫声中感到阵阵的愁闷，勾起他对故国的思念之情，这同杜甫《春望》中"感时花溅泪，恨别鸟惊心"的诗情是相通的。后一首诗，则表现了伴随着晨鸡的报晓声骑上羸马独自远行的异乡游子的孤寂之情。"片月"、"残星"、"露湿征光"衬托着游子的悲苦心境，"羸马"则是抒情主人公自身疲惫、憔悴形象的生动写照。在此，抒情主人公认为：要摆脱自己的孤寂之情，只有靠科举及第，同其他宾贡生欢聚一堂。

　　新罗宾贡生们之所以这样热衷于谋求功名，有其深刻的社会原因。新罗的社会体制是建立在"骨品制"①之上的社会体制，新罗的贵族作为具有骨品身份的人，掌握着社会所有的重要权力，由于权力的日益增大，他们不断围绕着王位展开了叛乱活动。这最终导致了地方豪族的参政、盗贼的猖獗和农民起义的接连爆发。许多六头品出身的下层民众，为了摆脱由于身份局限而造成的被社会欺压的不幸处境，曾试图借助唐代的政治文化来改变新罗社会，但他们的这种努力却终成泡影。这种结局，使他们清醒地认识到自身社会力量的薄弱，为了最终实现自己的社会理想，他们毅然决定借助外在的力量来实现自身社会地位的改变。其途径就是赴唐留学科举及弟并谋得一官半职，然后回到新罗获得相应的官职，并藉此改革新罗社会。正因为新罗宾贡生胸怀这样远大的政治理想，所以就能够默默忍受住客居他乡的愁苦、孤寂，接受了唐朝依据能力选拔人才的

---

① 新罗时期，朝鲜统治集团为了巩固其特权地位制定了等级制度，称为"骨品制"。王族称"圣骨"，大小贵族依次分为"真骨"、"六头品"、"五头品"、"四头品"等4个等级。

合理的反骨品质的政治理念，从而为今后提升新罗文化的整体水平做了大量的准备。

2. 在新罗宾贡生创作的汉诗中，描写惜别情景、抒发人生无常意识的诗作也不少。譬如，崔致远的《暮春即事和顾云友使》、《送吴进士峦归江南》、《酬杨赡秀才送别》、《山阳与乡友话别》、《留别西京金少尹峻》、《题芋江驿亭》、《旅游唐城有先王乐官将西归夜吹数曲变恩悲泣以诗赠之》、《春晓偶书》，朴仁范的《寄香岩山睿上人》、《泾州龙朔寺阁兼柬云栖上人》、《送俨上人归乾竺国》，崔承祐的《别》等。

崔致远12岁时离开新罗，因而比谁都真切地感受到离别的痛苦。其结果，他同许多中国友人结交，主要不是出自名利而是出自钦佩对方高洁的人格及精深的文学造诣。他在同吴峦等中国文人的交往过程中，建立起了深厚的友谊。崔致远鉴于当时战乱频仍的现实，也清楚地认识到自己与中国文人的离别很可能是一种永别，这使他倍感人生命运的悲哀。所以，他在诗末希望吴峦离别后仍要不断寄来佳作，在此，诗友之间的依依惜别之情溢于言表。也有可能是命运的安排，崔致远后来又与吴峦重逢了；可没过多久，他们又面临了另一次别离。这次的别离非同寻常，因为崔致远马上要回国。《酬吴峦秀才惜别》（其二）表现的就是当时的心境：

残日寒鸿高的的，暮烟汀树远依依。
此时回首情何艰，天际孤帆窣浪飞。

船离岸已驶出很远，抒情主人公却仍回首远望送行之人。倘若说李白的诗句"孤帆远影碧空尽，唯见长江天际流"表现的是送行者的心情，那么，崔致远的诗句"天际孤帆窣浪飞"表现的则是过远行人的心情。可谓同写惜别之情境。①另外，崔承祐的诗作《别》也将恨别之情表现得淋漓尽致，他写道：

> 入越游秦恨转生，每回伤别问长亭。
> 三尊绿酒应须醉，一典丹唇且待听。
> 南浦片帆风飒飒，东门驱马草青青。
> 不唯儿女多心绪，亦到离筵尽涕零。

抒情主人公慨叹自身屡经别离的命运，暂且歇身于长亭，希望沉入醉中的世界。在此，他体悟到伤离别"不唯儿女"多有的"心绪"，而是所有人都感受得到的普遍情感。新罗宾贡生们不禁由此萌发出人生无常的感怀。他们认为"乱世风光无主者，浮生名利转悠哉"（崔致远《春晓偶书》），即"人事盛还衰"，所以人们深感"浮生实可悲"（崔致远《旅游唐城有先王乐官将西归夜吹数曲变恩悲泣以诗赠之》）。究其原因，是由于"人随流水"不"尽"，"竹带寒山"长"青"。所以，他们力主在探明"是非空色理"之后，进入到"百年愁醉坐来醒"（朴仁范《泾州龙朔寺阁兼柬云栖上人》）这种忘我的境地，从而无忧无虑地生活下去。由此可见，他们的诗作体现了浓重的人生荣枯盛衰的虚无意识。

3. 除了崔致远、朴仁范以外，其他几位新罗宾贡生，只留下了在中国创作的诗歌，而不存有在新罗创作的诗篇。因而，根本谈不上创作一些反映当时国内民众遭受困苦与作者不满现实的作品。自然，作为曾留学唐朝的学生，有其自身的局限性。但是他们只是冷眼旁观新罗（也包括唐代）混乱的社会现实，而将注意力全部集中到发生在自身的问题上，从而唏嘘感伤，因而其诗作充斥了一种较消

---

① ［韩］韦旭升：《崔致远在中国》，韦旭升文集，卷三，第641—642页。

极的审美情调。与此相反，崔致远、朴仁范的不少诗作，则以现实主义的犀利笔致，借古讽今，感时伤事。其典型诗作为崔致远的《旅游唐城有先王乐官将西归夜吹数曲变恩悲泣以诗赠之》、《登润州慈和寺上房》，朴仁范的《九成宫怀古》。这3首诗选择了发生在南阳（唐城）、金陵、九成宫上的历史事件，加以简练而形象的刻画，它们既不违背历史真实，又具有较强的艺术感染力。它们并不多作议论，而深寓指责讽喻的意思。尤其是在《登润州慈和寺上房》一诗中，诗人登上江苏镇江的润州，眺望曾作为六朝首都的金陵，不禁回想起过去曾盛极一时的故都的历史。他通过将故都的现在（"霜摧玉树花天主"）与故都过去的繁荣（"画角声中朝暮浪"）进行对比，从而引发一种具有历史人生意味的兴亡之叹，即"吟想兴亡恨益新"。作为历史的自我，诗人通过回顾时代变迁与王朝的兴衰，内心不由滋生了些许无常感。

新罗在崔致远生活时期，已逐渐走向内外交困的风烛残年。这令人忧心如焚的时代，加上终生不得志的坎坷遭遇，构成了崔致远复杂的性格。他既想在政治上有所作为，又深感壮志之难伸，希望之渺茫。因而，他怀着摆脱不了的苦闷，自我麻醉，希冀超凡脱俗，隐逸山林。这样的思想状态，使得他的创作一方面反映出内忧外患的当代现实，向封建统治者与势利的人们发出迷途知返、勿蹈覆辙的呼吁；另一方面又不能不带有浓厚的无可奈何的感伤色彩，彷徨于出世与入世的矛盾、苦闷之中。表现这种思想情感的典型诗作有《赠云门兰若智光上人》、《赠梓谷兰若独居僧》、《赠金川寺主》、《题云峰寺》、《题伽倻山读书堂》、《野烧》等。

譬如在《赠云门兰若智光上人》一诗中，他写道：

云畔构精庐，安禅四记余。筇无出山步，笔绝入京书。
竹架泉声紧，松棂日影疏。境高吟不尽，瞑目悟真如。

云门兰若是位于庆尚北道清道郡云门山下面的山寺,其中居住着一生修道的智光法师。崔致远因羡慕他近50年不"出山步"、不"入京书"、结庐忘缘、融入自然、清净求道并悟入禅境的孤高品性而创作了这首诗。

《赠梓谷兰若独居僧》一诗也与此相仿。

> 除听松风耳不喧,结茅深倚白云根。
> 世人知路翻应恨,石上莓苔污屐痕。

在此,"世人"是指自己。抒情主人公担心由于自己尚未脱俗,倘若冒然拜访独居僧,不仅会妨碍法师的静修,而且会在石径上留下"污"浊的"屐痕"。在此,我们不难看出,诗人在理想与现实的十字路口上彷徨犹豫的苦闷心境,字里行间透露出诗人憧憬不被名利束缚的真诚生活的情怀,即"平观世界空","万事豁胸中"(《题云峰寺》)。正因如此,崔致远后来真的为追求超凡脱俗的生活而隐逸到山寺之中。但尽管这样,他却始终难以割舍对尘世的迷恋。他在入山前曾"常恐是非声到耳",可一旦隐居起来听到山涧的流水声,却让他联想到了俗世的喧哗声,即"狂喷叠石吼重峦,人语难分咫尺间"(《题伽倻山读书堂》)这终于促使他重新"回步入尘笼"(《题云峰寺》)。

三、新罗宾贡生诗作的艺术性

1. 押韵、平仄

新罗宾贡生们留学唐朝是在晚唐李商隐(812—858)死去10年之后,这正是中国官韵书成为诗歌创作绝对标准的时期。这一时期,开始使用孙愐于天宝年间修订《切韵》而编撰的《唐韵》。后来宋代陈彭年(961—1017年)的《广韵》继续维持《唐韵》的体制。《广韵》的上平声、下平声各有28目，上声有55目，去声有58目，入声有34目。但考虑到两韵同用的情况，其韵目数则可缩减为上平声15目、下平声16目、上声30目、去声33目、入声19目。其中的平声韵目，根据韵字数的多寡，又分为"宽韵"、"中韵"、"窄韵"、"险韵"①：

宽韵：东、支、先、阳、庚、尤、真、虞

中韵：元、寒、鱼、萧、侵、冬、灰、齐、歌、麻、豪

窄韵：微、文、删、青、蒸、覃、盐

险韵：江、佳、肴、咸、严

根据以上分法，《崔文昌侯全集》中使用宽韵的诗作数达48首，使用中韵的诗作数达39首，使用窄韵的诗作数达11首，使用险韵的诗作数达4首。另外，还使用仄声韵，其诗作数达6首（其中用上声的有2首，用入声的有4首）。说得再具体些，其诗作按韵目使用多寡的情况，可排列为："真"11首，"支"9首，"灰"8首，"寒"8首，"庚"7首，"东"6首，"冬"5首，"先"5首，"尤"4首，"虞"4首，"侵"4首，"微"4首，"阳"3首，"萧"3首，"麻"3首，"元"2首，"齐"2首，"歌"2首，"文"2首，其他韵目的只有1首。

　　烟峦簇簇水溶溶，镜里人家对碧峰。
　　何处孤帆饱风去，瞥然飞鸟去无踪。（崔致远《石峰》，钟韵）

　　肩高项缩发崔嵬，攘臂群儒斗酒杯。

---

① 根据王力先生的分法，分成四种韵。

听得歌声人尽笑，夜头旗帜晓头催。（崔致远《月颠》，灰韵）

狂奔垒石吼重峦，人语难分咫尺间。

常恐是非声到耳，故教流水尽笼山。（崔致远《题伽倻山读书堂》，寒韵）

上国羁栖久，多惭万里人。那堪颜氏巷，得接孟家邻。

守道惟稽古，交情岂惮贫。他乡少知己，其厌访君频。

（崔致远《长安旅舍与于慎微长官接邻》，真韵）

同样是根据以上分法，朴仁范、崔匡裕、崔承祐三人的30首诗作，使用宽韵的诗作数达17首，使用中韵的诗作数达3首，使用窄韵的诗作数达6首，但没有险韵，更没有仄声韵。

其诗作按韵目使用多寡的情况，可排列为："真（谆）"5首，"青"3首，"支（脂、之）"3首，"文"3首，"先（仙）"2首，"庚（清）"2首，"东"2首，"阳"2首，其他韵目各为1首（"尤"、"齐"、"豪"、"麻"），另有4首诗是换韵诗。

却忆前头忽黯然，共游江海偶同船。

云山凝志知何日，松月联文已十年。

自叹迷津依阙下，岂胜抛世卧溪边。

烟波阻绝过千里，雁足书来不可传。（朴仁范《寄香岩山睿上人》，先仙同用）

艺阁仙郎幕府宾，鹤心松操古诗人。

清如水镜常无累，馨比兰荪自有春。

日夕笙歌虽满耳，平生书剑不离身。

应怜苦戍成何事，许借余波救涸鳞。（朴仁范《赠田校书》，真谆同用）

曾向纱窗揭缥囊，洛中遗事最堪伤。
愁心已逐朝云散，怨泪空随逝水长。
不学投身金谷槛，却应偷眼宋家墙。
寻思都尉怜才子，大抵功曹分外忙。（崔承祐《读桃卿云传》，阳韵）

格律诗除了要押韵之外，还要讲求平仄。平仄格式与押韵、对仗的格式一起被称为格律诗必须具备的三大要素。但是要想让诗作中的每个字都合乎平仄格式，是极为困难的事情。所以在七言诗（绝句、律诗）中，要求第二、四、六字（若是五言诗则是第二、四字），即偶数字必须符合这一规则。倘若首联出句第二字平声开头，就叫平起式。以此为基准考察崔致远的诗作的话，则会发现在他 100 首格律诗中，有 53 首是平起式，有 47 首是仄起式。譬如，《赠希郎和尚》（第三首）是仄起式。

磨羯提城光遍照，遮拘盘国法增耀。
今朝慧日出扶桑，认得文殊降东庙。

其他 3 位新罗宾贡生创作的诗作，也都合乎平仄格式，在他们创作的 30 首诗作中，平起式占 15 首，仄起式也占 15 首。譬如崔匡裕的《长安春日有感》是平起式：

麻衣难拂路歧尘，鬓改颜衰晓镜新。
上园好花愁里艳，故园芳树梦中春。
扁舟烟月思浮海，羸马关河倦问津。
只为未酬莹雪志，绿杨莺语大伤神。

由上可见，新罗宾贡生所创作的大部分诗作是格律诗，只有少数诗作为古体诗。究其原因，是由于崔致远等人入唐留学、追求功名时唐朝所出的科诗都是典型的格律诗，这使得崔致远等人创作了大量的格律诗并熟练掌握了创作格律诗的技巧。

2. 对仗

讲究对仗是格律诗严格要求具有的条件之一。它要求诗歌的出句与对句必须字数相等、词性相同（或相近）、平仄相对、句型一致。律诗一般要求对偶的诗句是颔联、颈联的上、下句；长律要求对偶的部分是除首、尾两联以外的其他所有出句、对句；绝句一般不要求对偶。新罗宾贡生深受唐代格律诗的熏染，十分注重诗句的对仗，在他们创作的律诗中，有大量诗作内含对偶句。其类型有以下三种：

首先是"工对"的诗句：

（1）玉榭金阶青霭合，翠楼丹槛白云连。
　　（朴仁范《九成宫怀古》）
（2）上国好花愁里艳，故园芳树梦中春。
　　（崔匡裕《长安春日有感》）
（3）堤柳雨余光映绿，墙花春半影含红。
　　晓和残月流城外，夜带残钟出禁中。
　　（崔匡裕《御沟》）
（4）猛焰燎空欺落日，狂烟亘野截归云。
　　（崔致远《野烧》）

以上所说的"工对"，是指"工整的对仗"，即指出句与对句相对应的词不仅应该具有同样的词性，还应属于同一物类的范畴（王力先生曾将事物分为11种)。在上面譬举的诗句中,"工对"的特征很明显。诗(1)中"玉榭"对"翠楼"、"金阶"对"丹槛"、"青蔼"对"白云","合"对"连";诗(2)中"上国"对"故园"、"好花"对"芳树";诗(3)中"堤柳"对"墙花"、"光"对"影"、"映绿"对"含红"、"晓"对"夜"、"和"对"带"、"流"对"出"、"城外"对"禁中";诗(4)中"猛焰"对"狂烟"、"燎空"对"亘野"、"欺"对"截"、"落日"对"归云"。它们给人以对称稳定感与均衡感,同时其造句用字"浑然天成",用意也很深刻,具有无穷的美质在里面。

其次是"邻对"的诗句:

(1)窗外三更雨,灯前万里心。(崔致远《秋夜雨中》)
(2)水殿看花处,风棂对月时。(崔致远《旅游唐城有先王乐官将西归夜吹数曲变恩悲泣以诗赠之》)
(3)本求食禄非求利,只为荣亲不为身。
  客路离愁江上雨,故园归梦日边春。
  (崔致远《陈情上太尉》)
(4)南浦片帆风飒飒,东门驱马草青青。(崔承祐《别》)

以上所说的"邻对",是指出句与对句相对应的词,虽不属于同一物类的范畴,但它们仍属于相邻物类的范畴。譬如:天文类对地理类,宫室类对器物类。在上面譬举的诗句中,大多是"邻对"的诗句,其中也掺杂着一些"工对"的诗句。具体而言,诗(1)中"窗外"对"灯前"、"三更"对"万里";诗(2)中"水殿"对"风棂"、"花"对"月"、"处"对"时";诗(3)中"本求"对"只为"、"求"对"为"、"客路"对"故园"、"离愁"对"归梦"、"江上"对"日边"、"雨"对"春";诗(4)中"南浦"对"东门"、"风"对"草"、"飒飒"对"青春",都是典型的邻对。

就"邻对"而言,虽比起"工对"少些稳定感与均衡感,但它却扩展了人的思维空间,包涵了更多的题材内容,具有一种强烈的张力与动感。在诗(1)到诗(4)的"邻对"诗词中,诗人通过"时间——空间"、"天上——地上"、"现实——梦乡"、"声音——色彩"这种双焦点的结构。使他们的诗作显得肌理严密,次序整然,意蕴深致,在回旋推移中此响彼应。

最后是"宽对"的诗句。

(1)寒影低遮金井日,冷香轻锁玉窗尘。(崔匡裕《庭梅》)

(2)路迷霄汉愁中老,家隔烟波梦里归。(崔致远《秋日再经盱眙县寄李长官》)

(3)人随流水何时尽,竹带寒山万古青。(朴仁范《泾州龙朔寺阁兼柬云栖上人》)

所谓"宽对",是相对于"工对"、"邻对"而言的,它是指出句与对句相对应的词,词性相同,但不要求属于同一物类的范畴。具体而言,诗(1)中"寒影"对"冷香"、"低"对"轻"、"遮"对"锁"、"金井"对"玉窗"、"日"对"尘";诗(2)中"路"对"家"、"迷"对"隔"、"霄汉"对"烟波"、"愁中"对"梦里"、"老"对"归";诗(3)中"人"对"竹"、"流水"对"寒山"、"尽"对"青"。在此,"宽对"是对"工对"与"邻对"过分追求诗律和诗学结构细密化、经典化的一种超越,有利于进一步缓解对诗人想象力的束缚,形成一个外工整而内灵动的结构模式。

3.诗风、创作手法

(1)诗风。留唐宾贡生的诗歌创作始于中国晚唐,他们在晚唐诗风的统摄下，习得的主要不是格调高亢的盛唐诗，而大多是伤感迷离、具有唯美特征的晚唐诗风。实际上，晚唐的诗风，依每位诗人的个性不同而有所不同。譬如，李商隐、杜牧、温庭筠以及韩屋、李群玉、皮日休、张籍、司空图、芳林十哲、罗隐等，他们的诗风都有所不同。具体而言，李商隐作为婉转缠绵、哀鸣不已的悲剧型诗人，浓缩式地集中体现了唐人的多种审美心理素质。他巧于运用怪僻的典故与含蓄的语词，使读者从其文字与语调中获得音乐般的审美感受。倘若说，李商隐取悦于人的主要是他那首以《无题》诗为美学风标的阴柔之美的话；那么，杜牧为世所重的，则更多地在于那回荡于其行为横式及美的创造中并成为其美学风韵的阳刚之美。这首先见之于杜牧那风流倜傥的生活与思维方式。除了李商隐与杜牧，其他诗人的诗风也大多不同，像在罗隐等人身上，现实主义的色彩较浓厚一些。

至于新罗宾贡生们主要接受了哪些唐代诗人的影响，迄今尚无资料明确证实。但有一点却很明显，即在新罗宾贡生中，崔致远与朴仁范两人更加倾向于罗隐式的现实主义诗风。这表现在以下几方面：

首先，诗风淡雅。譬如崔致远的《秋日再经盱眙县寄李长官》

孤蓬再此接恩辉，吟对秋风恨有违。
门柳已凋新岁叶，旅人犹着去年衣。
路迷霄汉愁中老，家隔烟波梦里归。
自笑身如春社燕，画梁高处又来飞。

其中的颈联，以对人物与事物细节的真切描写，吟咏了恰似残秋般的寂寥乡愁以及仕途失意的心境，具有精深的意趣与平淡的诗味,与罗隐《秋浦》中"夜色寒来浅,人家乱后稀"①的清新平淡的诗味相近。只不过崔致远的诗作比罗隐的诗作更加侧重于抒情。

其次,语言通俗直白。崔致远等人通俗直白的语言风格主要体现在以下诗作中。譬如在《暮春即事和顾云友使》。

> 东方遍闻百船香,意绪偏饶柳带长。
> 苏武书回深寒尽,庄周梦逐落花忙。
> 好凭残景朝朝醉,难把离心寸寸量。
> 正是浴沂时节日,旧游魂断白云乡。

此诗中颔联中的诗语"好凭"、"把离心"与尾联中的诗语"正是",用的都是白话文,体现了元白体的语言风格与描写手法。崔致远也活用口语作诗,他在《途中作》中写道。

> 东飘西转路歧尘,独策羸骖几苦辛。
> 不是不知归去好,只缘归去又家贫。

在此诗中,诗人率真地描写了浪人到处漂泊的凄楚心境。诗作既不绮丽也不巧,整首诗完全用白话文。譬如第一句中的"东飘西转",第二句中的"几苦辛",第三句、第四句也全部运用口语化的白话文,其语词都很自然、真实。这首诗与罗隐的诗作《自遣》有相似之处。

> 得即高歌失即休,多愁多恨亦悠悠。

---

① 此诗句出自罗隐《秋浦》:"晴川寄落晖,极目思依依。夜色寒来浅,人家乱后稀。久贫身不达,多病意长违。还有渔舟在,时时梦里归"一诗中,后来,刘庆之在《诗人玉屑》(卷三)中指出此诗句"清新"。

今朝有酒今朝醉，明日愁来明日愁。

罗隐的这首诗运用民谣化的表现手法，用一系列的俗语表现了诗人多次落第后的落魄心情，其诗趣显得高尚超脱。

（2）创作手法。由于晚唐的诗作不像盛唐诗作那样富有生命力与创造力，从而使他们在其创作过程中，不是追求创出诗作的新意，而是力主用典、雕章琢句，致使诗作晦涩难懂，同时多用含蓄的语词与隐喻的表现手法。在晚唐诗风统摄当时中国诗坛的情形下，作为刚刚习得格律诗的新罗宾贡生们来说，自然要在不知不觉中受到这种晚唐诗歌创作手法的影响。这表现在：新罗宾贡生创作格律诗时"用典不啻从口出"，即用典十分灵活自然，如同脱口而出，而又恰到好处。他们善于根据内容和感情的需要，作恰当的安排，从而使诗歌的意思表现得凝练警策。譬如崔致远《留别西京金少尹峻》中的"歧中更有歧"①一句，是指：正如人生之事复杂多变，友人相别也是歧路之中又有歧路，所以终难得以宽心。崔致远引用的这则典故，置于"相逢信宿又分离，愁见歧中更有歧。手里桂香销欲尽，别君无处话心期"一诗中，显得相当灵活自然，恰到好处。另如朴仁范《商山路作》中的"绮季家边云拥岫，张仪山下树笼溪"两句，巧妙地引用了有关"绮里季"②、"张仪"③的典故。这是一首在初春冰雪尚未融化之际，诗人信步闲登商山时岭、眺望绮里季的故居与张仪山而创作的写景诗。诗人通过引典，隐喻迄今尚未科举及弟的自己。再如崔承祐《别》中的"长亭"、"南浦"、"东门"，在中国诗词中喻作离别场所，进而隐喻离别。在此连用三个典故，

---

① 引自《列子说符》第八"晏亡之日歧路之中又有歧焉"。
② "绮里季"是为躲避秦末战乱隐居商山的商山四皓（东园公、夏黄公、角里先生、绮里季）之一。
③ "张仪"是战国时代有名的雄辩家，他曾为秦国游说六国。

则是强调接连遭际离别的旅人的不幸身世。总之，新罗宾贡生们创作格律诗时，将每个典故都安置得相当得当，将需要用很多话才能说明白的复杂思想活动，表现得十分简练而又精进透辟，而且由于运用恰切，典故虽多却决无堆砌累赘之感。

　　崔致远等新罗宾贡生在唐期间创作格律诗，除了注重用典外，还注重运用隐喻的手法，体现其"半露"的艺术表现特征。譬如，他在吟咏身世不遇的《杜鹃》一诗

　　　　石罅根危叶易乾，风霜偏觉见摧残。
　　　　已饶野菊夸秋艳，应羡岩松保岁寒。
　　　　可惜含芳临碧海，谁能移植到朱栏。
　　　　与凡草木还殊品，只恐樵夫一例看。

中，将杜鹃拟人化作自我形象，从而细致地描写了在岩缝历经秋风顽强生长的杜鹃的形象。所以其诗语的组构与韵律的协调相当流畅，而其意趣却相当凄切、孤独，从而暗示了游离于现实生活中的自我形象。诗人还巧妙地组含野菊、松树等意象来烘托了杜鹃花的形象。

　　新罗宾贡生们使用隐喻手法的典型例子，还有崔致远《送吴进士峦江南》中"干戈"与"诗酒"。在此，"干戈"喻指战争，而"诗酒"则喻指和平。除此之外，新罗宾贡生们大多通过组合具有含蓄性的复合意象，隐含地表达诗人的心性情感。

　　譬如，人们使用了"穷秋"、"寒窗"、"静夜"、"秋风"、"三更雨"（崔致远），"古槐花落"、"早蝉鸣"、"露冷"、"蛩声"（朴仁范），"冷江心月"、"鹰声"（崔承祐）等有关秋的复合意象（肤觉意象：穷秋、寒窗、秋风；视觉意象：古槐花落、冷江心月；听觉意象：早蝉鸣、蛩声、鹰声），表现了诗人客居他乡的孤寂、愁闷心

情以及对祖国的无限思念之情。

在此，需要我们特别提到的是，崔致远所运用的隐喻描写手法与罗隐相仿。首先看罗隐。其《黄河》一诗

> 莫把阿胶向此倾，此中天意固难明。
> 解通银汉应须曲，才出昆仑便不清。
> 高祖誓功依带小，仙人占斗客槎轻。
> 三千年后知谁在，何必劳君报太平。

假托黄河的形象和水质，表现了对唐代科举制度与整个唐末政治风潮的绝望感。首句以混沌的河水隐喻腐败的社会状况，第三、四句中的"银汉"与"昆仑山"，喻指朝廷权贵的颐指使气。与此相仿，崔致远在《野烧》

> 望中旌旗忽缤纷，疑是横行出塞军。
> 猛焰燎空欺落日，狂烟遮野哉归云。
> 莫嫌牛马皆妨牧，须喜狐狸尽丧群。
> 只恐风驱上山去，虚教玉石一时焚。

诗中，以"落日"、"狂烟"、"归云"、"狐狸"等意象，暗喻了不择手段追求名利的恶势力。其中，首联与颈联尽管看去只描绘了野火燃烧的情景，但实际上却描写了内心愤怒之火的燃烧；颔联则喻指一扫丑恶小人恶行的急切心理。而在尾联，诗人则指出改革需辨别良莠，由此体现出改革的复杂性、艰巨性。总之，这首诗借助在夕阳下燃烧的野火，表现出力主扫清当时恶劣官吏与社会弊端的心境。由此可见，罗隐与崔致远两人的讽刺诗具有题材的类似性，而且大都选择了咏物的方法。这是因为，两人各自处在其朝代

的末期，都在力求表现时代的风潮，揭露末世的弊端。

归结以上几方面内容，笔者认为：朝鲜格律诗始兴于新罗朝，留学唐朝的宾贡生成为新罗汉诗诗坛文学创作的主体。他们在与众多中国诗人的相交过程中，习得的主要不是格调高亢的盛唐诗，而大多是具有唯美与写实特征的晚唐诗风。新罗宾贡生创作的汉诗，大多感时伤事、体现游子思乡之情、描写惜别情景、抒发人生无常意识。在新罗诗坛中，最有影响力的诗人是崔致远，在现存的新罗宾贡生的格律诗中，其诗作数量最多。他的不少诗作，以现实主义的犀利笔致，借古讽今，感时伤事。其诗风淡雅，语言通俗直白，具有较高的思想价值与艺术价值。

李德懋诗歌与中国文学关系探析[①]

李德懋(1741—1793 年)是 18 世纪朝鲜北学派的重要思想家与主要作家之一。他作为英、正朝著名的"汉诗四家"之一,共创作了一千多首(1048 首)体制兼备的诗歌。这些诗作的完成,是他兼取各国、各代、各家诗作之长并进行富有创意的加工、创造的结果,因而得到了中国文人李调元、潘庭筠的高度评价。本文旨在通过探析李德懋文学与中国文学之间的双向反馈关系,归结出李德懋诗歌创作的规律及其诗作的艺术特征。

一、接受中国文学的影响

李德懋对中国文学采取了一种全方位、多元接受的态度,在实际诗歌创作中,也真正做到了他所说的"盖自三百篇骚赋古逸、汉魏六朝、唐宋元明…眼里所凑,不遗镏珠。"他一反那些持"北伐"观点的作家对清代文学的否定态度,大量接受了中国清代诗人的文学影响。李德懋接受中国文学影响分两个阶段,具体如下:

1. 燕行前

他在燕行前,就曾阅读了沈德潜的《国朝诗别裁》、王士祯的

[①] 本文原载于《外国文学研究》2005 年第 4 期。

《带经堂集》与《精华录》、钱谦益的《有学集》与《初学集》、李调元的《粤东皇华集》与《看云楼诗集》等清诗集。关于这一点，在李德懋所著的诗话集《清脾录》中得到了很好的反映。《清脾录》共有177则诗话，其中言及清代诗人及其诗作的记事共28则，包括魏际瑞、钱谦益、吕留良、王士祯、王士禄、王苹、李光地、陈维崧、吴伟业、尤侗、毛奇龄、潘庭筠、严诚、陆飞、李美、李调元、袁枚等诗人及其作品，由此体现出他致力于收集与介绍清代诗的意图，尤其是第一个将王士祯和袁枚等人的情况介绍到朝鲜诗坛，因而很有意义。从这一角度看，《清脾录》不仅是部诗话著作，而且是一种介绍清诗的书籍或清诗选集。

李德懋在燕行前不仅大量收集、介绍与品评中国诗人的诗作，而且还开始了与中国文人的诗文交往。譬如：他曾应洪大容的要求，为郭执桓的《绘声园诗集》赋诗《淡园八咏为平河郭封圭》（1773年）。当柳琴在1776年携《韩客巾衍集》到中国得来李调元、潘庭筠的"序评"后，他曾写下答谢信与诗作寄给潘庭筠与李调元。其中，他寄给潘庭筠的诗作有《题香祖评批诗卷》、《寄潘香祖》等。《题香祖评批诗卷》是一首反对拟古主义、力求接受清诗、对首肯己诗的潘庭筠表达感激之情的诗作。全诗如下："专门汉魏损真心，我是今人亦嗜今。晚宋晚明开别径，兰公一语托知音。"另外，他也给李调元寄去四首七言绝句，这就是《读李雨村粤东皇华集》、《题云龙山人小影松下看书》、《柳弹素琴馈李雨村所赠落花生》、《云龙山人生朝为柳弹素作》。在和答诗中，还有李德懋写给钱谦益的次庚韵的《除夜次钱牧斋韵》。

2. 燕行期间和燕行归来后

1778年（正祖二年）3月17日，李德懋作为书状官沈念祖的从事官，与朴齐家一道踏上了燕行路程。这是李德懋唯一一次的燕行。

李德懋抵京后的第三天，便开始观览燕京各处的名胜古迹，并且着重历览琉璃厂街的12处书肆，购买了顾炎武的《亭林集》等书籍，同时摘录书肆中出售的大量书目。与此同时，他广泛结交潘庭筠、唐乐宇、祝德麟、沈醇心、李调元之弟李鼎元与李骥元等在京的著名文人开展多方面的文学交流。譬如，他从祝德麟那里学到了有关音韵、乐学方面的最新知识；与潘庭筠一道深入探讨学问，并得到其《青庄馆》"诗文序"。另外，李德懋还同李鼎元等其他中国文人建立了较深厚的友谊。关于这一点，我们可以通过赠答诗《有怀潘秋𪢮》、《有怀李墨庄》、《有怀李凫塘》、《有怀唐鸳港》以及次韵诗《宣阳上林稻仍命臣等阁中饮飱同食拈施愚山韵恭记》（次痕韵）窥其一斑。李德懋与中国清代文人间的文学交流尽管仅限于写给潘庭筠、李鼎元、李骥元、唐乐宇等人的几首诗，但在当时清代文化专制十分严酷的形势下，李德懋还能与中国文人进行如此广泛的文学交往，真可谓是一种大胆之举。它成为中朝文人间进行诗歌交流的良好契机，并奠定了日后两国文学广泛交流的坚实基础。

李德懋接受清代诗人诗作的影响，不仅体现在大量收集与评介清代诗人的诗作，更重要的是创作出具有相同或相似思想倾向、艺术风格与诗体特征的诗作。这具体表现在以下几个方面：

（1）咏史诗的思想倾向。李德懋具有强烈的尊明拒清意识，他曾言："我，明民也，多结交隆历桢间名臣处士…"（墓志铭，李书九撰）由此观念出发，他撰写了记述明遗民的七卷本《磊磊落落书》。特别是，他在《清脾录》中收录了不少坚守尊明大义的吕留良、魏际瑞等人的诗作。譬如：《季臣兄病卧欲荒园》、《春去与子度》、《乱后过嘉兴》、《闻雁感赋》等诗作，以此慨叹明亡的历史与清朝统治下儒士受压的现实，抒发由此产生的苦恼与彷徨。与此同时，李德懋受到清代尊明义理诗作的影响，还创作了高扬作为小中华的朝鲜文化以及歌颂爱国主义精神、痛斥外寇侵略暴行的《癸未十二月十九日经南汉战场读清碑》、《谒崇仁殿》、《拟题箕子祠郑东溟韵二首》、《题尹曾若游闲山岛诗卷》、《出游清风池阁次汝修》、《登慕华馆西麓》等诗篇。李德懋这种坚定的尊明拒清的意志与深沉的对民族历史的反思意识,正是产生其北学思想的坚实基础。

(2)王士祯的"论诗绝句"。李德懋在燕行前,受中国诗人王士祯的影响最大。尤其是王士祯的"论诗绝句",直接影响了李德懋的诗歌创作。李德懋的《论诗绝句》3首与《绝句二十二首》中的一部分诗作,是模仿王士祯的《戏仿元遗山论诗绝句三十六首》而写就的。他的《论诗绝句有怀陆筱饮、潘兰垞、严铁桥》,则是兼仿王士祯的"怀人诗"与"论诗绝句"的题材而创作的,但它们仍然表现出别样的诗歌世界,因而早已超越了沿袭的阶段。

具体而言,王士祯《论诗绝句·仿元遗山》(32首)的一个重要特征,就是基于融通古今的文学接受观,对宋元时代的文学持肯定态度。受其影响,李德懋也十分肯定高丽时代的著名诗人李齐贤,因为李齐贤积极接受了金代、元代、宋代的文学。王士祯《论诗绝句·仿元遗山》的另一个重要特征就是对韩愈的否定。这是因为,王士祯积极主张将诗作的思想内容融进艺术形式中以增强艺术感染力;而韩愈所强调的"文以载道"则与此背道而驰。受到王士祯诗作的影响,李德懋对坚持"诗言志"的李奎报的诗论、诗作持一种否定的态度。由以上特征可见,李德懋接受王士祯的诗评观念并巧妙地运用到对朝鲜诗人诗作的评论。另外,李德懋创作《论诗绝句·有怀筱饮、雨村、兰垞、薑山、冷斋、楚亭》(10首),则是扬弃王士祯敢于评论外国诗人(如朝鲜的金尚宪)的批评精神,进而评论了清代诗人筱饮(陆飞)、雨村(李调元)、兰垞(潘庭筠),将李书九比作王渔洋,将柳得恭比作龚鼎慈、吴伟业等清代诗人,从而揭示了中朝诗人的艺术个性及其风格,并充分首肯了两者交流所具有的重要意义。

李德懋除了接受清代文学的影响外，更多的是潜移默化地接受了中国其他朝代诗人、诗作的文学影响。这具体表现在以下几方面：

1. 借用诗语

李德懋借用中国诗人的诗语，呈现为以下三种形式：

首先，最常用的形式为"缩用其句"。（1）他的诗《过西郊津观寺》中的"明霞翠柏多遐想"一句，是缩用了杜甫诗《冬日洛城北谒玄元皇帝庙》中"翠柏苦犹食，明霞讵堪餐"两句。其中"明霞"与"翠柏"两词，都是指道家服食的长生不老的药材。（2）《至夜与明五共饮》中的"大音玄酒见天心"一句，是缩用了邵雍诗《冬至诗》中"玄酒味方淡，大音声正稀"两句。在此，"玄酒"指冷水。（3）他的诗《次丘琼山首尾吟（并序）》中的"草木一寸报春晖"，是缩用了孟郊诗《游子吟》中"谁言寸草心，报得三春晖"两句。（4）《乞笔与笺于芜隐》中的"欲将五老写青天"一句，缩用了李白诗《五老峰诗》中"五老峰为笔，三湘作砚池。青天一张纸，写我腹中诗"四句。"五老峰"是位于江西庐山的一座高峰，尖如笔。（5）《笠联句》中的"可加饭颗甫"一句，缩用了李白诗《戏赠杜甫诗》中"饭颗山头逢杜甫，头戴笠子日正午"两句。（6）在《清脾录》中引用与王士禛同时代诗人王苹的"乱泉声里谁通屐，黄叶林中自著书"与"黄叶下时牛背晚，青山缺处酒人行"两联诗句，并指出自己的《秋日田舍》"青山缺处时沽酒，红树围中独著书"两句是缩用王苹的以上诗句而写成。

其次是"变用其句"或"暗用其句"。（1）《偶成》（其一）中的"仰望斗牛间"一句，变用了庾信诗《哀江南赋》中"路已分手湘汉，星犹望于斗牛"两句。（2）《江村即事》中的"高人隐其间，衡门弄素琴，"暗用了《诗经·陈风·衡门》中"衡门之下，可以栖迟，泌之洋洋，可以充饥"的诗句。它喻指隐士虽处于穷饥境地，仍自得其乐。其中"衡门"指隐士住的陋室。

最后是采取"全句借用"的形式。（1）《初秋野眺》中的"落霞孤鹜齐飞去"一句，袭用王勃诗《滕王阁序》中"落霞与孤鹜齐飞"一句。（2）《病中戏吟以讽故人》中的"孟生多病故人疏"一句，沿袭的是孟浩然诗《岁暮归南山诗》中"多病故人疏"一句，只是比它多增加两个字"孟生"。而"孟生"实指孟浩然，因而李德懋的这首诗几乎是对孟浩然诗的直接引用。

第四，借用诗题。在李德懋的诗作中，有一些是借用中国诗人的诗题加以创作的。譬如，他借用乐府旧题《采莲曲》、汉乐府旧题《塞下曲》而创作了5首乐府诗题诗歌。《采莲曲》原为《江南弄》七曲之一，内容多描写江南一带水国风光、采莲女的劳动生活情态以及她们对纯洁爱情的追求等。像王昌龄、刘方平、崔国辅等人都创作过此种诗题的诗。李德懋承袭此诗题创作了如下两首诗。"苹末秋风飒飒吹，商船八月是归期。相思一曲题莲叶，流下扬江郎得知。""莲花虽洁不堪饱，莲叶虽青不可缝。最爱并头兼并蒂，一时开落一塘中。"由此可见，李德懋的《采莲曲》的内容与中国诗人所表现的江南风光与少女情思是基本相同的。

《塞下曲》则出于汉乐府《出塞》、《入塞》等曲（属《鼓吹曲》），为唐代新乐府题，歌辞多描写边塞军旅生活、边塞战争及边塞风光。像李白、许浑等人都创作过此种诗题的诗。李德懋也承袭此诗题，创作了如下三首诗篇。"都尉平明出，手控蒲月弓。翻身鸣铁镝，一雁落边风。""妖星昼出竟天长，帕首轻兵束战装。新淬宝刀三万口，黄河波赤热如汤。""画角三声塞月高，愁看青海拍天涛。北来中使颁恩诏，榆叶飞时赐战袍。"这样，与《采莲曲》的情形相仿，李德懋的《塞下曲》的内容也与中国诗人所表现的边塞军旅生活、边塞风光是基本相同的。

在李德懋借用中国诗人诗题进行创作的诗篇中,艺术表现最为成功的,当属《拜新月》。他的《拜新月》是借用了李端《拜新月》的诗题。"开帘见新月,即便下阶拜。细语人不闻,北风吹罗带。"唐代盛行着拜月的风俗,不仅宫廷及贵族间流行此风,而且在民间也流行此风。上面李端的诗,正是一首描写拜月的小诗,它清新秀美,类乐府民歌。与此相仿,在古代朝鲜,也盛行着在上元节、中秋节望月的习俗,且流行着"咏月歌"。在此,李德懋写作《拜新月》,既是承袭了李端的诗题,也表现了抒情主人公对爱情的真诚渴求。"迎月初昏立曲栏,榴裙步砌拂珊珊。花间恐被郎偷见,半拜才成半拜难。"笔者认为,李德懋的《拜新月》与李端的《拜新月》相较,在表达思想内容方面基本相同。具体分析如下:"北风吹罗带"与"榴裙步砌拂珊珊"具有相同的含意;"细语人不闻"与"花间恐被郎偷见"相较,尽管前者写了听觉意象,后者写了视觉意象,但在惟妙惟肖地状出少女娇嫩含羞的神态方面却是相同的。"即便下阶拜"与"半拜才成半拜难"相较:前者表现抒情主人公开帘一见新月,即便于阶前随地而拜,如此不拘形式,可见她内心长期郁积了许多言语,无可诉说,无奈而托之明月,真诚拜月,因而也无须讲究什么拜月仪式。后者也同样是拜月,但具体情况却与前者稍有不同,其抒情主人公的"半拜",一是由于情郎在附近,她不想让人窥探出自己的内心隐秘,所以没有进行完整的拜月动作,二是由于朝鲜民族女性相对于汉民族女性,在表达情爱方面更加羞涩、被动。由此可见,李德懋的诗作尽管大量接受了李端诗作的影响,但也进行了许多创新,从而深刻地体现了朝鲜女性的独特心理特征。

二、诗歌创新:创作具有"朝鲜风"的诗歌

"朝鲜风"一词,出自朴趾源评价李德懋《婴初稿》的序文,

是相对于《诗经》中《国风》而出现的用语，其意为反映朝鲜人生活方式或内在情感的诗风。以李德懋、柳得恭、朴齐家、李书九"汉诗四家"为代表的朝鲜后期的汉诗诗人，借助汉诗的外来形式，却创造性地表现了属于朝鲜的生活内容，并形成了一股不小的文学思潮。尤其是李德懋，他积极倡导诗歌的"奇诡、尖新"，力主创作真实反映朝鲜农村岁时风俗、农村情境、民谣与方言的诗篇。

李德懋诗歌所具有的"朝鲜风"的特点，主要体现在以下三个方面：

1. 使用具有民族性的诗语

朴趾源曾在《婴处稿序》中指出李德懋的诗语"字其方言，韵其民谣，自然成章，真机发现"。本来从拟古主义者的观点看，"方言俗语"都不能入诗，都严禁入诗，但是李德懋却从朝鲜的言语不同于中国的事实出发，力求将方言、俗语加以诗性的文字化、韵律化，从而创作出了今之诗，从而摆脱了盲目因袭的陋习。他比拟打禾(豆、稻)声为"魄魄"（田舍杂咏，其二）比拟诱哄鸡的声音为"朱朱"（夜到潮村智叔家同心溪楚亭赋）。"魄魄"、"朱朱"本为俚俗语，但由于李德懋很好地运用其节韵，富有音乐感，因而使俚俗语变得雅致，即变俗为雅。再譬如，其诗中还有一些表现朝鲜固有事物的诗语，其代表性的诗语为"土釜"（田舍杂咏，其三）、"红米为醪"、"土筑窝"（题田舍）等。这简直是村汉的口吻，然而诗人意兴所至，将闲淡化为雅致，将凡俗化为浓郁，即"用土语不见俗，乃是点铁成金手法"（章燮），从而真正体现了诗语的民族性。

2. 汉诗的民谣化

民谣是民众真率表现自己的生活、情感、思想的歌谣。民谣风格的(民谣趋向)的汉诗是指在语调、格调、氛围、节奏、诗语等方面表现其民谣感觉与"野人之鄙鄙，时俗之琐琐"的诗歌。李德懋早年创作的作品，是朝鲜后期经常出现的具有"民谣趋向"、民谣风格的汉诗。他的这些诗作是在维持汉诗诗体、格式的前提下，融入民谣所具有的情趣或感觉，并使之汉诗化。这类诗接受民谣格调的途径有二：一是直接沿用特定民谣中的格调；二是从民谣主体的生活中体得其格调，并以民谣的感觉加以表现。李德懋早年创作的具有民谣风的汉诗最典型的要数《江曲》。

> 满船黄海盐，明日忠州去。忠州多木棉，妾已理机杼。
> 儿子钓鱼至，阿翁贩稻归。羹鱼炊稻饭，篱花语依依。
> 洗心亭下水，流向蚕头去。沧涟亦何意，似妾无尽语。
> 秋水明于月，鸠毛白如絮。渔歌江易响，一一还飞去。
> 红绡二幅强，满绣关寿亭。作旗插船尾，海神不敢狞。

这首诗反映了某江村的情境与风俗以及船工的日常生活。诗人描绘了装满盐、棉花、机杼的船只，贩稻归来的阿翁插在船头上的红绡旗，钓鱼回家的儿子等等。更为重要的是，诗人直白的叙述方式与民谣风，与大众用船歌等民谣形式表现现实生活并无二致。结果，李德懋在《江曲》中，不顾汉诗"流水对"对诗歌匀称凝练之美的要求，以直陈其事的赋体写得平铺直叙，体现了民谣的节奏与意趣。

李德懋的一些具有民谣风格的汉诗，则是在民谣的直接影响下创作出来的。譬如他创作的《上元曲》："十字街中月色明，初更三点候钟声。讴歌半夜人初散，何处村鸡时一鸣。雪色澄明唯此宵，人人候月广通桥。歌童一队联歌袂，齐唱东方行乐调。"就是在民谣《咏月歌》："月亮，月亮，明媚的月亮，李太白所赞赏的月亮，你看你看月亮里边，桂树枝叶随风摇晃。"格调的影响下撰写出来的。

由上可见，《上元曲》所描述的孩童们成群结伴一起咏唱的"东方行乐调"，正是作为童谣广泛传唱的具有迎月童谣风格的民谣，它令人感到其中蕴含着女性般纤柔的情调。

3. 选取具有民族性的题材

李德懋十分珍视对朝鲜民族文化的传承与发展。他不仅通过著述《西海旅言》、《洌上方言》、《寒竹堂涉笔》与《盎叶记》等，从学术角度倾力收录与整理朝鲜民族的文化古籍，而且还创作了大量反映朝鲜民族风俗、生活实况及共同体社会纯真理想的优秀诗作，以此体现朝鲜民族的生活文化所具有的真正的文学价值与诗学精神。正因如此，朴趾源才禁不住称赞李德懋的诗歌"安野人之鄙鄙，乐时俗之琐琐，乃今之诗也，非古之诗也"，"巧诸婴处之稿，而三韩之鸟兽草木多识其名矣，貊男济妇之性情可以观矣。虽谓朝鲜之风，可也。"（婴处稿序，朴趾源撰）

李德懋选取具有浓郁民族性的题材，是其诗具有"朝鲜风"的最重要原因。他对具有民族性题材的选取主要表现在以下两个方面：一是岁时风俗。李德懋在1765年迎新年时创作了一组描写朝鲜当时风俗的诗篇《岁时杂咏》："大妹炊白饼，小妹熨茜裳。稚弟拜阿兄，阿兄拜阿娘。"（岁时杂咏，其三）春节是人们辞旧迎新的美好日子，同时也是每个人作为家族一员确认自己与其他家族成员间血缘关系的时刻。诗中，诗人描写了准备大米面饼汤（又称添齿饼）的大妹与准备新年服装的小妹，并藉此表现她们抑制不住内心喜悦的情态。继而，又让其他家族成员登场，纷纷向年长者"岁拜"（磕头拜年），由此体现了喜庆过年的热闹气氛。"二女轻如云，低仰白板头。裊裊繁鸣佩，个个高出楼。"（岁时杂咏，其十）在春节的白天，朝鲜民族迎新年的游戏较多，其中最为典型的是跳板与玩纸鸢。在上诗中，诗人生动地描绘了两位女子欢快地玩跳板游戏的场面。即她们曲身用力踏板,并借势猛然弹向空中,个个"袅袅"地"高出楼"去,然后又飘然地落到跳板上,而在她们腾空的一刹那,其身上的环佩则琤然作响。由此可见,这首诗描写跳板的动作相当逼真、生动。如。"小儿剖赤柚,拟作骰子投。四仰四俯欢,一白三红愁。"(岁时杂咏,其十一)这首诗描写的则是春节的晚上全家人聚集在一起进行"掷"游戏的场面。这种游戏是将栗枝条或胡枝条劈开,做成四枚子,再在纸或木板上画个棋盘;另备四枚棋子,棋子按掷的分数走,哪一方的棋子先走到终点,就算获胜。其分数有豚、狗、羯、牛、马等五个等级,即马的分数最高。在上诗中,诗人细致地描写了孩子们根据掷结果的好坏,或喜或忧的生动表情,由此隐然表现出孩子们天真无邪的内心世界。"大巫闾阎畏,盱眙意气充。担橐斋米僧,拜人礼数恭。"(岁时杂咏,其十二)"猎猎灵旗画水神,祠船祭灶闹邻人。插花巫女翩翩舞,影赴红灯匝锦茵。"(三湖元朝)

朝鲜古代的风俗具有通过祭仪与游戏的行为,再现从前生活习俗的性质。譬如,在上面第一首诗中,诗人就描写了作为春节习俗的"花盘"与"法鼓"。即为了募得钱财或粮食,"大巫"戴着"花翻彩笠"、"旗曳红绡"、"伐鼓撞钟"走在前面表演傩戏。为表现自己的非凡力量,他们将自己的眼睛都描得大而有神。后一首诗中,诗人由远至近地描绘了三湖居民举行灶王祭与船祭的场面。诗人生动地描写了整个村落举办巫祭时的热闹气氛,以及村民们诚心为这一活动彻夜准备的情景。其中,对巫女舞姿的描写相当生动、形象,"影赴红灯匝锦茵"一句尤为匠心独具。总之,以上所述的各种祭仪,都旨在为家族与村民消灾祈福,村民们通过这种祭祀活动,使相互间的关系变得更加融洽。

下面,我们再分析一下李德懋有关上元节的文学描写:"散步天街十字通,严更初夜听叮咚。新年一国禾竿白,习俗千家蜜饭红。

酒影迷离倾淡月，衣香陆续溯微风。太平妆点春如海，落笔翩翩看戏鸿。"（次公园夜韵）在此，诗人描写了上元节饮酒赏月而且"踏桥"的热闹场面。据朝鲜《京都杂志》记载：上元节"月出后，都人悉出钟街听钟，散踏诸桥去，医脚病。大小广通桥及水标桥最盛。是夕例驰夜禁，人海人城，萧鼓喧轰。"诗人在作品中还反映了家家户户吃"药饭"（类似中国的八宝饭），藉此祈求一年的平安与丰收。

二是农村情景。李德懋在真实描写农村情景时，体现出了朝鲜农村固有的特色。在此，诗人超越诗作吟月弄月的层面，以当时崭新的审美价值，重新审视农村生活，从而体现了其积极的诗学精神，李德懋描写农村情景的诗作主要有《田舍杂咏》（3 首）、《龙仁途中》（2 首）、《题田舍》（6 首）、《果川途中》、《栗岛》等。

带叶篱根卧柠黄，天晴魄魄打禾休。
酣霜杂果匀丹漆，哢旭寒禽迭角商。
联络田塍蛛布网，附离邻落蛎粘房。
羁愁试逐佃翁饮，耳热枫间我酒狂。（田舍杂咏，其一）

黄草纤纤石磴微，土馒头畔树盈围。
趁鞭肜叶回旋舞，跳笠绀虫的历飞。
经历腹便红米饭，当秋身吉白绵衣。
一湾霞作胭脂艳，负手寒村井字扉。（龙仁途中，其一）

红米为醪暖欲霞，毡冠学究日相过。
园丁斫荻腰镰恁，溪女挑绵首帕歌。
啄稻霜陂驱白雁，荫猫阳坞护黄花。
旅愁消遣它乡话，卧听深深土筑窝。（题田舍，其三）

135

> 农家月令补新编，霜朕先占卯色天。
> 鱼种晚生纤胜指，鸡孙具体大于拳。
> 宽衣健妇淳风返，顿饭痴男慧窦填。
> 谣俗那悉迁目境，细斟村酒抱书眠。（题田舍，其四）

在以上诗作中，李德懋选择诗歌题材的态度，既不是出自士大夫的闲适生活态度与抽象观念，也不是为抬高自己的诗格而借助中国的题材，他一心要做到的，只是如实地体现朝鲜民族的风俗及其人生态度。正如诗中所描写，朝鲜的广大农民经常吃的是"红米饭"（红粘米饭），喝的是用"红米"酿制的米酒，而最常用的煮制器皿为"土釜"，另外他们住在"土筑窝"里所吟唱的歌谣是"湖西谣俗"（忠清道民谣），这就是朴趾源所谓的"野人之鄙鄙""时俗之琐琐"的朝鲜民族的特有农村风俗。除此之外，李德懋还通过"黄草纤纤"、"土馒头"、"井字扇"、"带叶篱根"、"酣霜杂果"、"田塍"、"米囤禾囤"、"豆壳堆边"、"渔梁"、"红萝"、"素藕"、"篱烟"、"畦菁"等物象，形象地展现出了朝鲜农村的广阔图景。对此，李书九赋诗指出："摹来真景语还奇，里曲田歌亦可师。谁著湖西风土记，收君今日几篇诗。"（题李懋官德懋湖西诗卷）即指出李德懋的诗作取材于"里曲田歌"、"虫鱼草木"以及地方风俗。

三、调元、潘庭筠对李德懋诗歌的品评

李德懋不仅积极接受与转化中国诗歌，而且通过多种途径，将自己的诗歌传播到清代诗坛并使之产生较大影响。从目前我们所掌握的资料看，传播到清代文坛的李德懋的诗作有《青庄集》与《寄

潘香祖》、《淡园八咏》（8首）、《广州途中》等20多首诗。其中，《青庄集》被收在柳琴所编的《韩客巾衍集》中而传播到清代文坛。

1.《韩客巾衍集》

《韩客巾衍集》是收有李德懋的《青庄集》、柳得恭的《歌商楼集》、朴齐家的《明农初稿》、李书九的《椵山集》的代表"汉诗四家"早期文学成就的一部诗集，它的前身是《白塔清缘集》。据朴齐家的叙述，《白塔清缘集》是北学派同仁李喜经于1774—1775年间编辑完成的，其中收有"白塔诗派"成员的许多诗歌、散文、尺牍等。由此可以初步推断，柳琴是在1776年入燕之前，从《白塔清缘集》中选择主要诗人的诗歌编辑成《韩客巾衍集》，并于1776年冬至1777年春携入燕京的。入燕后，他与李调元、潘庭筠两人交往甚密，并得到了他们对《韩客巾衍集》的评点（其中包括序文、跋文、作品评语），至于此诗集是否在中国得到刊行，尚无资料确证（《韩客巾衍集》最早在朝鲜刊行是在1916—1917年间。后来，此诗集又多次得以刊行，并更名为《笺注四家诗》），但有一点却是明确的，由于李调元、潘庭筠两人的品评与褒奖，《韩客巾衍集》以多种传播途径先后在清代文坛和朝鲜文坛传播开来，并引起积极的反响。通过它的传播，使清代作家能够较系统地了解汉诗四家的文学成就，并通过李调元、潘庭筠的品评，使"四家"在清代文坛和朝鲜文坛享有较高的地位。

2.李调元、潘庭筠对《青庄集》的点评

既然李调元、潘庭筠对《韩客巾衍集》的品评，提高了"汉诗四家"的文学地位，扩大了其文学影响。那么，我们不禁要问，李调元、潘庭筠究竟对《韩客巾衍集》做了怎样的品评。《韩客巾衍集》共收集《青庄集》诗作99首（其他3人的诗作各为100首），其中七绝28首、五律14首、七律48首、五古3首、七古5首、六言1首(缺五绝)。作品评语：李调元下28条，潘庭筠下19条，两人合计下47条。另外，李调元、潘庭筠分别为《青庄集》写了跋文。

李调元、潘庭筠两人基于对李德懋具体诗作的分析而下的评语，尽管还只是一种点评，但它的涵盖面却相当广。

第一，李德懋的诗语相当工巧、精炼，直感性也很强。为此，李调元、潘庭筠评价其诗"对仗工而自然"、"运事巧合"、"造句好"、"巧妙无双"、"写得静而古"、"句裹新香"、"造句极天心月窟之奇"、"出奇摹写"。第二，李德懋的诗作结构严谨、浑然天成，尤其是起句奇妙、有新意。诚如李调元、潘庭筠所评："起笔有远想"、"起句新"、"一结尤壮阔"、"通首浑成，五六尤为名言"。第三，李德懋的诗作从其总体审美表现上看，体现着一种柔雅的特色，而且富有创意，"别开异境"。因而李调元、潘庭筠评价其诗"落想不凡"、"立意高变，迥不犹人"、"妙想"、"刻意设色"、"可作画图"、"境亦犹人，出笔自别"、"高壮，有大家格调"、"无限感慨，真诗人之笔"、"格老"。第四，李调元、潘庭筠将李德懋与中国诗人相比较，指出他在风格方面的特点。即"小中见大，得梅都官之一体"、"似杨诚斋"、"似香山"、"似白香山"、"此诗酷似山谷"。第五，李德懋的诗作还体现着一种诗人高尚的人格、气质与进步的思想倾向，关于这一点，李调元、潘庭筠指出：李德懋的诗"胸襟不凡"、"想见人品"、"幽燕老将读之，泣下"、"二诗绝唱，何减圣贤"。

此外，李调元、潘庭筠还总括出李德懋的艺术个性，即"造句坚老，立格浑成，随意排铺而无伪艳(在四家中当推老手)"；"锤字炼意，力扫凡豁，别开异境，晚宋晚明之间应居一席。又如大齐木难，触目都是奇宝，非寻常近玩之比"。

总之，李德懋的诗歌创作，可以说是在与中国文学的双向反馈关系中得以完成的,即他一方面广泛接受与转化中国文学在艺术形式诸方面的"营养",另一方面,他创造性的表现了属于朝鲜的生活内容与"朝鲜风",并积极将己作反馈到中国文坛,最终得到中国诗评家的高度评价。

论李德懋对诗歌辞采美的创造[①]

李德懋(1741—1793年)是朝鲜李朝著名的文学家,他创作的百首诗歌曾载入《韩客巾衍集》传播到中国,受到李调元、潘庭筠等人的高度评价,称赞其诗"锤字炼意,力扫凡豀,别开异境"。可见其诗造句新颖和工巧,开拓新境且富有意境美。因此,笔者在本文中试就李德懋创造的诗歌语言,论述他对诗歌辞采美的创造。

一、诗眼考察

李德懋是将写诗设眼当作一种重要的诗学方法来对待的。他认为:诗而有眼的焦点结构的形成,在于诗人对句式和用字的精审选择,以及对词性、语义的微妙的变异和发展。它或许只不过是在特殊句式构成中或是在特殊语言功能上使用的平常语言,也能在表现诗人独到的世界感觉时令人眼睛一亮,似乎是诗的眼睛与读者的眼睛相对视。正是基于这种认识,他在创作诗歌时,以其对语言的高度精深的敏感,开展了借诗眼进行生命感觉移植的呕心沥血的句式经营活动。

首先,李德懋在诗中炼字,主要对句中动词进行推敲、锤炼。

[①] 本文原载于《东北师大学报(哲学社会科学版)》2005年第4期。

这是因为，动词能够"把事物在行动中的状态表现出来"①，造成强烈的动态感，从而强调、突出事物的形象。下面的两个诗句就是很好的例子。

  ①寒木深山动九秋，石桥东畔得高楼。②（山映楼）
  ②懒翁缥缈波摇塔，神马嶙峋石出洲。③（奉西州赵处士）

  在以上诗句中，"动"、"得"、"摇"、"出"都是"响"字。作者巧妙地运用拟人化的修辞手法，拟物为人，使人的生命感觉外移或租让于外物，使自然客体具有独立的生命存在价值，并具有"动九秋"、"摇塔"的超人力量。可见，以上的"响"字，确实警拔有力，激活了作为施动者的主体的生命。
  李德懋锤炼动词之工，向为后人所叹服。他为了更好地迸发诗句本身的能量，根据诗句内容的需要，十分注重炼字的位置，就五言诗而言。

  ③雨气连天暗，云光漏日明。④（西雨东晴）
  ④玲珑雨过树，窈窕春余峰。⑤（李大器秀野茅堂其二）
  ⑤涧色澄边语，园香蔼处逢。⑥（李大器秀野茅堂其一）

上面三个诗句，分别炼中间一字、第四字和末后一字。

---

① 亚里士多德：《修辞学》，中国人民大学出版社，2003 年。
② 李德懋：《青庄馆全书》卷之一，韩国民族文化促进会，1989 年，第 13 页。
③ 李德懋：《青庄馆全书》卷之十，韩国民族文化促进会，1989 年，第 70 页。
④ 李德懋：《青庄馆全书》卷之一，韩国民族文化促进会，1989 年，第 8 页。
⑤ 李德懋：《青庄馆全书》卷之十，韩国民族文化促进会，1989 年，第 79 页。
⑥ 李德懋：《青庄馆全书》卷之十，韩国民族文化促进会，1989 年，第 79 页。

而以七言诗而言：

⑥穆穆疏花来夜气，朗朗远漏入书声。①（即事）
⑦老木楼蝉垂露寂，昏鸦立石近人惊。②（雨晴）

所炼的是诗句的第五字和末后一字，而诗②炼的则是诗句的第六字。李德懋在诗中所炼的"连"、"漏"、"过"、"余"、"语"、"逢"、"来"、"入"、"寂"、"惊"这些字都可以算得上是"健字撑柱"，其动感十分强。而在这些词中，"寂"原本是形容词，但在此当作动词用，具有使动意义，它烘托出一种极为静寂的氛围。

为了更充分发挥动词的活性，使其承担生命体的心理行为，李德懋还经常采取词序"错位"的手法，使句中的主语、谓语、宾语等不在通常的位置上，而是移到别处去。譬如诗④，前一句是主语、谓语的位置相颠倒，后一句则是主语、谓语与修饰宾语的定语的位置相颠倒。这些倒置，是从语法上讲的。那么李德懋为什么偏偏要采用这种比较特殊的句式呢？比如，为什么不说"书声琅琅入远漏"、"雨过玲珑树，春余窈窕峰"呢？这有两个原因：一是由于对仗的需要，要是采用以上那种常见的句式"书声琅琅入远漏"，就不能与"穆穆疏花来夜气"形成对仗；二是由于要有意造成一种不同于散文的"诗家语"，增强诗语间的张力，使之凝练而富有想象空间。譬如"雨过玲珑树"是散文的句式而不像诗句，所以诗人必须将此"颠倒"写成"玲珑雨过树"。诗③、诗④也都属于此类情况。

其次，李德懋在诗中炼字，还十分注重对句中形容词进行锤炼：

---

① 李德懋：《青庄馆全书》卷之二，韩国民族文化促进会，1989年，第23页。
② 李德懋：《青庄馆全书》卷之二，韩国民族文化促进会，1989年，第31页。

①檀烟遥散馥,桐露静生音。①(僧察不寐)
②雨脚轻吹面,花香细入袍。②(睡意)
③栗里孤烟闲晚馈,巴陵细雨淡归舟。③(西郭郊望)

  李德懋的以上诗句,不仅选景典型、生动,而且精妙地"炼"取了"遥"、"静"、"轻"、"细"、"闲"、"淡"等"实字",堪称为"诗眼"。为了突显句中的"眼",诗人将句式加以变化:即把"遥散檀烟馥,静生桐露音"倒装为"檀烟遥散馥,桐露静生音";将"雨脚吹面轻,花香入袍细"倒装为"雨脚轻吹面,花香细入袍";将"晚馈栗里孤烟闲,归舟巴陵细雨淡"倒装为"栗里孤烟闲晚馈,巴陵细雨淡归舟"。这样就使以上各句的"诗眼"各处在一句的中心位置上,显得极为醒目,尤其是第三个诗句(七言诗),避免了节奏单调的"二二二一"的句式,而成为"二二一二"的句式。其结果,诗①和诗③表现了一种闲静、清远的诗境,诗②则烘托出柔顺温馨的氛围。

  李德懋除了将"诗眼"设置在诗句的中心位置外,还将"诗眼"设在诗句的其他位置上。大家都知道,五言诗的节奏主要有"二二一"、"二一二"、"一一三"等多种,以上诗①、诗②、诗③的类型为"二一二"。那么,余下可具有"诗眼"的诗歌类型就只有"二二一"和"一一三"了。下面笔者就来简要地考察这两种诗歌类型。

④钟迥潭心旷,灯长佛梦深。④(僧察不寐)

---

① 李德懋:《青庄馆全书》卷之二,韩国民族文化促进会,1989 年,第 32 页。
② 李德懋:《青庄馆全书》卷之二,韩国民族文化促进会,1989 年,第 19 页。
③ 李德懋:《青庄馆全书》卷之一,韩国民族文化促进会,1989 年,第 14 页。
④ 李德懋:《青庄馆全书》卷之二,韩国民族文化促进会,1989 年,第 32 页。

⑤浦阔看潮近，林疏得月多。①（夏次霞鹜亭韵）
⑥茶滑添泉洗，窗凉过雨开。②（卧病）

其中，诗④、诗⑤属于"二二一"类型，诗⑥是个倒装句，它将"添泉洗茶滑，过雨开窗凉"倒装为"茶滑添泉洗，窗凉过雨开。"其结果，将原先的触觉（滑）、体觉（凉）转化为更为复杂的心理感受，即一种审美直觉，使审美对象超脱一般的物质属性而具有审美属性，具有一种质的规定性。诗④中"钟迴"是指一种时间距离，回音缭绕、不停；"灯长"也是指一种时间长度。"潭心旷"与"佛梦深"则指一种心理空间的深广度。此诗句比兴手法奇妙，堪称绝句。同样，诗⑤前半句，是写放眼望去浦口十分开阔，远处的潮水显得比实际距离近得多。这里，"阔"和"近"是相互依存、相互映衬的；诗的后半句，写树木中林木稀疏，明月照于林间，流光洒落到地面的要比想象得多。这里，"疏"与"多"也是相互依存、相互映衬的关系。李德懋的《复次霞鹜亭韵》（诗⑤）一诗酷似孟浩然《宿建德江》一诗中的第3、4句，即"野旷天低树，江清月近人。"

通过以上譬例的分析，可以清楚地看到，李德懋妙用形容词做"诗眼"，在其绘景摹状、创造意境方面起到重要的作用。

二、叠字

李德懋不仅善于炼字，写物细腻，细入毫芒，而且造句新颖，许多诗句重出二字，极为工巧。他重出二字的特殊方法即叠字的特殊方法有两种：其一是连续叠用的方法，如"个个珊瑚瑟瑟"③；其

---

① 李德懋：《青庄馆全书》卷之一，韩国民族文化促进会，1989年，第10页。
② 李德懋：《青庄馆全书》卷之一，韩国民族文化促进会，1989年，第12页。
③ 李德懋：《青庄馆全书》卷之十一，韩国民族文化促进会，1989年。

二是间接叠用的方法,如"白门正与红门近,短李时寻瘦李来"①(岁题并序)。因为这两种方法不常见,在此暂略去不论。

韵文中运用韵字,在《诗经》中就已滥觞。《诗经》305 首诗篇中,运用叠字写人状物、表情达意的就近 20 篇,叠字竟多达 610 余个。继《诗经》以后,在中国历代文人诗作中都一直承袭了运用叠字的传统。朝鲜汉诗作为中国的舶来品,其诗人在创作汉诗时,也必然要自觉不自觉地运用这种诗歌创作方法。这种创作方法到了朝鲜末期,尤其是在以李德懋为首的"汉诗四家"手里,得到了更好的发展。其创作成就体现在以下几方面。

第一,李德懋用叠字生动、形象地进行了写景状物。

①皎皎白露光,冷冷涧水长。亭亭老栢干,耿耿寒星芒。②(杂诗)

②渺渺远山将落日,茫茫孤屿已横烟。③(新秋偶吟)

③迤迤古广州,芸芸初夏月。④(九龙山途中与心溪联句)

④秋风水浩浩,夜月山茫茫。⑤(回文诗咏秋)

诗①描写了高山深涧的夜景。四组叠字,各具情状,或露或水,或树或星,极具变化。"皎皎"写露水晶莹洁白,"冷冷"写涧水刺骨冰冷,"亭亭"写栢树主干挺拔,"耿耿"则写星光明亮耀眼。整首诗借助于叠字形成形式上的整齐划一,把本显分散的"露"、"水"、"树"、"星"融为一体,虽不言悲,可苍凉悲怆之

---

① 李德懋:《青庄馆全书》卷之二,韩国民族文化促进会,1989 年,第 28 页。
② 李德懋:《青庄馆全书》卷之二,韩国民族文化促进会,1989 年,第 31 页。
③ 李德懋:《青庄馆全书》卷之一,韩国民族文化促进会,1989 年,第 1 页。
④ 李德懋:《青庄馆全书》卷之十,韩国民族文化促进会,1989 年,第 79 页。
⑤ 李德懋:《青庄馆全书》卷之一,韩国民族文化促进会,1989 年,第 2 页。

情自见。且回环往复，音韵优美，乐感极强。在诗②中，诗人分别用"渺渺"与"茫茫"形容遥远得目力所不及的情状。诗④则用"浩浩"写水势之大和水面的广阔，用"茫茫"写山岳的连绵不断。诗③中的叠字所表达的意思较特殊，它们都具有重复的含义："迤迤"指一次又一次（地游），"芸芸"指一次又一次（升起）。

第二，李德懋运用叠字，以加强感情的表达。他的诗作中某些字、词的连续重叠，绝不是简单的机械的重复，而是根据抒情的需要所使用的一种修辞手法，它可以突出和强调诗歌的内容，有力地表情达意，起到深化感情的作用。试看他的几则诗句：

①我乃喜得得，汝亦和訚訚。①（寄稚川）
②冷冷如悟道，淡淡欲忘形。②（秋夜）

在此，诗①中的"得得"写自得喜悦的心态，"訚訚"则写十分融洽的辩论氛围。可见，由于文友间相互切磋学问较多、较深入，而诗人所学到的东西也很多，所以才自得怡怡，而这个前提却是和睦、融洽的讨论氛围。诗②则描写了智者彻悟的心态，"冷冷"指大彻大悟后泰然自得的冷静心态，即无所喜也无所忧；"淡淡"则指忘我专一的精进境界，这是只有得道者才身临的灵境。

第三，李德懋运用叠字，通过对景物、环境的生动形象的描绘，烘托氛围，衬托人的心情，从而起到了开拓意境的作用。这多见于直接表达感情的诗作。

①涧响冷冷承桧叶，草香馥馥袭人裙。③（终南石门）

---

① 李德懋：《青庄馆全书》卷之一，韩国民族文化促进会，1989 年，第 12 页。
② 李德懋：《青庄馆全书》卷之九，韩国民族文化促进会，1989 年，第 59 页。
③ 李德懋：《青庄馆全书》卷之一，韩国民族文化促进会，1989 年，第 12 页。

②邻花霜白萧萧立，城日梧黄淡淡斜。①（闲居）

③生涯老圃亭亭菊，心事秋山淡淡云。②（霞鹜亭洪先生挽）

④吠犬村村有，饥鸦树树啼。③（晓望）

诗①中"泠泠"即形容涧水滴落的声响，也比喻对清冷山涧的肤觉。"馥馥"则形容股股草香扑鼻的情形，突显嗅觉给人的强烈感受。它们都具有很强的动感。诗②与诗③都表现了相近的心态，"萧萧"与"亭亭"表现一种孤寂之感与垂老之叹，两句中的"淡淡"则形容难以排遣的郁闷与余憾。这正如朴齐家所评价的那样："雁将子而南迁，蝉泠泠而欲绝"④（炯渊先生诗集序），表现了一种哀怨的诗歌情调。诗④的"村村"则强化着乡村荒凉的氛围，饥鸦之啼暗示了民不聊生的情景，叠字则指出这种情况的普遍存在。

最后，李德懋将叠字入诗，增强了诗歌的节奏感和修辞美。

将叠字入诗，说起来容易，可实际做起来却相当难。这是因为，"诗下双字""须使七言五言之间除去五字三字外，精神兴致，全在于两言，方为工妙"⑤，即所选择的叠字，必须凝练、妥帖，能充分反映出客观事象的意态，集中表现出诗的"精神"，传达出诗的"兴致"。而且从使用技巧上，还要使用得自然、富于变化，从而显示出诗歌的节奏感与修辞美。譬如，李德懋的《两头纤纤》就是范例：

---

① 李德懋：《青庄馆全书》卷之二，韩国民族文化促进会，1989年，第21页。
② 李德懋：《青庄馆全书》卷之二，韩国民族文化促进会，1989年，22页。
③ 李德懋：《青庄馆全书》卷之一，韩国民族文化促进会，1989年，3页。
④ 李德懋：《青庄馆全书》文集卷一，韩国民族文化促进会，1989年。
⑤ 叶梦得：《石林诗话》，中华书局，1984年。

两头纤纤史籀文，半白半黑花鸭纹。
腽腽腯腯野竹焚，磊磊落落触石云。
……　　　　　……
两头纤纤回字笠，半白半黑荞麦粒，
腽腽腯腯祖逖桴，磊磊落落郦生揖。

全诗采用整齐美观的叠章形式（8个叠章），从人与事物的形（两头纤纤）、色（半白半黑）、声（腽腽腯腯）、态（磊磊落落）四方面逼真地摹人状物写景，全诗章章呼应重叠，音韵和谐优美，读来琅琅上口，使人感到自然流畅。在一首诗全部使用叠字，这在汉诗作品中是极为罕见的。诗人能够以最精炼的笔触，来刻画众多的人物环境，不能不说体现了他在诗歌修辞手法上的高妙之处。

除了章章呼应重叠之外，李德懋还注重诗歌的"回环复沓。"譬如，他在《题金弘道藕花鹭鸶图》中写道：

一鹭如舂一鹭锄，身虽皓白役于鱼。
莲生泥底泥无染，清艳那能不爱渠。

这是一首隔句"回环复沓"的诗篇，它在章法上造成前后映衬，即通过两个"一鹭"字与两个"泥"字的间接重叠，使形白而无灵魂的"鹭"与出污泥而不染的"莲"形成强烈的对比映衬，从而收到一种回旋跌宕的艺术效果。

三、对仗

李德懋对诗歌辞采美的追求，最集中地体现在诗句的对仗上。因为句与句的对仗归根结底还是要落实到词与词的对照上。李德懋十分注重诗句的对仗，在他创作的律诗中，有大量诗作内含对偶句。其类型有以下三种：

首先是"工对"的诗句。

①覆育群生功莫测，养成万物理无涯。①（咏天）
②青染池荷兼柳叶，红妆坞杏与桃花。②（暮春）
③壮节已应编国史，遗风聊欲采民讴。③（出游清风池阁次汝修）
④岛女夸收稻，江童学数鱼。④（宿三湖）
⑤倚枕空千虑，开樽散百愁。⑤（秋雨客室）
⑥穿簾光琐碎，入户影妍娟。⑥（中秋月）

以上所说的"工对"是指"工整的对仗"，即指出句与对句相对应的词不仅应该具有同样的词性，还应属于同一物类的范畴（王力先生曾将事物分为十一种）。在上面譬举的诗句中，"工对"的特征很明显。具体而言：诗①中，"覆育"对"养成"，"群生"对"万物"，"莫测"对"无涯"；诗②中，"青染"对"红妆"，"池荷"对"坞杏"，"兼"对"与"，"柳叶"对"桃花"；③中，"壮节"对"遗风"，"编"对"采"，"国史"对"民讴"；诗④中，"岛女"对"江童"，"收稻"对"数鱼"；诗⑤中，"倚枕"对"开樽"，"千虑"对"百愁"；诗⑥中，"穿簾"对"入户"，"光"对"影"。它

---

① 李德懋：《青庄馆全书》卷之一，韩国民族文化促进会，1989年，第1页。
② 李德懋：《青庄馆全书》卷之一，韩国民族文化促进会，1989年，第4页。
③ 李德懋：《青庄馆全书》卷之二，韩国民族文化促进会，1989年，第22页。
④ 李德懋：《青庄馆全书》卷之二，韩国民族文化促进会，1989年，第32页。
⑤ 李德懋：《青庄馆全书》卷之十一，韩国民族文化促进会，1989年，第1页。
⑥ 李德懋：《青庄馆全书》卷之一，韩国民族文化促进会，1989年，第2页。

们对仗得都很工整，给人以"高下相须，自然成对"①的对称稳定感与均衡感，同时其造句用字"浑然天成"，用意也很深刻，具有无穷的美质在里头。

其次是"邻对"的诗句。

①海内苍茫知己少，林中寥落著书稀。②（夜会南汝修宅赠以要和）
②野色兼秋冷，江声入夜寒。③（寒夜漫成）
③舜典幽方荒万里，周官冀镇屹千春。④（北镇庙）
④清光千里共，寒影十分圆。⑤（中秋月其二）
⑤万里江天鸿伴月，三更村落树迎霜。⑥（江晚）
⑥云影鱼鳞白，山光蜻眼碧。⑦（绝句，其六）
⑦野水平铺白，山霞点缀红。⑧（画题）
⑧屋腰全埋叶，树末半出烟。⑨（绝句，其八）
⑨家札飞千里，官樽绕万山。⑩（寒竹堂冬夜）

以上所说的"邻对"是指出句与对句相对应的词，虽不属于同一物类的范畴，但它们仍属于相邻物类的范畴。譬如：天文类对地

---

① 刘勰：《文心雕龙》，人民文学出版社，1989年。
② 李德懋：《青庄馆全书》卷之一，韩国民族文化促进会，1989年，第14页。
③ 李德懋：《青庄馆全书》卷之一，韩国民族文化促进会，1989年，第1页。
④ 李德懋：《青庄馆全书》卷之十一，韩国民族文化促进会，1989年，第12页。
⑤ 李德懋：《青庄馆全书》卷之一，韩国民族文化促进会，1989年，第2页。
⑥ 李德懋：《青庄馆全书》卷之二，韩国民族文化促进会，1989年，第31页。
⑦ 李德懋：《青庄馆全书》卷之十一，韩国民族文化促进会，1989年，第8页。
⑧ 李德懋：《青庄馆全书》卷之十二，韩国民族文化促进会，1989年，第16页。
⑨ 李德懋：《青庄馆全书》卷之十一，韩国民族文化促进会，1989年，第8页。
⑩ 李德懋：《青庄馆全书》卷之十二，韩国民族文化促进会，1989年，第17页。

理类，宫室类对器物类。在上面譬举的诗句中，大多是"邻对"的诗句，其中也掺杂着一些"工对"的诗句。具体而言：诗①中，"海内"对"林中"，"知己"对"著书"；诗②中，"野色"对"江声"；诗③中，"舜典"对"周官"，"万里"对"千春"；诗④中，"清光"对"寒影"，"千里"对"十分"；诗⑤中，"万里"对"三更"，"江天"对"村落"；诗⑥中，"云影"对"山光"；诗⑦中，"野水"对"山霞"；诗⑧中，"屋腰"对"树末"；诗⑨中，"家札"对"官樽"都是典型的"邻对"。但是诗①中的"少"与"稀"，诗②中的"秋冷"对"夜寒"，诗③中的"幽方"与"冀镇"，诗⑥中的"白"与"碧"，诗⑦中的"白"与"红"，诗⑧中的"全"与"半"，诗⑨中的"千里"与"万山"则是"工对"。实际上，"邻对"与"工对"相掺杂的诗句，比起"工对"与"邻对"单独存在的诗句，在李德懋诗中更为多见。这种句式更有利于表现事物的多样性与复杂性。

另外，就"邻对"而言，虽比起"工对"少些稳定感与均衡感，但它却扩展了人的思维空间，包涵了更多的题材内容，具有一种强烈的张力与动感。在诗①到诗⑨的"邻对"诗词中，诗人分裂了自我，别开生面又极其灵便地出入于"空间—时间"、"江海—陆地—天空"、"人物—书籍"、"家札—官樽"、"清光—寒影"、"屋腰—树木"这些相互对立的或不易碰撞的观念与行为之间，这种双焦点或多焦点的时空结构，遂使李德懋的诗作显得肌理严密，次序整然，意蕴深致，在回旋推移中此响彼应，形成一首多声部的心灵交响曲。

再次是"宽对"的诗句。

①高榆叶瘦明星灿，老鹤声圆白露繁。①（秋夜声）
②槐阴凉满席，梅雨细吹衣。②（元玄川直庐）
③潮退舟传语，床寒虫有声。③（次韵）
④城荒年月远，僧瘦语音清。④（翔云寺）
⑤暗泉来草际，斜雨入衣中。⑤（南氏亭子）

所谓"宽对"是相对于"工对"、"邻对"而言的，它是指出句与对句相对应的词词性相同，但不要求属于同一物类的范畴。这是对"工对"与"邻对"过分追求诗律和诗学结构细密化、经典化的一种超越，有利于进一步缓解对诗人想象力的束缚，形成一个外工整而内灵动的结构模式。

以上诸诗句，乍看起来每句诗的上、下两部分间似乎没有什么必然的关联，"隔若外世"，但细究起来，却都统一于诗人要营造的同一意象，即表现季节或时间的意象。这些诗句，除诗④以外，都表现了诗人的一种季节感，即对春天与秋天的生命感觉。诗人在此营造了复合意象，即：

诗①秋天：视觉意象、听觉意象＋冷寂与孤独的意象；诗②春天：肤觉意象与视觉意象＋心理意象；诗③秋天：视觉意象与肤觉意象＋听觉意象；诗⑤春天：静谧、安宁的意象＋视觉意象与肤觉意象。

---

① 李德懋：《青庄馆全书》卷之二，韩国民族文化促进会，1989年，第35页。
② 李德懋：《青庄馆全书》卷之十二，韩国民族文化促进会，1989年，第23页。
③ 李德懋：《青庄馆全书》卷之一，韩国民族文化促进会，1989年，第9页。
④ 李德懋：《青庄馆全书》卷之二，韩国民族文化促进会，1989年，第32页。
⑤ 李德懋：《青庄馆全书》卷之二，韩国民族文化促进会，1989年，第34页。

此外，诗④则是表现时间意象的诗句。上半句"年月远"是对"城荒"这一意象的顺接；而下半句"语音清"则是对"僧瘦"这一意象的逆接，表现僧人越老身体越硬朗。这里隐含着诗人对精神不朽的一种认识，即寄希望精神生命能超越物质生命而存在。

综合以上分析，笔者认为，李德懋创作律诗和绝句，十分注重对对句的精雕细刻，并使其间的搭配、转折显得精致而从容，从而大大拓宽了诗歌表现事物及情感的空间、内涵。同时，他对诗中对仗的妙用，不仅造成了结构上的稳定性和外观美，而且又极有内在节奏感。正是这种建筑的外观形式美和内在节奏感的和谐一致，才让人更能体会到其诗的辞采美与中和之美。

论李德懋对诗歌复合意象美的创造[①]

李德懋(1741—1793)是朝鲜英正朝时期著名的文学家。他一生创作了一千多首诗篇，其中大部分诗作"落想不凡"、"别开异境"，体现了他运用比兴手法营构诗歌复合意象的高妙之处。笔者拟从三个方面分别论述李德懋运用比兴手法营构诗歌复合意象的具体特征。

一、复合意象的联想特征

李德懋在诗中所创造的具有联想性的复合意象，往往将两个或几个有差异的物象变作类似，所以它是一种象征性的比兴，具有以比兴体作诗所造成的美感。其结果，它往往能焕发读者压抑在心灵深处的经验并与诗人作互诉及共鸣，因而它大凡比兴灵动，可以在文字之外别开境界。

> 墙纹细肖哥窑坼，箪叶纷披个字青。
> 井畔秋阳生影缅，红腰婀娜瘦蜻蜓。[②]

[①] 本文原载于《沈阳师范大学学报(社会科学版)》2003 年第 2 期。
[②] 李德懋：《青庄馆全书》卷之九，"雅亭遗稿(一)·红蜻蜓戏影"，韩国民族文化促进会，1989 年，第 54 页。

这是一篇李德懋通过观察正在飞翔的红蜻蜓后创作的具有视觉意象的诗歌。在李德懋之前，在韩国尚无人创作这类具有视觉意象的作品。诗歌第一句表面看去是将"墙纹"喻作"哥窑坯"，实际上是用这两者来类比红蜻蜓翅膀上的细纹。墙上的细纹、陶罐上的花纹与映在地面上的红蜻蜓翅膀上的细纹在形状上具有某种相似之处，因而诗人经过巧妙的联想，使这三个视觉意象具有了一种等价关系。第二句也通过联想，使之具有了某种类比关系。在东方绘画艺术中，常用"个字青"三字来形象地描绘竹子的形象与色感，而蜻蜓展翅飞翔的样态又酷似"个"字，因而，映在地面上的蜻蜓的影子与竹叶间具有一种类比关系。第三句没有用诗语直接表现红蜻蜓自由飞翔的样子，而是将它喻作在"秋阳"下闪映于井中的倒影，所以更具有诗的妙味。第四句则通过联想，将蜻蜓的红色细腰类比为穿红裙的窈窕淑女的身段。此诗前三句隐而不谈所描写的是红蜻蜓，从而诱发读者不断地揣测诗歌所要表现的审美对象，并生动地表现红蜻蜓承受秋光四处纷纷的一种动态美。

飘带花鬘石影圆，灵泉如乳滴涓涓。
攀萝若测峰高远，恰想垂猿百臂联。①

这是李德懋在1771年游览平壤时创作的诗篇。在此作品里，诗人将能抚恤众生之苦、听取百姓悲声的观音像的典型特征，归结为能体现其圆融性格的"飘带"与"花鬘"。然后，他将观音像下方石壁上流溢下来的清水喻作乳汁，让人联想到其流量与母亲的乳汁同样稀少。如果将第一句与第二句联系起来看，诗人是通过视觉意象

---

① 李德懋：《青庄馆全书》卷之十，"雅亭遗稿（二）·蒽秀"，韩国民族文化促进会，1989年，第67页。

启迪人们：这珍贵如母乳的泉水是慈祥的观音为净化与升华人类的心灵而赐予人类的。以前两句营构的氛围为背景，诗人在第三、四句中，将抓牢萝藤奋力向上攀缘的自己的形象，比附于猿猴连接百臂的姿态，真不愧是一种"妙思"（潘庭筠言）。这篇诗作，由泉水的意象与"飘带"、"花髾"的意象，联翩浮想出慈母的乳汁与观音对人间的关爱等其他意象。可见，《葱秀》这篇诗作充满了富有新意的联想性的奇妙意象。

以上两首诗都是以实物比拟实物，所比的二者原本就是很近似的，所以尽管也生动、形象，但还是缺乏一些美感。比拟最好是以实物去比拟虚事，这样才能拓展审美空间，给人一种无法言喻的美感。《晓发延安》一诗正是体现了这一点。

不已霜鸡郡舍东，残星配月耿垂空。
蹄声笠影朦胧野，行踏闺人片梦中。

诗作的前半部分描写了黎明前归乡客悄悄离开村庄时周边环境的寂静。正如《西海旅言》所言："晓发延安，朝食碧澜，宿开城府。大雨，群鸡喔喔。星瞬月走，白露漫漫，旷野如水，人语朦胧，如梦中读寄书，不甚了了，而灵幻则异常也。"①诗中公鸡的报晓声（听觉意象）与天上的一轮残月（视觉意象），正是农村清晨的典型情景，这种沉寂的情景又与诗的后半部分朦胧而生动的诗境形成鲜明的对照。第三句用"蹄声"、"笠野"形象地描绘了归乡客在浓雾笼罩下在田间疾走的情形，并以此比喻归乡客挥之不去的乡愁。继而，诗人由浓雾起兴，突发奇想，进入一个虚幻的梦境。在此梦

---

① 李德懋：《青庄馆全书》卷之六十二，"西海旅言"，十月二十二日丙子，韩国民族文化促进会，1989年。

境中,他想象着妻子与自己心灵相通,正在做着思归的梦。随即他又想象着自己回乡的路与妻子的"梦路"相通,自己骑马正踏过妻子的梦中路线。这样,诗的后半部分,诗人从对面落笔,通过联想,虚拟妻子梦见丈夫归乡的情景,从而将自己思念妻子的情感表达得委婉而又深刻。

二、复合意象的实感特征

李德懋是位擅长"诗书画"被称为"三绝"的艺术家,他对绘画有较高的艺术造诣,他所画的"黄雀"活灵活现,得到了当时众多文人的赞赏。如李书九为此赋《寒林双雀图戏为李懋官作》、柳得恭赋《懋官铁脚图歌薑山韵》、朴齐家赋《李懋官铁脚图歌次薑山》。李德懋还力主"诗画一致",曾言:"画而不知诗意,画液暗枯;诗而不知画意,诗脉潜滞。"[98]由此辩证地阐明了诗歌与绘画两门艺术的内在相关性。

李德懋在努力绘画的同时,更多的是创作以画为题的题画诗与描绘农村或田园风光的诗作。譬如《题朴燕岩渔村晒网图》、《题虎符庐州雪雁图》、《题金弘道藕花鹭鸶图》、《题金弘道画扇》、《野塘》、《八幅黑绡泥金水鸟》、《金刚山 50 言排律》、《田舍杂咏》、《题田舍》等。正因如此,他的许多诗作都体现了绘画性特点,即十分注重逼真地描绘物象的形状与色彩。譬如,他在题为《途中杂诗》的诗中写道:

> 落景无非画苑,云头抹过胭脂。
> 明黄老树鱼魞,细绿遥山佛髦。

诗人将"落景"喻作一幅画,将晚霞的色彩描绘成胭脂红。同时，将"老树"与远山的色彩描写成"明黄"与"细绿"，继而将此色彩感引发到"鱼鱽"与"佛髟"身上，使之具有与"老树"、"遥山"同样的色度。这一切都体现了诗人对物象色彩的偏爱与巧妙运用。

李德懋不仅注重调动视觉意象，细致描写对象的实态、实象，使其具有绘画性，而且以此为基础，动用自己的各种感官，多角度地状溢目前的境界，从而使读者一若身历其境，体验到具有实感性的复合意象。《端阳日集观轩》就是典型的诗作：

的的榴花绕绿枝，缃簾透影午晖移。
篆烟欲歇茶鸣沸，政是幽人读画时。

诗歌第一句，诗人将美丽盛开的红色石榴与绿色枝头相对照，鲜明地描写了石榴花盛开的样态及其色感。第二句，不仅表现了石榴的影子随太阳的移动而斜移的节律感，而且描写了透过缃簾注视石榴花光影移动的诗人的心态，由此衬托出庭院的闲寂。第三句通过描绘香炉之烟呈"篆"字形袅袅升腾的情景以及茶壶水沸腾的声音，暗示抒情主人公的一种闲适的心境。在第四句中，幽人所欣赏的画面又与诗人从第一句到第三句通过诸实感意象所体验到的雅静、闲适的庭院氛围相通。总之，诗中的实感意象是由视觉意象（盛开的红石榴、绿枝头、石榴影子的移动、香炉之烟呈篆字形上升）、听觉意象（茶鸣沸的声响）、嗅觉意象（香炉的烟香味、茶水的香味）复合构成，诗人藉此描写了隐居以自修的儒士周边的生活环境，并且曲折地表现了诗人对隐逸生活自得的情趣。在此，煮茶与赏画都是诗人超俗入妙的象征物。

夕照红牛耳，对山龁碧花。痒摩稀叶树，聂聂翻婆娑。

诗人以"红牛耳"这一透明的色感,暗示在幽静、闲适的傍晚时分牛的平静姿态,细致地描写了夕阳照到牛耳的情景。继而,他以牛"龁"带有香气的"碧花"的动作,使读者从视觉与嗅觉上体感到牛的真实存在。然后,诗人通过如实描写树叶的形态,告知人们秋天的降临。最后,诗人借助于"聂聂"、"婆娑"等词语,将由牛的动作引发的听觉意象自然地转化为动态的视觉意象。

李德懋所创作的具有实感性意象的诗篇,大多是在旅行途中写就的,虽大多营构了复合的视觉意象,但其观照视角与表现手法却相当独特。

> 指点鞭梢问俗频,鸟飞尽处是谁邻。
> 仄晖山忽雄黄泼,冷晕天将卵色皴。
> 草际蹒跚输稻马,枫中窸窣负刍人。
> 吾行未必愁羁旅,现了关荆画里身。①

这首诗描写了在羁旅他乡的抒情主人公眼里所见到的秋日傍晚美丽、丰饶的景致。第一联中,主人公在旅途中四处打听各处的风俗人情,表现出对他乡风物的关注与好奇。第二联与第三联各自构成一组对偶句,以视觉意象描写了路边的风景。第二联描写由于受落晖的照射,远山逐渐为黄色所染,夕阳周围的黄色光环仿佛让山顶和天际产生一种蛋黄色的皱皴。倘若说第二联被锁定为傍晚这一时间背景,那么,第三联则展现着秋收季节路旁田野的情境:乡间小道上,驮稻谷的马匹因不堪重荷而蹒跚挪步;红枫树丛间,农夫正担着饲草缓步行走。在最后一联中,诗人综合前三联视觉意象所

---

① 李德懋:《青庄馆全书》卷之十,"雅亭遗稿(二)·广州途中",韩国民族文化促进会,1989年,第77页。

要表达的内涵,将自己的旅途当成一件欢愉的事情,将秋日傍晚所见的田野风光视作一幅美丽的风景画,而诗人自身也融入这一美妙的景观中。即抒情主人公也同山、夕阳、天空、草、马、枫、农夫等一道,成为构成美丽景致的重要因素。其结果,诗人扮演了田野风光观察者与参与者的双重角色,从而融情入景,以图画般的实感意象,生动地描绘出诗人自己所体验的朝鲜秋日傍晚的田野风光。

三、复合意象的含蓄特征

李德懋创作的节制情感的许多诗篇,从美学角度上看,大多是一些体现含蓄美的作品。可以说,李德懋善于以深蕴主体情思的具有复合意象的诗作表现人的内心世界,或造成令人省悟的境域。譬如他在《婵娟洞》一诗中写道:

> 婵娟洞草赛罗裙,剩粉遗香暗古坟。
> 现在红娘休诧艳,此中无数旧如裙。

这是一篇富有哲理性的"无常"之叹。诗人通过比照死去妓女的翠色裙子与墓地上的翠绿草丛,无形间引发一种人类命运的兴亡之叹,同时悲叹那些在公墓旁游嬉的妓女们,天真得浑然不知自己将来要面临的悲剧命运。诚如金柄珉教授所言:"如果她们想到并相信自己的命运也会同长眠在公墓上的妓女们一样,那么她们是绝不会来到公墓撒娇的,这就是生活本身的复杂性。与此相关,如果妓女们想到并相信自己的悲剧命运而来到这里悲哀忧愁的话,也就失去了生活本身的复杂性，进而，作家的倾向性也会立即直露无遗。"①这首诗的成功之处，正在于它巧妙的表现手法和丰富的作品意蕴上。前两句，诗人仗着痴情的语调，唤起人们对花艳妓女之死的怜惜之情，但在后两句，诗人却巧妙地遏制住极易卷入"人生无常"感伤气氛的倾向，仗着跌宕的笔意，用警世之语令人省悟人生兴亡不止的哲理。这也正是作品的隐含之意。

  李德懋力主诗歌具有含蓄性特征，既缘于接受王士祯等中国诗人、诗论家的文学影响，也得之于他自己的诗歌实践。像前面论及的他对诗句的琢练、巧撰结句以宕开远神，都很好地创造了诗歌含蓄的艺术境界。譬如，他的《三湖途中》一诗，以写景作结（见"承接之美"），从而给人留下想象、回味的余地，收到言虽尽而意无穷的艺术效果。再如《翔云寺》一诗中的结句"翔云寺稍近，归路犯寒星"一句，总括前面"遥入枫林去，惊禽飞不停。老僧迎款款，幽濑逝泠泠。岩篆何年刻，佛头自古青"诸句的冷清意象，尤其是"犯寒星"三字。但由于语意本身比较模糊，再加上轻点诗人自己的心境但没有道破，留有想象"空白"，因而就耐人寻味，具有含蓄的艺术魅力。此外，他创作的诗句"潮退舟传语，床寒虫有声"②、"梦罢清江远，诗成白雨催"③、"幽花漠漠逢僧落，白月纷纷向客低"④都不是能从字面体得深层涵意的诗句。诗人巧妙地组合这些看似不相关的意象，使其微婉显晦，从而大大深化了诗的意境。

---

  ① 金柄珉：《朝鲜中世纪北学派文学研究》，延边大学出版社，1990年，第172页。
  ② 李德懋：《青庄馆全书》卷之一，"婴处诗稿（一）·次韵"，韩国民族文化促进会，1989年，第9页。
  ③ 李德懋：《青庄馆全书》卷之二，"婴处诗稿（二）·雨中客至"，韩国民族文化促进会，1989年，第31页。
  ④ 李德懋：《青庄馆全书》卷之九，"雅亭遗稿（一）·游徐氏东庄"，韩国民族文化促进会，1989年。

李德懋不仅追求诗歌的"句含蓄",更是力求诗歌的"篇含蓄",即运用复合意象来表达人的心性情感。他赋予诗歌意象以复合的情感,又以复合情感创造了或强化了复合形态的意象。意象一经复合,就使其意义变得更加丰富;情感一经复合,就使诗作更为微妙而耐人寻味,成为意象的内核。这种复合意象在李德懋诗中集中体现为两种复合意象,即"秋"与"水·镜"。

　　首先看有关"秋"的复合意象。

　　　一夜新凉生,寒蛩入户鸣。野泉穿竹响,村火隔林明。
　　　山月三更吐,江风十里清。夜阑星斗灿,玉宇雁群横。①

　　此诗以秋夜为背景,使用了"寒蛩"、"雁群"、"灿星"、"一夜新凉"、"十里"、"江风"、"明月"等有关秋的复合意象,表现了秋天的清冽与朗润,隐含着诗人凄清与慷慨的复合情感。尤其是"星斗"的意象暗指诗人自己的心境,而在"星斗"后面加上"灿"字,则表明诗人有意将秋天凄清的情调转换成明快的气氛,体现出一种力图克服孤独、自我省察的坚定意志。

　　除了这首诗外,李德懋还创作了许多有关"秋"的诗篇。譬如《寒夜漫成》、《月夜漫成》、《闲居即事》、《即事》、《中秋月》、《秋夜声》、《秋怀》、《秋雨》等百余首咏秋诗作。其中,所营造的"听觉"、"视觉"、"肤觉"意象则更多。譬如:"蝉声"、"雁影"、"秋冷"、"清光"、"露"、"金波"、"天阔云净"、"寒影"、"赤枫"、"寒气"、"萤"、"寒木"、"霜风"、"叶落"、"篱菊"等。这些意象经诗人之手,巧妙地组构成一个个意蕴深广的

---

① 李德懋:《青庄馆全书》卷之一,"婴处诗稿(一)·秋夜吟",韩国民族文化促进会,1989年,第1页。

复合意象,展现出其独特的情感时空。即以这种冷秋给人一种透明、清新的感觉,从而隐含地表现诗人在不同时空、不同情景下的特殊心态或思想情绪。至于这一点,我们可以通过他所写的"秋水得精神"①、"秋水使人清"②、"人自悲秋我悦秋,性根根冷也相犹"③、"壮气萧森秋后见,真心蔼蔚夜来存"④等诗句,可窥一斑。另外,诗人进行各种意象转换与组构的手段,可见于他的诗作《七夕翌日徐汝五柳连玉运玉惠甫尹景止朴在先同游三清洞挹清亭(九首)》其八中。他在诗中写道:"夏尾秋头接,新晴才数日。一蝉凉槐夕,修然作者七"。藉此,我们可根据"秋头"、"新晴"、"一蝉"、"槐夕"等具有同一属性的季节意象,可以复合地感知其季节,同时可以直接由"一蝉"这种听觉意象类推为"凉"这种肤觉意象。以上所有的意象,还可以与表现时间感觉的词语"接"、"才数日"等一道,调动各种时间、空间意象,共同营构了一个"秋日空间"。这种"秋日空间"给予人们的是一种爽快、清朗的印象或情调,还让人感到一丝和静与安稳感。可见它是一种情感时空,熔铸着诗人的自然情感,只是其间并没有透露出浓重的感伤情绪,更多的是一种清醒的省悟姿态与反思精神。所以,诗的整个基调总是那么透明、清新。

其次,再看有关"水·镜"的复合意象。

在李德懋的诗作中,"水"与"镜"的意象具有相同的属性。他

---

① 李德懋:《青庄馆全书》卷之一,"婴处诗稿(一)·寄稚川",韩国民族文化促进会,1989年,第12页。

② 李德懋:《青庄馆全书》卷之二,"婴处诗稿(二)·步庭",韩国民族文化促进会,1989年,第31页。

③ 李德懋:《青庄馆全书》卷之十,"雅亭遗稿(二)·驰笔次袁小修集中韵",韩国民族文化促进会,1989年,第66页。

④ 李德懋:《青庄馆全书》卷之十,"雅亭遗稿(二)·驰笔次袁小修集中韵",韩国民族文化促进会,1989年,第65页。

自称"其心欲水镜焉,故又号炯庵。"①可见,李德懋将"水"与"镜"视作纯洁心性的象征,也喻示着自己一种坚定的自修意志。这从他的作品中,表现得十分明显。

> 净似秋江敛水痕,匣中藏得别乾坤。
> 涵虚清洁非徒玩,但慕吾心不自昏。②

在这首诗中,诗人通过观察镜匣,发现了毫无"水痕"、平静无尘的秋江,并从这种视觉意象出发,悟得镜匣内部还存在着清虚洁净的另一番天地。由此,诗人将秋天清凉洁净的"秉性"喻作自己人生的真正价值,并力图保持像镜子般纯洁的心地与真实的精神。在这首诗中,"秋江"与"镜匣"具有同一属性,它们共同构成清净涵虚的复合意象。

> 九月三清邃,鸣霜洗壑净。虚阁响跫音,平潭写鬓影。
> 瞪目无言久,空旷非尘境。狼气一何销,躁心可以静。③

在这首诗中,诗人描写了秋夜清静的氛围,即"鸣霜洗壑净"是从视觉上给人一种洁净的印象,而"虚阁响跫音"则是从听觉上给人一种静寂的感受。再加上当空高悬一轮"清邃"的月亮,因而"平潭"上自然就会清晰地映现出抒情主人公的"鬓影"。身临于这

---

① 李德懋:《青庄馆全书》卷之三,"婴处文稿(一)·记号",韩国民族文化促进会,1989年,第63页。
② 李德懋:《青庄馆全书》卷之一,"婴处诗稿(一)·题镜匣",韩国民族文化促进会,1989年,第2页。
③ 李德懋:《青庄馆全书》卷之十,"雅亭遗稿(二)·挹清阁",韩国民族文化促进会,1989年,第38页。

种万籁俱寂、净无纤尘的境界，抒情主人公甚至感到自己来到了仙境，并融入其间，心性得到了净化，终至心态似"平潭"，精神超越如入"非尘境"。

上面两首诗中出现的镜的"涵虚清洁"与水的"空旷非尘境"，都是诗人鉴于人的心性与"水"、"镜"属性间的可比性，赋予事物以人类道德性的形象比喻，从而将抽象事理转换为具体形象，生动而含蓄。

总之，从以上两种复合意象看，李德懋创作的诗歌，体现着"半露"的艺术表现特征。即他"露"的是具体可感的物象，"藏"的是要体现的内在意蕴，甚至相对抽象的"水"、"镜"、"秋"也都没有直陈，没有道破。这样写作的结果，李德懋的诗作就做到了"藏"与"露"的辩证统一，用极有限的"露"，表现了最为深远的"藏"的内涵。故而其诗作体现了一种"瞻彼山川，莽乎无极；静水含清，孤云舒洁"[①]的风格，即一种深远、幽深、洁净的诗风。

---

① 朴齐家：《烔庵先生诗集序》，《贞蕤集》文集卷一。

比较文学视域下的东亚形象

朝鲜朝燕行使臣笔下清朝中国形象的嬗变及其内因[①]

在古代,由于地理上的便利,位于中国东北方向的朝鲜受到儒家礼治文化的熏陶最多。源自中国儒家的大一统的礼治文化传统,在漫长的历史中,已经融为古代朝鲜思想文化和政治的基础,中朝两国之间从明朝开始就建立了典型的以君臣关系为原则的宗藩封贡关系。到了清朝,随着两国关系的变化,朝鲜朝对清朝的社会总体想象出现了一些变化,再加上其个体成员的中国体验各不相同,因而其燕行使臣所描述的中国形象也呈现出较为复杂的情形。

一、朝鲜朝对中国的社会总体想象及其笔下中国形象的嬗变

朝鲜朝对清朝的社会总体想象,是建立在朝鲜民族将汉文化的优势以及汉族在政治、军事上的强大加以绝对化、将其认定为人类文化与政治的普遍价值的评判标准基础之上的。

(一)

壬辰倭乱之后,朝鲜朝的士大夫通过战争亲身体验了与自身(内集团)文化不同的日本(外集团)文化,并引发了内集团意识的增强,使明朝与朝鲜朝增强其同盟关系。在朝鲜朝士大夫看来,清朝是一

[①] 本文原载于《东疆学刊》2010 年第 4 期。

种威胁内集团的存在，只能属于外集团的领域。这种北清朝、南日本的危机状况，起到了加强内集团意识的作用，也能动地反映了朝鲜朝士大夫试图在内集团中确认自我正统性并将自己的文化与他者文化区别开来的意识。与此同时，朱子学作为内集团的主要准则，凡是对不符合基准的其他国家的风俗或文化，就以与我们的文化不同的理由而定性为野蛮文化并加以贬斥。另外，朱子学作为朝鲜朝士大夫的主要思想意识愈加教条化和保守化。不仅如此，由于朝鲜朝士大夫不能从明朝那里再看到中华的基准，于是，现实中留有中华思想成分最多的朝鲜为中华具体基准的以朝鲜朝为中心的小中华思想便开始萌芽了。他们认为，比起清朝文化，朝鲜朝文化保留着更多的明代文化的痕迹，所以朝鲜朝是中华文明的继承者或者守护者。因为自己是"小中华"即"大中华"的化身，所以就拒绝与蛮夷进行交往，就算是被武力征服，他们心底里也拒绝与中国的新统治者进行交流。这就是这一时期朝鲜民族对清朝社会的总体想象。

朝鲜人对清朝的称谓比起对明朝的称谓有较大不同。首先，与表现对明朝绝对尊崇的"天朝"、"上国"等称谓不同，对清朝则使用表现得单纯的具有政治、军事含义的"大国"、"清朝"等用语。昭显世子在《沈阳日记》将清朝贬斥为"夷"时，仅限于"清主"、"清人"、"胡人"、"清帝"等称谓，但在麟坪大君的《燕途纪行》或此后的《燕行录》中，则将清朝贬斥为"夷"，把有关清朝的"胡地"、"胡山"等事物的称呼也都称之为"夷"。这说明，尽管明朝已经灭亡几十年，但是将清朝视作"夷"的华夷分离意识不仅没有弱化，反而不断得到增强。

基于对清朝的这种社会总体想象，在 17 世纪下半叶，朝鲜朝对满族人的形象描述是否定性的。他们在自己的作品中，常常将不符合其基准的清朝的风俗或文化定性为野蛮文化并加以贬斥，并以一个文化相对发达的强势民族对一个文化相对落后的弱势民族的那种具有优越意识的价值判断及其以居高临下的姿态描述满族人野蛮而残暴的行为,指称他们是"胡人",并将这种"人面兽心"且"见利忘耻"、"不识事理,不惯风教"的品格指称整个满族人的民族品格。出于这种"社会总体想象",不少朝鲜朝燕行使臣在自己的作品中也塑造了一些野蛮而且富有攻击性及侵略性的满族人形象。这一时期的朝鲜朝燕行使臣,据实描述了在中国各地进行烧杀抢掠的"妖魔化"的清军形象。清军之所以如此大规模地杀戮百姓,一个重要的原因就是明朝的遗民不肯"剃发"、"易服"。在清朝统治者看来,力主让汉族人"剃发"、"易服",主要是为了巩固自己的统治,是为了避免满族被"汉化"。另外,朝鲜朝燕行使臣笔下的顺治不仅是一个"气象桀骜"、"气狭性暴"的皇帝,更是一个"荒淫自恣"的胡皇。他们之所以这样描述顺治,那是由于朝鲜朝士大夫对中国的总体想象发生了巨大变化:中国由礼仪之邦沦落为颠覆文明的蛮夷之邦,因而从值得尊崇的对象变成了应该讨伐的对象。而这种形象,在满族人缺席的情况下,被掌握着想象控制权的朝鲜朝文人逐渐加以"文本化",与此同时,又反过来作用于朝鲜人的"社会总体想象",这使得两者在反复交锋过程中,形成了一种描述满族人的固定模式。

(二)

18世纪上半叶,随着丙子胡乱已逝去百余年,朝鲜朝与清朝已经建立了稳固的朝贡体制。随着17世纪下半叶到18世纪上半叶清朝的政治安定与经济繁荣,使得清朝与朝鲜朝之间在政治、经济等方面的现实差距愈加凸现,朝鲜朝士大夫盲目敌视清朝的社会意识逐渐降低,朝鲜朝士大夫们更加意识到"北伐论"是一种不切实际的幻想。但由于朝鲜朝士大夫内心仍念念不忘明神宗出兵援朝御倭的救国之恩,对明朝残余势力的抗清斗争寄予了极大的同情与支持,再加上朝鲜朝在儒学"华夷观"的作用下,还将满族建立起来的清朝视为"夷狄",存在着轻视和不信任的心理,由此更加强化了"尊周思想"和"华夷观念",产生了强烈的"反清尊明"的民族意识(即"北伐论"和"小中华思想"),从而严重影响了朝鲜民族的民族主体意识。其结果,朝鲜朝士大夫对程朱理学的维护要比清帝国的文人要厉害得多。在这种社会总体想象的影响下,金昌业等朝鲜朝燕行使臣把"易服色,改正朔"看得十分重要,并在自己的"燕行"作品中,十分鄙视汉族人将"易服色"看得比较轻易的作为,一致认为吴三桂是断送大明锦绣河山的历史罪人。在吴三桂的举兵反清行动最终失败之后,朝鲜朝士大夫便从军事意义上的反清意识"北伐论"转换为文化意义上的"小中华思想"。在以朝鲜为中心的中华思想的现实中,朝鲜朝士大夫的这种社会意识也出现了一种比较怪诞的现象:即一部分士大夫肯定清朝在政治、经济方面发展的倾向;而另一部分士大夫却反倒无视甚或蔑视清朝的这种发展。他们在社会文化方面以明朝的制度与风俗作为基准,并自诩自己所保留的明朝的文化要素最多,认为自己是中华思想的继承者,并试图在现实中寻找其具体根据(服饰、冠婚丧祭等),从而比17世纪更加彻底地体现出要将作为"华"的朝鲜朝与作为"夷"的清朝区分开来的强烈的华夷分离意识。譬如,这一时期,他们在论及清朝与朝鲜朝的关系时,使用了"皇孙、皇帝、皇族"等用语,比起前一时期(17世纪后半期)使用"清主"等用语的情况,很显然已经承认了清朝在政治上的优越性。虽然有时也使用"胡皇"等用语,但在正式称谓国家或皇帝时,则毫无顾忌地使用事大的用语。

这一时期,受到朝鲜朝这种"社会总体想象"的影响,朝鲜朝的燕行使臣所塑造的"满族人形象"也发生了一定程度的变化。这主要体现在:满族人的形象由政治、军事意义上的"野蛮"、"残暴"、"见利忘耻"转变为社会文化意义上的"丑陋"、"凶狠"、

"顽劣"的形象。

（三）

进入到 18 世纪下半叶，随着清朝与朝鲜朝之间在政治、经济方面的距离愈拉愈大，朝鲜朝士大夫在政治、经济方面更加肯定清朝在政治、经济上的优越性，甚至出现了努力学习清朝政治制度、经济体制的思想潮流（如，北学派）。但是在社会文化方面，仍然沿袭以朝鲜为中心的中华思想，继续坚持华夷分离的意识，并以此作为判断现实的标准去贬斥清朝，从而在一定程度上持续地呈现出将清朝贬斥为"夷狄"的倾向，它表现为或多或少地拒绝接受清代文化或者拒绝接受西方文化。只是与前一时期相比，随着现实社会矛盾的日趋激化，洪大容、朴趾源等北学派人士也开始透过清朝在政治、经济上的繁荣景象认识到以朝鲜为中心的中华思想的局限性，并开始怀疑朱子学世界观，强烈批评当时朝鲜朝社会的思想意识与现实状况相悖离的状态。但是，他们仍然在很大程度上以朝鲜为中心的朱子学世界观作为判断现实的标准。由此可见，他们所批判的不是朱子学的原理，而是批判当时学习朱子学的士人们的实践态度。更何况，他们的这种思想并不代表 18 世纪下半叶朝鲜朝士大夫在社会文化方面仍然将清朝视作"夷狄"的普遍倾向。

相对于满族人，这一时期，朝鲜朝燕行使臣对汉族人的心理期许似乎更高一些。他们发现，在清朝统治下成长起来的新一代汉族士大夫的反清意识已开始淡漠，而向清朝献颂、献策者急剧增多。在他们笔下，当时的汉族文人被描写成不得不在满族统治下过着屈辱生活的一群人。因而，他们同情与理解这些汉族文人如不试举就将湮没于草莽的两难境地，同时，也觉察到汉族士大夫在清朝统治下思明但又不敢表露出思明的微妙心态，也深感汉族士大夫对华夷之辨观念的淡薄、儒家义理精神的缺失，并为此深感痛心。

由此可见，朝鲜朝燕行使臣眼中的中国形象是由清代中国的现实社会图景及其丰富的文化积淀与朝鲜文化的想象、愿望结合而创造出来的。正因如此，我们在通过文本分析朝鲜朝燕行使臣眼中的清朝形象的同时，还必须研究朝鲜朝对清朝的社会总体想象，还必须研究清朝的现实社会和中国丰富的文化。因为后者是前者的根源，两者始终是互动的关系。

二、"使华录"作者的个体感受及其中国形象的嬗变

通过以上分析，我们可以看出，朝鲜朝燕行使臣对清朝形象的感知与描述与其隶属的朝鲜朝社会或朝鲜朝士大夫阶层对清朝的总体想象密不可分。朝鲜朝作为一个阐释集体，对清朝的认识具有较稳定的一致性。但具体到特定的经验个体，却会在大体一致的同时又表现出不同程度的差异。因为异国形象也是文本记录者的情感与思想的产物，他们在深入观察、感知异国的过程中自然会在自己的作品中表露出有自己对异国的独特看法。

当然，由于朝鲜朝燕行使臣的具体身份不同、对异国的观察时间与观察程度不同，因而所得出的结果也必然有所不同。譬如，朝鲜朝有些燕行正使、副使、书状官所撰写的呈献给朝鲜国王的"使华日记"，考虑到中朝两国的外交关系以及朝鲜朝对清朝的政策，社会总体想象的成分较多；而其他朝鲜朝的"使华"作品，尤其是子弟军官们（如洪大容、朴趾源）所撰写的"使华日记"，则较少这方面的禁忌，可以较自由、较客观地描述明朝、清朝的实景。再譬如，对中国观察时间较长或观察程度较深的人（如麟坪大君曾有一年作为人质生活在沈阳，又曾十二次出使清朝）就较能真实地描述出自己对清朝社会相对深刻的印象，也能比较充分地表现出对中国的独特情感与思想；反之，对中国观察时间较短或观察程度较浅的人则

基本受制于作者所属国的社会总体想象。另外，我们也不能忽略作者之间较为密切的影响关系或师承关系。譬如，金昌业的家族中有曾祖父、父亲、叔父及长兄等人曾先后以正使的身份出使过中国。因而，他很早就从父兄的谈话以及祖辈的"朝天录"与"燕行录"作品中对中国有了较多的认识，并形成了对中国的"前理解"，而这种"前理解"与当时朝鲜朝对清朝的社会总体想象又是不尽相同的。再譬如，在对清朝形象的描述方面，具有北学思想的朝鲜朝燕行使臣之间有着某种师承关系。像朴趾源对中国器物制度的描述就是承袭了洪大容的《燕记》，进而在很多方面强化了洪大容笔下理想化的中国形象。

因而，比起其他朝鲜朝燕行使臣，那些出自对清朝社会观察时间较长、观察次数较频与观察程度较深的作者之手的"使华录"文本，我们就会发现，他们能够较少受到朝鲜朝社会对中国总体想象的影响，能够更加全面、透彻地观察清朝社会的"实像"。一般说来，一个形象与社会总体想象物间的距离越大，就愈具有独创性；反之，则被视为总体想象在某种程度上的"复制"或"再生产"。① 这具体表现在以下几个方面：

首先是在皇帝形象的塑造方面。无论是麟坪大君李㴭、老稼斋金昌业、湛轩洪大容、燕岩朴趾源、炯庵李德懋，还是其他朝鲜朝燕行使臣，他们都在很大程度上偏离了朝鲜朝对中国皇帝的社会总体想象。譬如，麟坪大君李㴭笔下的顺治，不仅具有朝鲜朝社会总体想象所要求的"气象桀骜"、"气狭性暴"、"荒淫自恣"的一面，还具有麟坪大君所特别观察与感受到的"慕效华制"、"力学中华文字"的一面，具有独创性。从麟坪大君所描述勤奋学习、锐意

---

① 孟华：《试论他者"套话"的时间性》，载于《比较文学形象学》，北京大学出版社，2001年，第186页。

改制的顺治形象中,我们不难看到,朝鲜朝燕行使臣在游历中国接触到清朝皇帝的过程中,尽管还无法摆脱作为朝鲜朝社会对清朝总体想象的"华夷观念"的影响,但还是在很大程度上修正了对"胡人"的先入之见。再譬如,老稼斋金昌业等人笔下的康熙形象。在金昌业等一些朝鲜朝燕行使臣笔下的那个神气清明、朴素节俭的康熙形象①就置换了由朝鲜朝对康熙的社会总体想象及其作者对康熙的"前理解"所虚构的一个面貌丑陋、举止轻浮、行为放纵、进退失据的康熙形象,这是金昌业等朝鲜朝燕行使臣根据自己的"个人体验",以一个作家的在场身份(对康熙的理解和想象)所塑造的比较客观但略趋理想化的康熙形象。再譬如,朝鲜朝北学人士笔下的乾隆形象。乾隆在位时期,清朝对朝鲜朝实行了更加积极的以恩为主、辅之以威的政策,因而,朝鲜朝正祖对其十分敬佩,朝鲜朝对乾隆也普遍赞赏有加。在朝鲜朝对乾隆的社会总体想象的影响下,力主北学的朝鲜朝燕行使臣自然愿意将乾隆塑造成为一个"理想化"的圣君形象,他们也的确将乾隆描写成"满面和气"、勤于政事、孜孜求治的英明君主。②但与此同时,他们也在深入观察康熙的"个人体验"的基础上,客观地描述了行为专横独断、生活愈益腐化的乾隆形象。

其次是在满族人形象的塑造方面。17世纪下半叶至18世纪上半叶,不少朝鲜朝燕行使臣受到源于"华夷观念"的"北伐论"、"小中华思想"等朝鲜朝对清朝的社会总体想象的影响,在自己的"燕行录"作品中,往往将满族人描写成为具有政治、军事意义的"野蛮"、"残暴"、"见利忘耻"的形象和具有社会文化意义的"丑

---

① 徐东日:《康熙:趋于理想的君主形象》,《北京大学学报(哲学社会科学版)》,博士后论坛专刊,2008年,第23页。
② 徐东日:《朝鲜朝燕行使节眼中的乾隆皇帝形象》,《东疆学刊》2009年第4期,第19页。

陋"、"凶狠"、"顽劣"的形象。但与此同时，一些深入观察清朝社会的朝鲜朝燕行使臣（尤其是北学派人士）却通过燕行的见闻，对满族人的看法发生了较大变化。他们依据自己的亲身体验，大大克服了当时支配朝鲜朝社会的反清心理，将满族人塑造成为强壮、具有顽强生命力以及长于骑射、崇尚武功的具有阳刚之气的形象。他们认为，清军具有强大战斗力的原因，除了清军善于骑射的因素之外，还由于满族人的马匹"体大良善"，并且实施了有针对性的科学的饲养方法。另外，他们从实用的角度出发，也切实认识到满族人的衣冠十分讲求实用性。在天寒地冻的中国北方的山地环境下，皮质袍服的袖子做得窄紧一些，既可以防止冷风灌入、暖手防冻，又方便打牲射箭、提缰策马，更便于征战。尤其是他们通过燕行亲眼看到了中国北方市集一派繁荣的景象，就马上意识到清朝远非是朝鲜能够战胜的对象，从而产生了巨大的心理落差，由此非常沮丧，不想继续前行。事后经过反省，他们又觉得这是由于自己的嫉妒心在作怪，而这种嫉妒心又正是出于自己"所见者小"的原因。"所见者小"的人心中有偏见，目光狭窄，犹如井底之蛙看不到外部的广阔天地。同时，他们也意识到，朝鲜先祖们长期固守的理念价值在清朝早已过时，在不知不觉间他们从前坚守的"北伐"主张逐渐被"北学"意识所替代。因而，他们开始致力于寻找导致清朝经济繁荣的具体原因，并积极力主"北学中国"，进而改革朝鲜的政治、经济、文化。他们认为朝鲜朝只有摒弃对清朝的偏见，虚心学习清朝发达的实用技术，才能实现国富民强，然后才有实力"尊明攘夷"、进行北伐。他们通过对中国的车、船、城、甓、瓦、道路、桥梁、畜牧、商贾等方面的详细考察和研究，找出中国之长与朝鲜之短。他们还主张取长补短，引进清朝先进的科学技术，改进朝鲜朝的劳动工具，改革其操作方法，提高其生产效益。其结果是，这一时期，朝鲜朝燕行使臣对满族人的描述就进入了"客观化"的时期。

　　再次,是在对汉族人形象的塑造方面。具有北学思想的朝鲜朝燕行使臣虽然仍持有以朝鲜为中心的"小中华思想"以及"华夷分离"意识,但他们在实际的燕行路途中,却大都没有拘泥于大明义理的名分论,因而同情与理解力求通过科举谋求一生功名的汉族文人,认为这些人若不试举就将湮没于草莽之中,况且康熙之后太平盛世又持续了百余年,所以就没有必要再强求他们也同样坚守对明义理而不去试举。正因为朴趾源等具有北学思想的朝鲜朝燕行使臣已经基本摆脱了他们长期遵奉的朱子学的理论束缚,所以就能在当时清朝禁止朝鲜朝燕行使臣与清朝文人进行直接交游的环境下,为了输入清代文物与学术思想,敢于在较广泛的领域内大胆地与生活在同一时代的不同层次的清朝文人展开平等的思想交流与学术交流,从而在较高层次上复归于原始的实用儒学并探究儒学的真髓本义,以此托古改今,对传统的只以伦理道德为价值标准的一维思维方法进行了质疑与批判,然后再以经济的、政治的、现实的多维价值观念审时度势,品评人情事物,因此具有思想解放的重要意义。

　　在朝鲜朝燕行使臣看来,他们在中国所交游的严诚、潘庭筠、李调元、李鼎元、纪昀等汉族文人,尽管崇尚宋代理学,但都不完全拘泥于朱子学,而是表现出灵活的学风与诗才,都是一些令人景仰的学识渊博的学者、文人,他们不论是作诗还是研究学问都表现出绝不拘泥于接受某一流派影响的博大胸怀。其结果,洪大容等具有北学思想的朝鲜朝燕行使臣通过与中国文人开展广泛而深入的学术交流,其历史意识也变得更加精深。他们不仅在政治、经济方面肯定清朝的优越性,而且在社会文化方面也大胆怀疑他们所长期遵奉的朱子学理论,开始尊崇发端于先秦儒学基础上的具有近代意识的实学思想。另外,朝鲜朝燕行使臣通过与许多清朝汉族文人的交往,结下了深厚的友谊,他们彼此情投意合。与此同时,朝鲜朝燕行使臣对清朝汉族文人做出了诸如姿貌雅洁、儒雅纯朴、学识渊博等赞赏性的描述。譬如，在朴趾源笔下，清朝汉族文人大多是为人朴实纯正、学识渊博，而不是因民族的不同就呈现出显著的差异。再譬如，洪大容在赞美严诚不为世俗所迷惑的耿直、刚正性格的同时，还充分肯定了其文学才能与人品。由此可见，这一时期，具有北学思想的朝鲜朝燕行使臣对清朝汉族文人给予了充分的肯定。

朝鲜朝燕行使臣笔下的"紫禁城"形象[①]

——以李宜的《燕途纪行》为中心

燕京[②]是朝鲜朝燕行使臣中国之行的目的地。在明代,它作为中国的皇城,曾经是每一位朝鲜朝士大夫心驰神往的美好去处,但时至满族人统治中国的清朝初期,由于朝鲜朝士大夫依然十分推崇朱子所谓"尊华攘夷"的理论,奉行尊明事大的小中华思想,认为明朝文化才是真正的中华文化而清朝统治下的中国则是夷狄的天下,言外之意,中华文明在清朝已经消亡。所以,受到这种朝鲜朝社会总体想象的影响,朝鲜朝燕行使臣对清朝的都城燕京就抱有一种相当复杂、矛盾的心态:他们一方面,盛赞气势恢宏、至高无上、超凡脱俗的皇城建筑以及庄严、肃穆、神圣的朝拜仪式;另一方面,则十分蔑视与丑化居住在皇宫里的满族统治者。出于这种既爱又恨的矛盾心理,朝鲜朝燕行使臣就为我们留下了不少对照鲜明的文字。

在当时撰写"燕行"作品的朝鲜朝燕行使臣当中,最为著名

[①] 本文原载于《吉林大学(社会科学学报)》2009 年第 6 期。
[②] 即今天的北京。它作为都城,始建于辽代(陪都),称为南京,金代以此为都,称为中都;元代也以此为都,称为大都;明代在朱元璋之后以此为都,称为北京;清代自顺治起以此为都。

作家、作品要数麟坪大君李㴭①及其撰写的《燕途纪行》。

一

麟坪大君李㴭所目击的燕京，虽然历经明季之沧桑且已改朝易姓，但在李㴭眼中，却无处不充溢着帝王之气，无处不残留着明朝的历史印记。比起朝鲜的王宫，燕京的紫禁城（即清朝的皇宫）有着非凡的气势，因而在作者笔下，紫禁城自有区别于朝鲜王宫的另一番风味与情趣。

首先，李㴭在《燕途纪行》中，主要通过描述几个具有代表性的物象来展示帝王之都华贵、雍容、巍峨的景象。譬如，他描写了承天门（即今天的天安门）前外金水桥畔的"石狮"、"玉柱"：

> 桥北有大石狮一双，桥南又有大石狮二，坐暨擎天；白玉柱一双，柱最高约五丈，精雕云龙，极其壮丽。狮亦过丈，……门内亦有一双擎天白玉柱，其制与门外玉柱同。②

李㴭为什么要突出"狮子"、"云龙"这两个物象呢？这是因为，它们是赫赫皇权的外在象征，它给予李㴭"天朝大国"的威严与至高无上的感觉。在中国传说中，龙是一种能够兴云作浪的神异

---

① 李㴭（1622—1658 年），字用涵，号松溪，仁祖第三子，孝宗李淏之弟。仁祖八年（1630 年）被晋封为麟坪大君。"丙子之乱"爆发后，与其王兄昭显世子、凤林大君被掳到沈阳，当了一年的人质，第二年春天才被放回朝鲜。由于在满洲的时间较长，因而对满族人的习俗有了较多了解。他有时也随着清军参加征战，曾亲眼目睹了波澜壮阔的明清战争。仁祖 20 年（1642 年）开始，他先后以谢恩使、进贺使、陈奏使、问安使的身份先后三次赴沈阳，九次赴北京。《燕途纪行》是李㴭在孝宗 7 年（1656 年）以陈奏正使出使清朝时写下的使行记录。

② 李㴭：《松溪集》"纪行"，第 223 页。

动物,在封建时代有圣德的人被比喻为龙(主要是皇帝)。这体现了封建帝王至高无上的尊贵地位以及喻己为圣德之人的思想。而工匠们雕刻龙纹技艺的精巧,更是让麟坪大君赞叹不已:"精雕云龙,极其壮丽"。另外一个物象是"狮子",据《伟灯录》载:"释迦佛生时,一手指天,一手指地,作狮子吼云:'天上天下,唯我独尊'。"所以,狮子雄踞作吼以慑服群兽的形象也让麟坪大君暗自钦羡,因为比起护卫朝鲜王宫的水獭等动物,中国皇宫大石狮的体形更加高大雄峻。由此我们不难看出,明朝人在皇宫前安设狮子的目的是在"天朝大国"的门口安置一个强大无比的守护神。

其次是承天门。

> (承天门)上有九间层楼,金碧辉煌。下开三座洞门,两门间俱隔二间,所经深邃,广可开五间。门内亦有一双擎天白玉柱,其制与门外玉柱同。①

承天门又称国门,取"奉天承运"之义,实质上,"承天门是按照风水之法而修建的,符合先天八卦"②,即"天南地北",是天的表征。《周易》云:"九五飞龙在天,利见大人。"所以,承天门的规格极高,门楼东西九间,南北进深五间,其意以龙为神物,龙腾而居天上,门楼故取"九五",象征帝王之尊。这当然比起朝鲜朝王宫景福宫南面东西五间、南北进深二间的重檐庑殿顶王宫正门③要金碧辉煌、深邃得多,因而,它是麟坪大君心目中十分理想的华贵、雍容、巍峨的"天朝大国"的形象。

最后,是最能显示帝都气势的"太和殿"。

---

① 李宜:《燕途纪行》(下),第 39 页。
② 王子林:《紫禁城风水》,紫禁城出版社,2005 年,第 204—207 页。
③ 朝鲜朝首都八大门中最重要的南大门,即崇礼门。

由长安门右夹入约五十步,渡御沟石桥。桥是三跨三座石桥,上下御沟俱植石栏,纵横峥嵘。瞻望太和殿,十丈黄屋,三级石栏,台是三层,高又五丈,日射金碧,光耀夺目,烟浮曲栏,香气袭人,殆非尘里世界。①

李宧在这里着重描述了"黄屋"、"石栏"和石"台"的高大峻拔,"日射金碧,光耀夺目"的灼目色彩以及"烟浮曲栏,香气袭人"的神秘气氛,从另外一个侧面凸现了帝都的中心——太和殿的威严、肃穆与神圣②。太和殿建筑在宏大的台基上,台基则建在广阔的广场之上,层层叠加,无疑给人以一种气势恢宏、至高无上、超凡脱俗的神圣之感。"太和殿因借台基所造成的地势高度,高达35.05米,台基超过了一定的高度就有山的想象,所以台基与宫殿不但代表了稳固的意义,而且有崇高、伟大的意义,当近乎山的形象时,就与神接近了。"③实际上,由于太和殿的尊崇性质,因而它在材质、装饰、色彩等方面也都能体现出其至高无上的尊贵性。生活在李宧之后的朴趾源曾在《黄图纪略·太和殿》中描写道:

太和殿,皇明时旧名皇极殿,三檐九陛,覆以琉璃黄瓦,月台三层各高一丈,每层为白玉护栏,悉雕龙凤,栏头皆为螭首外向,台上立铁鹤翩然欲舞。第一台栏中列置八鼎;第二台栏角对峙两鼎;第三台栏中夹栏各峙一鼎,鼎高皆丈余,庭中亦列三十余鼎,其出色神巧,古之九鼎亦或在此也。④

---

① 李宧:《松溪集》"纪行",第234页。
② 参阅陈尚胜的《朝鲜王朝对华观的演变》,山东大学出版社,1999年,第123页。
③ 王子林:《紫禁城风水》,紫禁城出版社,2005年,第205页。
④ 朴趾源:《热河日记Ⅱ》,韩国民族文化推进会,1984年,第429—430页。

从材质上看,琉璃黄瓦是高贵无比的。在中国封建社会,皇帝多用黄色来象征皇权,而以黄色琉璃瓦为屋顶的紫禁城这片空间无疑也象征着皇天下的含义。即,皇宫建筑屋顶"黄瓦映日,润腻欲流"①的金碧辉煌的色彩体现出"统治者文化层"不同于一般人的对富贵豪华的炫耀感。从装饰上看,"悉雕龙凤"的"白玉护栏","螭首向外"的"栏头","翩然欲舞"的"立铁鹤",三层月台上的十二鼎等,都含有高贵、长寿、尊贵、权力的含义。从色彩上看,白色的护栏、红色的墙柱、黄色的瓦色,形成了一种对比强烈、协调统一的色彩风格。另外,黄色屋顶和红色墙身下面以白色须弥座承托,两翼逐渐迭落的黄琉璃瓦顶则有色彩鲜艳的面阔红墙相衬托;东西两侧有体仁、弘义二阁耸峙,形成一个完整的凹式景观;蓝天白云和黄瓦红墙、重檐四阿庑殿顶的高大的太和殿,其巍然耸立、气宇轩昂,达到了"若仰崇山而戴垂云"的风水建筑法则的要求。因此,太和殿的建筑从其筑法、材质、装饰、色彩、格局上看,都显示出一种高贵,一种威严壮丽,一种非凡的帝都气象。②

李宜等人之所以将太和殿描述成带有乌托邦意义的宫殿形象,那是因为它作为国家政权核心和封建皇权至上的象征,"壮大以重威",符合《周礼》所确立的帝都的规制;同时,它作为帝都的正殿,有着朝鲜王宫的正殿勤政殿所无可比拟的规模与气势。诚如李德懋所言:"殿大抵如我国仁政殿,或曰差小,未可定也。"③具体而言:不同于太和殿三层月台、殿制广 11 间深 5 间、重檐四阿庑殿顶的建筑格局,朝鲜勤政殿是两层台基、广 5 间深 5 间、重檐歇山顶

---

① 李德懋:《青庄馆全书·入燕记》,"6 月 4(壬辰)日"条,韩国民族文化推进会,1989 年。
② 参阅王子林的《紫禁城风水》,紫禁城出版社,2005 年,第 124 页。
③ 李德懋:《青庄馆全书·入燕记》,"6 月 4(壬辰)日"条,韩国民族文化推进会,1989 年。

的建筑格局。还有，朝鲜王宫勤政殿殿前月台中间台阶上雕刻着在云端戏弄如意珠的两只凤凰，在这个踏道上方两侧则设有海獭雕像，在上下两层台基两侧设有花岗石石材的华叶童子柱、勤政殿各方向上则列有刻着十二生肖的石像。这些也都与中国紫禁城太和殿上悉雕龙凤的白玉护栏、螭首向外的栏头、翩然欲舞的立铁鹤、三层月台上的十二鼎等都有所不同。

由上可见，中国的太和殿作为帝都的正殿，的确比朝鲜王宫的正殿更加体现出其尊严与威仪。"礼"是中国古代社会等级制的社会规范与道德规范，用"礼"的规范来统治国家被称为礼治，后来，"礼治"的思想也成为朝鲜历代统治思想。即，"中国文化对韩国文化是一种组合因素，在思想内涵上是一种共鸣"。①礼治的本质就是明确等级，区分君臣、上下、父子、夫妇、兄弟、内外、大小的秩序，而不可颠倒混乱。因而，礼治不仅是一种文化观念，更是一种以封建等级制和宗法制为特征的政治制度。朝鲜朝燕行使臣之所以如此推崇太和殿，也正是因为太和殿最集中地体现了强调等级制度的礼治思想，而朝鲜士大夫又是最顽固地维护与执行这种社会规范与道德规范的模范。

二

李宜通过对紫禁城的认真观察，还认识到其宫殿建筑的整体布局采取的是严格的中轴对称方式，体现着一种均衡性的特点。他在《燕途纪行》中描述道：

> 从端门左夹入，制同承天门。楼为流贼所焚，尚未重构。

---

① 金柄眠：《中国国学与韩国文学》，《东疆学刊》2008年第2期，第6页。

自承天门抵端门约百余步，左右长廊只余旧基，瓦砾添满，想亦兵火后未构者。自端门至午门约三百步，左右长廊亘连，云是各寺朝房。端门左右廊基后、午门左右长廊后，真松凤尾，极目森罗。东是太庙，西延社稷。抵午门外少憩，其制亦同承天，当中连开三门，左右俱置掖门。迤南稍曲相向，杜拾遗晚出右掖者是也。午门是紫禁城南门，上有九间层楼，从左右掖门，上城迤南状如凹字形，两角勾楼，疑如敌楼。自午门层楼至两角敌楼畔，左右行阁相连，金碧灿烂，朝日初射，光耀不能正视。①

上面文字，仅仅提及从承天门、端门到午门的沿途建筑。撇开对建筑的具体描述不言，仅从途经路线来说，它实际上只言及紫禁城自南至北沿纵轴（中轴）建筑的一部分，倘若将从外城、内城、皇城到宫城沿线的全部建筑沿纵轴（中轴）排列，则依次为：永定门、正阳门、大明门（大清门）、承天门（天安门）、端门、午门、奉天门（皇极门、太和门）、奉天殿（皇极殿、太和殿）、华盖殿（中极殿、中和殿）、谨身殿（建极殿、保和殿）、乾清门、乾清宫、交泰殿、坤宁宫、坤宁门、天一门、钦安殿、玄武门（神武门）、万岁山（景山）、北安门（地安门）、鼓楼、钟楼。这些建筑一字罗列，气象万千，巍峨高大，震慑人心。其中，比较重要的建筑都安置在纵轴线上，次要的建筑则安排在横轴线上。

紫禁城中突出尊位的是太和殿、中和殿、保和殿，因此将它置于中央地位的纵轴线上，而且由于太和殿是皇帝坐朝的金銮殿，所以紫禁城内所有建筑都拱卫突现在纵轴线中心点上的

---

① 李宧：《燕途纪行》（下），韩国民族文化推进会，1989年，第39页。

太和殿。①

由此可见,明朝北京城中轴线的设计,为皇权一统创造了永恒不变的气氛。雄伟高大、富丽堂皇的宫苑建筑群,笔直的中轴线,都显示了皇权的至高无上,同时也体现着"天下之众,本在一人"的说教。

而李官等人之所以不遗余力地正面描述紫禁城宫殿建筑的整体布局,不仅是因为紫禁城作为帝都的建筑范式带有建筑乌托邦的性质,还在于它有别于朝鲜王宫的建筑布局。朝鲜王宫建筑的整体布局并没有采取严格的中轴对称的建筑方式,只将最重要的建筑置在王宫的中轴线上,而较次要的建筑则设置得不太规则。这是为什么呢?

笔者认为,其原因在于,朝鲜的宫殿建筑是依山势建造的,因而很难按照严格的中轴对称的方式建造宫殿群。具体而言,朝鲜的山地面积占其国土面积的四分之三以上,因而平原面积较少,缺乏营建城市的广阔平地,相对而言,王宫所需的平地则更少。何况,朝鲜作为半岛小国,时常面临着周边强国的军事威胁,为了防备那些始料不及、突如其来的危害,排遣不可名状的恐惧感,朝鲜王宫的建筑大多建造在半山腰上,一面有市街围绕着平地,一面将城墙延伸到背后的山顶,这有助于进行有效的防卫。在王宫后边建筑的山城,是在王宫被攻破时要最后退守的防御阵地。在这种现实条件下,朝鲜王宫的建造就分别受到王都风水说、阳基风水说、墓地风水说等风水理论的影响,结合几乎所有朝鲜的山岳都有溪川环绕的地理环境,完全可以将朝鲜的王宫置于大自然的屏障之下,做到藏风即得水,即,气所流动的脉即为山,而且朝鲜冬天因为风冷,更

---

① 高巍:《漫话北京城》,学苑出版社,2007年,第95—96页。

适合"四神具备"的原理,这与由于北方降水量小而(比起山)更加重视水的中国的风水说不同。同时,为了更好地营卫王宫的穴位(又称"龙穴"),防范大自然可能向王宫释放邪气,他们就针对周边山峦的走向,在主要宫殿的周围建造了具有各种避邪功能的建筑。因而,其建筑的朝向与形状就更不可能整齐划一。这实际上也表明,在朝鲜王宫那个令人尊崇的形象背后,却深藏着一种软态。这种软态,还体现在为了祈福避祸,朝鲜朝王宫的建筑布局呈现着一种龟形的轮廓走向,因为朝鲜人自古就认为,龟是具有灵性的动物,因而十分崇尚龟,并藉此祈福避祸。

说到这一点,北京的紫禁城也不例外,在那至高无上、豪华无比的背后,也深藏着一种软态。紫禁城除了环绕着十多米高的场面墙外,还有宽52米的护城河,这还不够,在建筑体上还要附上各种各样的奇禽怪兽使他们获得心理上的安全感。

朝鲜的王宫比起紫禁城更加注重建筑与自然的有机融合;而紫禁城则呈现出与天上的紫宫相对应的建筑格局。因为中国古代人认为:"上帝居住在紫微宫北极星,而北极星居中不动,为群星所拱,在星辰体系中最为尊贵,天子仿效天帝,天上有紫微宫,地上有紫禁城,于是,宫廷也有各种别称,如天宇、天阙、天邑、宸极、皇州等"。[1]作为封建帝王把自己居住的皇宫比喻为天上的紫宫,即与天上紫星相对应的地面建筑,是在幻想着四方归顺,八面来朝,江山永固。另一方面,作为皇帝居住的地方,必然是禁卫森严之处,一般人难以进入。这个禁止一般人进入的禁宫,就可称为"紫禁城"。这就是紫禁城名称的由来及其基本涵义。

在这方面,朝鲜与中国有所不同。由于中国与朝鲜之间存在着宗藩关系,所以朝鲜的王宫建筑就绝不能盖得像三大殿那样具有高

---

① 张分田:《中国帝王观念》,中国人民大学出版社,2004年,第257页。

耸尊贵的帝王气象，再加上朝鲜的都城由于地势的局限和崇尚自然的建筑观等因素，所以将比较重要的建筑都安置在纵轴线上，其他不太重要的建筑则没有章法可循。因而，这种布局所体现的尊卑性的象征意义就不是很强烈。而且，从朝鲜宫殿的殿高看，虽然相对于本来就不够大的格局还算比较高大，但比起中国的紫禁城就没有一种高大的感觉。另外，其材质与装饰也不像中国的故宫那样奢华；而从色彩上看，多采用浅绿色等贴近自然的柔和颜色，因而具有较浓重的抒情色调。总之，朝鲜的王宫从来就不像中国的紫禁城那样使自己的建筑具有强烈的尊卑性的象征意义，而是更加贴近于现实的生活，抒情而真实。

三

紫禁城的各式建筑具有一种超脱世俗的帝王之气，而且在此举行的朝拜仪式也显得特别庄严、肃穆与神圣。在观念上，皇宫内院是帝王"齐家"的场所，朝堂大殿则是帝王"治国、平天下"的地方，所以，帝都京城很自然就成为整个国家的政治中心。紫禁城的建筑形式处处体现着封建皇权的至高无上，强调等级制度的不可逾越。其太和殿就是国家政权核心和封建皇权至上的一种象征，所以，太和殿是明清两代朝廷举行重大典礼的地方。每逢皇帝登基、做寿、结婚、军事出征以及元旦、冬至、万寿三大节等重大节日，还有凡遇大朝会、燕飨、命令出征、临轩策士及百僚除授谢恩，皇帝就要在太和殿接受百官朝贺、颁布命令。而太和殿丹墀下则是文武官员们向皇帝行礼的位置。

李宜在《燕途纪行》中，就比较细腻地描述了顺治帝在太和殿上举行朝拜仪式的场面。在描写正式朝拜场面之前，李宜首先通过描绘一系列景物来营造了一种缥缈、肃穆的神秘气氛：

庭列天子旌旗，门排梨园雅乐，门即太和也。礼官引副贰以下列立庭中，房薄下导余从蒙王后登御桥西夹桥，使坐台西，从者只徐孝男也。台上房薄是清制。台边安十二古铜大香炉，高亦过丈，殿檐亦设箫鼓，威仪严敬。长安门内浑是黄屋，日华浮动，地皆布砖，尘沙不起。钟鼓和鸣，笙簧齐奏，警跸声高。清主高坐，蕃汉侍臣鹄立成班行朝谒礼。蒙王三人先行，余从后行礼，副贰以下亦行礼于庭中，叩拜既毕，余从蒙王入坐殿西。……殿制东西十一间，南北五间，总铺华氍毹，四翼巍巍，檐用层屋，高际云霄。副贰以下亦许上殿，副贰行台中使坐余后，正官十三坐檐外。……率副贰以下从贞庆门午门出，憩曲城，旁房薄纷纷罢出，具鞍象，驾銮舆，驷马御銮架，銮铃齐鸣。小国管见来见，天子威仪，可谓盛哉，而恨不得瞻望。……明朝文物想象之际，徒切慨惋。①

朝堂内由旌旗、香炉、萧鼓等器物所共同烘托出的朝拜气氛，为整个朝拜场面添注了浓烈的威严、神圣的色彩。而长安门内的景物则透过视觉和听觉的交织营造出一种崇高与威严的气势，为朝拜仪式的肃穆气氛烘托出一个隆重、繁缛的氛围。"在这种意境和氛围中，皇帝行使着'官天下'的权力，扮演着'家天下'的角色。人们只能顶礼膜拜，谁又敢对君王怀有二心？"②在此，君王之高高在上，臣之唯唯叩拜，即君王之神圣与臣下之卑贱可见一斑。其结果，在紫禁城内，似乎一切都逃脱不了那股威严与华贵之气，而皇帝銮驾出巡更是集中体现了这一点。面对这一场面，李宵不禁从内心里发出赞叹——"盛哉"。而在啧啧赞叹声中，我们也不难看出，

---

① 李宵：《燕途纪行》（下），韩国民族文化推进会，1989年，第234页。
② 张分田：《中国帝王观念》，中国人民大学出版社，2004年，第258页。

在他心中潜藏着一种对帝都朝拜场面的无限钦羡以及对朝鲜作为偏隅之邦的自卑心理，其内心涌动的是一种思明情怀，这致使他每当想到明朝文物，就不禁"徒切慨惋"。这也是朝鲜士大夫阶层社会集体想象物的一种集中体现。

实际上，在紫禁城太和殿广场上所举行的这种恢宏、华贵的朝拜仪式，是源于周朝的朝聘制度，在明朝时更为兴盛。麟坪大君对清朝统治者沿袭这一旧制是比较首肯的，并且描述得相当正面。但与此同时，在麟坪大君笔下，清朝皇帝的凶狠表情以及朝贺赐宴上那种不成体统的场面却被描述得比较负面：

> 细看清主状貌，年甫十九，气象豪俊，既非庸流，眸子暴狞，令人可怕……设宴行茶，别赐羊肉一金盘于余，是款接也。其宴礼也，不行酒，乍进乍撤，左右纷纷，专无纪律，配似华诞契会，牛羊骨节堆积殿宇。可惜礼器，误归天骄。宴罢次第以出，副贰以下从小西桥下排立庭下如前，余随蒙王出台上复行一叩之礼，仍以御桥西夹以下，蒙王中有识余面者，以辞致款，北人天性直朴不骄，可见华人见东方衣冠无不含泪，其情甚戚，相对惨怜。①

在这里，麟坪大君李㴭将清皇顺治描写成与无比庄重、相当文明的朝拜场面根本不相称的人物形象，他那种"眸子暴狞，令人可怕"的桀骜不驯的气象以及在他主导下宫廷之中饮酒作乐、狼藉一片并到处散发着一种"蛮野之气"的朝贺赐宴场面，实在很难与紫禁城太和殿广场上所举行的这种恢宏、华贵的朝拜仪式的氛围相合拍。更有甚者，顺治和他的满族臣子们不仅毫无纪律，而且随意将

---

① 李㴭：《燕途纪行》（下），韩国民族文化促进会，1989年，第40页。

啃完的"牛羊骨节堆积"在富丽堂皇的"殿宇"之上,这实在显得没有礼数、不成体统。在深受中国儒学礼治思想影响的朝鲜士大夫看来,顺治朝的所作所为全然不像一个"天朝"礼仪大国的做派,正所谓"衣冠之地换作毡裘之区;礼仪之乡变为悖礼之场。可骇之俗,可愕之事,已不可暇数"。①于是,他在感叹"可惜礼器,误归天骄"之余,一想到明朝文物就会"徒切慨惋"。

实际上,认为满族人不拘小节、热烈奔放的宴飨活动觉得失之于礼、不伦不类、不成体统的不只是麟坪大君一人。比麟坪大君李㴭更早出使中国的赵庆男在《乱中杂录》中就曾指出:

> 汗(按,指皇太极)设黄色遮日(华盖)于大庭之中,着黄袍,与诸兄同作一行,而汗居其中。……各受盘床。馔品则汗前所进与臣等所受,同其丰侈,少无加减。……杯行二巡而罢。其左右之人,进退无礼,杯盘之间,猎犬相杂,至升平床争食盘中之物,而莫之知逐,此所以为胡者也。②

另外,佚名在《燕中闻见》(1)中也描述了类似的情景:

> 十月谢恩正使崔鸣吉,副使金南重,书状官李时梅,……世子、大君坐西边,使臣等坐东边。……俄而进宴床行酒,侍坐诸将皆跏趺而坐,或嬉笑或唾涕,略无畏惮。有巨犬六、七在座中行走吠吼,皇帝时时投肉馈之。皇帝项挂念珠,以手数

---

① 林基中:《燕行录全集》(第95卷),韩国东国大学校出版部,2001年,第98页。
② 赵庆南:《乱中杂录》,见潘喆等编《清入关前史料选辑·三》,中国人民大学出版社,1985年,第337页。

珠而坐，所言皆是浮诞之言矣。①

麟坪大君李㴭曾作为清朝的人质长期居住在沈阳，而且还多次作为使节出使中国，因而多次参与了上述朝贺赐宴的场面，所以也十分清楚这是满族人的习俗。谈迁《北游录》（1）"国俗"条中描述满族人款待客人的场景道：

> 撤一席又进一席，贵其叠也。豚始生，即予值，浃月炙食之。英王在时，尝宴诸将，可二百席，豚鸡鹅各一器，撤去，进犬豕俱尽，始行酒。②

可见，这是满族人带有鲜明游猎民族风格的宴会方式，可谓历史悠久。他们的食物都是取之于大自然，这也是满族及其先民女真人崇拜大自然、信仰万物有灵的一个重要原因。而作为另一个很早就居住在东北亚的朝鲜民族，他们在饮食文化方面却跟满族人存在着很大的差异性，和中国南方农业民族的饮食文化传统颇为接近。朝鲜民族比起入关前后的满族在物质文化上所具有的先进性，必然会给朝鲜的士大夫们带来一种心理上的优越感。其实，早在朝鲜朝初期，从朝鲜漂流到明朝的崔溥就曾指出：

> 北京即虞之幽州之地，周为燕蓟之分。自后魏以来，习成胡俗。厥后，辽为南京，金为中都，元亦为大都，夷狄之君相继建都，其民风土俗皆袭胡风。今大明一洗旧染之污，使左衽之区为衣冠之俗。朝廷文物之盛有可观焉。然其间阎之间，尚

---

① 林基中：《燕行录全集》（第95卷），东国大学校出版部，2001年，第150页。
② 谈迁：《北游录》，中华书局出版，1980年，第356页。

道、佛，不尚儒；业商贾，不业农；衣服短窄，男女同制；饮食腥秽，尊卑同器，余风未珍，其可恨者。且其山童，其川污，其地沙土扬起，尘埃涨天，五谷不丰。其间人物之伙，楼台之盛，市肆之富，恐不及于苏杭。其城中之所需，皆自南京及苏杭而来。①

崔簿即便是承认满族人的先族女真人在北京建都的功劳，即"燕京顺天府金元为都"②，但对满族人的风俗却是相当贬斥的。李宜正是秉承了朝鲜社会这种"华夷观"思想的影响，才赋予满族的饮食习俗以相当负面的色彩。

如果说，这种物质文化层次上的优越感还不足以让李宜蔑视满族人的话，那么，在更深的精神文化层次上的优越感则足以让李宜具备蔑视满族人的理由。李宜尽管认为"天子威仪，可谓盛哉"，但他在内心仍然认为这都是一种表面上对儒家之"礼"的模仿，是形式上的中规中矩，其实践上的所作所为，却完全背离了"礼仪"的本质。这与朝鲜朝在形式上谨守儒家之"礼"的原则而且在内涵上深谙其中精义的做法相比，显然有较大差距。因而，在李宜的心目中，满族统治者尽管在物质层面上凭借着强大军力开拓了一个辽阔的帝国疆土，但他们在精神层面上却仍然是一个"蕞尔小丑"，所以他们始终是一个应该加以蔑视的对象。

这一时期，李宜等朝鲜燕行使臣受到中国礼治思想的影响，误认为中国的汉文化已经消亡，这就使他们将明代建造的紫禁城这一雄伟高大、富丽堂皇的宫殿建筑群当作中国汉文化的化身，并加以乌托邦化，即通过描述建筑物（或物象）、建筑格局、朝拜仪式，使

---

① 崔簿：《锦南先生漂海录》，韩国民族文化促进会，1989年，第161—162页。
② 李宜：《燕途纪行》下，韩国民族文化促进会，1989年，第44页。

紫禁城成为华贵、雍容、巍峨的明朝都城的化身。其中，我们通过挖掘朝鲜民族对汉文化的社会总体想象，透过"小他者"（满族文化）与"大他者"（汉文化）的对比分析，可以清楚地看到：在朝鲜朝燕行使臣心目中，潜藏着一种对帝都朝拜场面的无限钦羡以及对朝鲜作为偏隅之邦的自卑心理，同时具有强烈的"慕华心态"，内心涌动的是一种思明情怀，认为坐在皇帝宝座上的本应该是颇知礼治的汉族皇帝，而绝不应该是必须加以蔑视的、与相当文明的场面不相称的暴狞的胡皇。其结果，他们在内心深处就急切地呼唤着具有较高文明修养的汉人君主复位来统治这个国家。

朝鲜朝使臣眼中的清朝产业与器物[①]

——与朝鲜朝的产业与器物相比较

朝鲜朝北学派(朝鲜实学派的一支)人士来到中国时,正值乾隆朝的鼎盛时期,这时的中国已经达到了封建社会发展的高峰——文化成熟、经济发达、社会安定、生活富庶。与此相应,这一时期,"随着清朝与朝鲜朝士大夫在政治、经济方面的距离愈拉愈大,朝鲜朝士大夫在政治、经济方面更加肯定清朝的优越性。"[②]因此,朝鲜朝正祖等人所关心的不再是清朝有无危亡之兆的问题,也不像前代国王英祖那样慨叹中原无"河清之报"。[③]这一时期,正祖所关心的则是清朝的城郭濠池之制、市肆之制、漕轮之制,以及《四库全书》等文化事业。"利用厚生"之制是正祖最为关心的事情,他力主加以即时的推广。

正因如此,朝鲜朝北学派人士参加燕行的目的,就在于寻找使朝鲜迅速摆脱经济、文化落后的局面进而实现"富国裕民"的方法。具体而言,以朴齐家为代表的朝鲜北学人士通过对中国的车、

---

① 本文原载于《陕西师范大学学报(哲学社会科学版)》2012年第1期。

② 徐东日:《朝鲜朝燕行使臣笔下清朝中国形象的嬗变及其内因》,《东疆学刊》2010年第4期,第3页。

③ 英祖时常对蒙古的强盛表示忧虑,一旦蒙古代替清朝统治中原,就意味着以一个夷狄代替另一个夷狄,所以慨叹中原没有"河清之报",即以黄河之水未清来比喻中原仍由夷狄控制,这是华夷观的典型表现。

船、城、甓、瓦、宫室、窗户、阶砌、道路、桥梁、畜牧、牛、马、驴、鞍、槽、市井、商贾、银、钱、田、粪、桑、果等事物的详细考察与研究，找出了中国之长与朝鲜之短，进而主张取长补短，导入中国先进的科学技术，以改善劳动工具，改良操作方法，提高生产效益。特别是在交通运输、建筑建材等方面，都反映出朝鲜朝北学派人士的独特思想。这些闪光的思想，主要收入在朴齐家的《楚亭全书》等"燕行录"著述中。下面，主要以朴齐家的《楚亭全书》为中心，分几个方面具体加以论述。

一、运输

中国工商业的繁荣兴旺离不开其交通运输业的支撑，因为只有保持商品流通渠道的畅通，才能带动整个工业的发展。朝鲜朝北学派人士经过对中国的多方考察，认为中国的货财之所以殷富，是由于中国商人利用各种车辆将当地的商品及时运输到了全国各地。这样，既避免了产品积压所造成的损失和浪费，使商品流通活跃起来；又缩小了城市与乡村之间生活水平的差距，使国民生活趋于稳定。所以，他们认为利用车辆之便可以使货物交流变得十分顺畅，这是中国变得富饶的主要原因之一。他认为朝鲜民生、产业的贫困，都是因为"车不行域中"[①]所造成，即各地的封闭局面是因为道路不通、车马不行而造成的，同时也是由于朝鲜"率皆山路"无法远行而造成的。而交通业的落后终于使朝鲜"岭南之儿不识虾盐，关东之民沉楂代酱，西北之人不辨柿柑，沿海之地以鲼鳅粪田"，这些"民生日用而不可阙"的商品"此贱而彼贵，闻名而不见"[②]。对

---

① 朴齐家：《楚亭全书》（下），韩国首尔亚洲文化社，1991年，第568页。
② 朴齐家：《楚亭全书》（下），韩国首尔亚洲文化社，1991年，第568页。

于朝鲜不用车的问题，人们总以为是由于朝鲜因地势险峻而不能通车。朴趾源针对这种借口回答道：

> 国不用车，故道不治耳。车行则道自治，何患乎街巷之狭隘、岭厄之险峻哉！中国固有剑阁九折之险、太行羊肠之危，而亦莫不叱驭而过之，是以关陕、川蜀、江浙、闽广之远，巨商大贾及絜眷赴官者，车毂相击，如履门庭，訇訇轰轰，白日常闻雷霆之声。今此摩天青石之岭、獐项马转之坂，岂下于我东哉？其岩阻险峻，皆我人之所目击，亦有废车而不行者乎？①

由此可见，朴趾源认为朝鲜经济落后、百姓贫穷的根本原因在于商品流通不畅，而这一问题又主要是由"不用车"所造成的，如果车行城乡，商贾转输，百货流通，国不期富而富，民不期足而足。所以，朝鲜就应当积极引进中国的"车制"，以促进国内产业的发展与国民生活水平的提高。基于这样一种认识，朴齐家详细地考察了中国的各种车辆：乘车（太平车），载车（大车），独轮车等。他描述中国的独轮车道：

> 小商多用之，轮不包铁，差小而薄，舆前广后狭，可腋而驱。轮之半，出舆之上，随其形而裹隔如坐鼓，所以防泥。右悬木如弓，既载之后，夹而约于中，以代桐檩。又有如兀，附于辕后，行则常举，止则舆轮俱停，所以不倾。一人从后推之，重则一人在前，曳之如牵绳，可敌两马背之力。尝见四妇人，列坐左右，又载水东西各六桶；又尝见因风挂帆而去者，

---

① 朴趾源：《热河日记Ⅰ》，韩国民族文化促进会，1984 年，第 567—568 页。

想与船同功。①

而这种既轻便又灵活适载的车子,在朝鲜却根本看不到。因此,他们就力主朝鲜要学习这种中国的先进车制。他们认为学习中国的具体方法有二:一是派能工巧匠到中国去认真学习中国的先进车制,并对中国的车子加以仿制;二是对每年来往于朝鲜的中国官车、贸车,"令我人熟见,当为学之"。只要持续做到这一点,就必然会取得十分可观的功效。朴趾源在《热河日记》中十分注意"车制",他介绍了各种车辆并详细记述了其结构、用处与特点。②他描述"大车"道:

> 载物曰大车。轮高稍逊于太平车,辐为廿字形。载准八百斤,驾两马。八百斤以外,量物加马。载上以箪为屋,如船篷,坐臣其中。大率驾用六匹。车下悬大铎,马顶环数百小铃,郎当警夜。太平车轮转,大车轴转,双轮正圆,故能匀转而行疾。③

正因如此,朴趾源由衷地赞叹中国先进的车制:

> 诚以利生民之日用,而有国之大器也,今吾日见而可惊可喜者,推此车制而万事可征也。④

他觉得,车制不仅关系到百姓的生活,而且也关系到国家的富

---

① 朴齐家:《楚亭全书》(下),韩国首尔亚洲文化社,1991年,第426—427页。
② 朴趾源:《热河日记Ⅰ》,韩国民族文化促进会,1984年,第567页。
③ 朴趾源:《热河日记Ⅰ》,韩国民族文化促进会,1984年,第567页。
④ 朴趾源:《热河日记Ⅰ》,韩国民族文化促进会,1984年,第568页。

强与否。朴趾源通过对中国车制的描述，提出朝鲜应该改革商品流通的结构，为此最迫切需要引进中国的车制。

车虽说是当时相当便捷的运输工具，然而船这种运输工具却要比车更胜上百倍。朴齐家根据朝鲜三面环海的地理特点，强调发展海上运输业的重要性。他指出：

> 我国国小而民贫，今耕田疾作，用其贤才通商惠工，尽国中之利，犹患不足。又必通远方之物而后，货财殖焉，百用生焉。夫百车之载，不及一船，陆行千里，不如舟行万里之为便利也。故通商者，又必以水路为贵。①

在此，朴齐家十分清楚地看到了自发生倭乱以来朝鲜造船业停滞不前的局面。他认为，当时朝鲜的造船技术相当落后：既不能多装载货物，又不能远航他地；与此相比，当时中国的舟船不仅坚固，而且负荷量也大，还能随波逐流，畅游远航。朴齐家对此记述道：

> 东潞河去燕京四十里，抱通州城，合玉河，而南入渤海。海运之入皆自此望见河口，百里之间，柁樯密于竹林，船旗上各书浙江、山东、云贵等号，闻山东督抚何裕城运领小米三十万石方在船中，……其船大而丽，使臣及余与懋官登焉。船长十余丈，……桥板滑而弯动升降，可惧。②

那么，中国和朝鲜为什么会在货船装载量方面存在如此悬殊的

---

① 朴齐家：《楚亭全书》（下），韩国首尔亚洲文化社，1991年，第385页。
② 朴齐家：《楚亭全书》（下），韩国首尔亚洲文化社，1991年，第385页。

差异呢？除了如上所描述的船体的大小差异之外，一个更重要的原因就是装船之法有所不同。即：

> 中国装船之法，纵用长板，横用短板，刨平如镜而复造焉。缝隙粘衬油灰、沥青，凡盛米毂皆直泻于中，覆以横板下为仓库，上即人所处者，皆板层或层楼，楼上又可贮物，虽津渡无屋，小船亦必有横板如轩。大约彼船如今像戏局面，我船如双陆局内。我国既失全车之利，又不尽身船之用，无论运船、津船，隙水常满。舟中之胫如涉川，然舀而弃之，日费一人之力，载毂必用编木铺其底，而居下者犹患腐湿又无上轩下仓之法，人身器什限舷而止毂用，蒿包囊以蒿索一斛之载，恰容二斛或有篷而短甚。①

由此，朴齐家明确主张应该虚心学习中国先进的造船技术，以建造出像中国的船只那样又大又结实的船舶；努力发展水上运输业，开辟以汉江为中心的遍布京畿、忠清、全罗、黄海道的泛江交易，进而开通中国的水路；以朝鲜的棉布、海产品换取中国的绸缎、药材等，并以贸易为舞台，开展更为广泛的文化交流与学术交流。朴齐家的这些思想和主张，对于实行锁国政策、深受儒家文化影响的朝鲜来说，是一种极为宝贵的意见。

二、建筑、建材

朝鲜朝北学派人士在他们的"燕行"作品中，较多地记述了都市及乡村的建筑。这些建筑大体包括民居、寺庙、市铺、店舍、桥

---

① 朴齐家：《楚亭全书》（下），韩国首尔亚洲文化社，1991年，第383—384页。

梁、皇宫、陵墓等。作为文化的一种空间表象，它们往往包蕴着中国建筑文化的不同内涵。通过这些建筑样式或建筑构件，也能看出朝鲜北学派人士是如何看待和评价中国建筑形象的。

首先是住房制度。他们对中国的住房制度评价较高。他们称道中国房屋相对于朝鲜房屋的"疏陋"，显得宽大坚密与敞亮。譬如，洪大容曾写道：

> 公私屋宇，比我国穹崇倍之。皇城内外，纯是瓦屋，如沈阳、山海关等，大都邑亦然。其余小小村店，瓦草参半，其草屋亦弘壮坚致，绝不类我国店幕之疏陋。京外诸铺，往往为箪屋架于檐前，亦轩敞可坐也。……屋制，盖取方直，四面为屋，空其四维，墙以承之架。甍横直，无回廊曲折，中屋而为门，环四壁而设炕，高足以踞坐，广可以卧短人。炕下铺砖，椅、桌、灯台、火盆之属在焉。①

他们也称道中国房屋的高大、规准、平直、均衡与有层次感。譬如，朴趾源在《热河日记·渡江录》中详细描述与评价了汉族民居的特点。他在"二十八日"这一条中写道：

> 又入一宅，其壮丽，更胜于康家，而其制度大约皆同。凡屋室之制，必除地数百步，长广相适，铲划平正，可以测土圭安针名盘，然后筑台。台皆石址，或一级，或二级三级，皆砖筑而磨石为甃。台上建屋，皆一字，更无曲折附丽，第一屋为内室，第二屋为中堂，第三屋为前堂，第四屋为外室。外室前临大道，为店房，为市廛。每堂前，有左右翼室，是为廊庑寮

---

① 洪大容：《湛轩书》，朝鲜社会科学院出版社，1965年，第401—402页。

厢,大约一屋长必六楹、八楹、十楹、十二楹。两楹之间,甚广,几我国平屋二间,未尝随材短长,亦不任意阔狭,必准尺度,为间架,屋皆五梁或七梁。从地至屋脊,测其高下,檐为居中,故瓦沟如建瓴,屋左右及后面,无冗檐,以砖筑墙,直埋椽头,尽屋之高。东西两墙,各穿圆窗,面南皆户,正中一间,为出入之门,必前后直对,屋三重四重,则门为六重八重,洞开则自内室门至外室门一望贯通,其直如矢。所谓洞开重门,我心如此者,以喻其正直也。①

由朴趾源的上述文字看,这栋住宅在建筑的格局、方法上都充分体现着汉民族建筑文化的传统。譬如,台阶的设置,不仅具有防潮、高畅等实用功能,而且还具有一定的文化象征意义。积土为台的建宅法在中国有着悠久的历史,《老子·六十四章》中曾记述道:"九层之台,作于累土。"可见,在先秦时代就已经使用这种建筑方法。这种积土为台建宅之积土,具有象征积德的文化内涵,有台必有阶,有阶必登高,因此登阶又有象征上进的文化内涵。内室、中堂、前堂、外室、左右翼室、廊庑寮厢的格局设置,不仅具有实用功能,而且也隐含了闳深、隐秘等文化内涵。至于"洞开重门",也正如朴趾源所评价:"以喻正直也。"高大闳深、整齐规正的住宅,不仅具有一定的美感,而且也往往寄寓着一种人生观。可见,许多建筑含有丰富的文化意象。

他们还称道中国房屋建造技术的精密。在器物方面,洪大容首先注意到建筑和住房,中国的建筑令洪大容大加赞誉,他写道:

东南角有楼二檐,曰文昌宫。登之见内外女墙,其广可驰

---

① 朴趾源:《热河日记Ⅰ》,韩国民族文化促进会,1984年,第526页。

十马,铺砖平阔如砥。倚女墙睨望西北,折方中矩,弦直中绳,如磋如削,无半点歪斜,华人做事每如此。小县如此,知京城之雄丽无可言矣。①

城面砖筑已毁,而内筑有秩,然新完者有两层俱毁者,其中土筑极坚,凿之如凿石,其商功之精审可见也。②

另外,朴趾源在《热河日记》中,对中国的桥梁建筑也做出很高的评价:

今清家数幸盛京,故自永安桥编木为梁,以御潦溽,而至古家铺前始止。二百余里之间,一梁为路,非但物力之富壮,木头无一参差,二百里两沿,如引一绳,可见其制作之精一矣。故民间寻常制作能相视效,规模大同。德保所称大国心法最不可当者,正在此等也。今此梁路三岁一改。③

从上文可以看出,洪大容和朴趾源这两位北学派人士都交口称赞了中国建筑技术的精密。

其次是砖。砖作为一种建筑材料,也是朝鲜北学派人士极为关注的对象。他们普遍认为,由于朝鲜人长期以来缺乏长远的观点,只知道应付眼前的事物,所以,许多人终身居住的房屋也只是"蜂房蚁穴","我国千户之乡无一方正可居之屋。立不削之木于不平之址,以索缚之,不问斜正。"④而中国人则不同,他们从城郭、宫室、仓库到阶庭都用砖瓦加以垒就,就如同大厦耸立,既坚固而又

---

① 洪大容:《湛轩书》,朝鲜社会科学院出版社,1965年,第351页。
② 洪大容:《湛轩书》,朝鲜社会科学院出版社,1965年,第392页。
③ 朴趾源:《热河日记Ⅰ》,韩国民族文化促进会,1984年,第558页。
④ 朴齐家:《楚亭全书》(下),韩国首尔亚洲文化社,1991年,第464页。

省费用。砖瓦是用"不尽之土"和"不穷之薪"烧制而成,因此,也是取之不尽的物质。从《热河日记》看,清乾隆时期中国的制陶业的发展很可观,哪怕是位于关东边陲的辽东也是如此。朴趾源在《渡江录》中写道:"数家相聚,必有一座大窑以烧砖。"在"燕行"作品中,一般的朝鲜朝燕行使臣在描述中国房屋时,往往注重于中国建筑的式样、美观与清洁与否等问题,而几乎忽略掉对建筑材料的记述。而朝鲜北学派人士的做法却与之不同,他们在关注居室的同时,以其敏慧的目光表示其对中国建筑材料的关注。譬如,朴趾源就考察了乾隆年间盖房用砖的规制、用法。他记述道:

> 为室屋专靠于甓。甓者,砖也,长一尺,广五寸。比两砖则正,厚二寸。一匡拓成,忌角缺,忌楞刓,忌体翻,一砖犯忌则全屋之功左矣。是故,既一匡印拓而犹患参差,必以曲尺见矩,斤削励磨,务令匀齐,万砖一影。①

然后,他还讲述了利用砖头建筑房屋的方法:

> 其筑法,一纵一横自成坎离,隔以石灰,其薄如纸,仅取胶贴,缝痕如线。……大约立屋,砖功居多,非但竟高筑墙,室内室外圆不铺砖,尽庭之广,丽目井井如画横道。屋倚于壁,上轻下完;柱入于墙,不经风雨。于是不畏延烧,不畏穿窬,尤绝雀鼠、蛇猫之患。一闭正中一门则自成壁垒城堡,室中之物都似柜藏。由是观之,不须许多土木,不烦铁冶墁工,甓一燔而屋已成矣。②

---

① 朴趾源:《热河日记Ⅰ》,韩国民族文化促进会,1984 年,第 526—527 页。
② 朴趾源:《热河日记Ⅰ》,韩国民族文化促进会,1984 年,第 526—527 页。

在此，朴趾源对砖的大小、筑法及其实用功能都作了详切的记述与评价，总结出中国建筑制度的实用性和简便性就在于使用了"砖"，进而在对朝鲜的泥土建筑与中国的砖瓦建筑的优劣比较中得出了砖结构的房屋是理想的建筑范式的结论。

朴趾源在《渡江录》中，还比较分析了中国用砖筑城与朝鲜用石头筑城的优劣，充分肯定了作为新兴的建筑材料的砖的作用与长处。就中国的砖而言：

> 夫砖，一函出矩则万砖同样，更无费力磨琢之功；一窑烧成万砖坐得，更无募人连致之劳。齐匀方正，力省功倍，连之轻而筑之易，莫砖若也。

就朝鲜的石头而言：

> 石灰不能贴石，则用灰弥自鞍坼，背石卷起，故石常各自一石而附土为因而已。砖得灰缝，如鱼膘之合木、硼砂之续金，万甓凝合，胶成一城。故一砖之坚诚不如石，而一石之坚又不及万砖之胶。①

上面，朴趾源通过比较分析中朝两国建房的主要建筑材料——砖与石的利弊，认为无论是其制作与使用建筑材料的方法，还是建筑材料的实用功能，结果都是砖胜于石。为此，朴趾源继续详细考察了燕行途中的砖窑，记下了"数家相聚，必有一座大窑以烧砖，范印晒曝，新旧燔烧，处处山积，盖为日用先务也。"②他认为当时

---

① 朴趾源：《热河日记》，上海书店出版社，1985 年，第 19 页。
② 朴趾源：《热河日记》，上海书店出版社，1985 年，第 26 页。

中国的砖窑在结构、运营、工料等方面都远胜于朝鲜。其结果，在朝鲜燕行使臣眼里，砖结构的建筑也就成为了理想化的中国形象的一个重要表征。

再次是瓦。朝鲜北学派人士还对中朝两国不同的铺瓦方法作了对比分析。譬如，朴趾源指出：

> 其（中国的）盖瓦之法，尤为可效。瓦之体，如正圆之竹，而四破之，其一瓦之大，恰比两掌。民家不用鸳鸯瓦，椽上不构散木，直铺数重芦簟，然后覆瓦。簟上不藉泥土，一仰一覆，相为雌雄。缝瓦亦以石灰之泥，鳞级胶贴，自无雀鼠之穿屋。最忌上重下虚。我东盖瓦之法，与此全异，屋上厚铺泥土，故上重；墙壁不砖筑，四柱无倚，故下虚；瓦体过大，故过弯。过弯故，自多空处，不得不补以泥土，泥土厌重，已有栋挠之患，泥土一干，则瓦底自浮，鳞级流退，乃生罅隙，已不禁风透雨漏、雀穿鼠窜、蛇缪猫翻之患。①

在此，朴趾源认为，房屋建筑"最忌上重下虚"，在这一点上，中国的盖瓦之法比起朝鲜更为科学。即中国房屋的房顶上"直铺数重芦簟"、"簟上不藉泥土"，所以"上轻"；而朝鲜房屋的房顶上则是"与此全异，屋上厚铺泥土"，所以"上重"。同时，朝鲜的房顶由于"瓦体过大，故过弯。过弯故，自多空处，不得不补以泥土"，而瓦与瓦之间的"泥土一干，则瓦底自浮，鳞级流退，乃生罅隙"，结果就导致房顶"不禁风透雨漏、雀穿鼠窜、蛇缪猫翻之患"。而相比之下，中国的盖瓦之法为"一仰一覆，相为雌雄。缝瓦亦以石灰之泥，鳞级胶贴"，结果，自然就没有"雀鼠之穿屋"的

---

① 朴趾源：《热河日记》，上海书店出版社，1985 年，第 15—16 页。

弊端。

由此我们可以看到,建筑材料的变革必然会带来建筑方式的变更,并给予建筑文化以全新的景观。朝鲜北学派人士大力呼吁用十年时间将朝鲜的楼台、城郭、桥梁、坟墓、沟渠、堤堰等建筑物全部改成砖瓦结构,这真可谓是一个宏伟的设想。

三、农业与民众生活

在当时追求社会客观真实的朝鲜朝北学派人士眼里,朝鲜"事事不及中国",其中最明显的,就是朝鲜在"衣食之丰足"方面"最不可当"。它主要体现在以下几方面:

首先,在饮食方面。朴齐家指出:

> 中国之民虽荒村小户,率皆灰筑数间之库,不用斛包,直输谷于中。或全库、或半库、或环篝于屋中,如大钟高楼于梁梯,而下之多者可百斛,少者不下二三十斛,往往一室之内有数堆焉;我国小民之生,皆无朝夕之资,十室之邑日再食者不能数人,其所谓阴雨之备者不过蜀黍数柄、番椒数十,悬之于蓓屋烟煤之中而已。①

在这些文字中,作者比较分析了中朝两国在粮仓数量、库存量方面相差悬殊的情况:在中国粮仓里,装满了"多者可百斛,少者不下二三十斛"的粮食,结果是粮丰仓满;而在朝鲜,有些人甚至"无朝夕之资",所能吃到的不过是"蜀黍数柄、番椒数十"而已,这就必然造成粮尽腹饥的不幸局面。

---

① 朴齐家:《楚亭全书》(下),韩国首尔亚洲文化社,1991年,第389页。

其次,在穿戴和寝具等方面。朴齐家指出:

  中国之民率皆服锦绣、寝氍毹,有床有榻。耕夫亦不脱衣,皮鞋束胫,叱牛于田。我国村野之民岁不得木棉一衣,男女生不见寝具,萬席代衾,养子孙于其中。十岁前后无冬无夏裸体而行,更不知天地之间有鞋袜制焉者皆是也。中国边裔之女无不傅粉插花、长衣绣鞋,盛夏之月末尝见其有跣足焉;我国都市之少女往往赤脚而不耻,着一新衣人已睽睽然,疑其为娼也。①

在这里,作者比较分析了中朝两国民众的生活状况,相对而言,中国民众生活富足、穿戴华丽,而朝鲜民众则衣不遮体、睡无床榻,生活十分拮据和贫穷。

最后,在文化氛围或商业气氛等方面。朴齐家指出:

  中国无京外之别,其大都会如江南、吴、蜀、闽、粤之远,而其繁华文物反胜于皇城;我国都城数里之外风俗已有村意,盖其衣食不足,货财不通,学问惑于科举,风气限于疆域,见闻无由而博,才识无由而开也。若是而已,则人文晦而制度坏,民日众而国日空。②

在此,作者认为,中国经济发达、文化进步,处处呈现着一派繁华的景象;而相对的,朝鲜则由于商业不够发达,固守陈旧的思想传统,所以就造成了"人文晦而制度坏,民日众而国日空"的惨

---

① 朴齐家:《楚亭全书》(下),韩国首尔亚洲文化社,1991年,第389—390页。
② 朴齐家:《楚亭全书》(下),韩国首尔亚洲文化社,1991年,第390—391页。

淡结果。而要改变这种"彼之谷已米，而我方不及割焉；彼之织已成，而我方不及缲焉；彼之绵已弹，而我方一月之后与之齐焉。中国之人方驰骋弋猎以为乐，而我方园有果而不暇收山，有樵水有鱼而不暇渔采，百艺怠荒有废而无修日"①的局面，使人们尽快致富，就必须迅速引导他们向中国学习先进的生产技术。他认为具体作法有两个：一是要向中国学习先进的农耕之法，即"耒耜沟洫粪壤之法"；二是要向中国学习先进的纺织之法，即"取蛾之法与饲之之法、缲之之法、织之之法"。②

四、工业器物与文化器物

不少朝鲜朝北学派人士（燕行使臣）在他们的游记中，曾无限羡慕地详细描述了他们在华期间所耳闻目睹的清朝在造纸、纺织、冶炼业等方面的器物之制。他们通过将此与朝鲜的工业器物制度相比较，找出了中国之长与朝鲜之短，敏锐地认识到造成朝鲜贫穷的根本原因就在于生产技术的落后。所以，他们在自己的《燕行录》中，积极主张向中国学习并导入其先进的生产技术与工艺手法，改革朝鲜的劳动工具，改进朝鲜传统的操作方法，以达到提高生产效益的目的。这也可以说是当时大多数朝鲜人梦寐以求的强国富民的梦想。

朝鲜朝北学派人士最为关心的器物，首先自然是作为人类进入文明阶段标志的铁器。朴齐家曾在《楚亭全书》中详细记述了中国用于锻铁炼钢的燃料——煤，他写道：

---

① 朴齐家：《楚亭全书》（下），韩国首尔亚洲文化社，1991年，第391—392页。
② 朴齐家：《楚亭全书》（下），韩国首尔亚洲文化社，1991年，第391页。

> 中国锻铁皆用石炭，石炭力猛能炼钢铁，故其兵器、农器坚利倍我，或有贸来于我，而遇伤则不能改锻。闻端川、杨根等地出石炭，凡装车轮、造农器当就用之。①

在此，他将中国的"兵器、农器坚利倍我"的原因归之于使用了钢铁这种坚韧的原料，而锻铁炼钢的燃料则是中国所独自使用的燃料——煤（石炭）。这样看来，在锻铁炼钢方面，石炭这种燃料的确比木炭或其它燃料的火力都要强许多，所以，中国"凡装车轮、造农器"的钢材都要使用石炭。而用石炭锻造的钢材则十分结实耐用。譬如，就当时中国人所经常乘用的太平车而言，"轮高及肘，三十幅共一毂，枣木团成，铁片铁钉围遍轮身"。②因而，整个车轮就显得相当结实耐用。再譬如兵器：

> 鸟铳，铁筒甚长，比东制加三之一，杀其末几半于本径，木室甚短，前足以持筒而已，偃其柄颇长，临放夹于右腋。铁杖用真铁，室有系，贯臂而倒担于背。盖鸟铳之利，专在于长筒，而今为中国之利器。又能马上装放，捷于弓矢，则技击之威猛可畏也。③

在此，洪大容着重介绍了中国鸟铳的结构、特性与长短等，同时，他还通过将中国的"鸟铳"与朝鲜的"鸟铳"相比较，高度评价了中国兵器增长铁筒的优点。

朝鲜朝北学派人士还十分关心中国的文化器物。在燕京期间，他们最喜欢做的事情就是结伙到琉璃厂购买古玩、书籍。在此过程

---

① 朴齐家：《楚亭全书》（下），韩国首尔亚洲文化社，1991年，第372页。
② 朴趾源：《热河日记Ⅰ》，韩国民族文化促进会，1984年，第62—63页。
③ 洪大容：《湛轩书》，朝鲜社会科学院出版社，1965年，第412页。

中,他们也观察到其柜台上陈列着的各种贵重的书画作品以及装帧精良的书籍。朴齐家曾描写道:

> 琉璃厂左右十余里及龙凤寺开市等处,骤看之,璀璨辉映,不可名状者皆彝鼎、古玉、书画奇巧之属,其宝真品亦罕见矣。……吾于是知中国之为文明之薮也。①

他们尤其对其中的文房四宝表示关注:

> 我国之笔毫内外齐,故一秃则秃而已;中国之笔内毫渐缩而外毫渐出,愈久而尖愈锐。我国之墨逾年已不光,再年则磨不得胶已固矣;中国之墨愈久而愈宝。东坡所谓"非人磨墨墨磨人"者,是也。我国之书编以彩绳,如琴小弦者而恒绝以急,张而不弛故也;中国以双丝缚之亦足,故余常藏中国书,非弊不敢改装,以其费而反害也。②

在此,作者从笔毫、墨、书籍装帧三个方面比较分析了中朝两国在文化器物方面工艺水平上的悬殊差别。

朝鲜朝北学派人士还详细描述了中国工厂的生产景象。譬如,朴趾源在《热河日记》中,就记述了前屯卫一家毡帽厂的生产情况:

> 我国所着毡帽,皆出此中。共有三铺,一铺为三五十间,铺中所造,工人不下百人。湾商已充斥其中,为约帽回,还时

---

① 朴齐家:《楚亭全书》(下),韩国首尔亚洲文化社,1991年,第506—508页。
② 朴齐家:《楚亭全书》(下),韩国首尔亚洲文化社,1991年,第506页。

输出也。……造铺者皆脱衣工作,手若风雨。我东银货半消此铺,则铺人各定主顾,湾商之来必大治酒食以接云。①

由此可见,在朝鲜朝北学派人士眼里,中国的不少手工业工场已经像今天的工厂一样,在雇佣着上百个工人进行着生产和加工贸易。"这种大规模的雇工生产在当时无疑是一种新型的生产方式,它是当时的中国商人利用本地的资源优势和加工优势,通过雇工劳动,并与外商接洽贸易的生产、推销而赚利的新兴的生产经营方式。这种生产与经销一条龙的商贸活动、生产活动,无疑是当时中国从传统到现代的一种过渡形式的商贸活动。而铺主的这种生产管理方式,是在商业文化中值得人们称道的一种方式"。②像这种雇工经营的方式,在《燕行录》中也有很多记述。当时的商人在进行规模化生产时,十分讲究纪律,力求对工艺加以保密,以此保证生产的顺利进行。譬如,朴趾源在《黄图纪略·琉璃厂》中写道:

今为厂,造诸色琉璃瓦。砖厂禁人出入,燔造时尤多忌讳,虽匠手皆持四月粮,一入毋敢妄出。

当然这种厂纪的严明,也不乏存在着工艺保密的因素。

由上可见,朝鲜朝北学派人士把农工商等实事当作自己学问研究的首要对象,并用关心和研究实事的行动来表现出对空理空谈的朱子学的轻视。北学派思想家在将朝鲜与中国相互对照进行考察时发现,朝鲜的农工商诸事都落后于中国。为了改变朝鲜的落后面貌,他们提出了一系列具体的改革主张。首先,他们力主从中国引

---

① 朴趾源:《热河日记Ⅰ》,韩国民族文化促进会,1984年,第581页。
② 金柄珉、徐东日:《朝鲜实学派文学与中国之关联研究》,延边大学出版社,2007年,第45页。

进先进的实用技术。每年选拔10名有经纶才技之士派往中国,"或买其器,或传其艺",并将其"器"与"艺"引进国内,"设局以上教之,出力以试之",并给予每个人三次入清的机会,按其功之虚实加以赏罚,对三入而无效者,黜之而改选,如此坚持10年,将中国的种田、养蚕、水利、用甓等技术全都学到手。这可以说是一个相当现实而行之有效的主张。其次,他们不仅主张要主动走出去,还主张要积极将别人请进来。他们认为:在中国钦天监工作的西洋人"皆明于几何,精通利用厚生之方",应将他们招聘进来,让朝鲜的年轻人学习天文历学、农桑、医药、建筑、采矿、造船、武器等科学技术,如此数年,必收大效;同时,厚待停靠海口的客船,"学其技艺,访其风俗",增长见识,"知天下之为大,井蛙之可耻"。他们这种积极学习西方科技的态度,在18世纪后半期的中国、日本都是十分少见的。尤其是国王正祖,于1786年1月下令禁止从清朝购入有关书籍;又于1788年8月,下令收回并烧掉已流入汉阳的西洋书籍。在这种极为险峻的历史环境下,朝鲜朝北学派人士如此积极地坚持招聘西士和千方百计学习西方科技,这实在难能可贵。

  总之,由于长期以来"清朝对朝鲜采取了以恩为主、辅之以威的政策,从而对于促成朝鲜对清朝政治立场的转变、对于巩固和加强两国的宗藩关系,起到了积极的作用。"[①]再加上这一时期,朝鲜朝燕行使臣具有了到中国实地考察的机会。这些因素复合到一起,就促使朝鲜朝燕行使臣得以通过燕行,对中国的车、船、甓、瓦、道路、畜牧、商贾、粪、田等方面进行较为详细的考察与研究,从而找出了中国之长与朝鲜之短,并通过自己所撰写的文字力求让朝鲜人承认本国文化的落后,进而取长补短,积极学习中国文化。这

---

① 徐东日:《朝鲜朝燕行使节眼中的乾隆皇帝形象》,《东疆学刊》2009年第4期,第16页。

个时期,他们基本上认同满族文化,肯定中国重视实用的一面。所以,他们对满族社会的描述尽管"没有完全褪去其否定的色彩,但毕竟在朝鲜人的文本中,已经很少使用"[①]比较负面的词汇,因而这一时期,朝鲜朝燕行使臣眼中以满族为主导的中国社会是一个趋于"乌托邦"的社会。

[①] 徐东日:《朝鲜朝燕行使节眼中的乾隆皇帝形象》,《东疆学刊》2009年第4期,第14页。

朝鲜朝燕行使者眼中的关羽形象[①]

朝鲜朝燕行使者出使的北部路线,就经由我们今天的辽宁省和河北省。燕、赵之地正是关羽早年生活或起事的地方,后世所建的关庙也较多。据传说故里解州关庙早在隋朝就有了,宋元时关羽祠庙勃兴。据河北和北京地方志记载,宋、金、元三朝所创建的关羽祠庙几乎遍布所有州县,甚至一些乡镇也建有关庙。另外,在朝鲜朝"燕行"使者的笔下,有不少对"关公庙"的形象描写。尽管朝鲜朝燕行使者所记述的关庙只是众多关庙中的一部分,这些记述也没有多少主观的褒奖之辞,但通过他们对关羽崇拜现象的客观、细致的描写,却从一个侧面表现了朝鲜朝燕行使者眼中的关羽形象。

一、在朝鲜朝燕行使者眼中,关羽具有忠义、勇武的形象特点

朝鲜朝燕行使者描写关羽忠义、勇武的形象,主要抓住了楹联、题额与塑像、庙制在凸现人物形象方面的突出特点:

首先看楹联、题额:

朝鲜朝燕行使者们在经过关公庙时,十分留意于观察寺庙中的楹联(包括题额),认为这些文物作为褒扬关羽忠义精神的文化现象,透射出了关羽忠义、勇武形象的永久魅力。这一点在《燕行

[①] 本文原载于《东疆学刊》2008 年第 2 期。

录》作品中就得到了充分的展现：

庙（关羽庙）前有一座牌楼，扁（匾）曰"武圣人"，傍刻水仙、云龙，牌楼内又有一门扁，曰"万古臣极"…又有一扁曰"函夏钦仰"…两殿并关帝像庭之正北有层阶，阶有门，左扁曰"正大光明"，右扁曰"义以为上"。又入一门，扁曰"元精当中"。其内有正殿，扁曰"威灵远镇"，晋谷信使嘉书。右扁曰"精忠大义"，嘉庆十三年御笔；左扁曰"仁勇配天"，嘉庆丙子赵某书，其名忘之。①

（白）塔之东二里有关帝庙。由第一牌门而入…双题"英武圣人，一心长旦"八字…入左右夹门，左题"峻德参天日遏云户"，右题"丹心耀日日达观户"…入第三门，门之内外分题"配道塞天，函夏钦风"八字。入内中门，门上有题曰："大丈夫：曰'威震华夏'，曰'义高今古'"…外堂檐下…左右柱题俪句曰："大丈夫不淫不移不屈，真君子以知以仁以勇。"又有题曰："神威有感镇四海，圣德无疆勤万世"。曰："军民乐业"。②

店旁有关帝庙…第二门有两题，上曰："至圣至神"，下曰："浩气弥空"。…入第三门有正殿…左右柱题曰："浩气千秋环北斗"，"精灵万积镇东溟"，又曰"神勇盖人群雷动，风驰三国皆逊武；丹心扶汉祚日光，月皎万年独称尊"皆果亲王笔

---

① ［朝］金景善：《燕辕直指》，《国译·燕行录选集》，韩国民族文化促进会，1976年，第38页。

② ［朝］李宜显：《庚子燕行杂识》，《国译·燕行录选集》，韩国民族文化促进会，1976年，第24页。

而。①

楹联和题额是祠庙精神传承的主要载体，也是祠庙文化的点睛之笔。在朝鲜朝燕行使者眼里，关庙的楹联和题额既赞美了关羽的大忠大义（譬如，"义以为上"、"精忠大义"、"丹心耀日日达观户"、"义高今古"、"大丈夫不淫不移不屈"等），又称颂了关羽的勇武精神、英雄气概以及后人对他的敬仰之心。（譬如，"仁勇配天"、"真君子以知以仁以勇"、"函夏钦仰"、"威震华夏"、"浩气千秋环北斗"、"精灵万积镇东溟"等）。而从艺术效果上看，这些楹联和题额也的确做到了雄浑称题，显得荡气回肠，贯穿着一股凛然正气、浩然之气，从而很好地表现了关羽作为忠义、勇武之臣的精神实质。朝鲜朝燕行使者们对关庙楹联和题额这些有选择性的描写，也折射出了朝鲜燕行使者眼中的关羽形象，即完全认同祠庙文化所营造的关羽形象。可有趣的是，朴趾源等燕行使者虽然记述了"正阳门右关帝庙"，却都只字未提上面赵翼所写的重要楹联，即"乃圣乃神乃武乃文，扶四百载承尧之运。自西自东自南自北，如七十子服孔之心。"根据后边的分析，笔者认为，朝鲜燕行使者们没有提及这个楹联，并不是由于他们的疏漏，而是出于对中国文化的有意"误读"。即来自朝鲜的使者们由于深受正统儒学思想的长期熏染，认为只有孔子才堪称圣人，并不认为关羽的地位能与文圣人孔子（或尧帝）相媲美。

其次，我们再看看关庙的雕塑、庙制。

（白）塔之东二里有关帝庙。由第一牌门而入，结构宏侈，

---

① ［朝］李岬：《燕行记事》（上），《国译·燕行录选集》，韩国民族文化促进会，1976年，第28页。

金碧灿烂…门前横筑四五间粉墙，墙背刻云龙佛像。墙面刻鬼神，形皆工巧有生色…正殿丹彩缬眼中安关帝塑金像，顶金蝉冠，衣黄龙衮袍，白玉带裾，坐画榻上，左右分列五虎将军塑像，相貌雄伟，仪卫壮丽。①

店旁有关帝庙与两价税轿，历见结构之奇巧、雕刻之奢丽，亚于旧辽之关庙而…殿门内设龛室，安关帝塑像，戴胄被甲踞坐于床上。两边张飞、赵云、关平、张兴等执矛剑列立中排。床上有香炉，其旁有竹签及占书，与我国关王庙所置者无异矣。②

入关帝庙，庙制外施金碧…塑像与我国南庙悬殊，全无严威气象。③

殿内安关帝像，像甚雄伟，位置一如我国关庙制。④

以上通过描写关庙的雕塑与庙制，《燕行录》的作者们将关羽描写成了一位气宇轩昂、相貌雄伟的帝王的形象，这也充分表现了在朝鲜燕行使者眼中，关羽的确是一位顶天立地的传奇式的人物。另外，他们从庙制的角度也将关庙外观的壮丽、奢丽、金碧灿烂与关庙结构的工巧、奇巧表现得十分生动、细致。我们知道，寺庙是用于祭祀的礼制性建筑。它的文化意义，首先表现在崇拜兼审美的双重性质与内涵。关帝庙不仅其规制宏伟、富丽堂皇，而且像顺安门

---

① ［朝］李宜显：《庚子燕行杂识》，《国译·燕行录选集》，韩国民族文化促进会，1976 年，第 24 页。

② ［朝］李岬：《燕行记事》（上），《国译·燕行录选集》，韩国民族文化促进会，1976 年，第 28 页。

③ ［朝］徐庆淳：《梦经堂日史》，《国译·燕行录选集》，韩国民族文化促进会，1976 年，第 108 页。

④ ［朝］金景善：《燕辕直指》，《国译·燕行录选集》，韩国民族文化促进会，1976 年，第 38 页。

外关庙、地安门外关帝庙正殿及大门，瓦色改用了纯黄琉璃。而黄色是帝王专用的颜色，所以，关帝庙宇已享有了与帝王相同的待遇和荣耀，这也说明比起朝鲜王朝，中国的统治者已把关帝抬到了相当高的地位，也将关帝崇拜一步步推向高峰。

为了烘托出这一点，他们将中国的关羽庙与朝鲜的"关王庙"、"南庙"相比较，这就具有在与"他者"的比较中赞赏"他者"、在与"他者"的比较中确认"自我"的深刻内涵。在这里，我们也不难看到，这一时期，朝鲜朝燕行使者们也多少摆脱了本国内只把关羽视作忠义、勇武的将军的社会集体想象，开始部分认同与接受对关羽高规格的礼遇。而他们的"燕行日记"作为一种文化媒介被传入朝鲜国内之后，又进一步影响了其后入燕使者们先验的"关羽认识"。

由此看来，朝鲜朝燕行使者将关羽描写成忠义、勇武的将军形象，既是他们实地观察的结果，也是朝鲜民族社会总体想象物的集中体现。这种先验的关于关羽形象的描绘，具体由以下三方面因素决定：

一是由于《三国演义》的播入与影响。明清时期，关帝庙祀遍布全国，这与罗贯中在小说《三国演义》中成功地塑造了关羽的文学形象，以及《三国演义》在各地的广泛传播有着密切的关系。同样在朝鲜王朝时期，一般民众也往往是通过阅读《三国演义》来认识关羽的。虽然我们迄今还不能准确查知《三国演义》传入朝鲜的时间，但我们起码可以推知"《新安虞氏本全像三国志平话》传入朝鲜的年代为高丽末或朝鲜朝初期"①。另从朝鲜《李朝实录》所记载的大臣奇大昇的上书中我们可以知道，《三国演义》最晚在1569年（明朝隆庆三年）已传到朝鲜。不过当时的朝鲜人好像对它并不十

---

① ［朝］金台俊：《朝鲜小说史》，北京图书出版社，1989年，第91—92页。

分重视。看过《三国演义》的人,比如奇大昇,认为《三国演义》小说里尽是一些怪诞之事、无稽之谈。但是,仅过了20多年,1592年(明万历二十年),日本封建主丰田秀吉入侵朝鲜(史称"壬辰倭乱")激起了朝鲜人民强烈的爱国义愤,这时的朝鲜民众渴望英雄的出现,渴望可歌可泣的英雄业绩,《三国演义》恰好满足了广大民众的这一精神需求。他们从关羽等人抗击曹魏的故事中,感受到一种精神力量,因此,《三国演义》就越来越受朝鲜民众的喜爱,而《三国演义》中的重要人物关羽则受到朝鲜民众的逐渐崇奉。

二是有赖于明军将领的积极推动与民族意识的觉醒。壬辰倭乱之际,大多数明军都十分信奉关羽,他们坚信:在与倭寇作战时,是关羽的神灵出现在身边荫佑自己取胜的,即赢得战争的胜利全赖于关羽神灵的荫佑,所以建造关庙势在必行。其结果,在1597年(宣祖31年),在援朝明将陈寅的提议与组织下,建造完成了朝鲜第一座关公庙。其建址在首尔南大门外,被称为南庙。此后在丁酉年倭寇再度侵朝时,明军又出于祈愿的目的建造了几座关王庙。譬如"康津的(关公庙由)天将都督陈璘所建…南原(的关公庙)则以天将李新芳(所建),安东(的关公庙)则(由)天将薛虎臣所建"①。"从明朝的立场上看,在当时朝鲜国运衰退的时期,通过在朝鲜兴起崇拜关公的热潮,也很有可能进一步巩固与朝鲜的藩属关系"②。建造关庙的结果,实际上也的确使朝鲜民族逐渐崇拜起关羽,并形成了"尊明攘夷"的强烈的民族意识。到后来,朝鲜就开始把自己的安危荣辱与明朝的安危荣辱紧密联系在了一起,他们自认为是中华文明的继承者,强调绝不屈从于清朝统治。其结果,朝鲜军队不仅在丙子胡乱时为了不背叛衰微的明王朝而联合明军抗清,而且在明朝

---

① [朝]李瀷:《国译·星湖塞说》,《韩国名著大全集》,韩国大洋书籍,1972年,第56页。
② 全寅初:《关羽的人物造型与关帝信仰的播入朝鲜》,东方学志,2006年。

政权覆灭后，也仍然顽强地表现出与清朝政权相抗衡的反抗意识。他们发泄愤懑之气或是表现反抗的一种方式就是借助于建造关公庙，以幻想的方式战胜假想的敌人（"南蛮"、"西藩"、"北胡"等），实现自己在历史上从未实现过的愿望，以此表达对往昔朝明友好关系的留恋，寄寓自己对未来的向往。

三是由于朝鲜朝统治者的大力提倡。在中国，祭祀关羽是从王室开始的。与中国相仿，朝鲜祭祀关羽也是从王室开始的。当面临丁酉倭乱、关羽信仰初兴之时，就连统治阶层也不崇信关羽。后来，朝鲜自肃宗时起，英祖、正祖等国王也逐渐看到了推崇关羽以强调其"忠义"的一面对于维护和巩固自己的统治地位相当有利，所以就把关羽尊奉为自己"国家与民族的守护神"，对关羽的价值取向逐渐从英勇善战转移到"尊王攘夷"、"诛乱讨贼"以及恢复明室上来。其表现为，大力提倡民众崇拜关羽，同时强化关庙的祭礼。祭祀关羽的祠庙最初仅仅建造在明军与倭寇激战过的一些地方，后来在历代统治者的积极倡导下，在朝鲜各地纷纷建造起关帝庙，譬如在首尔建有东关庙、中关庙、西关庙、北关庙，在其它地区如平壤以及安东、星州、南原、康津、古今岛、河东、东莱、镇安、江华岛、开城等地都建有关羽神庙，或称关王庙，或号武安王庙。继而，明朝援助朝鲜抗倭的事迹逐渐披上了神话的色彩，在民间，则产生了关云长英灵暗中帮助朝鲜打败倭寇的传说，即信仰的主体从一开始的统治阶层逐渐转换成了普通民众。广大的朝鲜民众之所以接纳关羽，不单单是因为崇拜他的勇武，更是因为他是一位深明正统大义与儒家义利之辨、践履儒家纲常伦理、正其义而明其道的忠义之士。

二、朝鲜朝燕行使者眼中"异化"了的关羽形象

朝鲜朝燕行使者们通过他们燕行的过程，不禁惊诧地发现：与

朝鲜朝主要由统治阶层崇拜关羽而且其数量较少的情况不同，中国崇拜关羽的信众阶层却十分广泛、数量也较多。关于这一点，我们可以通过以下关帝庙的数量之多和关公祭祀活动之盛这两方面的记载得到很好的证实：

> 家家奉关帝画像，朝夕焚香，店肆皆然。关帝庙必供佛，佛寺必供关帝，为僧者一体尊奉，曾无分别。有村必有寺有庙，如辽阳、沈阳、山海关等处最多。至北京城内外寺观，比人家几居三分之一，但一寺所居僧，虽大刹不过数十人，道士尤少。①

> 自凤城以后，有村必有神庙或佛寺，其土地庙则虽数家，村皆有之，小或累石为室，大如斗。中供画像，前置瓦炉焚香，关帝则无家不供，或画或塑，朝夕焚香顶礼，其崇信神佛之风盖如此。②

> 关帝庙遍天下，虽穷边荒徼，数家村坞，必崇侈栋宇，赛会虔洁，牧竖馌妇，咸奔走恐后。自入栅至皇城二千余里之间，庙堂之新旧，若大若小，所在相望，而其在辽阳及中后所，最著灵异。其在皇城，称白马关帝庙；载于祀典，则正阳门右关帝庙是也。每年五月十三日致祭。前十日，太常寺题遣本寺堂上官行礼。是日，民间香火尤盛。凡国有大灾，则祭告之。皇明万历时，特封三界伏魔大帝、神威远镇天尊。旨由中

---

① ［朝］李宜显：《庚子燕行杂识》，《国译·燕行录选集》，韩国民族文化促进会，1976 年，第 28 页。
② ［朝］金昌业：《老稼斋燕行记》，《国译·燕行录选集》，韩国民族文化促进会，1976 年，第 29 页。

出,我国南关庙壁上所揭,盖摹此笔也。①

由此可见,在朝鲜朝的燕行使者们看来,从栅门到关内,中国的广大民众对关羽的尊崇简直达到了狂热的地步。这种尊崇,不仅体现在信众的社会成分较为复杂,即包括社会上各个阶层和具有各种思想倾向的人物,而且体现在"有村必有寺有庙"、"家家奉关帝画像,朝夕焚香"上。诚如此言,就当时北京而言,它作为明清两代的都城,除敕建庙宇外,很多达官显贵,一般士人也都纷纷建庙,成为全国关庙最多最集中的地方。"经初步估算,明代后期北京城内外关庙的数量在一百所左右。而在关外东北,据乾隆《盛京通志》卷九十七载,辽宁的奉天府、锦州府所属二府五州六县二城共有关庙七十四座。另外,吉林有关庙三座,三义庙一座,宁古塔三座,白都讷一座。另据《东北乡土志丛编》收录光绪、宣统年间所编的东北27个县的乡土志记载,仅27个县就有关庙122座"。②这充分说明东北地区普遍兴建了关庙。

实际上,在中国,关羽从一个武将跃为关帝、武圣人,也并不是一蹴而就的,它也经历了若干个地位提升的过程,即经历了多次有意的"炒作"。在宋元时期,关羽信仰仅仅是一种区域性的文化现象,主要流行于关羽殉难的荆州地区,而且着重于渲染关羽忠勇的一面,并未形成全国规模的多宗教的文化现象(这同朝鲜燕行使者们当时的国内状况基本相同)。后来到了明清时期,由于封建朝廷的推崇和祠庙的广建等因素的作用,再加上当时佛教对关羽的神化和利用及其与民间信仰的融会,就把关羽信仰由荆州推向了全国各府州,关羽信仰才形成了一种全国规模的全民族信仰的复合的文化现

---

① [朝]朴趾源:《热河日记》,上海书店出版社,1996年,第347页。
② 蔡东洲、文廷海:《关羽崇拜研究》,成都巴蜀社,2001年,第213—214页。

象。这一时期由于受到历代帝王的尊敬，关羽的地位也十分显赫，受到了官民的普遍祭祀，被称为"武王"、"武圣人"，死后还不断受封，与"文圣人"孔子并肩而立。"忠义神武灵佑仁勇显佑护国保民精诚绥靖翊赞宣德关帝圣君"这26个字，是清代最高的封号，这在历史上也是对关羽的封号字数最多、规格最高的，可以说，清王朝已把关羽抬到了至高无上的程度。而这些，又都是由于历代统治者们为了巩固自己的专制统治、彰显自身统治的正统性与合法性而炮制出来的，是一种法家权术思想的产物，这与朝鲜王朝用正统的儒学思想治理国家的做法有很大的不同。

燕行使者们由此深刻认识到：关羽为忠义而死，后人为其感慨痛惜，感觉到其神灵的存在。当人们乞求于他，而关羽则是为神来满足人们的要求，因此，后人为答谢关羽而修建庙宇加以崇祀。但他们同时也发现：中国民众是将关羽打造成了许多行业的守护神，即"百工技艺各祠一神为祖"[①]。受到当时的朝鲜朝由朝廷主导关公祭祀、仅仅将关羽塑造为军神的社会总体想象的潜在影响，这些燕行使者们在十分肯定中国广大民众祭奠关公活动的同时，对关公崇拜泛化的倾向也提出了一些批评或质疑。譬如，金景善指出："以关帝而称财神，大不可也。或曰：'财神者，比干也。'以比干之忠直而死为财神，何也？且安排节次与关庙一样，抑何义也？庭立一碑，刻曰'万古流芳'，其下列书檀越人姓名及施财多少之数，盖道光辛卯新建也。第三屋既安关帝，则又此新创，未知何意。"[②]

从上面所安置的这些摆设，燕行使者们清楚地认识到，明清时期的中国人对关羽的崇拜并不意味着对关羽怀有多么虔诚的超功利的信仰，而是因为中国民众对关帝带有着某些迷信祈福的心理，并

---

① 纪昀：《阅微草堂笔记》（卷4）。
② ［朝］金景善：《燕辕直指》，《国译·燕行录选集》，韩国民族文化促进会，1976年，第25页。

且企盼他们能在现实生活中"显灵"来保佑自己。燕行使者们不明白的事实就是,中国从来就不是一个宗教性国家,中国老百姓进寺院烧香,和传统的基督教教徒走进教堂的含义不同。基督教认为人生而有罪——原罪,进教堂的目的是去忏悔自己的行为。中国的一般民众不懂得什么叫忏悔,在更多的情况下,他们崇信关羽是出于自己各自的功利需求。当人们以一种敬畏的心情走入关庙,花几个钱,烧一炷香,虔诚地叩拜关羽神像时,心中是怀有各种消灾祈福的希冀和祈求的。譬如,希望合家平安,祈祷有美好的前程,或生个大胖儿子,或找一门好婚事,或生意兴隆日日发财。他们衷心地期待着关神能时时地关照自己,帮助自己逢凶化吉。久而久之,在民众之间就开始流播起关圣罚恶佑善、赐福免灾的传说。在城市里,不少市民出于传统的尊祖观念和佛教的祖师崇拜,或是同关羽攀亲结缘使之成为本行业的保护神,或是借助于关羽忠义的精神实质以维系帮会内部的稳固。总之,不少中国人一方面信奉孔子的"敬鬼神而远之"的理念,另一方面也希望鬼神能为自己服务。也许这样说有些绝对,但还是适合中国的宗教的历史和现状的。正因如此,以致在整个民族文化中形成了一种以关羽信仰为主要内容特征的普泛的文化现象。

　　但同时我们应该指出的是,由于朝鲜是遵奉性理学、礼仪要求十分严格的国家,所以对具有一定的道教倾向的关羽信仰就保持着一种冷漠的态度,这自然不难理解。他们甚至指出:"设道场于关庙,其荒诞谬妄,如是矣。"① 因此可以说,关羽信仰是在壬辰倭乱这一特殊的时代背景下出于政治的现实考量不得不接受的一种信仰,而并不是民众由衷地接受的一种信仰,所以在韩国,关羽信仰就不像中国那样作为维护各阶级利益和地位的精神支柱,并由社会

---

① [朝]《国译·宣祖实录》(27),韩国民族文化促进会,1988年,第12页。

各阶级、各团体争相奉祀而具有巨大的影响力。

三、结语

以上,笔者从朝鲜朝燕行使者眼中的关羽形象以及形成这种形象的朝鲜朝文化语境做了一系列分析。其实,这两者之间是一种互为因果的互动关系。中国的《三国志》、《三国演义》以及关帝信仰在朝鲜的传播,始终置于显现本民族文化积淀与文化特征的文化语境之上,并在朝鲜社会漫长的历史进程中,形成了具有自己时代色彩与地域特征的观察和记录,进而在其传承过程中综合构成了一种对关羽这个略微独特的文化现象进行"诠释",而朝鲜的燕行使者们作为"社会集体想象物的建构者和鼓吹者、始作俑者",他们也必然"在一定程度上受到集体想象的制约,因而他们笔下的异国形象也就成为了集体想象的投射物"。[①]其结果,朝鲜的燕行使者们就必然会基于朝鲜朝文化语境中形成的这种对关羽的文化"诠释",以一种"外位"的视角去理解与描述"关羽现象",从而留下大量的有关关羽的新文本。这些新文本一方面基于久远的"关羽记忆",一方面结合"此时"的现实文化语境,从而不断地描绘和表述朝鲜人视域中的关羽形象,即不断地对作为"他者"的关羽这个文化符号进行阐释,而这些阐释(描述或表述)又成为一种新的话语资源,不断汇入到朝鲜民族心理的"关羽记忆"之中,进一步构成朝鲜民族新的更加丰富的"社会集体想象物",并制约着后来燕行使者对关羽形象做进一步的理解与描述。

关羽的形象传递到朝鲜以后,也发生了一些变异。即"(文化的)原话语经过中间媒体的解构和合成,成为文化的变异体,文化的

[①] 孟华:《代序》,《比较文学形象学》,北京大学出版社,2001年,第16页。

变异体已经不再是文化的原话语。之所以有新文化(或新文学)文本的产生，不是为了重复原话语，完全是为了本土文化的需要。"①关羽的形象经过燕行使者等广大朝鲜民众根据朝鲜朝文化语境的文化"诠释"，也就成为了变异了的关羽形象。譬如，受到萨满教的影响，朝鲜朝后期，高宗等人一直沉湎于巫俗化的关羽崇拜活动之中。再譬如，由于朝鲜朝崇佛氛围还比较浓厚，所以，关羽作为战争之神被传入朝鲜之后，就逐渐被曾山教等佛教团体尊奉为护卫最高神的一位大神，而在中国，关羽则是一位具有最高神格的神灵，他得到众多将帅的护卫。由此可见，由于中间媒体文化语境的不同以及这种文化语境不断发生变化，作为原话语的关羽形象也必然要发生不断地变异。

---

① 严绍璗:《"文化语境"与"变异体"以及文学的发生学》，《比较文学与世界文学》，北京大学出版社，2005年，第14页。

朝鲜朝燕行使臣眼中的中国北方集市形象[①]

18世纪,朝鲜朝北学派(朝鲜实学派的一支)人士来到中国时,正值乾隆朝的鼎盛时期,这时的中国已经达到了封建社会发展的高峰——文化成熟、经济发达、社会安定、生活富庶[②]。与此相应,这一时期,"朝鲜士大夫对清朝的认识发生了较大变化,即他们在很大程度上已经摆脱了华夷观的传统思维模式,开始客观地肯定中国社会所发生的巨大变化。"[③]因此,朝鲜朝正祖等人所关心的不再是清朝有无危亡之兆的问题,也不像前代国王英祖那样慨叹中原无"河清之报"。[④]这一时期,正祖所关心的则是清朝的城郭濠池及市肆、漕轮之制,以及《四库全书》的编纂等文化事业[⑤],即"利用厚生"之制是正祖最为关心的事情,并力主即时推广。北学派代表人物洪良浩于1783年(乾隆四十八年)3月从北京回国后,向朝鲜国王汇报沈阳和北京一带正在使用水车灌溉,朝鲜国王当即命令工匠造出十

[①] 本文原载于《东疆学刊》2014年第1期。

[②] 在18世纪下半叶之前的朝鲜朝燕行使臣笔下,也出现过不少描述清朝市集繁荣景象的作品,本文中由于篇幅所限与写作目标不同而未加论述。

[③] 徐东日:《朝鲜朝燕行使节眼中的乾隆皇帝形象》,《东疆学刊》2009年第4期,第13—19页。

[④] 英祖时常对蒙古的强盛表示忧虑,一旦蒙古代替清朝统治中原,就意味着以一个夷狄代替另一个夷狄,所以他慨叹中原没有"河清之报",即以黄河之水未清来比喻中原仍由夷狄控制,这是华夷观的典型表现。

[⑤] 《朝鲜正祖实录》,"元年二月庚申","四年十一月辛丑"。

台水车，分送八道和两都推行。不久，洪良浩上疏系统地介绍了清朝的车制、瓦法、畜牧等利用厚生之制。①正是由于正祖对清朝文物制度与先进技术的开放态度，朝鲜的北学思潮才会在18世纪后期蓬勃兴起。

  这一时期，朝鲜朝燕行使臣在看到中国的繁荣景象时，尽管在心底里仍然思念着大明王朝，从心理上不大情愿承认清朝的统治，再加上受到朝鲜朝对中国的这种社会总体想象的影响，仍将清人视作"寄居中国"的夷狄，但是对于清朝建立后各地经济繁荣复苏的状况，却相当肯定与大加赞赏，而且从内心滋生出对清朝文明的由衷向往之情。这体现在他们回国后所撰写的"燕行"作品中，大量描述了清朝的繁荣与富足，尤其描写了沿途市铺的兴盛。

一

  在朝鲜朝北学派人士所撰写的《燕行录》中，有大量直观描写18世纪中国北方市集繁荣景象的文字。这一时期，正值中国商业最为发达的时期，因而，朝鲜朝北学派人士对自己所路经的中国市集表现出极大的关注。他们跨过国境后所见到的第一个集市就是中国的国门——栅门。入栅后随便走入一户民家，皆是：

    精洒华侈，种种位置，莫非初见，炕上铺陈，皆龙凤氍毹，椅榻所籍，皆以锦缎为褥。②

  而栅门这个边境小城的大街上，更是繁华富丽：

---

① 《朝鲜正祖实录》，"七年七月癸巳"。
② 朴趾源：《热河日记》Ⅰ，《渡江录》，韩国民族文化促进会，1984年，第525页。

左右市廛连互辉耀,皆雕窗绮户,画栋朱栏,碧榜金扁(匾),所居物皆内地奇货。边门僻奥之地,乃有精鉴雅识也。①

因而,朝鲜朝北学派人士不禁感叹:栅门的"繁华富丽,虽到皇京想不更加,不意中国之若是其盛也。"②朝鲜朝北学派人士之所以发出这样的感叹,就是因为他们在没有来到中国时,在华夷观的影响下,潜意识中存在对清朝的鄙视与偏见,甚至将北伐当作国是。因此,一旦以使臣的身份来到中国时,看到中国各大城市四通八达的道路与整齐壮观的砖瓦房,以及川流不息的车辆、鳞次栉比的书屋、建筑,就马上意识到清朝远非是朝鲜能够战胜的讨伐对象,从而产生巨大的心理落差,由此非常沮丧,不想继续前行。事后经过反省,他又觉得这是由于自己的嫉妒心在作怪,而这嫉妒心正是出于自己"所见者小"的原因。"所见者小"的人心中有偏见,目光狭窄,犹如井底之蛙看不到外部的广阔天地。同时,他们也意识到,朝鲜先祖们长期固守的理念价值在清朝早已过时,在不知不觉间,他们从前坚守的"北伐"主张逐渐被"北学"意识所替代。这从朝鲜朝统治者的立场上看,是一件相当严重的事情。所以,他们一旦深入到中国的内地进行考察,也就自然对当时中国蔚然兴盛的商业文明表现出浓厚的兴趣,并且在"燕行游记"中实录了他们所亲眼目睹的中国繁荣的商业景象。

中国边境地区的繁荣,令朴趾源"不意中国若是其盛也。"③于是,他便忘记了旅途的劳累,对中国发达的"利用厚生"的技术产生了更加浓厚的兴趣。

---

① 朴趾源,《热河日记》Ⅰ,《渡江录》,韩国民族文化促进会,1984年,第14—15页。
② 朴趾源,《热河日记》Ⅰ,《渡江录》,韩国民族文化促进会,1984年,第14—15页。
③ 朴趾源:《热河日记》Ⅰ,《盛京杂识》,韩国民族文化促进会,1984年,第14—15页。

对于沿路所经过的规模较大的城市,他们更是以极大的热情加以描写,如沈阳的街市:

> 毂击肩磨,热闹如海。市廛夹道,彩阁雕窗,金扁碧榜。货宝财贿充栋其中,坐市者皆面皮白净、衣帽鲜丽。①

而山海关则比沈阳却更胜一筹:

> 闾舍市井,胜过盛京,车马最盛。士女尤为都冶,其繁华富饶,沿路莫比,盖此,天下雄关。

这种商铺坐市便是当时城市的主要商业流通形式。朴趾源在沈阳等地目睹了当时铺户贸易的繁荣,如典当铺、酒楼、锦缎铺、首饰铺、面铺、花鸟铺、书册铺等店铺,这些大都与当地人民的生活息息相关。朴趾源初入中国,接触到的大都是百姓的日用生活之道;随着他深入到中国内地的繁华都市,吸引他眼球的更多的是康乾盛世时期中国各地经济发达、工商业兴盛的景象。

当时,有一部分朝鲜使团是直接赶赴热河去觐见清朝皇帝的,因此,《燕行录》中记载了热河的街市:

> 闾井栉比,商贾辐辏。酒旗茶旌,十里辉映。弹吹之声,彻宵不休。康熙间万家,今为数倍,不待四方之征召,已藏数万精甲,亦可谓富且庶矣。②

---

① 朴趾源:《热河日记》Ⅰ,《盛京杂识》,韩国民族文化促进会,1984 年,第 544 页。

② 徐浩修:《燕行记》(卷一),《燕行录选集》,韩国民族文化促进会,1989 年,第 68 页。

18世纪清代北方市集的发展,以北京、通州最具代表性。作为华北地区水陆交通枢纽与北方物资交流重镇的通州,其市集发展得非常成熟,既有位于城市中心的固定市场,如米市、柴市、猪市、牛市、鱼市、南北果市、骡马市、菜市、草市、钱市;也有位于城郊固定地点的定期的集市,如州东关集场、州北关集场、张家湾集场、燕郊集场、宏仁桥集场、堠城内集场、永乐店集场、马头店集场、牛堡屯集场、于家务集场。① 对此,朴趾源一行在自己的游记作品中也描述了通州城中市集的繁盛,并由衷感叹"舟楫之盛可敌长城之雄,巨舶十万艘皆画龙"②:

> 天下船运之物,皆凑集于通州。不见潞河之舟楫,则不识帝都之壮也……下船登岸,车马塞路不可行。既入东门,至西门五里之间,独轮车数万,填塞无回旋处。遂下马,入一铺中。其瑰丽繁富,已非盛京、山海关之比矣。艰穿条路,寸寸前进。市门之扁曰"万艘云集",大街上建二檐高楼,题曰"声闻九天"。③

至于处于全国政治中心地位的北京城,朝鲜朝的北学派人士更是认为,其经济繁华、物质充盈与富足的程度是其它地方不可匹敌的。洪大容对此明确点出:

> 市肆,皇城最盛,沈阳次之,通州又次之,山海关又次

---

① 高建勋等:《通州志》(卷一),《封域志·市集》,光绪五年(1879)修。
② 朴趾源:《热河日记》Ⅰ,《关内程史》,韩国民族文化促进会,1984年,第601页。
③ 朴趾源:《热河日记》Ⅰ,《关内程史》,韩国民族文化促进会,1984年,第601页。

之。在皇城，则正阳门外尤盛。①

而关于具体的市肆景象，朴齐家描述道：

燕京九门内外，数十里之间，除宫府衙门及极小胡同外，凡夹路两边皆市廛村店亦然，如衣之有缘，各有牌号及发卖物货名字，横揭竖挂，金字辉映，大道加设板屋……廛中人常稠叠若观场，又有东岳庙、隆福寺等处别开市之日，珍宝奇怪百出。我人创见中国市肆之盛，而曰专尚末利，此知其一未知其二者矣。②

朴趾源在《热河日记》中也描写道：

（皇城）廛铺罗列，车马热闹，不独市日为然也。余谓《史记》苏秦说齐王曰"临淄之道，车毂击，人肩摩，挥汗成雨，联袂成帷"，始以为过矣，今观于九门，信然。诸寺如报国、隆福，皆如九街，然后益知古人言语文字，不为虚辞夸炫也。列国之时，日寻干戈，而都邑之富庶能若彼，况升平天子之都乎？③

由此可见，在朝鲜北学派人士眼里，北京的商品众多，价格昂贵，而商人们在其中也有利可图，可见当时市场上的购买力是相当

---

① 洪大容：《湛轩书》（外集卷十），朝鲜社会科学院出版社，1965年，第397页。
② 朴齐家：《楚亭全书》（下），"市井"，韩国首尔亚洲文化社，1991年，第483页。
③ 朴趾源：《热河日记》Ⅱ，《盎叶记·报国寺》，第658页，韩国民族文化促进会，1984年。

强的，这也许与北京聚集了许多达官贵族有关，但很明显，这是在升平之世才会出现的繁荣景象，足见中国之盛。

关于这一点，我们可以通过当时一些清代文人的论述得到证实。譬如，清人万青黎、周家楣曾写道：

> 北京的大栅栏、珠宝市、西河沿、琉璃厂之银楼缎号，以及茶叶铺、靴铺、药铺、洋货铺皆雕梁画栋，金碧辉煌，令人目迷五色，至酒楼饭馆，张灯列烛，猜拳行令，夜夜元宵，非他处所及也。①

再譬如，清人鲍西冈的《春游词》也生动地描绘了当时全国各地的各种商品云集琉璃厂、游人杂沓、北京市民在正月逛厂时的热闹繁华景象：

> 料丝羊角灿成行，簇帛堆纱锦绣装。岁岁灯棚变新式，鳌山结撰到西洋。
> 像生花草捻泥人，鼓板笙箫小店陈。风景不殊吴语杂，勾人情绪武邱春。②

由此可见，北学派人士通过自己的所见所闻，比较全面地反映了 18 世纪中国辽东以及华北地区市集的情况。在这些记载中，多侧重于表现商品经济发达的大城市市集的繁华富丽与人潮如织，反映出 18 世纪中国北方城市经济的兴盛、商品的丰盛、商贸的繁荣，而这种状况则往往令朴趾源等北学派人士惊叹不已。

---

① 张之洞、谬荃孙：《风俗》，光绪《顺天府志·京师志十八》，光绪十二年（1886）刻本。

② 戴璐：《藤阴杂记》（卷十），上海古籍出版社，1985 年。

市集不光是商品交易的集散地,同时也是人们进行社会交往、文化娱乐的场所,这在中国传统中以庙会最具代表性。举行庙会时,说书者、魔术师、武术表演者、戏曲艺术家、杂技以及医卜之流也都会纷纷到场,搭棚献艺,这些娱乐项目逐渐成为市集活动的组成内容,它也是人们从四面八方赶来集会的目的之一。对于中国的民俗风情,朝鲜的燕行使臣也十分感兴趣,在他们所写的《燕行录》中,有不少关于在市集上所能见到的各种娱乐活动的记载。如朝鲜人在隆福寺庙会所见:

> 缘街而北,左右货物尤盛,有一人独身中立,瞋目奋拳,或嬉笑或悲愁,口喃喃不已,数十百人簇拥聚观,往往齐解发笑,投钱如雨,盖呈戏而乞钱者也。①

这位民间艺人应该是说单口相声或者是说评书的,从众人"簇拥聚观"、"齐解发笑"到"投钱如雨",可以想见其人说得极为精彩,朝鲜人虽然听不懂,但是观众们的反应也让他们对这位民间艺人精彩的技艺留下相当深刻的印象。由于对中国民俗风情的好奇,撰写《燕行录》的作者们对18世纪中国北方的市集有诸多详细记载,不但使我们看到了当时人们社会生活的一些画面,而且可以解读出市集作为商品交易场所之外的种种文化内涵,有助于我们深入了解18世纪中国北方的社会生活文化。这样,朝鲜朝北学派人士通过对中国的细心观察,认识到清朝统治下的中国与他们所想象的在"夷狄"统治下的国家完全不同,清朝繁荣的经济给他们以深刻的印象,他们不由产生许多感慨,并开始重新审视朝鲜国内对待清朝

---

① 洪大容:《燕记·隆福寺》,《湛轩书》(卷三),朝鲜社会科学院出版社,1965年,第379页。

的态度。"燕行"打破了他们从前对中国的一些负面印象,并在游记中尽量客观地描述了强大、繁荣、文明的较理想的中国形象,从而在客观上肯定了清王朝对中国的统治。

二

如上所见,18 世纪的中国到处呈现出一派盛世的景象;相比之下,同时期的朝鲜王朝已经开始由盛转衰——政治混乱,经济凋敝,人民贫困。因此,这些随使团访问中国的具有进步思想的朝鲜使臣通过亲眼观察中国社会及与与中国士人的交往,更加意识到 18 世纪的中国"市廛夹道"、"百货凑集"的盛况,对当时中国的政治、经济、文化等方面的情况都有了新的更为深刻的认识。譬如,朴趾源在《热河日记》中,详细记述了中国乾隆年间商业繁荣的景象,进而积极主张改革朝鲜时弊、对外开放,学习当时中国的先进文化。即力主"北学中国",改革朝鲜的政治、经济、文化,并且提出了其改革开放、利用厚生的理论。在此,朴趾源将"利用厚生"的学说解释为:"工制什器,商通财货,以利民生,使衣食图谋民之厚生",其实现途径是实现"重视实用和实践,主张同等对待农工商各行业,以保证其'生业'"。①在"利用厚生"学说中,工商业是一个重要的范畴。由此可见,朝鲜朝北学派重视工商业的思想与朝鲜朝正统的以儒家重农思想为核心的思想有着很大不同,这也正是朴趾源"利用厚生"学说的进步性所在。

可以说,朝鲜朝北学派人士的中国之行,使他们最终具有了"利用厚生"的实学思想,从而形成了朝鲜历史上著名的、影响深远的"北学思想",并对朝鲜其他"实学派"思想的形成产生了重要

---

① 全海宗:《中韩关系史论集》,中国社会科学出版社,1997 年,第 381—382 页。

影响。"北学派"中的朴趾源、朴齐家以利用厚生、北学中国的实学思想为中心,把原来的"正德、利用厚生"之义进行了重新排列,即,将"利用厚生"置于"正德"之上。这绝不是对其原有顺序的简单调整,而是对当时儒学崇虚不务实的迂腐观念的根本变革,彻底颠覆了以"正德"为首要之事、以"利用厚生"为"正德"下位概念的传统儒学观念。为扭转整个社会鄙视商业、对从商者群讥众笑的社会风气,朝鲜朝北学派思想家以敏锐的经济眼光与先觉之士所具有的勇气,大胆为"商"正名:

> 我人刱见中国市肆之盛,而曰专尚末利。此知其一,未知其二者矣。夫商处四民之一,以其一而通于三,则非十之三不可。令夫人食稻而衣锦,则其余皆为无用之物矣,然而不有无用之用以济其有用,则所谓有用者举将偏滞而不流,单行而易匮也。①

不仅如此,他们还为无所事事、游手好闲的"两班"指出了从商的光明道路,进而提出贸易富国的主张。朴齐家就曾指出:

> 中国之人,贫则为商贾,苟贤矣,其风流名节自在也;故儒生直入书肆,宰相或亲往隆福寺买古董。②

而相反的,对于朝鲜朝则指出:

---

① 朴齐家:《楚亭全书》(下),"市井",韩国首尔亚洲文化社,1991年,第484—486页。
② 朴齐家:《北学议·内篇》,《楚亭全书》(下),韩国首尔亚洲文化社,1991年,第487页。

> 我国之俗，尚虚文而多顾忌，士大夫宁游食而无所事，农在于野，或无有知之者，其有短襦箬笠，呼卖买而过于市，舆夫持绳墨，挟刀凿，以佣食于人家，则其不惭笑，而绝其婚姻者几希矣。故虽家无一文之钱者，率皆修饰边幅，峨冠阔袖，以游辞于国中，夫其衣食者，从何出乎？于是不得不倚势而招权，请托之习成，而侥幸之门开矣。此将市井之所不食其余。故曰：反不如中国商贾之事，为明白也。①

这是对那些无所事事、游手好闲的两班的一种相当辛辣的讽刺与批判。

从历史上看，中国的经济主要是传统的农业经济。而随之区分本末的结果，就变成以农业为本、以商业为末即"重本轻末"。轻农重商，被认为是舍本逐末，为历代统治者所"不为也"。这反映在义利观上，就是"重义轻利"，认为农民的劳作所满足的人欲是合乎"天理"，就是义；而商人的交换活动则被视为不劳而获，以此来满足"人欲"，就是不义。所以，商人在中国社会中的地位最低，四民的排列顺序为：士、农、工、商。随着晚明以来资本主义萌芽的出现及工场手工业的迅速发展，经济贸易往来频繁，这使得商业发展成为当时十分显著的社会现象。再加上明清王朝的更迭、社会的变迁，传统的四民观发生了更加深刻的转变，商人的地位由原来的末位提高到第二位，故而，这一时期竟出现了"弃儒就贾"的社会现象。这固然有明遗民中的汉人士大夫为了尽忠于朱明王朝、保持节操、不愿事清，故由士而商、维持生计的原因，但更主要的是，一部分士子将求取功名视为畏途，而弃儒经商则相对易于成功。更何

---

① 朴齐家：《北学议·内篇》，《楚亭全书》（下），韩国首尔亚洲文化社，1991年，第487—488页。

况当时吏治花样迭出，捐纳制度为商人开启了入仕之途，因而士子仍可由商转而入仕。

朝鲜作为长期受到中国文化影响的半岛国家，其经济也主要是传统的农业经济，并同样奉行以农业为本、以商业为末的"重本轻末"的经济政策。只是到了17世纪末，随着全面废除对集市贸易的禁压政策，朝鲜的商品经济才有蓬勃的发展，随之工人、商人在社会上的地位有了显著提高。同时，由于两班地位的逐渐下降，有些两班卖官鬻爵给商人，这无形中也提高了商人的社会地位。深受中国、朝鲜实学思想影响的洪大容、朴趾源等北学派人士也藉此开始主张：士、农、工、商只有职业区分，而无身份等级高低、贵贱之别。他们认为应该实现游食两班阶层的商人化，并让他们根据自己的特长去选择职业。在当时"两班"一旦从事低贱的工作就会被剥夺其"两班"地位且不得与其他"两班"家族联姻的社会状况下，北学派人士的这些主张具有一种革命性意义，是对传统商业观的根本颠覆。另外，朝鲜朝的李德懋等北学派人士尽管在内心深处也力主"尊明攘夷"，但他们并不排斥向清朝学习先进的"利用厚生"的技术。他们认为"尊明攘夷"不是一句空谈的口号，它必须以强大的实力作为后盾；朝鲜只有摒弃对清朝的偏见，虚心学习清朝发达的实用技术，才能实现国富民强，然后才有实力进行北伐。因此，他们在自己的"燕行"作品中，鲜明地表达了一种独特的清朝观，即"师夷之技以制夷"。而要真正做到"师夷之技"，就必须打破朝鲜社会对清朝的偏见。朝鲜朝北学派人士之所以能够具有这种进步的思想，其原因是较为复杂的。

首先，他们大都出身于士大夫家庭，且又属于执政的"西人老论派"①，这使得他们较少感受到思想上和政治上的压抑，反而性格开放、思想活跃，敢于突破传统观念的禁区，有一种"天下兴亡，匹夫有责"的时代责任感。北学派人士都集中生活在汉阳（今首尔）这个朝鲜政治、经济、文化的中心圈，这使他们比朝鲜朝的其他士人更能够敏锐地感受到世界政治、经济、文化发展的脉搏，并能够站在朝鲜社会新思想的制高点上深刻地意识到社会问题，分析社会事物。而且，当时汉阳的手工业和商业都比较发达，社会上正在在形成一种"市民意识"，这就使他们有条件走出传统儒家的价值判断而采用实用的价值标准去认识和对待客观事物，所有这些都为他们提出较为先进的北学思想主张提供了丰富的思想养料。

其次，最重要的是，朝鲜燕行使臣早在使清之前，就已经从前辈和挚友的《燕行录》作品中了解到不少有关中国的情况，这些纪行文字为朝鲜燕行使臣展示了一个充满诱惑力的中国，所以，他们十分希冀到中国一睹大国的风采，把足可利用厚生的思想与技术带回自己的国家。因此，他们当时是带着浓厚的求知欲和特别的探究心来到中国的。这也说明，朝鲜朝的人们在心中早已将中国想象为一个高度文明的国家，而这种社会总体想象随着历史的发展不仅没有丝毫的淡化，反而得到了增强，这使得他们更加急于了解真实的清朝社会现实。于是，他们在燕行途中想方设法地去了解中国百姓的生活与社会现实，这使其不仅从正面认同了清朝开创百年盛事的各种政策与法规，也藉此探析了百姓的安逸生活与其社会发展环境间的密切关系。

再次，朝鲜朝北学派的主要思想家洪大容、朴趾源、李德懋、朴齐家等人都先后跟随燕行使团来到中国（朴齐家来到中国的次数甚

---

① "西人"为朝鲜朝中一些朝臣所组织的帮派，相对于"西人"，还有"东人"。"老论"是"西人"的一个支系。"西人"主张亲明反清，所以，推翻了对明和后金实行中立外交的光海君，而拥立了亲明斥清的仁祖王上台。

至达到四次)。这种频繁的使行活动,使他们得以走出自己的天地,亲眼目睹先进的清朝文化,并通过清朝窥见和领略到西洋科学技术的先进性,从而萌生了一种符合当时历史发展水平的"开放"意识,使得他们以惊人的勇气和远见卓识,提出一系列救国救民的"利用厚生"的积极主张。因此,朝鲜朝北学派人士在来往于汉阳与燕京之间的路程中,所关心的就不再是先王之道、婚丧礼节,而是用车、用船、用甓等与百姓的生活息息相关的能够利用厚生的实践之法。他们自称属于第三类"下士"①,并且公开地称道中国:

> 曰壮观在瓦砾,曰壮观在粪壤。夫断瓦,天下之弃物也,然而民舍缭垣,肩以上更以断瓦两两,相配为波涛之纹,四合而成连环之形,四背而成古鲁钱,嵌空玲珑,外内交映,不弃断瓦而天下之文章斯在矣。民家门庭,贫不能铺砖,则聚诸色琉璃碎瓦及水边小砾之磨圆者,错成花树鸟兽之形以御泥淖,不弃碎砾而天下之画图斯在矣。粪溷,至秽之物也,为其粪田也则惜之如金,道无遗灰,拾马矢者奉畚而尾随。……观乎粪壤而天下之制度斯立矣。故曰:瓦砾、粪壤都是壮观,不必城池、宫室、楼台、市铺、寺观、牧畜、原野之旷漠、烟树之奇幻然后为壮观也。②

朴趾源来到中国后认为,世上真正的壮观在于"粪壤",这就意味着他的自我意识已经开始出现了转变。他从朝鲜狭小的空间中走出来,睁眼看到更为广阔的世界,结果在发现客观的对方的同时,也就发现了真正的自我。于是,他认为,无论是华夏之邦的还是蛮

---

① 末流的士大夫,朴趾源自称是下士。
② 朴趾源:《热河日记》|,"駅汛随笔",韩国民族文化促进会,1984 年,第 564—565 页。

夷之国，只要那个国家的文化或科学技术中具有值得朝鲜学习的先进因素，朝鲜都应当积极地加以借鉴与吸收，以有助于实现富国强兵和济世救民的目的。①

三

朝鲜朝参加燕行的北学派人士不仅从正面肯定了中国的文明形象，而且也揭露和批判其文明奢华背后的诸多社会问题。例如，洪大容游逛琉璃厂时看到街道两旁几千家商铺里所陈列的价值较高的商品，就尖锐地指出这些琳琅满目的商品其实都是奇形怪状的奢华品，没有一样可用于百姓的日常生活。我们从中可以看到，他批评的对象是康乾盛世时期中国社会不切合实际的奢华之风，所以他后来发出"奇物滋多，士风日荡，中国所以不振，可慨也"②的感慨是非常在理的。他还通过描写沈阳门市和商铺的装饰以及酒楼建筑内部的豪华陈设，毫不隐晦地道出这些表面现象体现的是虚而不实的奢侈作风。所以当他看到在京城诸市里销售不值钱的纸造车马、人物以及儿童玩具，尤其是看到琉璃厂摆设的诸多物品中竟没有一件是日常生活必需品时，就不禁感慨道：

> 诸铺不知其几千百廛，其货物工费不知其几巨万财，而求诸民生养生送死之不可缺者无一焉，只是奇伎淫巧奢华丧志之

---

① "彼胡虏者，诚知中国之可利而足以久享，则至于夺而据之，若固有之为天下者，苟利于民而厚于国，虽其法之或出于夷狄，固将取而则之。"载于《热河日记》"驲汛随笔"，第564页。

② 洪大容：《琉璃厂》，《湛轩书》（外集卷九），朝鲜社会科学院出版社，1965年，第380页。

具而已,奇物滋多,士风日荡,中国所以不振可慨也。①

他深刻指出清朝统治者的骄奢淫逸对中国社会所造成的危害,认为这是由于人们崇尚奢华的市井风气所造成,他尖锐地批判了在这种文化繁荣现象背后所隐藏着的清朝社会腐败本质。同时,他还发现店铺前为了吸引行人眼球而挂起的招牌、幌子靡费甚多,于是他不由得感慨,"中国升平之久,民物繁庶,生理之苦艰可想也"②:

  凡在通衢十字路口多设酒楼夹道相望,皆架出檐外,栏槛環丽,但上雨旁风,一经夏潦,必不免重修,虽其财力之丰足,苟悦目下不惜靡费亦不可晓也。③

通过洪大容塑造的中国的负面形象,我们可以看出,洪大容受到朝鲜文化现实的限制,带有一定的观念偏见。但更主要的是,作为一位朝鲜朝的北学派思想家,他非常强调统治者自身要节俭,坚决反对奢侈的行为而重视实用。洪大容写道:

  凡令行禁止,必自上始,金银之饰不入于宫阙,则公卿之堂不敢为山藻之画;锦绣之服不及于妃嫔,则士庶之妇不敢为紬帛之衣。躬行然后发令,自治然后敕法,民谁有不从者乎?④

---

① 洪大容:《琉璃厂》,《湛轩书》(外集卷九),朝鲜社会科学院出版社,1965年,第380页。

② 洪大容:《杂记·市肆》,《湛轩书》(卷四),朝鲜社会科学院出版社,1965年,第382页。

③ 洪大容:《杂记·琉璃厂》,《湛轩书》(卷三),朝鲜社会科学院出版社,1965年,第381页。

④ 洪大容:《乾净同笔谈》,《湛轩书》(外集卷二),朝鲜社会科学院出版社,1965年,第218页。

由此可知，洪大容反对奢侈，甚至提出以法令来禁止奢靡。

总之，洪大容在感叹"入中国，地方之大，风物之盛，事事可喜，件件精好"①之余，不无冷静地看到了存在于清朝太平盛世背后的社会危机，并对此进行了尖锐批评。而他对潘庭筠所讲的"中华虽文物之邦，近名荣利者比比皆是"②等话语，更是从另一侧面暗示着中国社会可能潜蕴着某些重大的社会危机。"盛极必衰"是普遍的社会发展规律，这些危机在后来的历史发展中得到了印证，清朝也为此付出了惨痛的代价。

与中国在太平盛世背后潜存着社会危机有所不同，18世纪的朝鲜社会已经处于风雨飘摇之中。可有趣的是，当时的朝鲜社会，一些人高呼着"利用厚生"和"经世致用"；而另一些人则十分偏好中国的商品，社会也兴起了一种奢侈之风，各种奢侈品大量涌入汉阳，从而形成了流行的消费文化。譬如，在汉阳的广通桥一带，摆满了像现在的仁寺洞③所摆放的那种廉价的中国古董与书画。有些朝鲜朝士大夫甚至将中国的古董与书画摆到家里，让朋友们一边饮茶一边加以欣赏。他们住宅内部的装饰也沿袭中国风格，院子里则点缀着从中国运过来的怪石等。

18世纪的朝鲜社会之所以会发生这种巨变，最重要的原因就是因为西方有些国家已经进入到工业化时代及文化的开放与交流，朝鲜所能获取的信息量也在急剧增加；朝鲜朝士人们不愿钻研记载着先贤语录的"四书五经"，而是或沉湎于稗官小说中，或是喜好轻薄

---

① 洪大容：《乾净同笔谈》，《湛轩书》（外集卷二），朝鲜社会科学院出版社，1965年，第218页。

② 洪大容：《乾净同笔谈》，《湛轩书》（外集卷二），朝鲜社会科学院出版社，1965年，第216页。

③ 当代韩国首尔的文化商品街市，因开展古董交易与古书、画交易而享有盛名，相当于清代的琉璃厂。

的消费文化。这种风潮,让整个朝鲜的文化传统面临着沦丧的危险。朝鲜朝知识阶层思想意识的转变以及消费娱乐文化的盛行,都使当时以正祖为首的朝鲜朝统治阶层产生了深刻的危机意识。于是,朝鲜政府严令禁止输入"闲书"和奢侈性消费品;正祖则通过"文体反正",试图从根本上逆转一些年轻人热衷于吸取新知识的思想。

如上所述,18 世纪的中国正处在康乾盛世,而在一些对清朝的统治持冷眼旁观态度且持有儒家"尚俭"思想传统的朝鲜朝燕行使臣看来,中国的市集上充斥着的种类繁多的奢侈品正是"中国所以不振"的一个重要原因。这乍看起来好像有些道理,但由于他们当中有不少人还没有真正体悟到发展商业对于"利用厚生"的关键作用,其眼光仅仅停留在朝鲜并不丰盛的物产上而没有看到国际贸易的灿烂未来,所以其思想还未能彻底摆脱"农本商末"的传统窠臼。可以说,当时只有朴齐家等少数北学派人士才真正看到了商业所起到的巨大作用。朴齐家指出:

> 今我国方数千里民户,非不多也。土产非不备也,山泽之利不尽出,经济之道未尽善也,日用之事废而不讲,见中国之车马、宫室、丹青、锦绣之盛,则曰奢侈已甚,夫中国固以奢而亡,吾邦必以俭而衰,何也?夫有其物而不费之谓俭,非无诸己而自绝之谓也。今国无采珠之户,市无珊瑚之价,持金银而入店,不可以买饼饵,岂其俗之真能好俭而然欤?特不知所以用之之术耳。不知所以用之,则不知所以生之,不知所以生之,则民日穷。①

---

① 朴齐家:《楚亭全书》(下),"市井",韩国首尔亚洲文化社,1991 年,第 484—485 页。

在此，朴齐家委婉批评了朝鲜人不知"利用厚生"的所谓"好俭"习俗，认为其结果必然会导致百姓生活日益贫穷；相反地，他认为"中国之车马、宫室、丹青、锦绣之盛"是令人钦羡的社会图景。接下来，他还指出：

> 夫财，譬则井也，汲则满，废则竭，故不服锦绣，而国无织锦之人，则女红衰矣。不嫌窳器，不事机巧，而国无工匠陶冶之事，则技艺亡矣，以至农荒而失其法，商薄而失其业，四民俱困不能相济，国中之宝不能容于域中而入于异国。人日益富而我日益贫，自然之势也。今钟阁十字街市楼连接者不满一里，中国过去村店率皆衣被数里，又其委输之盛品，目之，多皆全国之所不及，非一店之富于国也。通与不通之故也。①

在这里，他以汲井为例，证明如果人们不消费财物，财物也就不会再创造出来；如果没有人穿华丽的衣裳，使用精巧的器具，那么就必然造成"女红衰"、"技艺亡"、"商薄而失其业，四民俱困不能相济"的恶果。假如国中之宝流入他国，那么就会造成"人日益富而我日益贫"的严重局面。在此基础上，他指出：

> 中国瓷器无不精者，虽荒村破屋之中，皆有金碧彩画之壶钟罐碗之属。非其人之必好奢也，土工之事当如此也。②

朴齐家认为，在中国，即便是在荒村郊野，也都有"金碧彩画之壶钟罐碗"，而这却不是出于"好奢"，而是由于中国"土工之事

---

① 朴齐家：《楚亭全书》（下），"市井"，韩国首尔亚洲文化社，1991年，第485—486页。
② 朴齐家：《楚亭全书》（下），韩国首尔亚洲文化社，1991年，第457页。

当如此"。而制造这种"金碧彩画"的器物,也可以培养出精于工、勤于业的工匠。与此相反,"我国瓷器漉沙粘其下,仍能烧成,累累如干饭。曳之伤盘桌之属,洗之滞滓秽之物。"①通过比较中国器物的精致与朝鲜器物的丑陋,朴齐家认为可以看到朝鲜朝器物制作者的苟且与未经教化。因为在他看来,成长于"韶华锦绣"的优越文化环境中的人必然与"汩没于尘埃薄陋"的恶劣环境中的人迥然不同。即人是环境所塑造的产物,只有精于器物,才有利于人们掌握精湛的工艺技术。

总之,这一时期,朝鲜朝燕行使臣通过燕行,亲眼看到了中国北方市集一派繁荣的景象。因而,他们开始致力于寻找导致清朝经济繁荣的具体原因,并积极力主"北学中国",寻找使朝鲜迅速摆脱经济、文化落后的局面进而实现"富国裕民"的方法。他们通过对中国的车、船、甓、瓦、道路、畜牧、商贾、粪等方面的详细考察与研究,找出了中国之长与朝鲜之短,让朝鲜人承认本国文化的落后,进而取长补短,积极学习中国文化,导入中国先进的科学技术,以改善劳动工具,改良操作方法,提高生产效益。但与此同时,他们还从力求节俭的目的出发,指斥中国市集上贩卖着种类繁多的奢侈品,并由此忧虑中国人日益追求华丽服饰的奢侈行为将会导致身份制度与社会秩序的混乱。这个时期,他们基本上认同满族文化,肯定中国重视实用的一面,所以,他们对中国的描述进入了"客观化"的时代。

---

① 朴齐家:《楚亭全书》(下),韩国首尔亚洲文化社,1991年,第458页。

朝鲜朝燕行使节眼中的乾隆皇帝形象[①]

乾隆皇帝是中国历史上在位时间最长的帝王[②],他与祖父康熙、父亲雍正共同开创了中国历史上著名的"康雍乾盛世"。乾隆帝在位期间,正值朝鲜朝英祖、正祖执政时期,因此,在这一时期朝鲜朝燕行使节(尤其是参加"燕行"的朝鲜北学派人士的"燕行录"作品)所撰写的"燕行录"作品中,也大量记载着有关乾隆的描写文字,这使得乾隆成为了朝鲜朝燕行使节所着意描述的清朝中国形象之一。

朝鲜朝英祖、正祖执政时期,朝鲜士大夫对清朝的认识发生了较大转变,即他们在很大程度上已经摆脱了"华夷观"的传统思维模式,客观地肯定了中国社会所发生的巨大变化。这一点,也集中体现在朝鲜朝使节对乾隆形象的描写上。

一、乾隆的容貌

朝鲜朝燕行使节在他们的"燕行"作品中,曾多次细致地描写了乾隆的容貌。当时以子弟军官身份使行清朝的炯庵李德懋在《入燕记》中描述道:

[①] 本文原载于《东疆学刊》2009 年第 4 期。
[②] 他在位 60 年(1736—1796),禅位后又当了 4 年的太上皇,一共掌握清朝最高权力达 64 年。

面白皙,甚肥泽,无皱纹,须髯亦不甚白,发光闪烁云。①

此后不久,参加"燕行"的燕岩朴趾源则在其《热河日记》中,对乾隆的容貌作了如下描述:

皇帝方面白皙而微带黄气,须髯半白,若六十岁,蔼然有春风和气。②

另外,与朴趾源同行的副使郑元始在与正宗的对话中,也对乾隆的容貌作了描述:

皇帝面方体胖,小须髯,色渥赭。③

比朴趾源晚十年(1791 年)随团出使燕京的朝鲜朝儒生金正中在他的《燕行录》中,同样对乾隆皇帝做了如下的描述:

面圆大如镜,鼻柱隆然,眼光炯若曙星,微有细须而或白,时年八十有二,而若五、六十岁人,乃知奇像异表固出于寻常万方也。松园曰:"其面四方红润,少无老人衰惫之气"。④

实际上,对乾隆形象描写,不仅见诸朝鲜使节的笔下,而且见

---

① 李德懋:《青庄馆全书》(卷六十七),"入燕记(下)",民族文化促进会,1989 年,第 99 页。
② 朴趾源:《热河日记》(I),"太学留馆录",1985 年,第 628 页。
③ 吴晗:《朝鲜李朝实录中的中国史料》,中华书局,1980 年,第 4703 页。
④ 金正中:《燕行录》,《燕行录选集》(第六辑),韩国民族文化促进会,1989 年,第 169 页。

诸于西方传教士的笔下。譬如，法国耶稣会士汪达洪在 1769 年 9 月 15 日写给布拉索神父的信中，就曾评价乾隆帝道：

> 这位君主身材高大，相貌堂堂，神情和蔼却又令人起敬。倘若他对臣民实行严刑峻法，我以为这与其说出于其个性，不如说非如此便无法控制中国和鞑靼这样辽阔的帝国。……每次当他让我受宠若惊地跟他说话时，他仁慈的神情总能鼓动起我的信心，对他说几句有利于宗教的话。……愿上帝保佑他长命百岁。①

由此可见，在启蒙运动时期的法国人眼里，乾隆皇帝是一位人类理性在政治生活中的代表。

由以上描述中，我们可以归结出这么几个相同点：一是，乾隆帝面庞白皙，体胖，须髯发白；二是相貌堂堂，目光锐利却又神情和蔼。

关于这一点，清史专家戴逸教授经过缜密考证后认定：

> 乾隆帝身材匀称，丰腴而略矮。身高约 1.6 公尺（据觐见他的英国使团人员说身高五英尺二英寸，约 1.6 公尺）。脸庞呈长方同字形，两腮稍削，皮肤白皙，微带红润，眼睛黑而明亮，炯炯有神，鼻稍下钩，体态文雅，外表平和。青年时代是一位英俊潇洒的翩翩佳公子；老年时代，则显示出尊严、和蔼和慈祥。②

---

① ［法］杜赫德：《耶稣会士中国书简集》（第五卷），吕一民等（译），大象出版社，2005 年，第 211 页。

② 戴逸：《乾隆帝及其时代》，中国人民大学出版社，1992 年，第 4 页。

由此我们不难看出，朝鲜朝使节与法国耶稣会士对乾隆容貌的描述与戴逸教授的考证大体相符，这反过来也印证了朝鲜使节对乾隆容貌的描述是比较客观的、真实的。从以上文字中我们还可以看到，他们在谈到对乾隆帝的个人印象时，都认为乾隆帝虽然年事已高，在位时间很长，但大权在握，且思维敏捷，可见其精力之旺盛。由朝鲜朝使节对乾隆容貌的描述，我们还可以看出，到了18世纪下半叶，朝鲜朝士大夫在描述满族统治者时，不再像描述顺治等人时那样使用"跋扈之气"等贬损的语汇。尽管描述满族统治者时并没有完全褪去其否定的色彩，但毕竟在朝鲜人的文本中，已经很少使用"奴酋"、"汗"、"胡皇"等语汇。可以说，在十八世纪下半叶的朝鲜，朴趾源等燕行使者们展现给我们的是一位"蔼然有春风和气"、"眼光炯若曙星"并且具有"奇像异表"的基本符合其原型的乾隆的容貌与神情。

二、乾隆：一位勤于政事、孜孜求治的英明君主

上文已言及，乾隆执政时期，朝鲜朝正值英祖、正祖秉政，因此，在这一时期，朝鲜朝使节的"燕行录"作品里就大量记述了有关乾隆的文字。其中，集中地描写了乾隆的政绩。

譬如，冬至兼陈奏副使、吏曹判书李押在1777年"燕行"归来后，就在其《燕行纪事》之"闻见杂记"部分详细记述了乾隆皇帝勤于政事的场面：

> 每日皇帝御干清门听政。门之正中设御榻，榻前设章奏案，大小官早赴午门外，春夏则卯正一刻，秋冬则辰初一刻，进至中左门等候。皇帝升座，侍卫、起居注按班侍立丹墀，大小官依次升陛，堂官捧奏跪置案上，如有绿头牌启奏，亦堂官

捧至。各衙门以次奏事，照品退次，科道官在各衙门后，奏毕乃退。皇帝还宫之后，大小官有票旨者入对，无则部院直房皆在午门外左右廊，故各于直房听事。皇帝往圆明园，则各司一员亦逐日驰往票事。①

关于这一点，在中国史料中有大量记载。其中，最为典型的是清人赵翼所著的《薝曝杂记》，其"圣躬勤政"条记载：

> 上每晨起必以卯刻，长夏时天已向明，至冬月才五更尽也。……当西陲用兵，有军报至，虽夜半亦必亲览，趋招军机大臣指示机宜，动千百言。余时撰拟，自起草至作楷进呈或需一、二时，上犹披衣待也。

在此，我们通过将李押所撰写的《燕行纪事》中"闻见杂记"的部分与赵翼的笔记的互证，可以看到乾隆是多么夙兴夜寐、勤于政事。实际上，在中国历史上，乾隆皇帝是少有的励精图治、锐意进取、上承先祖余绪、仰仗全盛国力的一位颇有作为的封建帝王。具体而言，乾隆帝作为勤政型的皇帝，在他主政时，不仅主持纂修了《四库全书》，贡献了诗文才华（创作诗歌共计41863首），而且力主兴修了皇家园林（清漪园、圆明园三园、静宜园、静明园、避暑山庄暨外八庙和木兰围场等），蠲免了天下钱粮，统一了整个新疆，修砌了浙江海塘，促成了中华各民族的大融合。由此可见，乾隆将祖宗的基业发扬光大，在文治武功方面都有惊人的建树，确实可以称得上是一代有为之君。

---

① 李押：《燕行纪事》，《燕行录选集》，韩国民族文化促进会，1989年，第111页。

李押对乾隆帝的描述是十分细致的,也是相当客观可信的。当然,李押将乾隆描述成一位"理想化"的君主形象,也充溢着一种主观色彩。之所以会出现这种现象,一是由于乾隆具有较大的个人魅力:乾隆在吸收汉文化的广度和深度上都远远超过他的祖父康熙;他一生徜徉于汉文化的海洋之中,从容不迫,挥洒自如,有极高的造诣。但朝鲜朝燕行使节们不一定很清楚:乾隆之所以如此全面而深入地接受汉文化,虽然不能排除他确有耽迷其中的快感和积以时日养成的习惯,但主要是政治上的需要所使然。作为统治占全国人口总数百分之九十以上的汉人的少数民族帝王,他不深通汉文化是无法胜任其职的。还有一点尤其重要,那就是乾隆坚信自己绝对汉化不了,即使稍入汉习也能出污泥而不染,也能玩物而不丧志。乾隆一点儿也不担心自己,他深为忧虑和时刻警惕的倒是本民族内那些不善于把握自己的意志薄弱者。因而他指出:"满洲本性朴实,不务虚名,既欲通晓汉文,不过于学习清语技艺之暇,略为留心而已。近日满洲熏染汉习,每思以文墨见长,并相与汉人较论同年行辈往来者,殊属恶习,夫弃满洲之旧业,而改习汉文以求附于文人学士,不知其所学者,并未造乎汉文堂奥,而后为汉人所窃笑也"。以后"一以发现,决不宽贷"。① 不仅如此,他为了抑制满语文逐渐废弃不用、清政府的日常政务活动出现汉语文代替满语文的趋势,从而保持满洲本色,在各种公开场合告诫满族贵族,要想维护国家统治,必须坚持说满语,用满文。乾隆帝采取不少办法来鼓励满族人使用本民族的语言文字。他提出八旗子弟应以"国语"为重,命令八旗三品以上的大臣子弟,一定要真正做到"娴熟国语,练习弓马",才允许参加科举考试。为此,他大力兴办教育,强化满语文学习。乾隆二年(1737年),定盛京宗室觉罗设立一学,凡20

---

① 《清高宗实录》(卷四八九),中华书局,2008年。

岁以下、10岁以上情愿入学读清文者，准其入学，不取数额。乾隆十七年(1752年)，设立世职官学，凡八旗世爵内10岁以上，均送官学教习国语骑射。乾隆四十年(1775年)，设健锐营官学。这些学校均以教授清语、清文为方，3年期满，考试升用。除此之外，他还采取了一些如木兰秋狝、东巡谒祖等切实可行的措施和制度，并将其悬为"家法"，令后世子孙恪守勿失，进而从根本上扭转了八旗兵骑射废弛的局面。由于乾隆民族意识的清醒和整肃措施的得力，因而很好地维护了满族的文化。

  李押将乾隆描述成一位"理想化"君主形象的第二个原因，是受到朝鲜朝文化语境的影响。从朝鲜朝文化语境的角度看，在18世纪下半叶，朝鲜朝燕行使节笔下之所以会出现乾隆这种"理想化"的清朝皇帝的形象，应该说，与正祖朝对清朝所持态度的根本转变有着密切关系，这个过程尽管充满曲折，但朝鲜朝还是迈出了接受清朝的关键一步。正宗十九年(乾隆六十年，1795年)九月丁丑，正宗下教曰：

> 闻明年新皇即位，在我国应行之节，不可不预备……而闻新皇帝年号已定云，此是大国无前之庆，宜送别使，以示庆贺之意。而既无前例，今番使行，若先期入送，以示稍异常年之意，则甚好矣。大国若或以使行之稍早于常年，有所疑问，则当对以异于他年云尔，则大国亦必以为然矣。大凡大国之于外国，虽无优异之恩，事大之节，固当尽其诚，而况今皇帝之于我国乎！[①]

  在此，我们不难发现，在这一时期朝鲜朝统治者的描述文字

[①] 吴晗：《朝鲜李朝实录中的中国史料》，中华书局，1980年，第4895页。

中，不仅已经开始淡出"胡人"、"胡皇"等套话，而且也不再使用17世纪后半期称谓清朝皇帝的"清主"、"清帝"等语汇，朝鲜朝又重新回到"事大"的轨道上，称谓清朝皇帝为"天子"、"皇帝"。可见，这次他们所"事"的"大"，是取代了明王朝的清王朝。这一点也充分说明："每一个套话都会随着认知错误的纠正而消亡，因此，每一个套话都具有时间性"。①而"这些套话表现出来的时间性，主要反映了套话生产国对他者认知的变化"。②"胡人"、"胡皇"等套话在时间上的渐趋终结，就生动地反映了朝鲜朝对清朝态度的根本变化。

三、乾隆：一位十分亲善的中国皇帝

不少朝鲜朝使节在晋见乾隆帝时，就已经明显观察到乾隆帝对朝鲜朝使节的亲切态度。无论是在北京、沈阳还是在热河行宫，乾隆帝在接见朝鲜朝使节时，多次问候国王是否平安③，还特别礼遇朝鲜使节。1794年（乾隆五十九年），在北京皇宫举行的年终宴和年初宴上，不但召见朝鲜使节，还亲自赐酒给使节喝。④对此，正宗七年（乾隆四十八年，1783年）二月以冬至兼谢恩正使的身份"燕行"的朝鲜朝领议政郑存谦在"燕行录"中曾描述道：

> 皇帝赐臣以御桌玉杯之酒，仍问曰："使臣能诗乎？"礼部尚书传语通官，通官传语于臣，故臣对曰："文词鲁莽，未能工诗矣"。皇帝顾礼部尚书多有酬酢，臣虽未谛解，而皇帝之和颜

---

① 孟华：《比较文学形象学》，北京大学出版社，2001年，第192页。
② 孟华：《比较文学形象学》，北京大学出版社，2001年，第191页。
③ 《朝鲜王朝实录》，"正祖二年八月癸未、四年九月壬辰、五年二月庚戌"。
④ 《朝鲜王朝实录》，"正祖十八年二月庚辰"。

喜色，溢于观瞻。①

关于乾隆帝对朝鲜使臣"和颜喜色"的特殊礼遇，回到朝鲜述职的冬至副使赵宗铉在正宗十四年（乾隆五十五年，1790年）三月丙午日曾记述道：

> 皇帝（乾隆）之平日眷眷于我国蓋斯之庆，靡不用极。且其晋接之节，礼待之意，比他国自别。②

对此，朝鲜君臣都认为：乾隆这种对朝鲜使节"满面和气"的特殊礼遇，是"旷古殊异之举"，"此等恩数，往牒所无。缱绻之念，愈往愈挚"。③右议政蔡济恭也深有感触地说过：

> 皇帝之于我国，其所优待者，迥出寻常。想其六十年治平，秦汉以来所未有，必有所以然而致之也。④

蔡济恭把乾隆说成是一位圣君，可以说已经完全忘却了朝鲜朝与清朝的深仇大恨。历史已经证明，康熙与乾隆不是任何"皇明"王朝的皇帝能够望其项背的。正祖对蔡济恭赞许乾隆的一番话深以为然，并且进一步评述道：

> 问一世俱享六纪治平，而乾隆比康熙尤盛焉。即位之时，已为二十五岁，且即位回甲之年，传位于储嗣者，求之往牒，

---

① 吴晗：《朝鲜李朝实录中的中国史料》，中华书局，1980年，第4715页。
② 吴晗：《朝鲜李朝实录中的中国史料》，中华书局，1980年，第4806页。
③ 吴晗：《朝鲜李朝实录中的中国史料》，中华书局，1980年，第3739页。
④ 吴晗：《朝鲜李朝实录中的中国史料》，中华书局，1980年，第4896页。

亦未之见也。①

正祖给予乾隆以极高的评价。在正祖看来,"归政"不只是清王朝的"无前之庆",它即便在整个中国封建王朝历史上也是绝无仅有的,此举对朝鲜朝君臣所造成的震撼性影响也可以说是空前绝后的。"正因如此,乾隆在朝鲜朝君臣心中的地位自然也就提升到了清朝开国以来历代满族统治者所能达到的最高点。随着这一时刻的到来,朝鲜朝君臣长达200多年来对满洲族的偏见、仇恨等等情绪也基本宣告结束。可以说,就朝鲜朝统治阶级而言,正祖对乾隆的正面评价,开启了朝鲜朝全面接受清朝的一个新时代"。②这一切也都说明,清朝对朝鲜以恩为主、辅之以威的政策,对于促成朝鲜对清政治立场的转变,对于巩固和加强两国的宗藩关系,起到了积极的作用。同时也说明,至18世纪下半叶,朝鲜朝与清朝之间的关系在持续升温。这种日益密切的双方关系在18世纪下半叶的"燕行录"作品中也有鲜明的体现,它带来的最直接的结果就是满族统治者的形象日渐呈现出其浓郁的理想色彩。

四、乾隆:一位奢侈腐化的乾隆形象

乾隆执政时期,是中国历史上比较辉煌的盛世。但随着乾隆个人权力的无限扩大,他在其统治的后期,也出现了一些弊政。这体现在两个方面:

---

① 吴晗:《朝鲜李朝实录中的中国史料》,中华书局,1980年,第4896页。
② 刘广铭:《朝鲜朝语境中的满洲族形象研究》,博士学位论文,2006年,第182页。

1. 乾隆个人生活的腐化。

乾隆为了满足自己贪得无厌的享乐欲望，曾利用节庆之际大肆挥霍（如，崇庆皇太后的几次万寿庆典，乾隆本人的历次万寿庆典以及在乾隆五十年、嘉庆元年先后举行的两次千叟宴），并利用各种庆典和巡幸之机肆意铺张，前后所费，数字不下亿万。乾隆的这种败政，对于乾隆后期政治形势的发展，也产生了相当深刻的负面影响。

对于乾隆的腐化生活，朝鲜朝的燕行使节也做了细致的观察，并载入他们的"燕行"作品中。譬如，著名实学家洪大容就在他的《燕记》一书中对乾隆南巡所造成的铺张浪费做过如下详细描述：

> 闻皇帝龙舟上下，先令宫姬持酒、杂货充韧其中，停舟贩卖以为戏云。临岩，或为粉墙，或为短城，亦或为楼门，其外即是荒野，皆假设以助景而已。十余里有万寿寺在河北，皇帝所游赏，宜其制作之侈也。过三重门，始有二层大殿，殿中帘、帐、器物极华丽。……自万寿寺而东，沿河楼观益盛，往往檐壁圮而不修，意帝亦厌倦也。盖游观之赏心者，始虽观然，再三则索然矣。况此沿河楼观，本近儿戏者乎？①

在这里，"闻皇帝龙舟上下，先令宫姬持酒、杂货充韧其中，停舟贩卖以为戏云"是指当地官员听说乾隆帝曾经特意建造买卖街以取乐，竟然也东施效颦，搭盖买卖街席棚。对此，洪大容一针见血地批评道：

---

① 洪大容：《湛轩书》（外集卷九），"燕记"，朝鲜社会科学院，1965 年，第 52 页。

惜乎费无限财务，博得一两日适意，生而不觉臣民之暗笑，死而不免千古之疵贬，君人者可以戒矣。①

在《燕记》中，洪大容还尖锐地批评了乾隆帝行宫的奢侈华丽：

沿路见贫民之不甚饥寒者，不胜其多，而沿路行宫之殿阁，极其奢丽，且戏台何用，而多有侈美，不胜伤叹。②

在历史上，作为皇帝的乾隆不仅生活奢靡，而且喜好以出巡的名义到处游山玩水，并为此兴师动众，大兴土木，修建行宫、苑囿，给沿途的人民造成了巨大的灾难；这同时也大量耗费了多年积攒起来的国库钱粮，致使乾隆末年国库空虚，民穷财尽，出现了严重的财政危机。

另一位朝鲜朝燕行使节李押在《燕行纪事》2月23日的记载中，就曾描写了因为皇帝即将出行至沈阳，当地百姓被迫放弃赖以为生的耕田而为其修路一事：

胡皇沈阳之行，在于明秋，而及其未耕，将为治路，群胡络续，千百相聚，荷锸，持锄，拓田，定界，立臬，击绳，而治之平直如砥，中开大路，左右开夹路，而筑土为界矣。③

以上，朝鲜朝燕行使节对乾隆奢侈行为的描写是十分客观的。

---

① 洪大容：《湛轩书》（外集卷九），"燕记"，朝鲜社会科学院，1965年，第52页。
② 洪大容：《湛轩书》（外集卷九），朝鲜社会科学院，1965年，第40页。
③ 李押：《燕行记事》，《燕行录选集》（第六辑），韩国民族文化促进会，1989年，第69页。

据史料记载：乾隆八年乾隆帝首次巡幸盛京时，"凡沿途驻跸之地需用水浆，须凿井数十，辇道两旁，复筑扈从臣工径路。经过道路，不能耕种"①。这则史料，是对《燕行纪事》所述事实的有力佐证。实际上，处于封建社会后期的清王朝，尽管在其前期有过励精图治的繁荣发展阶段，但到了乾隆朝中期，随着政治相对稳定和经济的繁荣，以乾隆为首的统治集团逐渐倦怠于政务，骄侈淫佚之风日炽，吏治日趋腐败。乾隆前期，皇帝虽然对贪官墨吏严加惩处，但是贪污之风却屡刹不止，到了乾隆后期反而愈演愈烈，大案接连出现。

2.专横独断。

乾隆朝后期，国内外形势呈现出一派太平景象，随着皇帝地位的日益稳固以及年龄的增加，乾隆本人也愈加变得独裁、多疑，对下属也过于严厉，性格变得十分暴躁，动不动就斥责左右大臣。朴趾源对此描述道：

> 皇帝春秋高，多躁怒，左右数被挞。②

乾隆因为"春秋高"而时常"躁怒"。在此，朴趾源所说的乾隆的"躁怒"，主要是指一位老人正常的生理反应与心理反应。但考究当时的历史，我们不难发现，这表现了乾隆在实行宽容政策之外所经常采取的严毅态度。他的这种严酷的性格，赋予到政治当中，就能够做到宽严相济、刚柔相济。

乾隆除了具有政治上严毅的一面之外，还具有一种邀誉意识。

---

① 《清高宗实录》（卷一九七），乾隆八年七月乙巳。
② 朴趾源：《热河日记》（I），"太学留馆录"，1985年，第629页。

也就是说，他十分喜欢听赞扬他、奉承他的话。由于在封建专制政治制度下，大臣们的进退，唯皇帝个人意志是从。因此，朝廷大臣们为了保住自己的职位，也只好在皇帝身边察言观色，投其所好，并将阿谀奉承当作讨好皇帝的上策。

在这方面，做得最好的是和珅。朴趾源在《热河日记》中，详细地描述了乾隆皇帝的宠臣和珅。宠信和珅以及和珅弄权，是乾隆后期弊政的集中体现。自和珅弄权，清朝社会就陷入了黑暗年代。和珅政治上扶摇直上，从一个小小的三等轻车都尉，转眼间就进入军机处，任尚书、议政王大臣、大学士并封伯进公爵，其原因只有一条，就是他深得乾隆的欢心。和珅得势后，竭力培植亲信，结党营私。和珅上以乾隆为靠山，下以一批官僚为羽翼，贪污索贿，乱政祸国；官员要升迁，先得贿赂和珅。对此，乾隆五十九年黄仁点指出："阁老和珅用事将二十年，威福由己，贪黩日甚。内而公卿，外而藩阃，皆出其门。纳贿诏附者，多得清要；中立不倚者，如非抵罪，亦必潦倒"。①

对此，朴趾源在《热河日记》中详细记录了他亲眼所见的和珅：

  有一少年出门而去，人皆辟易，其少年乍停式，有所言于从者，顾视甚猛，皆肃然慑伏。有二座持鞭来辟人，回子坐者勃然起立，唾二卒面，一拳打倒少年官，流睨而去。问之，晶顶者乃户部尚书和珅也，眉目明秀，俊峭轻锐，而但少德器，年方三十一云。②

  珅本起自銮仪司卫卒，性狡黠，善迎合，五六年间骤贵，

---

① 吴晗：《朝鲜李朝实录中的中国史料》，中华书局，1980年，第4881页。
② 朴趾源：《热河日记》，"太学留馆录（八月十二日）"，韩国民族文化推进会，1966年，第629页。

统领九门提督,与兵部尚书福隆安(应该是福康安)常侍左右,贵振朝廷。①

由此可见,朴趾源笔下的和珅是一个善于阿谀逢迎、助长奢侈腐败之风的狡诈的墨吏的形象,是乾隆专横独断的统治环境中滋生出来一个毒瘤。

乾隆的专横独断还体现在他强迫朝鲜朝使节到札什伦布去拜见班禅额尔德尼,此举曾引起朝鲜朝所有使团人员的强烈不满。纵观朝鲜王朝,一直都只推崇程朱理学而排斥其他学术思想和宗教,因此,朝鲜朝使节根本不认同乾隆这种不合理的旨意。但是考虑到外交关系,表面上又不得不服从皇帝的命令。朴趾源记述了朝鲜朝使团的这种不满:

> 西藏之人冠服皆黄,蒙古效之而亦尚黄,则以皇帝之横暴,何独不忌此黄花之谣耶?额尔德尼非西僧之名,西番之地亦有此号,鬼怪荒唐,难得要领矣。使臣虽勉强就见,内怀不平。……为万邦共主,弗可不慎其一举措也。②

在此,作者用激愤的语调抨击了乾隆皇帝的专横行为。朴趾源又批判了乾隆皇帝崇尚异端法术、拜胡僧为师、过分推崇班禅的行为。他认为文武百官都去敬拜法僧的结果,不仅丢掉了皇帝的威严,而且还失掉了皇室与朝廷的尊严。他写道:

---

① 朴趾源:《热河日记》,"太学留馆录(八月十二日)",韩国民族文化推进会,1966年,第629页。

② 朴趾源:《热河日记》,"太学留馆录",韩国民族文化推进会,1966年,第374页。

> 古之帝王，能学焉而后臣之，故益圣；以天子而友匹夫，不贬其尊，故益大。后世无是道也。独胡僧方术、左道异端之流，不耻以身下之者，何也？余今目击其事，彼班禅，若果贤者也。黄金之屋，今皇帝之所不能居也，彼班禅何人者，乃敢晏然而据之乎？①

他还写道：

> 向时往也，军机道迎，郎中护涉，黄门探程，提督、通官气势堂堂，临河举鞭有催山填河之形。今兹还京，既无近臣之护送，皇帝亦无一语劳勉之谕。盖由使臣不肯见佛，而有此不承权舆之叹，察其气色，来往顿异。②

在此，朴趾源笔下的班禅和乾隆皇帝都被描述为充满负面意义的形象。事实上，乾隆对班禅的厚待政策、乾隆过分的专横行为以及众臣的阿谀风潮等现象的描写都十分符合历史事实，因此，朴趾源的描述带有事实意义。但不可忽视的是，朴趾源深受朝鲜朝时期实施的"排拂崇儒"的国家政策的影响，极力排斥佛教，这使得朴趾源不加辨别地全盘否定了班禅。

总之，这一时期朝鲜朝燕行使节对满族的描述开始趋于理想，他们将乾隆描写成勤于政事、孜孜求治且"满面和气"的英明君主。在 18 世纪下半叶，朝鲜朝之所以会出现乾隆这种"理想化"的清主形象，应该说，与正祖朝朝鲜君臣心目中将乾隆的地位提升到

---

① 朴趾源：《热河日记》，"班禅始末、班禅始末后识"，韩国民族文化推进会，1966 年，第 530 页。

② 朴趾源：《热河日记》，"还燕道中录（八月十八日）"，韩国民族文化推进会，1966 年，第 641 页。

清朝皇帝所能达到的最高点有关。与此同时，他们也指斥了乾隆专横独断的行径、个人生活的愈益腐化以及众臣的阿谀奉承等现象。通过这些描述，朝鲜朝燕行使节塑造出一个介于"意识形态"与"乌托邦"之间的比较客观化的清朝皇帝的形象。

朝鲜朝使臣眼中的满族人形象[1]

——以金昌业的《老稼斋燕行日记》为中心

金昌业(1658—1721年)是朝鲜朝中期的著名学者,其家庭是当时最高的名门望族,因而他从小就接受了良好的家庭教育。安东金氏与中国素有渊源,金昌业的曾祖父、父亲、叔父以及长兄都曾以正使的身份出使过中国。这样的家庭背景,使得金昌业从小就对中国十分向往。在赴华之前,他已经从父兄的谈话以及前辈的《朝天录》和《燕行录》中多少了解了中国的实情。因此,他是带着对中国的"前理解"去考察中国的。"而这种'前理解'与当时朝鲜朝对清朝的社会总体想象又是不尽相同的。"[2]

金昌业此行撰写的游记是《老稼斋燕行日记》,其中记载了金昌业一行自朝鲜都城汉阳出发一直到中国都城燕京、再由燕京返回汉阳途中的所见所闻,记载了他在北京逗留期间所考察到的清朝的各种制度、方物以及与清朝文士交往的情况。尤其对当时满族人的形象更是勾勒得相当生动、逼真,为后人留下了大量鲜活且少为人知的重要资料。在此,笔者将重点论述金昌业笔下的满族人形象。

---

[1] 本文原载于《山东社会科学》2011年第10期。
[2] 徐东日:《朝鲜朝燕行使臣笔下清朝中国形象的嬗变及其内因》,《东疆学刊》2010年第4期,第4页。

一

满族人的形象首先体现在其种种怪异的体征方面。在金昌业的"燕行录"作品中,有不少描述满族人怪异外貌的文字:

> 兀喇总管睦克登,……人小而眼有英气,语时如笑,甚慧黠,亦非雄伟人。①
>
> 五阁老在后殿月廊,余随神将辈往见,清阁老二人同坐于北边一炕,汉阁老三人设椅炕下一带坐焉,各前置桌子,叠积文书。清阁老一松柱,一温达。温达短小,容貌古怪而有猛意,面赤黑须,髻少,一目眇;汉阁老一李光地,福建安溪人,容貌端整,眉目清明,须髻白;一萧永祚,奉天海州人,身短面长,前一齿豁;一王琰,江南太仓人,有文雅气而容貌丰盈,精彩动人。温达、松柱相与语,汉阁老三人皆阅视文书,或俯而书字。……尚书清瘦而身小,眼有精神,举止轻率。侍郎在右者汉人,容仪魁伟,沉静有威,不轻瞻视。左者容貌平常,清人云。……此处天下人皆会,而形容各异,使汉人、清人、蒙古、海浪贼、喇嘛僧及我国虽同服色绝不相混,而惟清汉或不能分矣。②

以上引文在描述满族人的形象时,基本上是比照汉族人而加以描述的。即在描述"李光地"、"王琰"、"萧永祚"等汉族官员

---

① 金昌业:《老稼斋燕行日记》,《燕行录选集》Ⅳ,韩国民族文化促进会1989年版,第120页。

② 金昌业:《老稼斋燕行日记》,《燕行录选集》Ⅳ,韩国民族文化促进会1989年版,第119页。

时，使用了"容貌端整，眉目清明"、"有文雅气而容貌丰盈，精彩动人"、"容仪魁伟，沉静有威，不轻瞻视"等肯定性的语汇；而在描述"睦克登"、"松柱"、"温达"等满族人时，更多的是使用了"甚慧黠，亦非雄伟人"、"容貌古怪而有猛意"、"举止轻率"、"容貌平常"等否定性的语汇。在以上褒贬色彩十分鲜明的语汇对比中，金昌业毫不隐讳地表明了自己的情感立场。当然，金昌业在描述朝鲜朝语境中满族人形象时，也掺入了一些新的形象元素，譬如，他在描述满族人形象时，常常对满族人的"眼部特征"表现得尤为突出。譬如："兀喇总管睦克登，……为人小而眼有英气"、"尚书清瘦而身小，眼有精神"等等。我们对满族人形象的研究最终都要落实到对其诸多文本的比较分析，而要比较完整地理解具体文本中的满族人形象，只有在其对话阐释过程中才能得到实现。因此，金昌业对满族人"眼部特征"的描述，我们完全可以通过金昌业之前的不少朝鲜朝文人有关满族人的描述性文本追溯其源头。

比金昌业晚 8 年赴燕的朝鲜朝使臣李宜显，在自己所撰写的《庚子燕行杂识》中，更加集中而突出地描述了满族人的形象："清人大抵丰伟长大而间有面目极可憎者。膻臭每多袭人，言辞举止全无温逊底气象。……路中见男胡率是疏髯，虽累十百人须髯多少一皆均适，绝无胡髯披颊者。岂头发既尽剃，故髯亦剪繁略存，只以表丈夫。"①在作者笔下，"男胡率是疏髯"，他们"须髯多少一皆均适，绝无胡髯披颊者"，而且头发"尽剃"、"髯亦剪繁略存"，从而"只以表丈夫"。这是满族人区别于汉族人的一个典型的体表特征，可以说，这种怪异性是他者化的一个显著标志，也可能是被描述为"面目极可憎"的重要因素。

---

① 李宜显：《庚子燕京杂识》（下），《燕行录选集》Ⅴ，韩国民族文化促进会 1989 年版，第 31—32 页。

这是因为，金昌业等朝鲜朝燕行使臣长期生活在农耕文化的生产、生活环境中，多方面地接受了中国儒学"华夷"观的影响，认为人们只有束发戴冠才是文明的，才具有"礼仪"。所以，也习惯于用发式来划分"华夷"，将"披发"视为夷狄的表征，视为一种落后、不文明的文化现象，从而大加贬斥满族人剃头辫发的习俗，而且通过他者化，极力夸大满族人的"怪异性"或"异类性"，使之最终被刻画成"丑类"的形象。

实际上，每个民族有每个民族的习俗，应该尊重各民族的习俗，发式并不分贵贱，也不代表文明与不文明。剃发原本是女真人的一种风俗习惯，即"男子将头顶四周的头发剃去寸余，只留顶后中间长发，编成辫子，垂于肩背，除父母丧和国丧百日内不剃外，四周头发不得蓄长，要时时剃除，所以叫做剃发或剃头。"① 薙发垂辫这种发式源于满族的原始宗教——萨满教的宗教意识。萨满教认为，发辫生于人体顶部，与天穹最为接近，是人的灵魂所在，所以发辫为其族人所重视。古代时，满族在战场上捐躯的将士，其骨殖如无条件带回故里，其发辫则必须带回，俗称"捎小辫"，这是满族天穹观的一种反映。尤其是他们头发"尽剃"，与他们所处的地理环境和社会生产发展的状况密切相关。满族长期以来生活在白山黑水之间，他们的吃穿用都出自山林。满族男子一年四季常结伙进山，进到森林深处，十几日或几十日采集狩猎。在深山生活的自然环境是相当恶劣的，至于头发梳成什么式样，自然要放在其次，并且要服从生产和生活的需要，即山势陡峭，林木遮天，在这里与野兽搏斗并采集山货，就需要剃头辫发，以减少树枝的刮扯；同时，前部不留发，还可以避免在跃马疾驰时让头发遮住眼睛。他们颅后留一条大辫子，在野外行军或狩猎时，又可以枕辫而眠。所以，负责外

---

① 郑天挺：《探微集》，中华书局，1980年，第81页。

出狩猎或耕种的男子大多不披发，而在家从事家务和织布的妇女大多披发，也就是情理之中的事情了。于是，满族所处的自然环境及生产生活方式就决定了形成其剃头辫发的习俗。其发式可以用"金钱鼠尾"这四个字来概括，这种发型是将四周的头发全部剃去，仅留头顶中心的头发，其形状如一金钱，而中心部分的头发则被结辫下垂，形如鼠尾。随着满族的兴起和努尔哈赤的向外扩张，满族薙发垂辫的风俗就逐渐转化成了汉满两个民族间的政治斗争问题。实际上，满族也是过分看重了"薙发"的作用，认为只要汉人"薙发"就能顺从满族的统治，而实际这更是加深了两个民族间的内在矛盾。

在《庚子燕行杂识》中，李宜显不仅将满族人描写成"面目极可憎"的人物形象，而且将他们描述为"膻臭每多袭人"、"言辞举止全无温逊底气象"的"野蛮人"形象。他尽管没有借助满族人的外貌特征直接把满族人比喻为"兽类"，但在他的意识当中，显然是没有把满族人视为同类。在这里，作者所描写的满族人的生活习惯还是基本符合历史实际的。在历史上，满族是一个以狩猎、饲养为业兼事农耕的民族，由于其社会经济发展缓慢，其饮食习俗简单古朴。他们的饮食以肉类为主，不同场合有不同的肉食"食谱"。如女真平民日常饮食中的肉食品类有：肉粥，"止以鱼生、獐生，间用烧肉"；炙股烹脯，"以余肉和菜捣白中，糜烂以进，率以为常"①。女真贵族们的肉食品类则更多，常以木盆"盛猪、羊、鸡、鹿、兔、狐狸、牛、驴、犬、马、鹅、雁、鱼、鸭等肉，或燔或烹或生脔，多芥蒜渍沃续供列。各取配刀，脔切荐饭"②。女真人招待宾客肉食的情景曾载于《三朝北盟汇编》卷20所引许亢宗的《宣和乙巳

---

① 徐梦莘：《三朝北盟汇编》卷三，《女真传》，台湾文海出版社，1962年。
② 徐梦莘：《三朝北盟汇编》卷四，《茅斋自叙》，台湾文海出版社，1962年。

奉使金国行程录》一文中：第二十八程至咸州，"赴州宅，就坐。……胡（女真）法饮酒，食肉不随盏下，供酒毕，随粥饭一发致前，铺满几案。地少羊，惟猪、鹿、兔、雁……之类"；"以极肥猪肉或脂润切大片，一小盘虚装架起，间插青葱三数茎，名曰肉盘子，非大宴不设"。除了"多畜猪，食其肉"之外，满洲人也经常食用各种野兽。譬如：鹿、熊、貂、狍、獾、野猪、狐狸、水獭等。其制作方法与食用方法也相当简便、粗陋，尤其是"他们惯常吃半生半熟的肉"①。而且他们常喝的所谓热锅汤，是"以羊、猪、牛、鸡卵等杂种乱切相错烹熬作汤，略如我国杂汤，素称燕中佳馔而膻腻之甚，不堪多啜"②。所以，在他们身上存在"膻臭每多袭人"的现象也是不足为奇的。

二

满族的形象还体现在他们凶狠、顽劣的行为上。我们还应看到，长期以来，朝鲜民族一直把女真人当作迥异于朝鲜人的"饥来饱去"的"兽类"进行描述的。他们"向背无常"、"见利忘耻"，既不讲信义，也毫无礼仪可言，这是毫无掩饰的具有贬斥意义的形象。这里所指的"人面兽心"且"饥来饱去，见利忘耻"、"不识事理，不惯风教"的品格并不是特指个别女真人，而是当作整个女真人的民族品格来概括的。出于这种"社会总体想象"，不少朝鲜朝燕行使臣在自己的作品中塑造了一些"凶狠"、"顽劣"的满族人形象。这一点，充分体现在金昌业所撰写的《老稼斋燕行日记》中。金昌业在燕行途中，就曾遇到过使团的人员与"胡人"争吵的

---

① 杜文凯编：《清代西人见闻录》，中国人民大学出版社，1985年，第50页。
② 李宜显：《庚子燕京杂识》（下），《燕行录选集》Ⅴ，韩国民族文化促进会1989年版，第32页。

场面：

> 朝饭行，主胡嫌房钱少，执申之淳不放，余以一扇与之始免。①
>
> 主胡出来有所言，而不可解，令书之文，亦不可解。见其大意，欲加得房钱也。副使裨将两人先入此家，余来而移住他处，故主胡以此归咎于余，欲以两人所许房钱并讨于我也。……主胡深怀恨怒，喃喃不已，遂锁房门入去，不复出，烛为风所灭，求火，而亦不应，狼狈。②

这里所记述的是朝鲜朝燕行使臣在往来于汉阳与燕京之间时所遭际的几次不愉快的事情。当时，朝鲜朝使团指定的留宿地是朝鲜馆，但金昌业等人觉得其内部条件不够好，所以就改投到了民家，而这个民家的主人又偏偏是"胡人"。其结果，这些"胡人"为了多得到房钱而与作者以及其他使团人员发生了口角。以上的引文，描写了这些"胡人"耍无赖甚至锁上房门、不提供给金昌业一行火种的贪婪、狡诈的负面形象。实际上，"胡人"的负面形象是金昌业在来到中国之前就已经形成的先入之见，而一旦踏上中国的土地遇上"胡人"，他就在无意识中按照前代人现成的思想套装，对"他者""胡人"进行了价值判断。

> 有一醉胡自殿内出来，面目甚顽，见余睨视，若将相侵。……醉胡又来，执元建缠带，探出所盛之物，大枣也，遂夺

---

① 金昌业：《老稼斋燕行日记》，《燕行录选集》Ⅳ，韩国民族文化促进会1989年版，第31页。

② 金昌业：《老稼斋燕行日记》，《燕行录选集》Ⅳ，韩国民族文化促进会1989年版，第141页。

取。其胡却跳工龟头、手杖挥之，使不得见碑。……其胡又追至，以先夺大枣还之，又与一大柏，余皆却而不受，其胡固与之，意欲寻闹。……其胡又执元建带不放。……顾见其胡挥杖而来，……其胡以刀割其囊而走，追至大路南边小巷中，入一人家，仅推还其囊，而囊中所置银子四钱，竟为所夺，视者皆言，此人素行本如此，此处人亦畏之云，盖光棍之流也。①

上文中金昌业详细描述了一个喝醉酒的"胡人"对自己同伙寻衅闹事的情形。当时，这个"胡人"一路尾随金昌业一行并且不断胡搅蛮缠，在作者看去，他"面目甚顽"、"见余睨视"，而且"若将相侵"、"意欲寻闹"，可见是一个十足"悍戾"②的胡人泼皮，即一个"凶狠"、"古怪"、"顽劣无耻"的人物形象。

正因为在金昌业看来满族具有凶悍、无耻的一面，所以，一旦他在睡觉时被偷去了腰带，他就马上联想到这是"胡人"所为："宿汉人李桂枝家，自是甲军辈操纵渐缓，夜失所带系绦，盖杂胡出入者偷之也，遂出革带带之。"③其实，他的房东是一位汉人，而不是"胡人"，在这种情况下，最大的嫌疑对象应该是房主及其家人，但作者却一反常理地将"胡人"视为嫌疑对象。可见，在作者看来，懂得礼义的汉人是根本不会去偷别人的东西，而只有野蛮、贪婪的"胡人"才会去偷盗他人的东西。这正如李宜显所言："满汉不同：满人硬狠者多，专尚武力利欲为主；汉人文质兼优，专无骗诈之

---

① 金昌业：《老稼斋燕行日记》，《燕行录选集》Ⅳ，韩国民族文化促进会 1989 年版，第 134—135 页。
② 金昌业《老稼斋燕行日记》，《燕行录选集》Ⅳ，韩国民族文化促进会 1989 年版，第 53 页。
③ 金昌业：《老稼斋燕行日记》，《燕行录选集》Ⅳ，韩国民族文化促进会 1989 年版，第 27 页。

气,容貌举止颇有威仪。①

由此可见,作者对胡人充满了否定性想象。这种实际上是源于朝鲜民族悠久的"社会总体想象"。长期以来,朝鲜人就认为:满族人具有"虚伪狡猾"、"撒谎偷盗"、"残暴肮脏"的一面。朝鲜民族对满族人这种沉重的"集体记忆",始终影响着金昌业对满族人的认知态度。如果说,在金昌业之前的燕行使臣始终依据朝鲜民族关于满族及其先民女真人的"社会总体想象"塑造满族人的形象,那么,从金昌业开始,随着朝鲜朝关于满族及其先民女真人的"社会总体想象"与金昌业等燕行使臣的中国观感的相脱节、相分离,朝鲜朝燕行使节就不得不"用离心的、符合一个作者(或一个群体)对相异性独特看法的话语塑造出"②满族人的形象。

三

自从经历了两次"胡乱"之后,朝鲜民族开始有意将"胡人"这个朝鲜民族针对其他少数民族的泛称专门加注到满族人身上,即对满族人大量地、特殊地使用"胡"或"胡人"这样一种具有单一形态和单一语义的具象并使之成为一种"套话",从而在朝鲜人的意识深处,满族人即"胡人"就等同于一个"野蛮而残暴"的民族,而朝鲜民族一旦谈到"胡人",又会马上联想到他们骑马狩猎的场景,不论这种"套话"和场景是包含着否定意义,还是体现着一种彪悍的生活方式,都是浓缩着几个世纪以来朝鲜民族对满洲人(或清朝)的社会总体想象。关于这一点,在金昌业的《老稼斋燕行日记》

---

① 李宜显:《庚子燕京杂识》(下),《燕行录选集》Ⅴ,韩国民族文化促进会1989年版,第230页。

② 孟华:《试论文学形象学的研究史及方法论》,载孟华主编,《比较文学形象学》,北京大学出版社,2001年,第35页。

中有着充分的体现。下面譬举几例加以论述：

> 胡五六骑引两犬驰野中，乍近乍远，不知逐何兽也。……有两胡一路同行，忽有兔起路下，两胡抽矢欲逐之，兔截路而走，望之如飞，两胡度不可及，勒马而回。①
> 路中遇四胡骑马，各臂一鹰过去。②

以上引文，是金昌业在1712年12月的12日与14日所写的日记，其内容都描述了"胡人"即满族人骑马狩猎的场景。其中，狩猎的"胡人"都是成群结队地去狩猎，绝少单独前行。正如文中所言，或"两胡"，或"四胡"，或"五六胡"；狩猎的工具主要是弓箭，同时辅之以猎犬和猎鹰；而狩猎的对象，则是野兔等。这幅画面，实际上展示了满族人生产、生活的生动场景。在历史上，满族先民长期从事以采集和狩猎为主的经济生活，游牧经济发展较晚。如《大金国志·初兴风土》即载：女真人"善骑射，喜耕种，好渔猎，每见野兽之踪蹉而求之，能得其潜藏之所。又以桦皮为角，吹呦呦之声，呼麋鹿而射之。"

据一些朝鲜朝边将在明正统十一年（1446年）七月对女真人狩猎情况的描述，我们可以了解到，女真人狩猎之时"人数多不过三十，少不过十余"，或"率以二十余为群，皆于郁密处结幕，一幕三、四人共处"。白天出幕"游猎"，晚间归来"困睡"。③同时，猎

---

① 金昌业：《老稼斋燕行日记》，《燕行录选集》Ⅳ，韩国民族文化促进会1989年版，第41页。
② 金昌业：《老稼斋燕行日记》，《燕行录选集》Ⅳ，韩国民族文化促进会1989年版，第38页。
③ 《朝鲜王朝实录·世宗》卷113，第526页。

景也十分可观,所谓"猎机渔梁,幕宇马迹,遍满山野"。①由此可见,骑射是女真人的文化特征,他们以善于骑射而生存,也以擅长骑射而立国。在满族形成时期乃至以后相当长的时间里,他们一直强调和坚持骑射,并使之成为满族最具特色的文化特征之一。

正因为骑射是满族人的文化特征,所以在狩猎之余利用空闲时间练习骑射之术,也成为满族人生活的一项重要内容。金昌业对此曾记述道:"出门外,群胡聚路上习骑射,置一球于地,大如帽,驰马射之,衣马皆鲜华,盖城中富贵子弟习武艺者也。其中一少年最善射,屡中,又有小胡亦能射,问其年十二云。"②从中不难看出,满族人不论老幼,都很喜欢骑射,时常不忘进行骑射练习。他们从幼年时起就进行尚武教育,以培养他们的骑射技能。就清代而言,满族儿童从6岁起就开始用木制的弓箭练习射箭,并且学习骑马;12岁开始吊膀子③;十三四岁开始随父兄参加行围射猎。上文中所记的"亦能射"的12岁"小胡"就是一个明证。

由于骑射是满族人的生产方式和练武手段,所以,他们在现实生活中就须臾也离不开手中的弓箭:"有三四胡佩剑踞长凳,以枪槊插于架,弓袋矢服皆挂门旁。"④不仅如此,满族人连小孩子也都手拿着武器:"路遇乘车胡,谓是沈阳户部郎中。……骑一人前行,又有十余岁小儿,带弓箭骑马者,似是其子也。"⑤在这里,金昌业透

---

① 《朝鲜王朝实录·中宗》卷49,第88页。
② 金昌业:《老稼斋燕行日记》,《燕行录选集》Ⅳ,韩国民族文化促进会1989年版,第90页。
③ 吊膀子,就是将少年的双臂绑上扁担,吊在树上,每天吊一次,坚持不断,这样可以练出甲字形健美体魄,练出有力的双臂,可拉硬弓。
④ 金昌业:《老稼斋燕行日记》,《燕行录选集》Ⅳ,韩国民族文化促进会1989年版,第70页。
⑤ 金昌业:《老稼斋燕行日记》,《燕行录选集》Ⅳ,韩国民族文化促进会1989年版,第164页。

过"剑"、"枪槊"、"弓矢"等武器所构成的具有威胁性的场景，向读者有效地传递了他心目中已经形成的具有好战性、攻击性的"胡人"形象。在此，金昌业所描述的"胡人"形象，也有意无意地受到了历经两次"胡乱"之后在朝鲜民族心目中所形成的对"胡人"的社会总体想象的制约。

事实上，金昌业的这种担心并不是多余的，满族作为一个尚武的民族，自入关那天起，其统治者对汉人"庸懦、腐朽、文弱、贪鄙"等缺点都深有感触，因为担心满族人也染上这些恶习，步契丹、女真、蒙古衰败的后尘，所以就把懈废骑射视作国家衰亡的根本原因，转而努力加强全民族的骑射训练。他们为了保持强大的军力，不仅购置与驯养了大量优良的战马，穿着适于作战的马褂，而且以大规模狩猎的方式提高军队的战斗力。其结果，满族人长期保持了较强大的战斗力。

正因如此，金昌业就能够转换一种视角来看待清朝皇族或者贵族的围猎活动，他觉得：满族人的骑射活动不单纯是一种休闲游乐活动，它更是一种变相的军事训练。究其原因，就是因为在朝鲜民族的"集体记忆"中，女真各部就是利用他们的士兵善战、马匹精良的优势，不断寻找一切有利的时机，常常以突袭的方法侵入朝鲜的。女真各部进攻朝鲜的目的，就在于掠夺朝鲜的牛、马，以充实自己的畜牧业；并以大量的马匹用来骑乘，从而充实自己的兵力。等到女真人的经济有了较大的发展，军力有了较大的提升，又反过来以其强大的冲击力向朝鲜军队展开进攻。金昌业生活的年代虽然距离以上所述的战争年代相去半个世纪，但在他的头脑里，却深刻地镌刻着朝鲜民族对女真人（满族人）的"集体记忆"。所以，一旦他在中国看到骑马并且佩带弓箭的"胡人"，也就在有意无意间将满族人描写成具有攻击性与侵略性的形象。

四

　　总之，18世纪上半叶，随着清朝统治的日益巩固，以及清朝社会经济、文化的持续发展，金昌业等"朝鲜朝士大夫对清朝的认识发生了较大转变，即他们在很大程度上已经摆脱了'华夷观'的传统思维模式，客观地肯定了中国社会所发生的巨大变化"。[①]即，"他们在描述满族统治者时并没有完全褪去其否定的色彩，但毕竟在朝鲜人的文本中，已经很少使用"奴酋"、"汗"、"胡皇"等语汇"所以，受到这种朝鲜朝"社会总体想象"的影响，金昌业等朝鲜朝的燕行使臣就塑造出了"丑陋"、"悍魔"但又勇武过人的满族人的形象。由此可见，"妖魔化的形象多是作者从优越的本土文化着眼，观看处于劣势的异域文化，并将他者文化中优秀的一面归并为本土文化之下，简化为本民族的成分，同时排斥他者文化，将其边缘化。"[②]

[①] 徐东日：《朝鲜朝燕行使节眼中的乾隆皇帝形象》，《东疆学刊》2009年第4期，第50页。

[②] 朴玉明等：《〈瞧瞧谁是英雄〉中妖魔化的"异国形象"》，《东疆学刊》2010年第1期，第50页。

试论朝鲜朝燕行使臣眼中的满族人形象[①]

在朝鲜朝燕行使节对清代中国"形象"[②]的描述文字中,对满族人形象的塑造占居至关重要的地位。由于满族是清王朝的统治民族,他们在清王朝的政治、经济、文化等方面都占据着主导地位,所以在某种意义上说,满族人的形象就代表着清代中国的主要形象。

但是长期以来,由于不少朝鲜人(尤其是朝鲜朝士大夫)出于以"礼"为文明基准的"华夷观念",认为满族人是不懂得"礼"的野蛮的"夷狄",而朝鲜是继承了孔子之"礼法"的小中华,所以,他们在朝鲜朝初期一直将满族人视作是一种负面的形象。其最明显的表现就是将满族人称作"胡"。

---

① 本文原载于《东疆学刊》2011年第4期。
② 比较文学形象学所指的"形象"是指"由感知、阅读加上想象而得到的有关异国和异国人的体貌特征以及人种学的、物质生活和精神生活等各个层面的看法的总和,是情感和思想的混合物,研究这种看法是如何文学化,同时又是如何社会化的。"转引自孟华:《比较文学形象学论文翻译、研究札记》,载孟华主编:《比较文学形象学》,北京大学出版社,2001年,第8页。

一、"胡"的辞源与朝鲜朝语境中"胡人"形象的生成

（一）"胡"字是在将自我与他者分为"华"①和"夷"②这两种文化程度不同的民族的中国特定的文化背景中产生的，它具有深远的历史文化意义。

在《说文》中，徐锴指出：

牛领下垂皮也。

即"胡"字形声。从肉，古声。本义：牛脖子下的垂肉。
《诗·豳风·狼跋》：

狼跋其胡。

《汉书·郊祀志上》：

有龙垂胡须，下迎黄帝。

颜师古注："胡，谓颈下垂肉也。"又如：胡髯朗（羊的别名。胡，颈下垂肉；髯，须）；胡皱（牛领下松弛有皱纹的皮）；胡袋（某

---

① "华"，在古文献中也称作"华夏"、"诸夏"，其主体为汉族。
② 西周前，"夷"特指东方少数民族，《说文》："夷，东方之人也，从大从弓"。春秋战国时，始以夷总称四周少数民族，如《谷梁传序》："四夷交侵，华戎同贯。"疏："四夷者，东夷、西戎、南蛮、北狄之总号也。""夷"作为一种蔑称，也始于春秋战国时代，如"夷狄之有君，不知诸夏之无君"（《论语·八佾》）。清代人撰写的《说文通训定声》解释此话的意思是"夷狄之俗，非如华夏之民有礼仪文章之美也"。即，将"夷"作为以汉族为主体的中原地区周围的少数民族的总称。

些鸟类颔下的皮囊，也称喉囊）。这样，"胡"一词后来泛指鸟兽颔下的垂肉或皮囊。

由此可见，"胡"一词起初是泛指非人的动物，即是指鸟兽颔下的垂肉或皮囊。所以，这种"胡"的含义，明显带有一种很浓重的贬义色彩。究其缘由，不外乎有以下几点：

一是在人种学、人类学的层面上：由于古代生活在中国北方或西方的其他民族在相貌、体态以及举止行为上显现出比较"怪异"或"丑陋"的特征，这使得生活在中原的汉族人从心理上产生了某种恐惧感和拒斥力。

二是在社会文化层面上：由于古代生活在中国北方或西方的其它民族长期以狩猎为生、以游牧为主要生产手段，所以其文明程度较低，而生活在中原的民族（主要是汉族）早已处在农耕生产的文明阶段。因而，大概从夏代开始，中原就产生了儒家的"华夷观"，即强调厚华薄夷以及华夷之间的尊卑、亲疏关系，尤其是在处理民族关系与国际间关系时，强调"华夷之辨"。

三是在世界观念、政治理念的层面上：中国古代自给自足的农耕经济模式形成了浓厚的"我族中心主义"倾向的文化思维模式，以后渐渐演化成"天朝模型"的世界观。其突出特征是以朝贡制度为媒介，使中国与周边民族或国家的封建宗藩关系得到空前的强化，并由此形成了以中国为中心的"华夷秩序"。这种"天朝模型"的世界观，使中国人较少去了解异民族。而当他们与异民族相交往时，又往往给予不平等的待遇；对异邦之来中国通商则一律视之为向中国朝贡。这种文化心理实际上助长了中国最上层统治者、一般官僚甚至不少一般百姓虚骄自满、傲慢自大的习性，使自己沉浸在"天朝上国"的迷梦里。

（二）朝鲜在历史上也曾被中国称之为"东夷"，但朝鲜民族是一个善于学习的民族，他们在自己历史的发展过程中，不断取法中国,广泛吸收中国中原地区的儒家思想、佛教思想与道教思想,并和朝鲜固有的文化习俗有机融合起来,成为礼仪之邦,这种文化上的不断进步,终于使得朝鲜民族充满了自信,并骄傲地以"小中华"自居。其结果,古代朝鲜人不仅已经"知文教"、"通王化"了,而且与周边那些尚未"知文教"、"通王化"的"四夷"①相较,其文明程度都要高出许多,所以到了后来,他们就自然而然地认为朝鲜已经与"华夏"几无二致,从而不断进行民族身份的重新认同,这使得朝鲜民族将自己划分在蛮夷之外,认为朝鲜文明是中华文明的分支。这些观念,长期以来逐渐渗透到朝鲜民族的文化心理之中,并进而形成一种稳定的文化"深层结构",它又与朝鲜民族固有的文化心理相辅相成,从而具有与汉民族几近相同的带有强烈情感色彩的价值判断标准。

正因如此,当朝鲜民族面对比自己的文明程度低下的满族时,就往往以一个文明人俯视野蛮人的姿态加以妖魔化的文学描写,指称他们是"胡人"。这个使用频率较高的"套话"②,其符指意义就在于说明满族人是一个不曾向化的野蛮人。这些本来都是中国对周边少数民族的称谓,在此朝鲜都依旧照搬了过来。此前,朝鲜人指称女真人的套话还有"小丑"、"野人"、"酋胡"等。这些词语,浓缩了几个世纪以来朝鲜人对满洲人(或清朝)的社会总体想象。

---

① 宋代学者石介在《中国论》中提出"居天地之中者曰中国,居天地之偏者曰四夷"。

② "套话是形象的一个最小单位,它浓缩了一定时间内一个民族对异国的'总的看法'。"转引自孟华:《比较文学形象学论文翻译、研究札记》,载孟华主编:《比较文学形象学》,北京大学出版社,2001年版,第12页。"此词原指印刷业中使用的'铅板',后来被转借到思想领域,指称那些一成不变的旧框框、老俗套。在符号学研究中,人们再次借用了这个词。按照以色列符号学家吕特·阿莫希所下的定义,'套话'就是人们'思想的现成套装',亦即人们对各类人物的先入之见"。转引自孟华:《试论他者"套话"的时间性》,载孟华主编:《比较文学形象学》,北京大学出版社,2001年版,第185页。

实际上,朝鲜民族对满洲人(或清朝)的这种社会集体想象,是此前朝鲜民族对女真族形象描述的延续。而作为朝鲜朝语境中的女真人形象的源头,又当属朝鲜朝官修史书《高丽史》①。在此,我们不妨看看两则有关女真族的记述:

(1)《高丽史》太祖十四年(公元931年)"辛卯条"载:

是岁诏有司曰:"北蕃之人,人面兽心,饥来饱去,见利忘耻。今虽服事,向背无常,宜令所过州镇筑馆城外待之"。

(2)《高丽史》"列传卷第七·李子渊条"载:

女真人面兽心,夷獠中最贪丑,不可通上国。

在以上引文中,作者是把女真人当作完全有异于朝鲜人的"异类"和饥来饱去的"兽类"进行描述的,很明显,他们这时尚未真正文明"归化",跟一般文明人相比,表现为"向背无常"、"见利忘耻",既不讲信义,也毫无礼仪可言。

可以说,《高丽史》之后出现的"《燃藜室记述》与《建州纪程图记》所描述的女真人形象,基本上是《高丽史》对女真人形象描写的延续,哪怕它们的描述与《高丽史》的描述相左,也是由《高丽史》的'历史的文本性'的权威地位所决定的"②而纵观他们对女真人形象的描述,我们不难发现,他们都力求突现女真人"向背无常"、"见利忘耻"、"畏威贪利"的一面。下面列举一条引文证实

---

① 《高丽史》是郑麟趾等人于1451年(朝鲜朝文宗元年)编撰完成的朝鲜有史以来最完备的一部断代体史书。
② 刘广铭:《朝鲜朝语境中的满洲族形象研究》(博士学位论文),2006年,第29页。

这一点:

> 建贼之于我国,壤地相接,其狺然欲噬之心,曷尝须臾忘哉!十数年来,佯言通好,约束诸部⋯虽有积怨于明朝,畏威贪利,乍示臣顺。知我国素事明朝,故不反明朝,其势不得不先侵我国也。今者,吞灭忽温,威服诸种,凶势日强,无复顾忌。袭破抚顺,仇我大邦。知我国不可得而和也,故投书遥喝,胁之以分击,欲使我国帖然退伏,不敢为明朝之援,其为桀骜何如哉!①

以上是咸镜道节度使金宗瑞呈给朝鲜国王世宗的奏折。

由这个文本,我们可以窥见女真人野蛮、富有攻击性的"侵略者"的形象。而这些对女真人形象的描述,在女真人缺席的情况下,又往往被掌握着其"话语霸权"的朝鲜朝士大夫们以各种文化形式加以"文本化",反过来,这种"文本化"又作用于朝鲜朝民众的"社会总体想象",通过这两者的相互作用,最终形成一种描述女真人的固定模式。同时,描述女真人"饥来饱去"、"人面兽心"、"见利忘耻"等在特定历史时期及特定文化语境中被一些掌握着话语权的朝鲜士大夫所使用的语汇,也在这种"文本化"的过程中,逐渐确立了其与女真人之间的特定的符指关系,并最终形成了一种包含着固定内涵的象征性语言、一种包含着价值判断意义的文化符号,即套话。

---

① 李肯诩:《燃藜室记述选编》,辽宁大学历史系排印版,1980年,第53页。

二、17 世纪下半叶至 18 世纪上半叶：
李𝑒等朝鲜朝燕行使臣眼中的"胡人"形象

在 17 世纪下半叶至 18 世纪上半叶，朝鲜朝燕行使节描写清初中国形象的"燕行录"作品较多，但其中的主要作品要数麟坪大君李𝑒的《燕途纪行》。

（一）麟坪大君李𝑒的《燕途纪行》所描述的主要是顺治朝时期的中国形象。由于受到朝鲜民族将满族人视为"蛮夷"之族"社会集体想象物"的影响，李𝑒也不把"清"视为正统，言语中多有蔑视之意，如他把清朝皇帝称为"胡皇"，用"胡人、胡虏、野人、藩胡、虏、贼、虏酋、蛮夷、禽兽"等具有负面意义的词语指称清人，有时甚至以"夷狄禽兽"来渲泄心中的愤懑。①

李𝑒对满族人"半人半兽"形象的认识并未停留于此，他曾作为满族人的"人质"，在随清军四处迁徙的过程中，亲眼目睹了清军在汉族人聚集地疯狂地烧杀抢掠的暴行，于是，他根据在场的他者刻画出清军刽子手的形象：

盖闻伊时，孤城事去，守将战死，戎伍末卒并效忠贞，无一降者，以故清人大肆屠戮，人无噍类。②

锦松虽陷，古塔誓死不降，及城陷，人皆死节。清人怒其久不降下，夷城三山，屠城锦州。③

在这里，"人无噍类"，就是城中没有活着的人的意思。由此可

---

① 陈尚胜：《朝鲜王朝对华观的演变》，山东大学出版社，1999 年，第 192 页。
② 李𝑒：《燕途纪行》，韩国民族文化促进会，1989 年，第 25 页。
③ 李𝑒：《燕途纪行》，韩国民族文化促进会，1989 年，第 23 页。

见,清军的残暴已达到了惨无人寰的地步。①

在以上文字中,麟坪大君李㶊将满目疮痍、尸骨遍野的惨相归咎于清军的暴行,指出清军扮演了一个十分可耻的屠夫的角色,而且手段极其毒辣。其具体表现为:对于不投降的明朝军民,清军占领城池后通常都实施屠城,对百姓进行大规模的杀戮。②清军之所以如此大规模地杀戮百姓,一个重要的原因就是明朝的遗民不肯"剃发"、"易服"。而在清朝统治者看来,力主让汉族人"剃发"、"易服",主要不是为了单纯地改变汉族人的习俗,而是为了避免满洲民族被"汉化"。即它是为了防止满族因放弃本民族的装束而换上汉人的宽衣大袖,进而废弃骑射,从而危及到满族政权的长远存在。所以,清朝统治者为了防止满族被"汉化"情势的出现,就不仅要让满洲贵族恪守满洲衣冠和善于骑射的风俗习惯,而且还要强迫汉族人"剃发"、"易服"。在他们看来,只要汉人肯剃发易服,除去自己民族的传统服饰,就会断绝其复明之路,效忠清统治者,做清朝的顺民。而相对的,许多汉人和明廷官吏则把坚守自己的服饰发式作为民族大义的表现。双方以此为冲突的焦点,进行了殊死的搏斗。

(二)在历史上,满族比起朝鲜民族,其生活环境要恶劣得多,资源也比较匮乏。为此,满族统治者就垂涎于朝鲜的物质财富,发动了无数次侵扰朝鲜半岛的事件,使朝鲜民族备遭兵燹之祸。而在这些掠夺朝鲜的财富与人口的残酷的战争中,也就充分暴露出其人性残忍的一面。

李㶊在《燕途纪行》中,就曾多次描述了清军"残暴"的形

---

① 陈尚胜:《朝鲜王朝对华观的演变》,山东大学出版社,1999年,第127—128页。

② 陈尚胜:《朝鲜王朝对华观的演变》,山东大学出版社,1999年,第127—128页。

象。他详细叙述道：

> 所经道路蓬蒿蔽野，荻花如雪，麋鹿成群，人民萧条，剪径恣行，不遵法纲，征客颇苦。①

从朝鲜人描述满洲人时开始出现"残暴"这一形象的时间来看，这一阐释系统形成的源头应当是在"丙子胡乱"之后。"丙子胡乱"迫使朝鲜仁祖大王臣服于清朝，清军在达到目的后就撤离朝鲜。在北撤途中，他们还对家财丰盈的朝鲜宗室及士大夫之家进行大肆劫掠，其中也包括他们的女眷。从而使朝鲜民族蒙受了巨大的民族耻辱。正因为如此，这场"丙子胡乱"在朝鲜人心目中既有的女真形象上又增添了新的"元素'夕，即"残暴"。而这也正是李宧等燕行使臣在塑造满族统治者形象时频繁描述其残暴行径的根本原因。

三、18世纪下半叶：朝鲜朝北学派人士眼中的满族人形象

倘若说，到18世纪上半叶为止，朝鲜朝燕行使臣在描述满族人时，还带有一些贬斥色彩，即由于频繁使用"胡人"这一套话，使得我们始终隐约地感受到存在着一种肃杀、紧张的气氛。那么时值18世纪下半叶，在朴趾源等朝鲜朝北学派人士的笔下，朝鲜人言说满族人的"胡人"这一套话（沿用两百年左右）就明显地减少了，描述满族人形象时也不再出现"威胁"、"攻击"、"侵略"等词语。与此相反，他们反而更多地使用呈现一种强壮、有力量的阳刚之美

---

① 李宧：《燕途纪行》，韩国民族文化促进会，1989年，第18页。

的描述文字,譬如,满族人长于骑射,崇尚武功,具有骑射①的长技。可以说,满族人骑术的高超是非常出众的。燕岩朴趾源就由衷地称赞满族人擅长骑射乃其"家法也"。

另外,比朴趾源早一年(1779年)使清的冬至兼谢恩使、书状官洪明浩就曾一针见血地指出:"自凤城至山海关外,民俗蠢强,专尚弓马"。②这句话虽短,但在满汉对比中突出了满族人淳朴勇武、"专尚弓马"的民族气质,代表着当时朝鲜朝大多数燕行使臣的思想意识。满族的实际情况也正是如此,自入关前开始,清廷就督促各牛录额真,令其属下不分老幼,"夏秋三时,勤于骑射",从皇帝到各级官吏不时稽查,"如有不能射者,必治牛录额真之罪",以便坚持并发挥满族人所独有的"制胜之技"。③同时,在全民中加强军事教育,命令无论大武官、小武官都要认真读兵书。由于经常进行军事教育,上上下下的人都懂作战。因此,形成清朝初年重要的国俗之一,即具有骑射长技。

正因为如此,为了防范满族人(清朝以前称满洲人)的进攻,李民寏在呈送给朝鲜国王的报告中,提出了六条整顿军备以抗衡女真的建议。其中,第四条指出:

> 臣观边塞苦寒,风气强劲。所居之人,习性悍勇,驰骋吹猎,乃其常事。④

应该说,这是李民寏对建州女真人的一个总体印象。《建州闻见

---

① 所谓骑射,顾名思义,并非专指射箭,尚有骑马技艺。
② 吴晗辑:《朝鲜李朝实录中的中国史料》,中华书局,1980年,第4688页。
③ 《清太宗文皇帝实录》卷一三,第4—5页。
④ 李民寏:《建州见闻录》,《清初史料丛刊(第九种)》,辽宁大学历史系排印版,1979年,第48页。

录》的篇幅虽然不长，只有寥寥数页，但作者却屡次提及女真人"习性悍勇"，即便不直接提及女真人的"习性悍勇"之处，但由于作者叙事的生动，女真人的"悍勇"之气亦扑面而来：

> 胡性能讨饥渴，行军出入，以米末少许调水而饮，六、七月间，不过吃四、五升。虽大风雨寒冽，达夜露处。马性则五、六昼夜绝不吃草，亦能驰走。女人之执鞭驰马，不异于男。十余岁儿童，亦能佩弓箭驰逐。①

尤为难得的是，作者在此将女真的强悍与朝鲜的疲弱进行了比较，并简单分析了个中的原因，总结了一些具有经验性的东西，作为"备御六条"，"昧死投进"，"以备圣明采览事"。

客观地说，朴趾源等朝鲜朝北学派人士是怀抱着"富国强兵"、"富国裕民"的目的而使行中国的，因而对满族的"骑射"表现出极大的关注。从另一个角度看，朴趾源等朝鲜朝北学派人士之所以对满族的"骑射"表现出极大的关注并且推崇满族人的骑射技艺，实际上也是受到了麟坪大君的《燕途纪行》、老稼斋的《燕行日记》等"先辈""前文本"的影响与制约。"我们都知道，制作一个异国'形象'时，作者并未复制现实。他筛选出一定数目的特点，这些作家认为适用于'他'要进行的异国描述的成分"。②而满族人的"骑射"就是大多数燕行使臣所认为的适用于"他"要进行的关于满族人的描述内容。因而，朴趾源等人是在"利用厚生"这一功利目的及"先辈""前文本"的影响下，才真正开始了对满族人

---

① 李民寏：《建州见闻录》，《清初史料丛刊(第九种)》，辽宁大学历史系排印版，1979年，第44页。
② [法]巴柔：《从文化形象到集体想象物》，孟华主编：《比较文学形象学》，北京大学出版社，2001年，第138页。

"骑射"生活的观察与描述：

> 十六日壬戌，晴。平明发行，到王家营中火。过黄铺岭，有少年贵人，年可二十余，帽戴红宝石，悬翠羽，骑骊马，翩翩而去。只一骑在前，而从者三十余骑，皆金鞍骏马，帽服鲜侈，或佩弓箭，或负鸟铳，或擎炉，驰骤如电而不除辟呵喝，但闻马蹄之声。询于从骑，曰皇帝亲侄号豫王者也。①

在此，朴趾源栩栩如生地刻画了一位华衣骑射的皇侄的雄俊形象。豫王年仅二十余，穿戴华丽，身份高贵，但并非是纨绔之子，他不仅骑马翩翩而行，而且是勇于"只一骑在前"，"驰骤如电而不除辟呵喝，但闻马蹄之声"。可见，朴趾源对满族皇室及其子弟的围猎讲武的描写是比较赞许的。这实际上也是对乾隆帝等清帝"国语骑射"政策的一种肯定，即他认为，不论是哪个国家，加紧进行骑射训练以致精善，对实现其"富国强兵"都很重要。可以说，在力图维持八旗满洲的"国语骑射"能力方面，乾隆帝较之康熙、雍正都有更大的建树。

四、北学满族人：改良马种、改变养马方式

（一）回顾一下明清交替之际，明朝军队联合朝鲜军队与满洲军队交战，联军竟然无法与努尔哈赤、皇太极的骑兵相抗衡。那么，明朝军队和朝鲜朝军队同样也有戎马之足，可为何打不过努尔哈赤、皇太极呢？朴趾源等北学派人士认为，这里除了人的因素之

---

① 朴趾源：《热河日记》，"还燕道中录"，韩国民族文化促进会，1989年，第636页。

外，满族人的马匹因素是满洲军队在与明、朝联军作战时取胜的一个法宝。满族人的马匹所具有的一个独特优点就是满洲马种比起朝鲜马种更加"体大良善"①。从文献记载可以得知，关东马应是以满洲马（即"胡马"）为主，而满洲马种有其固有的特色。②然而满洲马种并非纯种，有相当数量是与蒙古种杂交的混血种，或称蒙古种，所以康熙年间，认为"关西马皆产于蒙古"。或者是因为部分地淘汰了原有的马种，多从了蒙古马种，所以，有女真人多"从蒙古那里得到良马"之说。对此，《蓟山纪程》的作者指出：

> 马多绝大而骏良，然未尝啮而叫嘶，虽不服役，亦垂首低尾，妇孺皆抚摩而不怕。朝会时朝士之骑马、驾马分御路两旁，齐首联辔，未尝见交首相磨合，皆相道中，见牧马者什五为群，多至百余足。不施羁事而齐首向前无奔逸者。驾马率多骏马，只为局促下混与驾骑者亦善驰。突出但步骤中规者少，盖俗善御马而未尝调习，且俗不牵，故以能走为良仕，其自然之步也。③

李民㝉也在《建州闻见录》中写道：

> 臣闻胡中之养马，罕有菽粟之喂。每以驰骋为事，俯身转膝，惟意所适，暂有卸鞍之暇，则脱而放之……我国之养马异于是，寒冽则厚被之，雨雪则必避之，日夜羁縻，长在枥下，

---

① 《朝鲜李朝实录·成宗》卷二九三，第723页。
② 杨宾：《柳边纪略》，《小方壶斋舆地丛钞（第1帙）》，南清河王氏铸版，民国二十二年，第357页。
③ 佚名：《蓟山纪程》，《燕行录选集》（Ⅷ），韩国民族文化促进会，1987年，第147—148页。

驰骋不过三四百步……甲胄则不坚不密,重且龃龉。弓矢刀枪则至弱钝弊,不堪射刺。炮铳则四五放,多有毁裂者。其它诸具,皆非着实可用之物……①

与满洲马或蒙古马相比,朝鲜马则是另一个品种,主要产地是朝鲜全罗道的济州,②它不是"体大性驯者",而是在东方矮小马种中属于最小的品种。对此,朴趾源比较分析了朝鲜和中国在马匹繁殖及其品种改良方面的现状。他写道:

今中国……马骡生而不骏且毛色不佳、性不驯调,则必攻去其羣子,令毋得易种,且独令特大而性易调良。我东监牧不此之思,惟以土产取种,弥出弥小,虽驮驲栽柴犹恐不堪,况堪为军国之需乎?此产非佳种者也。③

我东牧场惟耽罗最大,而马皆元世祖所放之种也,四五百年之间不易其种。④

于是,朴趾源提出了一个解决方案:从中国购买几十匹优良种马,放牧在草地,逐渐增加繁殖数量、改良其品种。即:

及今两国升平之日,诚求牝牡数十匹,大国必无爱此数十匹。若以外国求马私养为嫌,则岁价潜购,岂无其便?择郊甸

---

① 李民寏:《建州见闻录》,《清初史料丛刊(第九种)》,辽宁大学历史系排印版,1979年,第47页。
② 薛培容:《东藩纪要》(卷五),光绪八年(1822年)刊本,第26页。
③ 朴趾源:《热河日记》,"太学留馆录",韩国民族文化促进会,1984年,第633页。
④ 朴趾源:《热河日记》,"駟汛随笔",韩国民族文化促进会,1984年,第632页。

水草之地,十年取字,渐移之耽罗及诸监牡,以易其种。其蕃孳之法,当以《周礼》及《月令》为率。①

满洲人畜牧业兴旺的原因,除了因为拥有自己的优良马种之外,还由于满洲人为发展自己的畜牧业、加强军事力量,常常利用自己善战、马匹优良的优势,以突袭的方法侵入朝鲜,掠夺朝鲜的马匹,以致使朝鲜马匹大量流向满洲地区。所以,朝鲜边官指出:"野人之强,莫盛于此时,兵强马良,非我国之利也"。②另外,满洲人也经常用自己的少数良马来换取朝鲜更多的马匹。譬如,明正德七年(1512年),朝鲜边将报告说:"以我牛、马七八头易胡马一匹,是以胡人马畜日繁。"③直到清代中、晚期为止,蒙古马仍然"倍价"于"高丽马"④其结果,致使朝鲜朝马匹数量连年减少,在明朝弘治十一年(1498年)至嘉靖四十年(1563年)的短短半个世纪间,朝鲜朝北道农民相继出现了"无耕牛"或"驾马而耕"的现象,甚至出现"耕田之际,人代牛役"的惨痛局面。因为他们的牛、马"则尽归于野人"⑤,即归于女真人。

正因为满洲马种比起朝鲜马种要"体大良善",所以令朝鲜边防军羡慕不已。为了引进满洲马种,朝鲜国王曾经命令庆源、镜城的边官,以本国物产与建州猛哥帖木儿进行交易,将"体大雌雄种马"引进国内,以便"孳息"。⑥为了加强朝鲜北部边境的军事力

---

① 朴趾源:《热河日记》,"太学留馆录",韩国民族文化促进会,1984年,第633页。
② 《朝鲜李朝实录·中宗》卷十六,第723页。
③ 《朝鲜李朝实录·中宗》卷十六,第520页。
④ 杨宾:《柳边纪略》,《小方壶斋舆地丛钞(第1帙)》,南清河王氏铸版,民国二十二年,第357页。
⑤ 《朝鲜李朝实录·成宗》卷25,第652页。
⑥ 《朝鲜李朝实录·成宗》卷25,第370页。

量，咸镜道利用与女真杂居或近邻的便利条件，引进穆棱河马种，产马效果颇佳，即所谓"良马多产"。最后达到朴趾源所指出的"自内厩所养，至武将所骑，无土产，皆辽沈间所购，一岁中所出者不过四、五匹"①的良好效果。而这种严重依赖进口马匹的状况，则必然使人们滋生起"若辽沈路断，马何由来"②的担忧。

（二）导致满族人在与明、朝联军作战中取胜的原因，除了满族士兵善于骑射的因素与"体大良善"的马种因素之外，还因为采取了有针对性的科学的养马方式。

其一是充分利用了满洲马的饮食习性。朝鲜朝边官在与之作战过程中发现：满族人的铁骑经常违背常规在夏季突然发动攻击。一般来说，出兵是在粮草丰盛的秋季，夏季出兵是人们难以想象的事情。即"且比贼好以盛夏雨水时，动兵犯抢"，对此，朝鲜朝边官和明朝军官只是猜测满族军队展开进攻"盖出其不意也"。③事实上，努尔哈赤进攻抚顺是在四月，攻克开原是在六月，打下清河铁岭是在七月。透过满族军队频频展开的夏日攻势，朝鲜朝边官和明朝军官不会没有发现满族军队的这一战役规律。明朝户部给事中官应震就曾揭示了其中的问题所在，即"建酋马喜食夏日河边柳英，递料其狂逞，不在秋而在夏也"。因为马吃了这种柳英后，"每一日食而三日饱，故建酋马独肥，而建酋兵独善用马。辽人习步不习马"，所以"建兵强，辽兵弱"④。由于辽东柳英遍地，随处可见，八旗军到

---

① 朴趾源：《热河日记》，"馹汛随笔"，韩国民族文化促进会，1984年，第632页。

② 朴趾源：《热河日记》，"馹汛随笔"，韩国民族文化促进会，1984年，第632页。

③ 李民㝅：《建州见闻录》，《清初史料丛刊（第九种）》，辽宁大学历史系排印版，1979年，第50页。

④ 程开祜：《筹辽硕画》卷三，"官应震庙算万全当计疏"，据明万历刻本影印（民国），第32页。

了夏日,也就不必备足草料,即便只吃柳英也能做到"一日食三日饱",从而提供更多、更便利的出战机会,这使得满族军队的战斗力变得极强。这种马性也构成了清军战胜明军与朝鲜军的重要因素之一。

其二是充分利用满洲马耐劳的习性而加以驯养。李押在《燕行纪事》(1777)之"闻见杂记"中描述满族人畜牧马匹的特点道:

> 马不牵缰,超乘驰骤,其捷如飞,即胡人之所长。虽值远行,路中不为喂饲,至宿处,脱鞍而后必待夜深,只给草饮水,行过七、八日,始喂熟太。①

满族人之所以这样驯养马匹,就是为了在饲养过程中顺适畜性。所谓畜性是在饲养环境中养成,即"胡中之马,罕有菽粟之喂,每以驰骋为事,俯身转膝,惟意所适,暂有卸鞍之暇,则脱而放之。栏内不蔽风雨寒暑,放牧于野,必人驱十马,马饲调习,不过如此",②这种"驭马之道,盖与我国北路略同"。③而明朝和大部分朝鲜朝的马匹则在"寒冽则厚披之,雨雪则必避之,日夜羁縻,长在枥下,驰骋不过三四百步。菽粟之秣,昏夜无阙,是以暂有饥渴,不堪驰步,步遇险仄,不无颠蹶",所以相对于满洲马耐劳的习性就显得"不合战阵"的需要④。对此,朴趾源以北学派思想家独到

---

① 李押:《燕行纪事》,《燕行录选集》(Ⅵ),韩国民族文化促进会,1989年,第93页。
② 李民寏:《建州见闻录》,《清初史料丛刊(第九种)》,辽宁大学历史系排印版,1979年,第47页。
③ 李押:《燕行纪事》,《燕行录选集》(Ⅵ),韩国民族文化促进会,1989年,第93页。
④ 李民寏:《建州见闻录》,《清初史料丛刊(第九种)》,辽宁大学历史系排印版,1979年,第47页。

的眼光认为，"马政"问题不只关乎着朝鲜的"利用厚生"，而且还关乎着国家的安危，深刻影响着朝鲜的国防建设。

朴趾源还严厉地批评朝鲜朝士大夫不将"马政"视为一项强国之策反而"以为羞耻"进而不肯虚心向满族人学习牧马之术的做法。朴趾源甚至认为朝鲜的国力之所以贫弱，"盖由畜牧未得其道耳"。他恨不得自己躬身实践，探索出一条"富国强兵"的道路来：

> 盖余之所取乎燕岩者，尝有意于畜牧也。燕岩之为区，在万山中，左右荒谷水草最善，足以养马牛羸驴数百。①

朴趾源以"燕岩"作为自己的号，就是为了体现自己立志实现"富国强兵"的理想。正因为作为北学派思想家的朴趾源致力于求索"利用厚生"的道路，以尽快改变朝鲜贫穷落后的面貌，所以，他就赞美和夸大了满族人的畜牧能力，从而，他对满族人畜牧能力的描述也多少带有"理想化"的成分。朴趾源注意到中国放牧马、牛的方法：

> 余偶出门外，有马群数百匹过门而去，一牧童骑绝大马，持一蜀黍柄而随之。……于是闲行察之，则家家开门，驱出马驴牛羊，辄不下数十头。回看馆外所系我东鸮者，可谓寒心。②

朴趾源在亲眼看到中国放牧的现场后，分析人与动物都具有追求自由的自然属性，应该使它顺其自然，因而认为朝鲜驯马的方法

---

① 朴趾源：《热河日记》，"太学留馆录"，韩国民族文化促进会，1984 年，第 632 页。

② 朴趾源：《热河日记》，"驲汛随笔"，韩国民族文化促进会，1984 年，第 632 页。

很不正确、很不科学。他认为：

> 凡物之性亦与人同，劳则思逸，郁则思畅，曲则思舒，痒则思。虽饮吃待人，亦有时乎自求愉快，故必时解其羁绁，放之水泽之间，以散其愁郁之气，此所以顺物之性而适其意也。吾东牧马之法，惟恐绊系之不固，驰骤之时不离牵控之苦，休息之际未获口之乐。人与马不相通志，人轻呵叱，马常怨怒，此其牧御乖方者也。①

他还具体记述了马的生理特性、喂养方法及保健方法等：

> 何谓喂养失宜乎？曰渴之思水，有甚于饥食。吾东之马未尝饮冷，马之性最忌熟食，为其病热也。豆刍撒盐令咸，欲其饮水也；饮水，欲其利溲溺也；利溲溺，欲其泻热也；饮冷，欲其胫劲而蹄坚也。吾东之马，必烂豆烹粥，一日驰走已自病热，一站阙粥，平生虚劳，行旅迟顿，实缘熟喂，至于战马喂粥尤为非计，此其喂养失宜者也。②

就这样，朴趾源对朝鲜畜牧业不振的原因进行了深刻分析，明确指出朝鲜的贫困与畜牧业的不振有着密切的关系，即"尝试论之国俗所以贫者，盖由畜牧未得其道耳。"③

---

① 朴趾源：《热河日记》，"驲汛随笔"，韩国民族文化促进会，1984年，第633页。

② 朴趾源：《热河日记》，"驲汛随笔"，韩国民族文化促进会，1984年，第633页。

③ 朴趾源：《热河日记》，"太学留馆录"，韩国民族文化促进会，1984年，第632页。

五、结语

归结以上几点，我们可以看到，朝鲜朝燕行使臣对满族认识的转变有一个过程，即 18 世纪上半叶之前，朝鲜朝燕行使臣由于受到"华夷观"的影响，将满族人视为"蛮夷之族"。由于朝鲜民族具有这种"社会集体想象物"，所以，其使臣也不把满族人视为正族，言语中多有蔑视之意。与此同时，他还描述了清军野蛮的暴行，揭露其人性残忍的一面。而到了 18 世纪下半叶，朝鲜朝燕行使臣通过燕行的所见所闻，对满族的观念有了彻底的改变。这一时期，在他们笔下，满族人的形象开始具有阳刚之美的正面色彩。这集中体现在满族人的强壮、有顽强生命力以及长于骑射、崇尚武功等方面。他们认为：清军具有强大战斗力的原因正是体现了满族先进的文化要素。

朝鲜朝燕行使臣眼中的中国汉族士人的形象[①]

——以朝鲜北学派人士的《燕行录》为中心

乾隆朝时期,在清朝统治下成长起来的新一代汉族文人开始登上历史舞台,这标志着知识界已经承认了清朝统治的合法性,汉族文人的反清意识逐渐淡漠,而向清朝献颂献策者急剧增多。时值18世纪下半叶,随着朝鲜北学派(朝鲜实学派的一支)的兴起,朝鲜士大夫阶层中的北学人士对清朝及满族文化的抵触情绪大为减少,"他们在很大程度上已经摆脱了华夷观的传统思维模式,开始客观地肯定中国社会所发生的巨大变化"[②]。尤其是到了这一时期,朝鲜朝燕行使臣不再蔑视汉族人的附清、降清行为,而是给予他们以较多的理解。

一

洪大容通过描述与其交往甚笃的古杭三才的形象,塑造了在清朝统治下力求通过科举谋求一生功名的汉族文人的形象。他在文中曾写道:

---

① 本文原载于《河南师范大学学报(哲学社会科学版)》2010年第6期。
② 徐东日:《朝鲜朝燕行使节眼中的乾隆皇帝形象》,《东疆学刊》2009年第4期,第13页。

> 彼杭人辈当衣冠沦丧之世，……以受阘族之祸也。①

　　这实际上就真实地再现了处在满族统治下的汉族文人不得不卑躬屈膝的悲惨命运。作者十分清楚，这些希望在清朝谋求功名的文人虽不属第一等人，但他们卑躬屈膝的行为是环境所迫而使然，他对此表示了发自内心的同情与理解。他认为，这些人若不试举就将湮没于草莽之中，况且康熙之后太平盛世又持续了百余年，所以就没有必要再强求他们坚守对明义理而不去试举，从而对汉族人的无奈言行表现出一定程度的同情与宽容。其实在历史上，当异族掌握政权、主宰国家时，即便是再优秀的原驻民族也只能先退让三分，然后再积蓄力量重新夺回政权；而作为个体，为了自己眼前的安危而不得不放下自己心中堆积的郁闷，识时务以迎合统治阶级也是人之常情，是无可厚非的。所以，在一向重视人性和主体性的朝鲜朝北学派人士看来，造成汉族士大夫附清的原因很多，其中之一就是乾隆时期，随着满汉两个民族之间的矛盾逐渐得到缓和，清朝统治已经稳固，国家富裕安宁，百姓们安居乐业，士大夫们也过起安逸舒适的生活，早已消磨了反清复明的激情，再加上清朝通过标榜程朱理学笼络人心，这一时期，多数中国汉族知识分子已经从反清转变为附清。

　　具有北学思想的朝鲜朝燕行使臣通过与汉族士大夫的交谈，也觉察到后者在清朝统治下的微妙心态。汉族士大夫虽然也不时流露出思明情绪，内心深处还残存着对明朝的眷恋与惋惜，但不敢公开表露其思明的情绪。在他们的脑子里，华夷之辨、夷夏之防的观念十分淡薄。在他们身上，已找寻不到多少儒家的义理精神。虽然洪

---

①　洪大容：《湛轩书》，内集卷三，"与金直斋钟厚书"，朝鲜社会科学院出版社，1965年，第99页。

大容、李德懋等人所接触到的只是少数汉族士大夫，不足以代表整个清朝的汉族士大夫，但他们还是深感失落，进而痛心不已。譬如在《干净衕笔谈》一文中，洪大容就间接地描述了古杭三才在言及明朝之事时所表露出的复杂情感。每当洪大容与他们进行笔谈时，他们都会仔细地审读一遍笔谈的内容，一经发现有些内容涉及时局，就会立即撕毁。由此可见，中国汉族文人身处清朝文字狱的专制统治下就不得不时刻谨慎行事。对此，洪大容总结道：

> 盖汉人于当今反同窃旅之臣，谨慎嫌畏，其势然矣。①

从而表明了汉族人在清朝社会失去自由、不能随遇而安的悲惨现实，也借此抒发了对他们的深切同情，即

> 使三代遗民圣贤后裔，剃头辫发，同归于满鞑，则当世志士悲欢之秋。而神州厄运，十倍于金元矣。况十几年服事之余，宜其哀痛伤怨之不暇。②

细究起来，我们也不能无视在洪大容头脑中，还潜藏着将清朝视为蛮夷的观念，这也使得他对古杭三才等汉族文人抱有更多的同情。由此我们也不难看到，同情是一种人性观照的体现。

具有北学思想的朝鲜朝燕行使臣认为，造成中原士大夫这种既思明又不敢言的矛盾心理的最重要的原因，是清朝统治者利用文字狱实行了严厉的文化专制政策，在学术界一直施行高压政策，对清

---

① 洪大容，《湛轩书》，内集卷三，"与金直斋钟厚书"，朝鲜社会科学院出版社，1965年，第214页。

② 洪大容：《湛轩书》，内集卷三，"又答直斋书"，朝鲜社会科学院出版社，1965年，第104页。

朝的臣民士庶进行了严密的思想控制，并对有违于清朝统治者利益与意志的言论进行了残酷镇压。其中最典型的做法就是施以强硬手段，实行"禁书"措施。朴趾源在《鹄汀笔谈》中记载，王民皞曾向朴趾源披露过当时清朝的禁书情况：

比岁禁书，该有三百余种。……余问禁书题目，鹄汀书亭林、西河、牧斋等集数十种。

朴趾源还在《鹄汀笔谈》中，记述了在文渊阁本《四库全书》编纂完成（1782年）之前，即1778年中国各省查禁禁书的有关情况。其中，仅江宁和河南布政使登记的违禁书目就各有750种以上。1780年，中国曾经发生了五、六起文字狱事件。到了《四库全书》几近编纂完成时，朝廷进一步加大了查禁禁书的力度。①中国汉族士人在写文章时，都持着一种小心翼翼的态度，惟恐稍有不慎招来杀身之祸。如果不慎写下"忌讳"之词，就会想方设法地去销毁其证据，不是立即涂改，就是将其纸张塞进嘴里，或者将其撕掉或焚毁。鹄汀在与朴趾源交谈时，总是不停地长吁短叹。朴趾源问其缘故，鹄汀回答说是因为平时经常遇到令人感慨的事情，所以时间久了，竟在不知不觉间形成了这种习惯。朴趾源等人由此深刻地体会到：中国文人在文字狱的高压下一直是诚惶诚恐，唯恐触犯忌讳，其精神始终处在一种压抑的状态；清朝的臣民动辄因使用"禁忌"的语言文字而得罪清廷，于是就横遭大祸，家亡族灭，惨不忍睹。"朴趾源做梦也不会想到，自己的好友尹嘉铨仅隔一年便因文字狱遭到诛杀。尹嘉铨的命运在短短一年内发生如此大的起伏，反映

---

① 雷梦辰：《清代各省禁书汇考》，书目文献出版社，1989年。

了清朝文网的严密与残酷"。①

朝鲜朝的燕行使臣在滞留燕京期间，大都明显地感觉到：越是地位高、有名望的士人，其态度就越谨慎，或吞吞吐吐，或避而不谈；而或有敢于直言不讳者，则都是民间人士。譬如，柳得恭与潘庭筠彼此书信往来，神交已久。两人在京城会面后，谈笑叙旧，十分欢洽。但每遇有满洲人来看顾时，潘庭筠就立刻敛笑收容，作初逢朝鲜人问姓名状。柳得恭曾想结识著名诗人张问陶，可张问陶为避私交之议而没有赴约。由此可见，面对来自政治最上层的强大的压制力量，汉族士人的思想反而更趋于保守。虽然汉族士人仍以"学而优则仕"作为实现个人价值和报效国家的主要途径，仍以"内圣外王"作为人生追求的最高境界，但由于清朝政府的高压政策，他们的从政热情已无疑大为减弱。他们每当遇到仕途艰险，就大多采取逃避的办法：或者遁入故纸堆中，一心只问学术，埋头进行研究，这样做既能明哲保身，又能保持文人本色，这也是清朝时期考据金石之学特别兴盛的原因之一；他们或者彻底远离仕途，寄情于山水风物，倒也落个逍遥自在。这种情况不仅造成学术界陷于一片死气沉沉的困局，而且造成政界人才的缺乏，这使得中国的精英阶层不能充分施展其才干。②柳得恭等人对这种状况也很难指责什么，因为当时朝鲜朝的士人也未尝不是由于仕途艰险而采取逃避现实的方式。

如果说禁书是当时清政府实施文化专制政策的产物，是清政府强制性的思想专制手段，那么，将朱子学奉为官学，则是清朝统治者加强自身统治的另一个柔性的思想专制举措。对此，朴趾源认为

---

① 陈尚胜：《朝鲜王朝对华观的演变》，山东大学出版社，1999年，第226—227页。
② 陈尚胜：《朝鲜王朝对华观的演变》，山东大学出版社，1999年，第242—244页。

清朝统治者将朱子学奉为官学、抬高朱子的目的在于"先占其道，使天下之口如含马衔，无敢称满夷者"，同时，做到"骑天下士大夫之颈，扼其喉，抚其背，士大夫受其愚弄胁迫，于礼文条目孜孜以求，不能自省。"①于是他认为，朝鲜人遇到中国学子，则以陆象山之流斥之或称中国陆学兴盛皆为错误，相反，反驳朱子的人才是非常之贤士。说到这里，我们必须指出，像朴趾源这些具有实学思想的朝鲜朝燕行使臣已开始对朱子性理学采取了一种批判的态度，正因如此，他们就一眼看破清朝统治者将朱子学奉为官学的实质不过是统治汉人的手段，并把强烈反驳朱子的毛奇龄称之为"朱子之忠臣"。当然，朴趾源在《热河日记》中，也反省了朝鲜朝燕行使臣赴清朝体察其文化风情的错误态度。即，指出了"五审"之说：

炫耀门第，标榜衣冠，行动无礼，称中国无文章，叹汉人无壮士。②

他指出，由于出自对满族的抵触情绪，朝鲜的人们往往主观臆断，感情用事，在一种先入为主的观点下轻视对方，这样就妨碍了对清朝现实的客观认识。他还指出了认识他国国情的一些障碍，譬如，不能贸然问其国事，语言不同难以沟通；行迹有异则易招嫌疑，问之太深则易触其忌讳，问其不宜则易遭怀疑，提问须合身份等等。由于存在这些障碍，有时难免只识其文化的皮毛③。因此，他提出与清翰谈话时，应先称颂清翰然后再向他们请教，使他们能够畅所欲言。

---

① 朴趾源：《热河日记·审势编》，韩国大洋书籍出版社，第130页。
② 朴趾源：《热河日记·审势编》，韩国大洋书籍出版社，第130页。
③ 朴趾源：《燕岩集·热河日记·黄教问答》，韩国大洋书籍出版社，1975年，第300页。

由此可见，朴趾源在一定程度上已经摆脱了朝鲜士人的成见，以进步的视角来了解中国士人的反抗心理，通过这些人物间接地感知当时汉族士人在文字狱压制下的艰难处境，也更加认识到他们的命运与中国时局的密切关系，从而给予他们以真诚的理解与同情。

二

参加燕行的朝鲜朝使臣虽然具有以朝鲜为中心的小中华思想以及华夷分离意识，但他们在实际的燕行路途中，却大都没有拘泥于大明义理的名分论，因而还能在较广泛的领域内与生活在同一时代的不同层次的清朝文人展开平等的思想交流与学术交流，从而较广泛、较深入地了解当时中国的思想、政治、经济与学术。在当时清朝禁止燕行使臣与清朝文人进行直接交游的环境中，他们为了输入清代文物与学术思想，敢于大胆地与清朝文人进行交游。这种举动充分说明，当时具有北学观念的燕行使臣已经基本摆脱他们长期遵奉的朱子学的理论束缚，在高层次上复归于原始的实用儒学并探索儒学的真髓本义，以此托古改今，对传统的只以伦理道德为价值标准的一维思维方法进行质疑与批判，再以经济的、政治的、现实的多维价值观念审时度势，品评人情事物，因此具有思想解放的重要意义。

在朝鲜朝燕行使臣看来，他们在中国所交游的严诚、潘庭筠、李调元、王民皞、李鼎元、翁方纲、纪昀、阮元、唐乐宇、祝德麟、沈醇心、李鼎元、李骥元等汉族文人，尽管崇尚宋代理学，但都不完全拘泥于朱子学，而是表现出灵活的学风与诗才，都是一些令人景仰的学识渊博的学者、文人。譬如，尽管潘庭筠的学问以宋代理学与朱子学为基础，但他又融合了佛教和阳明学的思想因素，不愧是一位诗才卓越、擅长书画的著名文人。可以说，潘庭筠已经摆脱了宋代理学的束缚。在他身上，既可看到在清朝被称之为"汉学"的训诂学和考证学的学风，又表现出自由地徜徉在诗文海洋中的诗人气质。在朴齐家和李德懋眼里，潘庭筠不论是作诗还是研究学问，都表现出绝不拘泥于接受某一流派影响的博大胸怀。再如，洪大容借燕行之机，与中国古杭三才邂逅相遇，得以接触到在当时中国盛行的各种学问。此后，他一直保持着与中国友人之间的友好关系，深化和丰富了自己的实学思想。其结果，洪大容等具有北学思想的朝鲜朝燕行使臣通过与中国文人之间开展的广泛而深入的学术交流，使其历史意识变得更加精深。他们不仅在政治、经济方面肯定清朝的优越性，而且在社会文化方面也大胆怀疑他们所长期遵奉的朱子学理论，开始尊崇发端于先秦儒学基础上的具有近代意识的实学思想。

　　在这一时期，朝鲜朝燕行使臣通过与中原士大夫的频繁交往与广泛的学术研讨，也深切感到悠久的中华文化及其优秀传统激发了中国文士的学习热情，这也在无意识间积淀了中国文士优良的文化素质，其结果，中国汉族士大夫都做到了"全史全经，随事辩证，百家九流，略涉原委酬答如何如何……，且宽雅娴礼，休休有容，不施骄倨，虚怀接物而不失大国之礼"。①这些都给予具有北学思想的燕行使臣留下了深刻印象。譬如，朴趾源通过与清代文人王民皞（号鹄汀）的交谈认识到：

　　　　盖鹄汀敏于酬答，操纸辄下数千言，纵横宏肆，扬扢千古，经史子集随手拈夹，佳句妙偶顺品辄成，皆有条贯，不乱脉络。或有指东击西，或有执坚谓白，以观吾副俯仰，以导余

---

① 朴趾源：《热河日记·审势编》，韩国大洋书籍出版社，1975年，第130页。

使言。可谓宏博好辩之士,而白头穷边,将归草木,诚可悲也。①

朴趾源在《热河日记·倾盖录》中,更是详尽描述了他所交游的清朝文人的形象。他描述道:

  王民皞,江苏人也,时年五十四,为人淳质少文。……郝成,歙人也。字志亭,号长城,见任山东都司。虽武人,博学多闻。身长八尺,紫髯炯眸,骨相精紧。……尹嘉铨,直隶博野人也,号亨山。通奉大夫、大理寺卿致仕,时年七十。工诗,善书画,诗多载于《正声诗删》。身长七尺余,姿貌雅洁,双眸炯然,不施瑷靆能作细书画,强康如五十余岁人,然髭发尽白。……敬旬弥,字仰漏,蒙古人也。见任讲官。年三十九,身长七尺余,白皙,修眼浓眉,手如葱根,可谓美男子。……邹舍,山东人也。举人,与王鹄汀藏修太学中,……为人慷慨,不避忌讳。形貌古怪,举止粗粝,人皆目之以狂生,多厌之者。奇丰额,满洲人也,字丽川。见任贵州按察使,年三十七。身长八尺,白皙,美姿容,善修威仪。博学能文,善谐笑,斥佛甚峻,持论颇正。……破老回回图,蒙古人也,字孚斋,号华亭。见任讲官,年四十七。康熙皇帝外孙。身长八尺,长髯郁然,面瘦黄骨立,学问渊博。……现时秀先,江西新建人也,字地山。见任礼部尚书,年可六十余。……曹公容貌老,寝陋无威仪,为人恺悌乐易。余既还燕,中原士大夫多

---

① 朴趾源:《国译热河日记·鹄汀笔谈》(中),韩国大洋书籍出版社,1975年,第256页。

誉曹公地山先生，文章学问当世冠首，以比欧阳永叔。①

与朴趾源稍微不同的是，洪大容将中国的汉族文人明确区分为索性放弃科举扬名之路以谋求自由发展的人物和在清朝统治下力求通过科举谋求一生功名的人物。洪大容在描写他们时，就注意到去揭示他们对明朝、对清朝的看法，并将这些思想意识与他们在实际生活中的遭遇相联系，由此突出汉族形象不同于其他民族形象的独特而复杂的内涵。

从他对"古杭三才"的评价②中，我们可以具体看到其观点在现实生活中是怎样得到体现的。他对严诚的评价是：

严姓者，自称子陵之后，而且言平生不专意于举业。又闻有达官欲荐其才于朝，严作诗而拒之。其辞甚峻，则始不觉倾倒而心相许矣。……今子才盖一世，而谦谦自卑；心雄万丈，而温温自虚。性情高远，志操高洁，从俗应举，非真所乐。又能爱人好问，诚贯金石，临分酬酢，信义皦如。③

才识超诣，信笔成文，辞理畅快，粲然如贯珠，其志亦未曾以此自多也。④

由上可见，洪大容在赞美严诚不为世俗所迷惑的耿直、刚正性

---

① 朴趾源：《热河日记·倾盖录》（中），韩国大洋书籍出版社，1975 年，第 121—122 页。

② 洪大容：《湛轩书》（内集卷三），"又答直斋书"，朝鲜社会科学院出版社，1965 年，第 104 页。

③ 洪大容：《湛轩书》（外集卷一），"与铁桥书"，朝鲜社会科学院出版社，1965 年，第 169 页。

④ 洪大容：《湛轩书》（外集卷三），"乾净衕后语"，朝鲜社会科学院出版社，1965 年，第 289 页。

格的同时,也充分肯定了他的文学才能及其人品。所以,当听到严诚客死他乡时,他曾悲痛欲绝地叙述道:

> 以铁桥之才之志,上可以统承先贤,下可以汛扫文苑;达可以黼黻皇猷,穷可以启牖后进。今不幸短命,无所成而死。①

对他的才能和志向给予了高度评价,并为失去一代才子而表现出由衷的惋惜。

三

尽管朝鲜燕行使臣对清代文人进行了一种平等的文化对话,但是他们对变异中的清朝文化的批评,却又是一种文学"误读"。

朴趾源等朝鲜朝燕行使臣使行中国燕京是在乾隆年间,这时,清朝建立已经过了一百年,明朝遗民那些象征着汉族正统衣袍以及他们那种矢志反清的斗志,也随着时光的流逝而烟消云散。当时汉族士大夫阶层早已接受了受满族统治的现实,已经逐渐习惯于穿满族的服装,倒是把原来汉族的衣冠看成异乡的服饰。譬如,当时的著名汉族文人潘庭筠看见洪大容戴着方冠,穿着广袖常衣,就啧啧称赞它"制度古雅",但他却不知道这原本就是明代的秀才常服,结果还得由洪大容反过来告诉他:我们所穿的衣服都是明朝遗制。这时候,朝鲜朝燕行使臣的衣冠倒成了唤醒汉族人历史记忆的资源,使得这些汉族文人还能偶尔回想起自己民族的历史,心里还稍稍感到有些赧然和愧疚。对此,洪大容就一针见血地指出:

---

① 洪大容:《湛轩书》(外集卷一),"与九峰书",朝鲜社会科学院出版社,1965年,第189页。

余曰：中国衣冠之变，已百余年矣。今天下，惟吾东方略存旧制，而其入中国也，无识之辈，莫不笑之。呜呼！其忘本也。见帽带则谓之类场戏，见头发则谓之类妇人，见大袖衣则谓之类和尚，岂不痛惜乎？①

时间会磨灭历史的记忆，明朝遗民也要随着岁月的流逝而逐渐消失。到了雍正、乾隆年间，汉族人已经不大有这种离黍之思，没有了离黍之思的人也没有心思再度穿戴起明代的衣冠。但是，汉族的历史记忆还是埋藏得很深，它并不随着时代的变迁而泯灭。所以，尽管不再出现穿戴这种衣冠的遗民，可是"这些衣冠却在娱乐舞台的戏曲人物中、外国使节的礼仪朝觐服饰中和汉族女性的日常穿着中不断出现"。②每当出现这种看似边缘的象征物，一些汉族士大夫就会在无意识中唤起深藏于心的族群记忆。所以，当朴趾源观看完中国的戏剧后，就认为清朝虽然实行"易服剃发"政策而废除了明朝的衣冠制度，但在俳优和戏剧中，却依然可以看到明朝的衣冠制度，这也许是人们早已习惯了舞台上的汉族衣冠，所以就连清朝宫廷、贵胄私第里进行演出的演员所穿戴的也仍然是"大明衣冠"，就使得他们在戏台上很奇特地保留了历史上汉族的传统服装，即获得了"易服色"的豁免权，这就仿佛是一种天意。于是，朴趾源不禁感叹道：

呜呼！神州之陆沉百有余年，而衣冠之制犹存，仿佛于俳

---

① 洪大容：《湛轩书》，"乾净衚笔谈"（上），朝鲜社会科学院出版社，1965年，第231页。

② 葛兆光：《大明衣冠今何在》，《史学月刊》2005年第10期，第44页。

优戏剧之间，天若有意于斯焉。①

戏台上所用的衣冠，都是历代中华的衣冠，这就是"礼失求诸野者"。人们可以在戏台上"复见汉官威仪"。也许这并不一定是真的有意识保留"汉官威仪"，只是由于清帝国禁着明朝服饰的制度百密一疏。但是，就是这一点残存的历史遗迹，却为朝鲜朝燕行使臣带来了对异域悲情的无限遐想，他们觉得这可能就是汉族人苦心孤诣所保留下来的东西。因此，戏台在某种意义上就成了朝鲜朝燕行使臣唤回汉族历史记忆的场所。在他们看来，这些"汉官威仪"之中，真的就寄寓着汉族的故国离黍之思。

说起来，朝鲜人在穿衣戴帽上面，好像显得相当苛刻和自负，他们面对清朝人也一样从心底里透出不屑，当有的汉族文人询问"（朝鲜朝）使臣不加帽而所以戴貂皮者，何制也"时，金正中就很骄傲地回答道：这是中华旧制，你没有听说过吧？当中国士大夫称赞他们是衣冠之国时，他们又故意反问中国衣冠究竟来自何代。朴思浩就是这样，和汉族文人一起聊天，偏偏哪壶不开偏提哪壶，故意挑衅地说，你们清朝的帽子、狭袖，竟然用于朝贺、宴享、祭祀、征战、燕居，那么这是中华之制吗？结果就搞得满座面面相觑，只好尴尬地回答：这不是唐、宋、明遗制，是清朝之制。这时，朝鲜朝燕行使臣在心理上就得到了极大的自我满足，而汉族人的心里却多少感到不是滋味。洪大容甚至提到："舜亦东夷之人，但未闻唐虞之际易服色如今日也。"这时，中国人希员外就慌忙辩解道："世有古今，时义不同，衣冠何尝有定制。"②听到这句话，洪大

---

① 朴趾源：《热河日记·驲汛随笔》（上），韩国大洋书籍出版社，1975年，第230页。

② 洪大容：《燕记》（《湛轩书》外集卷八），朝鲜社会科学院出版社，1965年，第29页。

容不禁为朝鲜慕效中华服制而感到由衷的自豪：

> 至于敝邦，专尚儒教，礼乐文物皆效中华，古有"小中华"之号。①

我们不难看到，洪大容等朝鲜朝燕行使臣确实受到了朝鲜社会总体想象的制约，尤其是他们在衣冠制度方面受到中国传统观念的深刻影响，于是就在有意无意间表现出一种"小中华思想"。

在服饰以外，到了18世纪下半叶，朝鲜朝燕行使臣对于清朝发式的看法也发生了很大变化。到18世纪上半叶为止，朝鲜朝燕行使臣还认为即便是文明的汉族人也"一剃发则胡虏也"，但到了18世纪下半叶，朝鲜朝燕行使臣却认为汉族人"江南士人之能文者，则虽在剃发左衽之中，识见赡博，辞令端雅。江南之素称文明，尽非过语也。"②由此可见，这一时期，随着朝鲜实学思想的兴起，不少具有实学思想的朝鲜人开始对传统的"华夷"观进行了理性的反思，这一时期，在朝鲜朝燕行使臣笔下，当时的汉族士大夫在清朝统治下具有思明但不敢表露出来的微妙心态，缺乏儒家的义理精神，过着卑躬屈膝的生活。造成这种矛盾心理的最重要原因是清朝文字狱的高压政策，它使得汉族士大夫的精神一直处在压抑的状态。可见，他们对汉族人的描述尽管"没有完全褪去其否定的色彩，但毕竟在朝鲜人的文本中，已经很少使用"③比较负面的词汇，他们对中国汉族人形象的描述基本上是正面的，甚至是较理想的。

---

① 朴趾源：《热河日记·太学留馆录》，韩国民族文化推进会，1984年，第619页。
② 吴晗辑：《朝鲜李朝实录中的中国史料》，中华书局，1980年，第4665页。
③ 徐东日：《朝鲜朝燕行使节眼中的乾隆皇帝形象》，《东疆学刊》2009年第4期，第14页。

《燕行录》中的千山、医巫闾山和首阳山形象[①]

迄今为止,尽管不少学者对朝鲜朝使者的"燕行"过程或者对朝鲜朝使者所撰写的《燕行录》进行了大量的学术研究,但突出的问题却是较少触及到深层次的学术内涵,比起所发掘的大量研究资料,其研究方法也往往显得单调或流于俗套。

基于这种认识,笔者将确定与分析朝鲜朝使者的燕行路程作为研究《燕行录》的第一步,撰写了这篇研究燕行路程的论文。为了判定《燕行录》中出现的各种地名、景物的位置及其记录者的视角等的记录与事实是否相符,就必须对其进行严格的学术考证。但是,燕行的路程除了出现几次例外事件之外,行走的都是相同的路线。不论是出于偶然还是必然,只要是脱离了既定的路线而经由了其他地方,或者是虽然经由既定路线但却蕴含着特别的意义,就有必要深入分析其具体的内涵。本文所要论及的千山、医巫闾山、首阳山,虽然不在原定的燕行路线上,但它们却都在离原定的燕行路线不远的地方,而且只要条件允许,谁都想去游历一番。所以,我们不妨在广义上将这三处看做是燕行路程的经由之地。[②]

以中国的朝廷为对象展开外交活动是朝鲜朝使节燕行的使命,踏足既定路程以外的路途则是他们个人所要实现的目的。脱离既定

---

① 本文原载于《延边大学学报(社会科学版)》2008年第1期。
② 千山、医巫闾山、首阳山是笔者在使行者的路线中特意选定的,在后面的论述中,一旦涉及这三座山,将要使用"三山"的称谓。

的路程，从表面上看是意味着一种逃逸，但从深层意义上看，则是最大限度地穷究自我与世界的本质。因而，燕行路途既是物理的实存的道路，同时也是人的内在精神的通途。既定的路程意味着决定那一时代的思考方式与行为模式的主要理念，而新的路程则是在怀疑既存理念的基础上所摸索到的新思想。当然，脱离既定路程而走向新路程的人们所具有的进步的思想意识还多少停留在一种假说的层面，还要借助位于新路程中的山岳赋予它深刻的内涵。说到山岳，我们也不能将千山、医巫闾山、首阳山这三座山等量齐观。其中，首阳山象征着作为朝鲜王朝统治理念的忠节思想，而千山与医巫闾山则体现着对传统的虚伪的觉醒以及提供意识变化契机的空间。另外，这三座山的规模或者纵深度也许都不足以让人惊叹，但在朝鲜朝的文人看来，却有着特别的内涵。本文将以当时一些朝鲜朝文人攀登过的这三座山为中心，探究它们所具有的独特的文化内涵。

一、燕行路程与三山

在朝鲜朝后期的《燕行录》中，以三家"燕行录"，即金昌业的《老稼斋燕行日记》、洪大容的《湛轩燕记》、朴趾源的《热河日记》最为有名。①其中，老稼斋的《燕行日记》在路程、内容以及观察事物的观点等方面更是成为后来撰写《燕行录》的作者的典范之作。老稼斋在赴燕途中游历了首阳山与夷齐庙，在回国途中也依次游历了医巫闾山与千山。但由于千山等山岳远离了规定的燕行路线，因而颇使老稼斋等朝鲜朝使节们伤脑筋。老稼斋从北京方向远

---

① 金景善：《燕辕直指·序文》，《国译燕行录选集》，民族文化推进会，1967年，第105、196—204页。

眺医巫闾山并深受触动,由此撰写出了含涵医巫闾山深意的《游医巫闾山记》。通过使行发生巨大思想转化的湛轩洪大容,也选择了将以上三座山视做自己思想转化的象征性的空间。当然,他也将老稼斋的《燕行日记》视作是自己思想发展的路标,但他所能游历的只有医巫闾山、首阳山、角山,而未能去游历千山。湛轩于 1765 年 11 月 2 日踏上燕行路途,并于当年 12 月 27 日到达燕京。他在燕京一直滞留到第二年 2 月 29 日,此后离京,于 3 月 5 日抵达首阳山与夷齐庙。3 月 17 日,他从桃花洞开始游历医巫闾山。在此很明显,湛轩所描写的医巫闾山也依然不位于规定的燕行路途之中。燕岩也一样,他虽然游历了首阳山与夷齐庙,却没有途经医巫闾山与千山。

集中体现以上三家"燕行录"内容的是金景善的《燕辕直指》,这是一部具有百科全书性质的《燕行录》。1832 年(纯祖 32 年),作为徐耕辅(冬至使兼谢恩使)书状官的金景善详细地记述了燕行往返 160 天行程中的所见所闻,由此结集的"燕行录"就是《燕辕直指》。在此著述中,他不断地参照与沿用三家"燕行录"的内容,并不时地掺入自己的见解,从而使燕行路程记几乎无所遗漏。在此著述中,《北镇庙记》、《桃花洞记》、《千山游记》等篇是赴燕路途中记录的内容,《首阳山记》、《夷齐庙记》、《滦河记》等篇则是由燕京回国时记录的内容。与从前的《燕行录》试图阐释与吟味三山具有的内涵不同,《燕辕直指》是在从前记录内容的基础上侧重于事物描写与事实考证,这是金景善的游记所具有的长处,同时也具有其局限性。

在朝鲜朝使行者眼中,千山、医巫闾山、首阳山是内化的空间,它体现在路程中,就早已超越了是否是"规定的路程"的界限,而成为需要释义的问题以及需要寻觅内涵的问题,对这三座山岳进行美学(哲学)层面上的探究也是出于这种需求。康德曾将"美"分为"崇高"与"优美"两种,在他看来,"崇高"是一种高扬的理性的力量。自然美只能在外部寻找其根源，但是崇高却可能在人的内心寻觅，即只能在赋予自然表象以崇高性的人的心态中寻找其根源。①事实上，山岳既可以因其本身的巨大而让人们深感敬畏，也可以因其优美而让人们体悟到她的美妙所在。从古至今，山岳不被人们视作是单纯的物体，是因为它以其巨大的与"凝重"的秉性让人们获得了一种"崇高、庄严"的美感。②当人们寻访名山、留下游记时，这些名山就成为了实现他们理念的精神空间。③与此同时，他们所进入的山岳也就成为了将地与天相触接的"圣山"，即作为世界的一极而具有了其神圣的内涵。

当然，使行者在进入深山时并非都持有着求道者的态度，实际上，他们大都持有着"游览"、"游玩"的目的，但游玩本身就具有神性与游娱性，游玩与仪式在本质上具有同一个起源。继之，神圣的场所倘若被认知为是一个娱乐场所时，"游山"也就成为了一种祝祭。游历国内外许多名山、撰写不少游记的月沙李廷龟将使行中国称作是一种"壮游"，并且"凡所历，必恣意探讨"。④他所游历的千山、医巫闾山、首阳山、角山等山岳自然也是他"壮游"的对象。包括月沙在内的当时的文人大都希冀通过接近山岳而获得改变世界观的推动力或者某种启迪，因此他们才一致决意要走进深山。

---

① 康德（著），李锡润（译）：《判断力批评》，博英社，1978年，第111页。
② 曹圭益：《金刚山纪行歌辞的存在样象及其内涵》，《韩国诗歌研究》第12辑，韩国诗歌学会，2002年，第239页。
③ 李惠善等：《朝鲜朝中期的游山记行文学》，集文堂，1997年，第53页。
④ 李廷龟：《月沙集》卷之三十八，《游千山记》，《韩国文集丛刊》第70辑，民族文化推进会，1993年，第130—132页。

二、首阳山：恢复理念正统性的神圣场所及祭仪空间

首阳山是朝鲜朝统治阶级以"忠节"的名义加以理念化的空间，而且在清朝建立后更加强化了这一点。伯夷、叔齐忠诚于殷商的行为赋予了首阳山以一种非凡的象征意义，而这些又逐渐通过朝鲜朝的知识阶层或者统治势力内化为保障其"行为或意识正当性"的一种符号，即首阳山成为了希冀延续旧秩序、力图阻遏新秩序的一种图像。只要这种图像尚存，那么，任何思想与理念都无法挑战既存的秩序。这对于无力抵抗"明清交替"这一历史现实的朝鲜朝统治阶级来说，无疑是一种精神上的补偿或是胜利的象征。

韩国黄海道的海州也有与中国的首阳山同名的首阳山。在肃宗朝时，那个地区的生员崔沈在首阳山山脚下盖了一座纪念伯夷、叔齐的祠堂，并上疏国王希望能够赐予匾额。①结果，国王不仅钦定并御书祠堂的号为"清圣庙"，而且还亲自写下了一段跋文。②另外，在建祠60年后的英祖朝37年（1761年），国王还到清圣庙致祭，并且发表了祭文。③不仅如此，英祖47年（1771年）时，围绕着建立金尚宪祠堂的问题，庆尚监司李箕镇曾宣言："金尚宪之安东与伯夷、叔齐之首阳山相仿"。④可见，至少在朝鲜朝统治阶级的意识当中，"伯夷、叔齐之首阳山"和"基督教的十字架"是同一层面的图像和象征性的符号。倘若我们沿用皮偌切克的"图像解析学"三阶段的理论，那么，伯夷、叔齐与首阳山的实际事迹属于作为故事的前图像学的阶段，其内涵或主题则属于肯定其规律性的图像学的阶段

---

① 《肃宗实录》35卷，肃宗二十七年三月四日。
② 《肃宗实录》35卷，肃宗二十七年四月二日。
③ 《英祖实录》97卷，英祖三十七年六月十一日。
④ 《英祖实录》47卷，英祖十四年九月一日。

以及呈现其内涵或象征意义的图像分析学的阶段。作为饱受"壬辰"、"丙子"两乱之苦的朝鲜朝来说,首阳山的象征意义早已超越了原先表现"忠节"的层面,而变成体现"对明义理"或"尊周意识"的思想内涵。再加上自从清朝入主中原以后,朝鲜朝曾以小中华自居,积极表现出其文化的自信心,这也是在与中国的关系中保持其自尊意识的最后堡垒。

然而,令人感到困惑的是,他们为什么偏偏要经由脱离规定路线的首阳山?为什么要准备蕨菜到夷齐庙进行祭祀?踏上燕行路程的朝鲜朝文人大多数是统治阶层的一员,他们都是将正统儒家思想作为自己立身之本的旧秩序的维护者,所以,他们参加到使行行列之中,也就意味着参与到新秩序的建设过程中。而从整个燕行的过程来看,如果不迅速改变自己固有的思想意识,每个使行人员就都会马上失掉自己的栖身之所。正因为如此,朝鲜朝统治阶层和知识阶层也就开始试图谨慎地寻觅一条摆脱现实困境的良方,即与其因表露自己真实的思想意识而招致来自现实社会的严重威胁,莫不如将企图恢复旧秩序、反抗新秩序的思想暂时埋藏在心底。因此,对新秩序具有反抗心理的文人们为了参加使行,也自然需要具有一种"入社意识"。事实上,自诩为小中华的朝鲜朝在那个时候还处在旧的中华秩序当中,所以,要想从旧秩序的空间进入到新秩序的空间,就必须首先改变自己的思想意识。但即便进入到新秩序的空间,也并不意味着万事大吉,这里还存在着重新回到旧秩序当中去的难题。对于不得不进入到新秩序中的旧秩序维护者而言,能够多少拓展因不安与反感而变得狭窄的精神空间的最好的方法,就是首先确认旧秩序的合理性,借此确证使行者们思想的正统性,而这种象征物就是首阳山。首阳山是朝鲜朝文人成功地体现自我的空间,寻找或者称呼首阳山也就成为与胡人统治的清朝相区别开的自我意识的象征性行为。

为了寻访首阳山和夷齐庙,使行者就必须渡过滦河。自渡过鸭绿江直到滦河,他们"浸染"在胡人的思想意识之中,而一旦渡过滦河进入到首阳山,他们又重新寻找到小中华的旧貌,由此可见,滦河是一个地理位置的同时也是一个思想意识的分水岭。踏上这条使行路线的朝鲜朝的许多文人之所以撰写出《夷齐庙记》、《滦河记》等作品,正是出于这种原因。寻访首阳山和夷齐庙,并且备下蕨菜到夷齐庙祭祀伯夷、叔齐,就是因为他们深信借此可以还原因为进入中国国境而变了质的自我。还原自我本身就意味着寻回了作为小中华的自尊心。孝宗时代的尤庵宋时烈所提出的"春秋大义论"是当时"北伐论"与"排清论"的核心,它将"人类不可与禽兽为伍"这一点看得比复明更为重要。[①]就这样,随着国际形势(以壬丙两乱、清朝统治中国等为标志)出现的重大变化,朝鲜朝统治阶层也就萌生了小中华意识,即在表面上的尊周或在对明义理的背后,却潜藏着在精神上、文化上力求确认自我正统性的意念。这也充分说明朝鲜朝的中华主义具有文化普遍主义的性质。

不少朝鲜朝燕行人员的身份大都不为人们所知悉,但他们所创作的吟颂首阳山的诗文却不少。其中,崔宪留下了详细记录首阳山与夷齐庙的文字,即他详细介绍了由永平府到小滦河、大滦河、二土桥直至首阳山的路程,首阳山的来历与山貌,孤竹城的位置与筑城方法以及夷齐庙的内部布置。不仅如此,他还写道:"我等于神门外阶上,行再拜礼。初以白衣为嫌,我谓曰'行者以行衣拜之无妨,况二子殷人也。殷人尚白,拜以白衣,不亦可乎?'殿内塑二子像……两塑像容貌相似,此必后人想象而为之也。虽非其真,俨然起敬,自不觉毛骨悚然"。[②]此外,他还赋诗描写了首阳山的山貌和

[①] 宋近洙:《江上问答》,《尤庵先生言行录(下篇)》,第20章,奎章阁所藏本。
[②] 赵宪:《朝天日录》,《国译燕行录选集Ⅱ》,民族文化推进会,1976年,第19页。

自己的感受:

> 西指滦河岸,/孤峰号首阳。/山因高义重,/水共大名长。/万古扶天地,/千秋振纪纲。/行人皆仰止,/拳石亦流芳。①

这首诗的上阕介绍了滦河和首阳山,并赋予它们以"义理"与"大名"的象征性内涵。伯夷与叔齐所舍命维护的是义理,所以他们在历史上赢得了不朽的声誉。其结果,位于"伯夷与叔齐→义理→首阳山"一线上的"首阳山"再也不是纯自然存在的事物,而是依靠伯夷、叔齐或后代人观念化了的空间,即首阳山是现实与精神共存的空间。所以,为了通过现实中的首阳山确认首阳山的精神价值,朝鲜朝使臣就必须走进首阳山中去。

自从清朝建立以后,作为旧体制的中华的思想观念就发生了根本性的变化。长久以来受到旧体制压抑的朝鲜朝文人们,获得了一种从未有过的惊异的体验。但是除了出现特殊的情况之外,他们也不可能摆脱既存理念的藩篱。换言之,自从踏上了燕行的路程,他们就在无意中萌动了试图恢复中华正统性的欲望,而切合这种意欲的地点就是首阳山。只要渡过了滦河(小滦河/大滦河)就可以到达夷齐庙,而夷齐庙的后面就是首阳山。一般来说,使行者们都会来到首阳山的夷齐庙进行祭祀或参拜。所以,首阳山也就很自然地成为了朝鲜朝使行者们往返于燕京与汉阳时必经的处所。

老稼斋的情况也与此相同。他在壬辰年12月21日的日记里,也详细地记录了有关首阳山和夷齐庙的内容:老稼斋早晨起来从永

---

① 《讱斋集》卷一,《过首阳山有感》,《韩国文集丛刊》第67辑,民族文化推进会,1991年,第168—169页。

平府行进 20 里，在夷齐庙牌楼下下了马。作为正使的金昌集整束了一下自己的衣冠，老稼斋也脱下破旧的衣服而换上了一身道袍，然后，他们赶到正殿再次拜礼，这与崔宪的描写没有什么两样。然而，湛轩却表现出与老稼斋略为不同的一面。他在《夷齐庙》一文中描写道："一行以此升拜塑像前，两状并加冕被衮衣，仪状净白微有忧色，望之若浅风洒人也。一僧进桌前，击钟为拜跪节，桌上置香炉香盒花瓶一双，皆美石龟文如哥窑奇纹也。一行少休于庙傍僧舍，厨房煎花为糕，并供薇菜庙前。有数仞小丘，东人妄呼为首阳山，好事者持干薇至此烹之以供，一行遂为例也"。①在湛轩的记录文字中，前半部分介绍了朝鲜朝使者们举行的祭仪，"望之若浅风洒人"的文字多少暗示了要"通过净化恢复中华正统性"之意，但是在后半部分，作者对首阳山的命名以及批判食用干蕨菜的习惯，就与前半部分形成明显的对照。而这在力主合理的客观主义的湛轩的立场上看，则是再自然不过的事情了。湛轩以使行为契机，改变了自己从前所持有的理念。

与湛轩相同，燕岩也将首阳山进行了客观的理念化。他在《夷齐庙记》一文的前半部分，详细介绍了首阳山、孤竹城、夷齐庙，这与从前的记录没有太大的区别，但在它的后半部分，却通过引证文献资料进行了饶有兴趣的推理，即譬举人们在韩国海州的首阳山祭祀伯夷、叔齐的事例，指出"箕子东出朝鲜者，不欲居周五服之内。而伯夷、叔齐义不食周粟，则或随箕子而来，箕子都平壤，夷齐居海州欤"。②这也是在暗示我们，到了这一时期，只有消除了所有对伯夷、叔齐存在的疑问或者对其事迹真实性的疑义，首阳山和夷齐庙才能成为真正的祭仪空间，因为只有确信实存的一切，才能

---

① 《国译湛轩书》，古典国译丛书第 76 辑，民族文化推进会，1975 年，第 230 页。

② 《国译热河日记 I》，民族文化推进会，1984 年，第 249 页。

进行下一步的推理。在这一点上,湛轩与燕岩同前一时代的文人就有着很明显的不同。尽管他们都对伯夷、叔齐的事迹的真实性抱有怀疑的态度并试图探明其真伪。由此我们也不难看出,到了朝鲜朝后期,人们渐渐地不再为恢复首阳山所具有的理念的同质性而努力将它设置为祭仪的圣所。

以老稼斋、湛轩、燕岩这三家的"燕行录"为蓝本并详细记述燕行过程的金景善的《燕辕直指》,就十分典型地体现了这种发展趋势。他的《首阳山记》、《夷齐庙记》、《滦河记》等篇,在内容上就是以伯夷、叔齐为中心加以抒写的。①从湛轩、燕岩开始,不少燕行使者们都以先前的《燕行录》为论据进行事实辨析或进行描写,但由于过分侧重于描写事实,所以就未能探析出描写对象所内在的深刻含义(也许起初就回避了这个问题),其结果,作者就用"盖今则供薇亦废已久"②这么一句平淡无奇的语句轻描淡写了"伯夷、叔齐义不食周粟,食薇度日,终死于首阳山中"这个历史事件的真实性。这也表明,到了这个时期,首阳山逐渐褪去了其作为朝鲜朝文人力求恢复其中华正统性圣地的象征性色彩。

三、入社的空间:通过感悟,进入新世界

1. 医巫闾山

医巫闾山之所以被称为中国的名山之一,得益于它长期以来所具有的宗教意蕴以及其卓越的胜景。尤其是位于医巫闾山中心部位的"桃花洞",与"桃花"的象征性相关联,体现着医巫闾山的仙界

---

① 金景善:《燕辕直指·序文》,《国译燕行录选集》,民族文化推进会,1967年,第105、196—204页。

② 康德著:《判断力批评》,李锡润译,博英社,1978年,第111页。

意蕴,并且成为将此山岳的所有景物神秘化的起源。

月沙在以奏请使团正使的身份赴燕时所撰写的《游医巫闾山记》(1616年,光海君8年)就是这方面的典范之作。在此8年之前崔宪所写的《医巫闾山游记》(《朝天日录》中的一篇),虽然字数少,但也称得上是一篇意蕴深远的作品,在从燕京回国途中所写的1609年2月17日的日记附录就是一个很好的譬证。

老稼斋虽然将描写的重点放在了千山,但还是赋予了医巫闾山以特殊的意义。他进入医巫闾山是在自燕京回国的途中。在途中他写道:"余久畜游巫闾之计,明日当宿新广宁,拟于朝饭后,先登疾驰到山中"。①由此可见,老稼斋在燕行之前就很想一睹千山和医巫闾山的丰姿。对他来说,游历这两座山之所以具有重要意义,就是因为这两座山都充溢着佛教的意蕴。不仅如此,山岳本身所具有的仙界意味,肯定也增强了他试图摆脱现实理念束缚的欲望。他评价引导自己登上医巫闾山的胡人时说道"意尤不俗,不可视以夷虏也"。②可见,在这一时期,他的华夷之辨的意识已变得相当淡薄,其中,佛教众生平等的世界观肯定起到了很大作用。金景善在参考三家"燕行录"的基础上撰写了《燕辕直指》(《桃花洞记》),其中,金景善将医巫闾山描写成了"异样的世界"。③当然,无论是桃花洞的象征性,还是其作为"异样的世界",虽然都在强调医巫闾山所具有的神秘胜景,但在另一方面,也多少表现出了当时朝鲜朝文人对医巫闾山的独特感悟以及赋予它的重要象征意义。

然而,赋予医巫闾山以特别重要象征意义的人物却是创作了《医山问答》的湛轩。尽管他所撰写的《医山问答》的内容似乎与

---

① 《国译燕行录选集Ⅴ》,民族文化推进会,1967年,第472、481页。
② 《国译燕行录选集Ⅴ》,民族文化推进会,1967年,第472、481页。
③ 金景善:《燕辕直指·序文》,《国译燕行录选集》,民族文化推进会,1967年,第105、196—204页。

医巫闾山本身没有关系，但至少在提示其思想矛盾以及解决方案时却提及了文章的题目"医山"，即"医巫闾山"，这本身就是一个不寻常的写法。他以在中国的见闻为基础，试图改变自己从前的思想意识，并在他的文章题目中体现出了这种想法，这就表明了他寻访医巫闾山的意图与他在中国的体验在本质上是一致的。所以，历代使行者们在医巫闾山所体验到的是"对自然调和的感动"以及"意识的转换或自觉"。具体而言，月沙体验到的属于前者，而老稼斋和湛轩体验到的则属于后者。

无论是崔宪还是月沙，都从医巫闾山本身感受到了与自然的调和并深受感动，他们还指出了医巫闾山所具有的神秘感及其启示意义。但是将医巫闾山用作意识转换契机的代表性人物却是老稼斋和湛轩。老稼斋攀登观音阁的过程和寻找桃花洞的过程是他记述《医巫闾山游记》的重心。其中，前者表现的是纵向运动，而后者表现的则是水平运动。这两种运动结合起来就形成一个球的世界，即形成了一个小宇宙。费力寻得观音阁的老稼斋透过佛殿旁刻有李贽事迹的碑石，①悟得了自己行为所内含的意义。一个人倘若身体有病或者心性懦弱，就极有可能受到现实的束缚。而老稼斋却是一位力求摆脱这种束缚、具有"飞天际、入仙境"的远大理想的燕行者。当然，医巫闾山并非具备转换一切意识的特殊功能。应该说，在此前的燕行路程中以及在燕京的见闻，使行者们早已蓄积了意识转换的"能量"，而只有到了医巫闾山这个空间，才有可能最终实现这种意识的转换。

湛轩在整个燕行路程中始终怀揣着老稼斋的《燕行日记》并加以参考，从而构思出了《乙丙燕行录》的叙述体系，而且其思想意识也很难摆脱老稼斋或者老稼斋一族的思想影响。农岩金昌协主导

---

① 《国译燕行录选集Ⅳ》，民族文化推进会，1967 年，第 485、526、540、541 页。

了18世纪朱子学的主要学派,其学统则传给了金元行的洛论一派,而这一派的真正继承者就是湛轩。这正如老稼斋在踏上燕行路途时表现出的对中国强烈的好奇心,湛轩也肯定表现出了同样的好奇心,而且更加清楚地认识到朝鲜与中国相比处于劣势。湛轩肯定清朝文物的存在价值及其意义,就超越了既存的华夷观,广泛接受了燕行沿途中所见到的各种文物。这就是湛轩思想中进步性的一面。他不仅亲自践行北学,而且着力于将朴趾源、李德懋、朴齐家、柳得恭等当时重要的文人收揽到自己的思想阵营中。《医山问答》的意义就在于此。既可视做哲学小说又可看做叙事性文章的《医山问答》,就是湛轩凭临着被称为"神圣空间"的医巫闾山而阐释的与众不同的哲学或世界观。为了避开有可能遭遇的批评锋芒,他在文中特意设置了实翁与虚子这两个人物,这是一种思虑深远的方法。在这篇长达12 000字、以问答体写成的作品中,作者描写了饱学30年习得儒学精髓的朝鲜朝儒生虚子。虚子在滞留燕京60天的时间里,与中国学者相互交流后却深感失望,失望至极的虚子在回国途中却与实翁相遇于医巫闾山,他们以学术研讨的形式将自己的思想公诸于众。这种结局,得益于湛轩将医巫闾山设置为一个"神圣的空间"。在现实空间里,湛轩在燕京与陆游、严诚、潘庭筠等清朝文人交游并写下了《杭传尺牍》、《干净衕笔谭》等多篇文章,这种相遇与交游成为了他转换思想意识的良好契机,将此理论化并以宣言的形式加以发表的就是《医山问答》。他认为,假如孔子生活在域外,就必定会写出《域外春秋》,在此前提下,华夷的区分就变得毫无意义。这也表明,湛轩的世界观变成了彻底的相对主义。①也就是说,在他的思想深处,积淀着对既存华夷论本能的抵触意识:一是认为自己(朝鲜)也是夷狄;二是清朝原先是夷狄,但统治中国多年

---

① 《韩国文集丛刊》第248卷,民族文化推进会,1999年,第90、99—100页。

后，现在已与汉族人没什么不同；三是即便是夷狄也可以成为圣人、大贤。他通过实翁与虚子有关"人物心性/天文·地理/人物之本·古今之变·华夷之分"等方面的辩论所得出的最为根本的结论就是"人物性同论"与"人物均"的思想，他对以往华夷观的修正，实际上也是从这时才真正开始的。①即从"人物性本善"归结出的"人物均"的新价值观，不仅是一种对人与物关系的新探索，而且超越人与人、华与夷间的差别，肯定其个性，从而尊重各自不同的生活方式。

湛轩在目睹了燕京的繁华后，联想到了相对落后的朝鲜朝的现状，同时慨叹无法回到从前明代繁华的状况。湛轩在与中国各方面人士交往的过程中，逐渐对华夷论产生了怀疑，这意味着他已确立了普世的世界观。这一点在《医山问答》中有着具体的体现。

湛轩以地界为基准，确认朝鲜朝分明是夷狄，从而力主"华夷一也"，提出了"华"和"夷"都是具有对等地位主体的具有划时代意义的主张。虽然湛轩的华夷观也存在着具有分阶段变化、发展的特点，即它分别为坚持着对明义理论与斥和论的阶段、多少克服了对明义理论与斥和论但多少残留着其影响的阶段、虽然克服了宗教的地理的华夷论但通过重新阐释的儒学仍旧保存着原来文化华夷观的阶段，但是从与中国的现实情况来看，湛轩的华夷观很显然是以燕行为契机发生变化的。《医山问答》中出现的"自天而视之，人与物均也"②的语言，是基于洛论系哲学之上的人物性同论与其燕行体验相结合的必然产物。他的这种人物性同论的思想，以其"观点的相对性、客观性"，发挥着否定华夷观哲学基础的作用。由此可见，

---

① 曹奎益：《朝鲜朝国文使行录的通时性研究》，《语文研究》，2003年，第31(1)期，第91—93页。

② 《韩国文集丛刊》第248卷，民族文化推进会，1999年，第90、99—100页。《国译燕行录选集Ⅳ》，民族文化推进会，1967年，第485、526、540、541页。

对湛轩来说，燕行是其意识的转折过程。在燕行之前他对思想解放还相对漠视，而通过接触到新世界后，这种思想变得很现实、很迫切。

2. 千山

千山以其壮丽的景观及其丰富的宗教文化内涵，成为了使朝鲜朝燕行使者们转换意识的象征性的存在。崔宪在他的《千山游记》中，详细描述了千山的山势和各种寺观，然后吐露出自己通过游览所发生的心理变化，即他慨叹道："昨日辽阳城中，困被鞴挨，有若笼中鸟。今日千山寺里逍遥快豁，便作物外人，是何数日之内，地位之高卑、心神之清浊，若是其悬艳欤？"①文章不仅描述了千山胜景的卓越，而且叙述了作者入山前后截然不同的心理。其结果，崔宪所游历的千山就很有可能起到了一个意识转换空间的作用。另外，月沙所描写的千山内的寺庙"清丽不是人间境界"，②以及"或造物之自奇，非人力所到而类智巧者所施设，是则三角道峰之所未有也"③等文字，也表明千山与月沙从前所处的空间是截然不同的。

与崔宪和月沙有所不同的是，老稼斋在真正知悉了中国实情之后，就逐渐改变了自己原先的小中华意识以及传统的华夷观，这是一件十分有意义的事情。自从他走进中国后就发生了如上的意识变化，而且很可能是在千山永安寺遇到佛僧崇慧后出现了根本性的意识变化。他与崇慧的相遇实际上是与佛教的相遇，也是与"一切众生悉由佛性"这种平等意识的相遇。在两人分别时，崇慧所说的

---

① 《切斋续集》卷1，李朝所藏木版本(29cm ×18cm)，第35页。
② 李廷龟:《月沙集》卷之三十八，《游千山记》，《韩国文集丛刊》第70辑，民族文化推进会，1993年，第130—132页。
③ 李廷龟:《月沙集》卷之三十八，《游千山记》，《韩国文集丛刊》第70辑，民族文化推进会，1993年，第130—132页。

"人有内外，佛性一等，岂有异哉？"①使得老稼斋彻底否定了迄今坚持的华夷观并具有了看待人与物的新视角。他在给龙泉寺佛僧云生的信函中写道："全仗道力遍践灵境，宝筏登岸，不乏喻喜"，②从而表达了悟道后的喜悦心情。老稼斋在燕行过程中给佛僧朗然写了一首诗：

> 无人指觉路，／尔独在吾前。／共宿龙泉寺，／应知有宿缘。③

老稼斋通过这首诗也表达了一种悟道后的喜悦心情。自然，这种感悟实际上是人的本质与真理本身。尽管通过走佛教的道路使老稼斋颖悟到了人们在本质上并没有什么差别，但这个真理在佛教以外的其他地方也有同样的体现。由此我们能够十分清楚地看到老稼斋世界观的明显变化。④

另外，游历千山所体验到的气候的变化或者自然的景观，也都成为老稼斋"开眼"的契机，由此老稼斋就可以进入到"无言自喻"的境界，即超越现象的人为的境界，而进入到万象合一的"真如"的境地。其结果是，老稼斋等朝鲜朝的文人就以佛教的世界观洗涤了自己固有的华夷有别的思想意识。在深刻认识到人类所具有的尊严性与平等性等方面，位于燕行路程附近的千山与医巫闾山都对朝鲜朝的文人产生了很大的冲击。

---

① 《国译燕行录选集Ⅳ》，民族文化推进会，1967年，第485、526、540、541页。
② 《国译燕行录选集Ⅳ》，民族文化推进会，1967年，第485、526、540、541页。
③ 《国译燕行录选集Ⅳ》，民族文化推进会，1967年，第485、526、540、541页。
④ 曹奎益：《朝鲜朝国文使行录的通时性研究》，《语文研究》，2003年，第31（1）期，第92—93、91页。

四、结论

踏上使行路程的大部分朝鲜朝文人,从首阳山那里确认了传统思想的延续性,同样,老稼斋和湛轩也从千山与医巫闾山那里,感悟到了它赋予有限的认识主体以无限优越性的精神价值。

无论是老稼斋还是湛轩,他们之所以能够成为朝鲜朝社会的先觉者,是因为他们正确地认识到了人性的高贵与人类价值的重要性。虽然我们不能断言他们是在千山和医巫闾山中获得了这种认识转换的契机,但至少可以说这些山岳曾提供给他们省悟的重要根据。那么,他们为什么非要进山进行参悟呢?据笔者的理解,正是因为这两座山是"神圣的空间"。月沙曾认为这两座山都是依靠造物主的造化而产生的空间。另外,在进入这两座山之前的世界是容纳他们自己身体的世界以及依"物质形态"而加以区别的世俗的空间。这两座山还是与燕行沿途的大部分驿站或村落明显不同的别样的世界,即只有通过由世俗的空间进入到神圣的空间,他们的思想意识才能发生根本性的转变。与此不同,大部分的燕行使者曾走过的首阳山成为了确认他们思想意识正统性的场所,可见,首阳山与千山和医巫闾山形成了鲜明的对照。

使行的路程并不单纯是使臣们路经的物理的空间,它还是使臣们接触新事物、萌发新思想的空间。使行所途径的大部分地方,不仅因其"新奇"的人文地理环境极大地增加了朝鲜朝使行人员的知识储库,而且因使行者丰富的见闻而成为使行者转换认识主体思想与现实态度的契机。他们在燕京接触到先进文物后,就既感到惊讶又感到羡慕,但苦于超越不了自己思想的局限,所以其转变了的思想却不能去影响社会的变化。在此过程中,千山与医巫闾山的文化内涵却是引发先进知识分子发生意识变化的重要因素。他们的思想比其他人士要先进得多，并且通过游历中国确认了其正当性。千山与医巫闾山被选择为昭示其变化、催生新事物的标志性的空间；与此相反，首阳山却成为满足一个恢复既存的传统思想体系、维护其自尊心的另一个祭祀的空间。所以，我们从这一点可以看到在燕行路程中首阳山、千山、医巫闾山所具有的深刻内涵。

朝鲜通信使眼中的日本器物形象[①]

一

日本与朝鲜半岛隔海相望,因而长期以来,两国保持着相当密切的贸易关系。在朝鲜朝,随着大量的日本商品流入朝鲜半岛,品种多样、器物精良的日本形象也深深印进朝鲜人的脑海之中。从朝鲜通信使笔下描述的日本方物的品种数量来说,朝鲜朝超过了以往的任何一个时代。譬如,日本的马、剑、腰刀、玛瑙、水晶、金银、金银粉匣、象牙、生红铜、牛皮、降香、木香、速香、丁香、檀香、苏木、乌木、硫黄等。从以上方物可以看出,日本器物主要是各类制品,即,武器类和工艺品类。其中,硫黄、木材、牛皮等是日本传统的原材料物品。除了这些传统原材料物品之外,日本的物品几乎都是制品。这些制品有两个特点:一是需要工艺技术,另一是与金玉相关。

前者与器物精良的日本形象相关。器物精良的形象使朝鲜人一直认为日本有很多能工巧匠,能够制造出精美的东西。资源匮乏、空间狭窄、景色秀丽、四季变化的东瀛岛国,本来就是一个能够培养能工巧匠的天然场所,由这样的文化风土产生出对技术的崇拜之

[①] 本文原载于《东疆学刊》2013年第2期。

心是非常自然的。唯有精湛的技术，才能够最大限度地提高生产效率、降低成本，节省资源，对于日本这样一个岛国，这不啻是生存的法宝。①

后者与金玉之国的日本形象有关。金玉之国的形象与东海神山想象相关，同时也与日本僧侣的绘画相关。日本的绘画多用金碧，这使朝鲜人看到之后也会产生日本富有金玉的想象。

> 铜之白者，谓之白铜，我之所无也，多取北京而用之。今见日本所产，光泽俱胜于北京来者。②
> 陆奥，产黄金；石见，出白银；播摩之铜，血殷红。③

古代朝鲜与中国的诗文当中经常出现珠之国的日本形象。日本是珠宝之国，遍地都是珠宝，而珊瑚、松根、琥珀等却不是什么贵重的东西，无人珍视它们，这是何等富庶的景象。在此之前，只在道教仙境中出现过遍地金银白玉的人间天堂景象，而这种想象终于也落实到了日本形象上。不少诗歌描绘过日本海商的富有，但还没有把富有的形象扩展为日本的集体形象。从珠宝之国到富裕之国，是合乎情理的形象演变。日本被古代朝鲜人想象为珠宝金玉之国，但这只不过是想象的乌托邦而已，这种想象与日本的实际情况并不相符，其实日本不生产黄金。为了迎合朝鲜人想象的日本形象，日本就选择了不少镶金嵌玉的制品。

---

① 李兆忠：《暧昧的日本人》，金城出版社，2005年，第113—114页。
② 金绮秀：《日东记游》，《海行总载》第10辑，卷三，物产二十六则，民文库，1989年。
③ 金绮秀：《日东记游》，《海行总载》第10辑，卷三，物产二十六则，民文库，1989年。

二

日本文化器物中的人类形象是以日本人生产和工艺的水平为根据形成的。生产和工艺是人类智慧的产物，文化器物代表的技术也是日本民族文明的标志，对于文化器物的肯定就是人类化的表现。就具体的日本文化器物而言，有剑、马、纸、砚、漆器等物。"在百工皆善、器物皆精之中，显现出日本民族认真细致的性格特征。器物仅仅是器物，但器物精良与否，反映出了日本民族的民族性。急躁粗陋的民族不可能制造出精良的物品，而日本民族的性格也确实有细腻认真的特点，日本的器物正是这种民族性格的具体表现。"①

（一）剑

倭国器物皆巧绝，据说倭剑是以千年铁精铸造而成，它又埋于阴井多年。传说倭剑又分雌雄，剑上涂以人血，人见心悸。一旦佩戴倭剑，就勇武非凡，连鬼神都不敢靠近。

> 丰前之铁，雪色翻；萨摩之剑，锋利无比。②
> 铁皆百炼。凡造器械，锋利且不计，才加拂拭，雪花模糊，眼看夺色，光辉射人。③

---

① 张哲俊：《中国古代文学中的日本形象研究》，北京大学出版社，2004年，第142页。
② 金绮秀：《日东记游》，《海行总载》第10辑，卷三，物产二十六则，民文库，1989年。
③ 金绮秀：《日东记游》，《海行总载》第10辑，卷三，物产二十六则，民文库，1989年。

日本曾是在东亚离中国文化最遥远的后进国家，在稻作技术、制铁技术传到日本之前，所有的周边国家都已具备了这两门技术。然而，日本的制铁技术有它的独特性，即专门以铁砂为原材料。日本与加拿大、新西兰并列为世界三大铁砂出产国，国内铁砂蕴藏丰富且易于开采，所以日本制铁业者对铁矿石完全不感兴趣。

在日本经济高速发展的背后，我们不应忽视铁砂所发挥的作用。日本的铁砂蕴藏丰富，用极小规模的原始设备就能进行精炼。在日本历史上很长一段时间内，日本经冲绳向中国出口的是日本刀、硫黄、马以及海带。日本刀确实是优质铁器，就连当时的基督教传教士也曾谈及其锐利程度。在丰臣秀吉征伐朝鲜时，作过俘虏的姜沆曾向朝鲜国王谏言，朝鲜刀与日本刀相比质量低劣毫无用处，应该尽快俘虏一名日本刀工让他为朝鲜制刀。进入元禄时代（1688—1704 年）以后，日本的制铁工艺完全成熟。炉工们把木炭和铁砂交替投入制铁炉中，通过风箱持续送风，这样的工作持续 3 天在炉底才会出现铁锄。3 天后将炉敲碎取出铁锄，再将它运送到邻近的大型轧铁厂。在那里有一个重约 300 贯（1 贯约合 3.75 公斤）的巨大球形铜锤，通过水车的力量将这个铜锤吊到 10 米左右落下轧碎铁锄，通过观察铁锄，断裂处来判断它的质量。由此可见，铁锄的质量并不完全相同，有些铁锄，直接可做钢材使用，有些则需要淬火敲打去除不纯物。用上述方法制造出来的钢材就是庖丁铁。

在西欧近代焦炭制铁技术出现之前，日本的铁比西方便宜，这一点在荷兰人的文献上已有所记载。用这些丰富而廉价的铁制成农具，降低了农田开垦的难度，提高了农业生产力。江户文化在某种意义上是建立在廉价铁基础之上的文化。

（二）陶器

百工皆善，器物皆精显现出日本民族认真细致的性格形象。日

本的这种民族性至今未变,因而日本制品大多质优形美。[①]这一点,集中体现在金世濂所记述的器皿上:

> 其器皿则常时皆用红黑漆木器及镏铁等器,至于土陶之器,涂以金银。其宴享皆有三五七之制,初进七器之盘,或鱼或菜,细切高积,如我国果盘;次进五器之盘;次进三器之盘,而取水鸟,存其毛羽,张其两翼,涂金于背,果实鱼肉,皆铺以金箔。献杯之床,必用剪彩花,或木刻造作,殆逼真形,此乃盛宴敬客之礼。而凡享客酒食,通谓之振舞矣。[②]

上文中提到的作为食物器皿主角的陶瓷器,其工艺水平是在朝鲜、中国的影响下得到提高的。最初是在公元 5 世纪之前,朝鲜半岛过来的陶工带来了东亚大陆先进的烧制工艺,产生了日语称之为"须惠器"的一种新型陶器,它是一种将耐火度高的黏土用制陶用的旋转圆盘制作成型后,放入窑中经千度以上的高温烧制后做成的结构细密、质地坚硬的硬陶器具。唐代中国的三彩技术已传入日本,日本正式开始了铅釉陶器的生产,烧制出了光泽亮丽、色彩鲜艳的陶器。16 世纪末,丰臣秀吉出兵进攻朝鲜,强行带回一批陶工,其时中国的制瓷工艺早已传入朝鲜半岛。这些朝鲜陶工在日本的九州有田一带成功地烧制出瓷器,由此,日本的陶瓷器工艺不断突飞猛进。作为日本食器的瓷器,是一种细腻的瓷器,外形古拙,纹理清晰,其形状除圆形、椭圆形之外,还有叶片状、瓦块状、莲座状、瓜果状、舟船状,呈四方形、长方形、菱形、八角形。其色彩大多素雅、简洁,少精镂细雕,少浓艳鲜丽。

---

① 张哲俊:《中国古代文学中的日本形象研究》,北京大学出版,2004 年,第 142 页。
② 金世濂:《海槎录》,《海行总载》第 4 辑,民文库,1989 年,第 430—431 页。

(三) 纸

在《海行总载》中，朝鲜通信使还多次写到了日本纸的质地：

> 美浓之纸，洁而韧。①
>
> 纸有纹，无物不有，宜不借于江南、西蜀织造之局也。②
>
> 纸，洁比于唐，韧较于我，此其所长。而近又一种西洋之纸，遍行其国，光滑夺目，浓厚如掌，而似纸非纸，还无足贵。以吾所见，不及其地之顶品也。③

日本的纸光白而滑，以至于"非善书者不敢用"。《书法离钩》载："纸有倭纸，出倭国，以蚕茧为之，细白光滑之甚。或云倭国无蚕，亦树肤也。"《格古要论》亦记载："北纸用横帘造，纹必横，其质松而厚。南纸用竖帘，纹竖，若二王真迹多是会稽竖纹竹纸。唐有麻纸，其质厚。有硬黄纸，其质如浆，润泽莹滑，用以书经，故善书者多取其作字。今有二王真迹用硬黄纸者，皆唐人仿书也。五代有澄心堂纸，宋有观音纸，匹纸长三丈，有彩色粉笺，其质光滑，苏黄多用是作字。元亦有彩色粉笺，有蜡笺、彩色花笺、罗纹笺，皆出绍兴。有白纸、清江纸，观音纸出江西，赵松雪、库库子山、张伯雨、鲜于枢多用此纸。有倭纸，出倭国，以蚕茧为之，细白光滑之甚。"《格古要论》记载的是历史上有名的好纸，列举了著

---

① 金绮秀：《日东记游》，《海行总载》第10辑，卷三，物产二十六则，民文库，1989年。

② 金绮秀：《日东记游》，《海行总载》第10辑，卷三，物产二十六则，民文库，1989年。

③ 金绮秀：《日东记游》，《海行总载》第10辑，卷三，物产二十六则，民文库，1989年。

名文人书画所用的纸。倭纸亦被列入这些上等佳纸之中。

（四）漆器

朝鲜通信使十分青睐倭漆器具，日本从文具到书房的家具都用倭漆器具。

> 余见倭人所用器皿百物，皆玄漆如鉴。宫室船板桥舆等处，亦皆施漆，漆光照耀，与我国所见判异。若专以漆木之液，而涂泽如此，则彼其庶民之家，一岁所用漆液，度不下数斗。而公侯贵人，当用十斛而不足。然所过间里山野，亦未见漆林。心甚怪之，问于倭人。则曰："青秭捣取汁贮之器，善藏于密，经年不变。日本漆法，先用秭汁而涂之，再三涂干，磨以彭叶。然后其光炯然，乃加漆液，所以漆小而色美"云云。其言又不可信。[1]

方以智《通雅》记载："漆皆出于日本。"但实际上，所谓的倭漆器具不一定都是日本原产，但油漆当初是由日本进口。倭漆器具颇受朝鲜人喜爱，除了文具之外，倭漆器具还成为收藏之物。

倭漆器具在明清文献中也频繁出现，这是因为，首先，倭漆是绝好的油漆。明代《天启宫词》记载："上好弄油漆，凡所使器具，皆御用监内官监办。进作料，上手为之，成而喜，喜不久而弃，弃而又成，不厌也。宣庙青宫时，剔红填器具，经裁定后厂制终不及前。倭漆中杂金屑，砂砂粒粒，光色莹然，亦为时所重。"倭漆不知何时传入中国，不过在明代倭漆为时重用，宫廷亦用倭漆。其次，

---

[1] 申维翰：《海游录》（下），《附闻见杂录》，《海行总载》第2辑，民文库，1989年。

倭漆工艺的仿造。倭漆器具在明人心目中是最佳器具。倭人漆器乃是天下的极品，明代亦有仿造。仿制的倭漆器具几乎与倭国原产漆器仿佛，可见当时仿造技术已经很高。茶山描述道：日本的技术之所以如此发达，得益于日本人经常往来于日本与中国江浙一带，习得了其精妙的工艺。

漆器的餐具到了江户时代呈现出飞跃性的发展。其中一个比较显著的现象就是漆绘，主要是"莳绘"被普遍运用到了膳、碗、盆等食器上。"莳绘"是一种用漆描画出图案之后，再用金、银、锡等金属粉末黏上去磨制出来的图画，起源于奈良时代，在平安时代已有了相当的发展，到了室町时代诞生了为将军家服务的幸阿弥世家和五十岚世家两大几乎是世袭的画派，这两大"莳绘"的画派一直延续到了江户时代。将"莳绘"艺术大量运用到食器上来的，首先要推江户中期的尾形光琳。

（五）纺织物

在《海行总载》中，朝鲜通信使对日本纺织业的描写尤多。他们写道：

> 棉布，摄津之产，而近又无处无之云。织造，一依西法，如所谓西洋布者。①
>
> 又往纺绩所，而男女并集，亦以火轮弹绵成绪。凡造纸与纺绩，其巧其迅，难以形模。②
>
> 转往西阵织锦所小林绫造家，家主示一册子，粘各色锦片也。见织锦，而一机六人分坐机之上下左右，各成其工，一日

---

① 金绮秀：《日东记游》，《海行总载》第10辑，卷三，物产二十六则，民文库，1989年。

② 《日槎集略》（[地]四月十七日戊申），《海行总载》第11辑，民文库，1989年。

才织三尺云。锦纹之浓彩，锦质之敦厚，始见于此。此为御用服。①

布帛之属，不可殚记。而赤地之锦，精好之织，今行初见。若其博物院及对马岛旧主家，所见片锦谱，凡各样锦缎，片割妆帖，谓之片锦谱。②

在这里，作者毫无讳言地指出：日本人纺织的方法完全依照西方，"以火轮弹绵成绪"，其结果，"其巧其迅，难以形模。"而日本人的织锦，则是"一机六人分坐机之上下左右，各成其工。"作者对此不禁感喟道："锦纹之浓彩，锦质之敦厚，始见于此。"在所有的锦缎中，最令朝鲜通信使们称道不已的还是赤地的锦缎，这是因为，"赤地之锦，精好之织，今行初见。"

不仅是对纺织，朝鲜通信使对日本的磁器、彩画、眼镜的制作也有所言及。他们不仅详细介绍了这些源于西方的各种器物的形状、大小、色彩，而且毫不隐讳地指出其"精巧出色"之处，以及给人"金碧眩目"的震撼力。但与此同时，丁若镛等人也不失时机地指出：日本的技术之所以如此发达，得益于日本人经常往来于日本与中国江浙一带，习得了其精妙的工艺。

(六) 其他器物

不仅陶瓷器是这样，在日本，以漆器为代表，瓷器、陶器、木器、竹器餐具材料多样、应有尽有，各自显示出不同的肌理和质感，适合于不同的季节、不同的食物和不同的场合；上面通常绘有风格淡雅的图案，拼合起来，又是一幅美丽的绘画；种类也繁多，尤

---

① 《日槎集略》（[地]四月十七日戊申），《海行总载》第11辑，民文库，1989年。
② 金绮秀：《日东记游》，《海行总载》第10辑，卷三，物产二十六则，民文库，1989年。

其是各种盛放佐料的盏盏碟碟。最使人心动的，是那种木碗，其花纹之精美自不待言，单就外观而言，那雍容大方的造型，丰满柔和的曲线，叫人爱不释手，观其形，想其态，味外之旨油然而生；而碗沿厚度恰到好处，与嘴唇相接，不滞不滑，天衣无缝，宛如与心爱的女人接吻。①显然，这已经不能单纯地从美学的角度来解释了，对装饰美的迷恋和不懈的追求，已成为日本人根深蒂固的感觉方式和思维方式，甚至是他们的一种本能。到了德川幕府后期，日本的这些工艺水平几乎可与中国并驾齐驱。②

> 磁器、彩画旧不及北京，近参西法，精巧出色。博物院有一花瓶，高可抵屋，遍体彩画，金碧眩目，渲染无痕，此亦仿西法为之。③

> 镜，旧有乌匣镜者，今不可见。坐镜、悬镜，皆从西法；惟铜镜，尚有旧制。眼镜亦旧有髹漆木为围，屈其虹腰，两圆相当，上圭下圆，髹匣而藏之，形如胡芦者，今则无之。只有轮小，才可遮眼而无郭。或银、或铜为郭，而加鹤膝，鹤膝两端，屈而下之，挂之耳后，牢着不脱，郭与膝俱细如丝，此亦西法欤。④

在《海行总载》中，朝鲜通信使还对作为人类进入更高文明阶段标志的发电机做了大力推介：

---

① 李兆忠：《暧昧的日本人》，金城出版社，2005年，第154页。
② 李寅生：《论唐代文化对日本文化的影响》，巴蜀书社，2001年，第209页。
③ 金绮秀：《日东记游》，《海行总载》第10辑，卷三，物产二十六则，民文库，1989年。
④ 金绮秀：《日东记游》，《海行总载》第10辑，卷三，物产二十六则，民文库，1989年。

> 所谓火轮之转迅如电,而器物之成速若神。造币、造纸焉,治木、治革、治丝焉,莫不以火轮。而轮船之一日千里,轮车之一时百里,尤岂人力可致哉。海上之灯台,国内之铁道,所由设也。所谓电信,先自东京、长崎,延亘欧罗巴国,直线、横线几十其条。而各国事为,咫尺可闻;万里书信,顷刻可通。此为公私并用也。①

可以说,蒸汽发电机技术的引进和使用,使日本的生产力得到了飞速的发展,不论是造币、造纸、治木、制革、造丝,还是轮船、车辆、火车,乃至电信、海上的灯塔,都必须依赖发电机。因而,朝鲜通信使们都不能不为这项技术的使用大为动容,也十分迫切希望早日在自己的祖国得到广泛运用。正因为耳闻目睹了日本所发生的这些惊人变化,大多数朝鲜通信使才不无感慨地说道:

> 贵国自通商以来,器械工用,如夺造化。一人作百人之事,必利益莫大,而何为其受害云耶?通商是人民贸迁之利,且税关课岁之入,必多补国用,而何为空虚耶?贵国二十年前闭关斥和,称于天下矣。今日之和,又何其甚焉!而法度仪文,无一不更张耶!②

因而,就连日本天皇也是"躬临博览会,赏赐器物之精造者,以劝工匠之兴业云矣。凡此土俗物情,翻然舍旧,一切从新。"③但

---

① 《日槎集略》([天]《闻见录》),《海行总载》第 11 辑,民文库,1989 年。
② 申维翰:《海游录》(上),《九月初四日癸酉》,《海行总载》第 2 辑,民文库,1989 年。
③ 《日槎集略》([天][录]《闻见录》),《海行总载》第 11 辑,民文库,1989 年。

有些朝鲜通信使却从朱子学的立场考虑，仍然要愤愤地谴责日本："机械精工，非不利也，然一时为夷人所怵。——承命于夷狄，其害非言语可伸者存焉。贵邦果有人物，不受外人之制，听交商甚可。然若后来有小人如秦桧者当国，将奈之何？"①所以，这绝不是日本的幸事！何况——

  日本立国二千五百三十余年于兹矣，自有自家之制度。既承历世之传习，而不通西国以前，未尝非国富兵强、家给人足，而亦无待于外也。是故当初斥攘，不啻严邪正之分，到今服从，胡至此俗风之易乎？或曰时势使然，而归之时势，不思吾之自主乎？又曰强弱所致，而付之强弱，不勉吾之自修乎？大抵西国，其学焉耶苏之教，其事焉功利之贪，而惟以奇技淫巧为第一务也。概许相通，见闻相接，则凡于厚生之方、富强之术，有可效者效之，有可移者移之。犹或万一，而一事一为，无不仿之。一年二年，举皆变之；而忘我之古，取人之短。宇内万国，宁有是理乎？②

三

  综上所述，我们可以看到，器物精良的日本形象主要是通过描绘日本的文化器物和工业器物营构起来的。朝日贸易使日本器物流入朝鲜，朝鲜文人由日本器物认识日本，并形成了关于日本的想象。在他们的笔下，日本大和民族是一个精于工艺、制品精良的民

---

① 申维翰：《海游录》（上），《九月初四日癸酉》，《海行总载》第 2 辑，民文库，1989 年。

② 《日槎集略》（[天][录]《闻见录》），《海行总载》第 11 辑，民文库，1989 年。

族。在此，朝鲜朝通信使并没有盲目陶醉在朝鲜文化的优越性上，而是更多地去关注日本的技术文明。不少朝鲜通信使在他们的游记中，曾羡慕地语气详细描述了他们在日本期间所耳闻目睹的在造纸、纺织、冶炼业等方面的器物之制。他们将它与朝鲜的工业器物制度相比较，找出了中国之长与朝鲜之短，敏锐地认识到造成朝鲜贫穷的根本原因就在于生产技术的落后。所以，他们在自己的《海行总载》中，积极主张导入日本先进的生产技术与工艺手法，改革朝鲜的劳动工具，改进朝鲜传统的操作方法，以达到提高生产效益的目的，这也可以说是当时大多数朝鲜人梦寐以求的强国富民的梦想。

其 它

《金鳌新话》与《剪灯新话》之比较[①]

——论金时习的文学主体性

一、序言

  迄今为止的《金鳌新话》研究,还没有一篇论文,将金时习接受《剪灯新话》的影响,作为一个整体现象进行全面考察。这样,《金鳌新话》的研究,仍旧停留在对应分析影响者与被影响者间相似点的层面上. 尽管李野曾在《论朝鲜文学对中国传奇文学的接受》一文中,从四方面论及了《金鳌新话》的创新价值,但由于未实现考察视角的根本转换(立足于金时习看瞿佑),因而仍未能全面地揭示出金时习的文学主体性。

  鉴于这种研究现状,笔者试图基于金时习从更本质方面,多层次、多角度地分析他(与瞿佑相较)的文学主体性,旨在改变过去比较研究不成体系、趋于停滞的状况,抛砖引玉、以期推动《金鳌新话》的研究出现更大的突破。

  当然,以上所言及的文学主体性,只有在其作品总体上不是摹仿作的前提下才得以确立,这就必然要涉及鉴别作品的问题。目前,学术界围绕着《金鳌新话》是不是《剪灯新话》的摹仿作一

[①] 本文原载于《延边大学学报(哲学社会科学版)》1992年第4期。

题,也有不少争议。笔者认为,除《龙宫赴宴录》外,其他作品都不是真正意义上的摹仿作。《龙宫赴宴录》是《水宫庆会录》摹仿作的原因在于,它从主题、人物、结构到语言,都直接因袭了《水宫庆会录》。下面详加列举一下。

主题:两篇都通过作为儒士的主人公被邀入龙宫题诗一事,歌颂了龙王礼贤下士的美德。

人物:《水》—广利王、善文、三龙神;《龙》—飘渊龙王、韩生、三龙神。

(情节)结构:开头,龙王派人请主人公赴宴;接着,写龙王亲自延迎主人公入席,并请主人公写下上梁文(内容趋同);然后,"酒进乐作",载歌载舞;最后宴会结束,主人公接受龙王的恩赐、离开龙宫,入名山"不知所终"。

语言:《水》中一例:

"善文…白昼闲坐,忽有力士二人一自外而入,致敬于前曰'广利王奉邀',善文惊曰'…幽显路殊,安得相及?'二人曰'…毋用辞阻'。"

《龙》中一例:

"韩生…日晚宴坐,忽有青衫幞头郎官二人。自空而下,俯伏于庭曰:'飘渊神龙奉邀'。生愕然变色曰:'神人路隔,安能相及?…'二人曰:'…愿勿辞也'。"

在两部作品中,与此相同或相似的例子还有几对,这里不一一列举。

由以上四方面的分析,我们不难看出:《龙宫赴宴录》的确是《水宫庆会录》的摹仿作。

《金鳌新话》(以下简称《金》)的其他作品则不同,它们虽然也部分地摹仿了《剪灯新话》(以下简称《剪》),但和《剪》中的作品并不存在一一对应的影响关系(例子略去)。它们实际上是杂取

《剪》中许多文学性的因素,交叉吸收进自己的作品中,并结合作家的经验(生活、审美)和灵感因素(心理机制),最终加工完成的。因此,即便是引用了《剪》的大量素材,也是作家站在不同层面上(哲学、历史),将自我意识艺术地具象化的产物。所以,不应将它们看作是摹仿作。

这些作品中,金时习的文学主体性,主要体现在以下三个方面。即,①"气一元论"基础上的"鬼神论"思想;②历史回归意识和自我超越意识;③氤氲、柔婉的意境美。

二、"气一元论"基础上的"鬼神论"思想

《剪》和《金》都描写了"鬼神",且都体现了"劝善惩恶"的伦理思想,但由于两位作家所持的哲学观不同,因而,他们笔下的"鬼神"就有本质上的差别。

首先看瞿佑。瞿佑是个"理一元论"者,他在作品中描写鬼,就是为了阐发"劝善惩恶"的伦理思想。这样,作者相应于一系列善鬼,也就设置了一系列恶鬼的形象。如,《永州野庙记》中地府里的鬼是善鬼,而野庙中的白蟒妖却是恶鬼;同是多情鬼《滕穆醉游聚景园记》(下称《醉》)中的女鬼是善鬼,而《牡丹灯记》中的女鬼却是恶鬼。另外,瞿佑在《剪》的部分作品中,从唯心主义的立场出发,肯定了鬼具有真实的形体。譬如,作者在《牡丹灯记》中,借老翁的口说,鬼是个"粉骷髅"。在《太虚司法传》中,说鬼有"赤发而双角者,绿毛而两翼者,鸟喙而獠牙者,牛头而兽面者",并让不信鬼的冯大异长上"拨云之角","朱华之发","哨风之嘴","碧光之睛"。作者的这种描写,无形间就肯定了鬼具有真实的形体,承认了鬼的实体存在。

与瞿佑相反,金时习在《南炎浮洲志》中,基于"气一元论"

的哲学思想,提出了鬼神并无实体,即,鬼神并不实存的观点。

　　他认为:鬼是阴之灵,神是阳之灵,而这两者都是自然的产物,是阴阳二气相互消长的产物。人与鬼神并不对立,它们是同一事物(气)的不同表现形态—"生则曰人物,死则曰鬼神,而其理则未尝异也"。即,人是有形的,而鬼神却是无形的。另外,据屈伸功用区分了鬼与神。他认为:"神"具有神通广大,出没无常的"妙用",能永远存在,这如龙王或仙女;而鬼,特别是"冤鬼""横夭之鬼",尽管"精神未散于当时"并"以其怨结气固","不得其死","或托巫以致款,或依人以辨怼",但它们的精灵"久则散而消耗尽"。如《万福寿俘蒲录》和《李生窥墙记》中出现的女鬼,她们都曾含冤死去过,但为实现生前遗愿,又重返人间,可惜她们根本无法久留人间,最后只好恋别自己所热爱的人间。

　　金时习"肯定"鬼神,主要是将它们当作观念上的存在,当作教化的手段,也是出于将佛教思想趋同于儒教思想的目的。在实际生活中,他并不真正相信鬼神存在。他在《神鬼说》一文中曾言道:

　　　　"仪者,天地落卑自然之仪…有仪则有鬼神,仪之至诚之实也。鬼神者诚之妙,鬼神之者诚之之著,故曰,不诚无物"。

　　这就是说,鬼神只是人们为维护"天地尊卑自然之仪"而虚设的一种象征物,也是为教化百姓而确立的一种信仰而已。

　　或许有人会问,既然鬼神只是人们虚设的抽象物,那么在《金》中,真实存在的女主人公又为什么变成了鬼神?问题很简单:首先,金时习写鬼神,是受到自《双女坟》以来朝鲜传统写作模式的直接影响;其次,这是他在当时社会政治条件下,所不得不采取的一种写作方法,实际上是假托鬼神的活动,以表达自己的思想感情。正由于这两种原因，金时习作品中的鬼神就具有了人的秉性、形象——鬼神并无其实体，其男主公也成了通灵人物——来往于现实和超现实间的人物。结果，不是鬼神具有特异功能，而是作者的意识能直抵超现实世界——上天国会仙女、下水府见龙王、入冥界遇阎王，并且还同彼世的女鬼交欢。这样，作者似乎就变成了"至人"，常常忘却自我，也忘却此世和彼世的时空距离，从而实现了一种审美超越。

金时习在朝鲜哲学史上第一次运用"气"的概念，充实和发展了唯物主义新内容。但由于他生活的时代，"理一元论"占统治地位，所以，金时习的哲学思想也难免残存"理一元论"的因素。特别是对待社会问题，他往往站在程朱理学的立场上进行分析。譬如，他将"天地尊卑"当作自然规律来看待，将"气"的根本运动规律与伦理纲常趋同起来，结果，他的"气一元论"思想在自然观与历史观两方面，常常发生矛盾。这说明，他还不是彻府的唯物主义者。

三、历史回归意识和自我超越意识

所谓主体性（是针对客体性而言的），简言之，就是自我心态——认为自我是宇宙间至为尊贵的存在，我就是我，不能变成客体。这就是主体性。它意味着一切由我，不借助于他力，不依附于他人的独立自由的自我意识。无论个体、还是民族的主体，都是同样的。

瞿佑和金时习在自己作品中，都程度不同地体现了力图回归民族主体性的主体意识。

先看看瞿佑。他作为亲眼目睹王朝交替（张士诚政权崩溃，明王朝建立）骚乱状况的作家，在《剪》的不少作品中，都直接以此作为背景展开了反思。譬如，借桃花源传说描写南宋灭亡的《天台访隐录》，以仙界淹留故事歌烦伍子胥吴越兴亡的《龙堂灵怪录》，以及借讲冥婚故事写南宋贾似道腐朽政治的《绿衣人传》等，都不同程度上表现了对历史—民族主体性的回归意识，但由于作家模仿《香台集》、脱离传奇的情节，写了历史人物，因而作品无形间就成了历史故事，主人公游离于情节之外，只作为旁听者的身份出现，其结果，作家的心灵就与"历史"和"宇宙"间未能实现潜在的同一。

再看看金时习。金时习创作《金》，是出自渴望建功立业和反抗世祖落权而隐逸的"二律背反"的矛盾心态，也是他的生活经历（遍游名胜，体验儒释道三种生活）和思想情感（以儒家思想为基础的民族回归意识）的折射反映。其结果，金时习通过对文学环境—自然条件、文化传统和当代社会的融铸统一，克服和超越了自然本性和社会理性（功利）的束缚，实现了作家的"心灵"同"历史"、"宇宙"间潜在的同一。

具体以《醉游浮碧亭记》为例。首先，这篇作品表现的是一种强烈的民族自主意识，一种对悠久的民族文化近乎"恋母情结"般的挚爱。

金时习在《醉》的开头，就曾以无限自豪的口吻，描述了旧都平壤的历史古迹。他写道：

"平壤，故朝鲜国也……其胜地，则锦山、凤凰台、绫罗岛、麒麟窟、朝天石、楸南墟、皆古迹而。"锦山永明寺内，而浮碧亭下面就是麒麟窟。据传说：永明寺曾是东明王九梯宫的旧址；浮碧亭上面的乙密台上，曾住过乙密仙人；另外，高句丽东明王曾骑麒麟马从麒麟洞入地，转从朝天石复出，然后飞升到了天上。因此，当洪生登上浮碧亭时，就不禁要吟诗道："故国已销龙虎气，荒城犹带凤凰形"，"檀君祠壁女罗缘，英雄寂寞今何在"，"圣帝朝天今不反，闲谈落世竟谁依"。

这既是伤古,又是悲今。故都平坡的旧物,都是过去曾有又延续到今天的意象,又都是朝着负方向变化了的事物,显示着衰、残、断、缺的颓势。而且,它们的功能是引起触发、追忆过去,把旧物的现在(衰败、残缺、荒芜)与旧物的过去(繁盛、完整、美丽)进行对比,导向一种具有历史人生意味的兴亡之叹。所以,作者对古都平壤的礼赞和对衰世的忧伤,无形间就体现了作者对先祖悠久历史文化一种深沉的回归意识。

其次,金时习的这种民族回归意识,自然受到了从民间传承下来的"说话",道家史书影响(如《古朝鲜记》、《三圣密记》等)。在《醉》中援救仙女的神人,就是古朝鲜始主檀君的化身。据金富轼《三国史记》记载:"檀君名王俭,人阿斯达为神云,尔则仙人"。即檀君变成了不死之人—神仙。从大量的史料可知,自上古时代,朝鲜就有自己固有的"神仙说",并已形成了自己独立的体系。所以,金时习在文中吟诵"檀君民鼻祖,太祖有灵踪",就充分表达了作为檀君为首的天孙族—朝鲜民族一员的无限自豪感。

由此可见,金时习虽无排华倾向,但的确强烈反对丧失民族主体性的华夷名分论,他旨在肯定朝鲜文化的自在性、独创性,使优秀的民族精神重新得到发扬光大。

但金时习这种历史回归意识,在华夷名分论趋浸人心的现实面前,却走向了幻灭。金时习感于斯、哀于斯、却苦于无力扭转这种局面。那种"吊古多垂泪,伤今自买忧"的词句,正是他旷深的民族忧患意识的深刻体现。

再次,在金时习心中,或许也曾像仙女一样,泛起过"欲守贞节,待死而已"的波澜,但最终也采取了"超越现实"—隐逸山林的消极反抗形式,这既是有不满现实的意味,又有使个体避祸全身的意味。他作为融正义、生存、自由为一体的隐逸者,逃避现实,主要是为了固守自我的主体性,在自然中寻找一种心理补偿物,实现价值的转移,从而使内心平静下来。而他归隐自然的结果,却实现了审美超越——将主体内心最直接的体验融入到自然表象中,由此升华出近似两性关系中那种忧伤感情,达到了心物不分的相互渗透和心灵与宇宙的综合。

总之,金时习对仙界的企羡,实际上暗含着对檀君朝鲜、高句丽以及朝鲜君王李太祖、世宗的追思;实际上也是一种政治乡愁——怀念自己的政治故乡平壤。所以,他的羡仙思想,主要不表现为退缩意识,而是表现为一种回归意识。即:使臣民们回归到臣道,辅明君、立功名、耀祖宗;使君王弘扬民族文化的主体性,实行贤政、辅国安民,实现全民族的强盛。这样,我们就不难理解,《醉》为什么既把檀君写成古朝鲜的君王,又将他写成现时隐逸的仙人。

四、柔婉、氤氲的意境美

意境,这是个诗学概念,也是个美学概念。它指艺术创作中所造成的情景交融、物我合一的境界。用哲学术语来解说,意境乃是艺术家主观的"意"与现实中客观存在的"境"的艺术的辩证统一。在小说中,意境多半融化在构成小说的诸因素中,成为分辨小说格调高低、艺术感染力大小的重要依据。

金时习作为一个具有很高文学修养,刻意追求艺术美的文学家,他创作《金》,虽说是在《剪》的启动下进行的,但在其具体写作过程中,却摆脱了《剪》主客体相脱节,盲目追求官能刺激的窠臼,创造出了柔婉、氤氲的意境美,最终达到主客体的有机融合、同一。

金时习创造意境美的特点,就是化情于景,制造一种柔婉、氤氲的氛围气。从而抒发主体的情致或衬出主人公的品貌。相对的,瞿佑由于过分注重客观的史料性描写,迫使主体的情思停留在本然的动物性层面，因而，其作品情与景相脱节，缺乏一种意境美。

具体些讲，金时习描绘景物和人物情态，常常以抒情散文的笔调，使环境染上情绪色彩，继而形象地展现主人公丰富的内心世界，体现主体真诚的激情。含蓄蕴藉、柔婉动人。譬如，《醉游浮碧亭记》中描写平壤的名胜，"俯瞰长江，远瞩平原，一望无际，真胜景也。""时月色如海，波光如练，雁叫汀沙、鹤警松露、凛然如登清虚紫府也。"其"情语"与"景语"浑然一体。可见，作者所把握的不是外在自然，而是社会化的自然，是人的生活和精神世界。另如，《李生窥墙传》中，通过李生的眼睛看崔氏的周围环境，"一日窥墙内，名花盛开，蜂鸟争喧。旁有小楼，隐映于花丛之间。珠帘半掩，罗帏低垂，有一美人，倦绣停针，支颐而吟曰"。结果，动态描写和静态描写相映成趣，活泼动人，自然景砚的状貌因李生恋情的波动，产生了诗意的变化，使小说情景相生，充满了诗情画意。

相比之下，瞿佑多从客观角度、通过引征大量典故和史料来反映自然景物的历史存在。但由于缺乏主体情感的有机掺入，就不免降低了小说的真实性，未能创造小说的意境美，如《滕穆醉游聚景园记》和《鉴湖夜泛记》中的景物描写就是这样。有些小说，虽也力图实现情景交融，但最终仍给人情与景相互脱节的感觉。这如《秋香亭记》中的几行描写文字："生、女因商氏之言、倍相怜爱。数岁，遇中秋月夕，家人会饮沾醉，遂同游于生宅秋香亭上。有二桂树、垂荫婆娑，花方盛开，月色团圆，香气浓馥。生、女私于其下语心焉。"

金时习和瞿佑对人物情态和自然景观描写质量的高低，也表现在对男女情事和地狱景象的描绘上。

金时习描写男女情事，是选择一些充满诗意的意象，从总体上制造一种氤氲的氛围，创造出一种美的意境。譬如，《李》中，作者对李生与崔氏的情会，做了诗意的渲染。他写道："生攀缘而逾，会月上东山，花影在地，清香可爱。生意谓：已入仙境。心虽窃喜、而情密事秘，毛发尽竖，回顾左右，女已在花丛里，与香儿折花相戴，铺覆僻地，见生微笑。"这种审美境界给人带来的快感，主要不是生理上的快感，而是一种美好的情感体验。而相对的，瞿佑对男女情事的描写，其笔致过于放纵，而流于色情—对官能刺激的追求。如《联芳楼记》中的男主人公，一接近美女，就立即想到满足性欲："即见、喜极不能言，相携入夜，尽缱绻之意焉"。这样就将主人公的人格，降到了动物性层面，让他耽于官能满足。作品格调较低，也无意境可言。

瞿佑对地狱的描写也如此。他沿袭了中国文化传统中地狱景象的描绘方式，刻意寻找一些血腥味十分浓烈的意象，如"剥皮刺血""剔心剜目""流血狼藉""骨肉糜烂"等，将地狱的惩罚描写得淋漓尽致，但刺目而不美。而金时习描写地狱，则着重于景物与主体情绪的相互烘托、选择一些能体现威严、肃杀气氛的意象，（如"只有一铁门宏壮，关键甚固。守门者啄牙狞恶，执戈锤以防外物"等）创造出充满怪异的美的境界。

五、结语

以上，笔者将《金鳌新话》同《剪灯新话》相比较，从三方面论述了金时习的文学主体性—独特的审美意识。笔者认为：除了《龙宫赴宴录》之外，《金鳌新话》的四部作品都不是《剪灯新话》的摹仿作，它们是在作者自己独有的、或朝鲜很早已有的哲学观、历史观和美学传统—主体性的基础上，能动地吸取《剪灯新话》中有益的内容、形式而创作出来的。因而，作者的主体性在作品中得到了真正的实现。

论宫本研《阿Q外传》的结构特征[①]

——兼与《阿Q正传》相比较

宫本研是一位日本当代著名剧作家,他在自己一生的戏剧创作生涯中,曾创作了几十部成功的戏剧作品,受到了广大日本观众、读者的热烈欢迎。其中,他创作的《阿Q外传》,更是以其独到的艺术视角,在有限的舞台空间里,将现实的真实人物与虚构的故事人物交错编织成一幅庞大的社会历史生活画卷,真可谓独具匠心,具备了有别于《阿Q正传》的独特艺术魅力。

《阿Q外传》是在鲁迅《阿Q正传》的基础上再创作完成的。但改作一部作品,亦易亦难。易者,有现成的素材可供借鉴,难者,极有可能落入原作的窠臼,体现不出新意。《阿Q外传》在宫本研的笔下,被写成别具《阿Q正传》洞天的另样世界,看来确实让这位剧作家煞费了一番苦心。

《阿Q外传》成功的秘诀在哪里呢?通观整部作品,我们不难发现,其成功的秘诀正在于选择了有别于《阿Q正传》的结构中心。

戏剧是一门选择的艺术。所谓选择,包括人物性格的选择、事件的选择、场面的选择等等。"选择"不仅意味着对大量生活素材的取舍,还包含着从中确立中心的工作。剧作家在决定把哪些人物、

---

① 本文原载于《延边大学学报(社会科学版)》1996年第2期。

哪些事件、哪些场面、哪些动作作为剧本的内容时，也必定要考虑全剧动作的中心是什么。这种选择，当然不是盲目的，也不是出于纯艺术的考虑，而是和确立全剧的主题思想分不开。主题思想制约着把生活素材中哪些东西写进剧本中去，也制约着从中确定中心（动作的中心）的工作。比较《阿Q正传》和《阿Q外传》，我们就会发现，尽管两部作品的主题都是从辛亥革命本身的弱点和不觉悟群众的辩证联系中，总结了辛亥革命失败的深刻历史教训，但两者的侧重点又有所不同，由此决定的两部作品的结构中心也必然不同。

首先看《阿Q正传》。《阿Q正传》的主题是揭示阿Q的"精神胜利法"，警醒人们齐力疗治"国民性"的病根。因此，由这个作品主题所决定的作品的结构中心就必然是其主人公阿Q，小说中所有其他人物，尽管不是为了陪衬他而存在，都有自己的个性，"为自己行动"，但是，他们又都围绕着这个中心——阿Q，即把他的动作作为整个小说人物体系的中心。

其次再看《阿Q外传》。《阿Q外传》的主题是：抛掉对革命不切实际的幻想，勇于直面冷酷的现实。由这样一个主题所制约的剧作的结构中心，就不能再是阿Q。因为阿Q只能代表那些不觉悟的群众的思想。他的所谓革命，仅仅是停留在自发的初级阶段，还不具备起码的资产阶级革命民主主义思想；他所主张的革命，只是一种曲解了的"革命"。作品的另一位主要人物是穿和服的男人（鲁迅），他才是整个剧作的结构中心。鲁迅自从为改造中国人愚昧、落后的国民性而弃医从文以来，在日本就已加入了光复会（1908年），他一方面积极支持和参加孙中山等人组织的推翻清朝统治的革命活动，另一方面一直默默地从事铲除中国人"国民性"病根的社会思想革命运动。尽管革命斗争异常艰苦、屡遭挫折，思想上也一度有过苦闷与彷徨，可是他始终对革命抱有清醒的认识，丝毫也没有对革命失去过信心，他总是勇于直面冷酷的社会现实，坚持同敌人做韧性的战斗，可见，他的形象本身就体现了"抛掉对革命不切实际的幻想，勇于直面冷酷的现实"的作品主题。

由于《阿Q外传》的结构中心较之《阿Q正传》发生的迁移，因而，《阿Q外传》的剧作结构比起《阿Q正传》的小说结构就有了较大的差异。这主要体现在以下两个方面。

1. 封套

这是重复手法的一种特殊运用。把重复的因素放在一个故事或一个情节的开头和末尾，使这个重复因素起着戏剧开场和结束时幕布的作用。

《阿Q正传》是一个生命的封套，它是以主人公的生命价值的彻底丧失将小说封闭起来的，它采用了静态—动态—静态描写形态构成的结构形式。

作品的艺术画面，是以中国封建历史上劳动人民的卑贱地位的全景图和远景图开始的，中国历代那五花八门的名目繁多的"传"的名目，却一个也不合于阿Q这类劳苦群众的身份。在现实生活中，阿Q连一个"人"的起码标志都没有。他没有姓，没有确切的名，没有出身籍贯，甚至连自我选择一个姓的权利都没有。没有"人"的人格的阿Q，当然也不会得到作为一个"人"所应得到的起码的尊重和同情。他的癞疮疤，成了人们任意取笑的对象；他的小辫儿，成了被人们抓住往墙上碰响头的方便条件。在人们眼里，他或者是被取笑的玩物，或者是可供使用的工具。即使是在革命党初来时，阿Q的身份倍增，赵太爷也敬之以"老Q"的尊称，拱手奉承唯恐不及，但阿Q这时的地位的提高，仍是作为一个工具价值的提高。所以当"假洋鬼子"代表赵家与"革命党"建立了联系而阿Q却始终没有得到"革命党"的垂青、失去了他的使用价值的时候，赵太爷对阿Q的态度又恢复了故态。同样，阿Q做了一段小偷从城里回到未庄时,"满把银的和铜的",在未庄人眼里,阿Q的身份提高了。但这种身价很快又跌落了下去,因为这仍是一种工具价值的提高。阿Q最后被举人老爷诬陷入狱及至被处死,则是由于阿Q工具价值的彻底丧失。

由此可见,阿Q的一生是个极为可悲的一生。说他可悲,一是由于他始终没有一点社会地位,一直受到封建势力和新贵们的敲诈、欺压,最终当作替罪羊而无辜地被杀掉;二是由于他的愚昧、无知,他在尚未清醒地意识到自己被杀命运的时候,就被一伙篡夺革命领导权的封建新贵们糊里糊涂地杀掉了。阿Q的悲剧,是当时中国社会不觉醒民众的悲剧,同时也是辛亥革命的悲剧。

与《阿Q正传》不同,《阿Q外传》运用的是自叙的封套,一种勾勒出主人公(鲁迅)思想发展历程的封套。它独创性地运用了由四个连续的静态—动态—静态描写形态组合而成的结构形式。

具体而言,剧作第一幕,运用自叙的表达方式,道出了主人公鲁迅弃医从文的原因:看到幻灯片中中国人被当作俄国侦探被日本当局杀掉,而一群麻木的中国人却翘首如痴如醉地围观着这一耻辱的场面,鲁迅深刻地体识到,自己民族受人欺侮、奴役是由于民族性存在弱点所造成的,因而,要改变自己民族受凌辱的地位就必须改造"民族性"—国民性。正是从这种认识出发,鲁迅才有了同阿Q这种中国典型的"愚弱"国民的接触。这样,在鲁迅眼光的投射下,阿Q登场了。亮相后的阿Q,给鲁迅的第一印象就是:丑陋的打扮,不洁的惯习,兼带打哈欠、说梦活的毛病。(以上静态描写)

这一描写完毕,鲁迅的眼光又霎然收回,阿Q、镀银(因留学日本而得此绰号)等人物按照自身的性格发展规律,画出了一道道自己的动作线:阿Q充分展示了"精神胜利法",镀银则体现了初具的科学救国、维新变法的思想。阿Q在与镀银的思想意识(阿Q的封建等级观念与镀银的资产阶级维新思想)的矛盾冲突中败下阵来。(以

上为动态描写)

话剧剧情发展至此,鲁迅再度登场(第五幕),就秋瑾只注重军事斗争(起义),而忽视政治斗争(宣传、组织活动)的言论,发表了自己的观点:他(孙中山)将众多的革命小团体,组织成同盟会这么一个革命大政党,并且在广泛宣传革命真理的同时,首当其冲地为募集革命资金而四处奔波,尽管他的主张比起光复会要温和一些,可它却不失为一条革命的成功之路。(以上为静态描写)

随后,辛亥革命拉开序幕。在下面剧情的发展中,鲁迅以上的一席话不幸而言中,秋瑾举事不成壮烈牺牲,她的鲜血被无知的群众用馒头蘸着吃掉了。这些群众尽管惊诧于革命者的壮举,但无论如何也不能理解这一举动所蕴含的深远的社会意义。(以上为动态描写)

剧情发展到此,鲁迅再度出场(第九幕),抒发了对革命必胜的坚定信念。(以上为静态描写)

他的这一出现,又将剧情推向了另一高潮:阿Q回村自诩是革命党,从而引发了一场革命闹剧。阿Q之所以要革命,是由于他所憎恶的举人老爷、赵老爷、赵红眼等人竟然也惧怕革命,由此引得他对革命"未免也有些'神往'了"。于是,他对众人一番胡诌道:"我是被总部秘密派遣到此地的,是革命军先头部队的'斥候'队长。现在,我向诸位宣布,在大部队尚未到这儿之前,这个村子暂时由我占领,诸位都是我的俘虏",①可阿Q的"革命",也没有"闹"多长时间,镀银进城入革命党回来后,再也不准阿Q闹什么革命。不久阿Q无端地被赵秀才等人诬陷入狱。(以上为动态描写)

对这场闹剧兼悲剧,鲁迅上场(第十四幕)评价道:从全国形势看,革命发展得很迅猛,当然也有不少像王金发这样的坏人混进了

---

① 《官本研戏曲集·革命传说四部作》,河出书房新社出版,第201页。

革命阵营，窃取了军政大权，可它毕竟是我们内部的问题。"革命并没有完全失败"，"革命才刚刚开始，欢喜或悲伤还为时过早，我们要制造'箭'与'笔'，而且完全能够造出来，因为竹子还未枯干。"①（以上为静态描写）

当然，像阿Q、范受农等人对革命是不会具有像鲁迅这般深远的洞察力的。在他们眼里，只能看到革命"换汤不换药"的结局，而不能看到这场革命对未来意味着什么，革命将怎样进行下去。因而，他们不是消极退隐、自杀，就是毫无策略地蛮干一气，（如阿Q竟然承认自己袭击了赵府），成了无为的牺牲品。（以上为动态描写）

对这个最终的结局，鲁迅在十九幕中评述道："阿Q是英雄，为什么呢？因为阿Q失败了""英雄一定要失败""民众相信这一点⋯⋯可实际上，这不过是那些企图维持自己统治的人们为愚弄被统治者而耍的一个把戏而已。因为他们深知，英雄有时会获得成功，所以那些获胜的英雄才是他们最可恶、最可怕的存在"。②（以上为静态描写）

综上所述，宫本研通过营造四个静态—动态—静态首尾相衔的戏剧结构，将剧作中不同人物的动作线有机地交织到一起，使它们具有了完整性和统一性，并将剧情一步步推向了高潮。即，作品不仅由自叙起头，最后由自叙结尾，而且由引出阿Q展开主要的故事情节，再由阿Q的被枪杀结束全剧主要的故事情节。全剧的开端部分与高潮（结尾）部分，在结构中心（鲁迅）的统摄下形成遥相呼应、前后贯串的统一性结构，从而完善了整个剧作整饰而又和谐的形式构架。

---

① 《宫本研戏曲集·革命传说四部作》，河出书房新社出版，第210页。
② 《宫本研戏曲集·革命传说四部作》，河出书房新社出版，第231页。

2. 表现空间

文学作品的空间一般可分为外部空间和内部空间两方面。《阿Q正传》与《阿Q外传》就空间特征相比,前者表现为外部空间的狭小与内部空间的纵向开阔相结合的特征,而后者则表现为外部空间的开阔与内部空间的横向开阔相统一的特征。

本来,《阿Q正传》作为一部小说,它不受写作规模的限制,可以自由拓展小说空间。但鲁迅却反其道而行,用极凝重简约的笔法,将他主观上所自觉概括的迄那时为止整个中国封建意识形态的本质面貌,浓缩到未庄这个狭窄闭塞的中国封建社会中去展开,而且在其间也力避从主观上造成空间观念,从而达到了个部空间的狭小性与内部空间的开阔性的对立统一,实现《阿Q正传》现实典型概括的广延性、历史概括的长远性象征意义的广义性。

与此相比,《阿Q外传》作为一部剧作,它所受到的空间限制要比小说严格,可剧作家宫本研却打破了这种空间限制,在有限的戏剧场面里,最大可能地拓展了戏剧表现空间。即,他一反《阿Q正传》极力压缩客观空间规模的做法,将客观空间规模扩大到鲁迅创作《阿Q正传》前后整个中国社会历史的结背景的广阔空间,从而运用同一的空间参照系,在两个相关且不相同的开阔的外部空间里,呈现出复杂而贯一的内部空间。这主要体现在以下三个方面:

(1)从剧作结构成分上看:宫本研的《阿Q外传》尽管是部话剧作品,但在其结构上仍留有小说和散文的痕迹,即反映生活面广阔,人物形象很多且塑造得丰富、生动,另外还有大段的抒情场面。究其原因,是由于其作品杂取了鲁迅小说、散文的诸多构成因素(如人物、事件、细节),从而构筑了剧作复杂的人物动作体系,即有机的缀入小说《阿Q正传》、《药》、《孔乙己》,散文《藤野先生》、《范爱农》等作品中的事件,把其中的五则故事巧妙地衔接成了《阿Q外传》的情节内容;新增加像康大叔、老黑(华老栓)、大妈、孔乙己、范爱农、秋瑾等具有各自动作线的人物,而且让这些人物的命运及其相互关系,以《藤野先生》、《阿Q正传》为主干附着上去、贯串下来,从而构成全剧结构的统一性与完整性,比起《阿Q正传》,舞台空间大为拓宽。

(2)从剧作的结构方式看:《阿Q外传》改变了《阿Q正传》那种"一人一事"的结构方式,而采取了两条情节线错综交替发展的结构方式。《阿Q正传》的结构是围绕着阿Q展开一个中心事件,而具体的活动舞台仅限于未庄这么一个中国社会的一隅,它显得狭窄、封闭得很。而《阿Q外传》则在很大程度上拓展了阿Q活动的空间,增加了它在城里老黑的酒楼、刑场、军政府、军政府牢狱里与老黑、康大叔、大妈、秋瑾、孔乙己、范爱农等人物间所展开的戏剧情节。其动作轨迹可表示为由乡村(阿妈妈的茶馆——赵老爷的宅邸——阿妈妈的茶馆)——城里(老黑的酒楼——刑场——老黑的酒楼)——乡村(阿妈妈的茶——赵老爷的茶馆——阿Q的小屋——阿妈妈的茶馆——赵老爷的宅邸)——城里(老黑的酒楼——军政府——军政府的牢狱——刑场)。不仅如此,《阿Q外传》还独出心裁地引出了另外一条情节线,这条情节线可相对于前面(以阿Q为中心)的情节线,称之为外在的情节线。其动作轨迹可表示为:仙台——横滨——东京——绍兴。这个依鲁迅的思想发展脉络构筑而成的情节线,尽管实际着墨不多,但它却极大地拓宽了话剧的主、客观空间规模,从而在总体上描绘出了辛亥革命波澜起伏、丰富多变的全景图。

(3)从剧作的结构技巧上看:《阿Q外传》一反《阿Q正传》使读者感受不到空间变换的写法,频繁地、大幅度地进行舞台空间的变换。《阿Q正传》的作者在作品中坚持了他"力避行文的唠叨,只要觉得够将意思传给别人了,就可什么陪衬拖带也没有"的创作宗旨，省略了人物活动的大部分背景。与此相对，剧作家宫本研则了深受空间限制的戏剧的传统结构，通过运用许多有创意的戏剧技巧，大大拓展了戏剧舞台的表现空间。这主要体现在：

首先，宫本研将全剧分成十九幕，共十一个场景（其中有四个场景重复出现，其中有一幕为尾声，无场景），由此可见，《阿Q外传》采用的是多场景的分场结构方式。再加上剧中场景由乡村到城市，由中国到日本，空间跨度变化时大时小，因而就比传统（如易卜生式）的话剧展示了更加广阔的舞台表现空间。

其次，剧中小说作者（鲁迅）的动作线与小说主人公（阿Q）的动作线由统一转为交织发展，最后又归于统一。小说作者在话剧第一幕从现实空间直接进入剧中主人公的虚构空间进行对话，由此将剧作的两个空间相沟通起来。在剧情的发展过程中，有时两个空间相互转换，人物对话的变换采用类似电影蒙太奇的手法，衔接十分巧妙、连贯。另外，还让剧中的人物（鲁迅）在不同的空间交替动作（很像电影中的"多银幕"）。其结果，宫本研的《阿Q外传》就将实景、实事虚写，将虚景、虚事实写，从而形成了虚虚实实、虚实交替的变幻多彩的艺术境界，极大地展了戏剧的主、客观空间。

最后，宫本研在描写以鲁迅为中心的戏剧情节时，汲取中国传统的戏曲手法，将戏曲舞台场景进行了假定性、虚拟性的处理，将舞台动作进行了程序化、虚拟性的处理，即让鲁迅处身在仅仅标有"仙台"、"横滨"、"东京"、"绍兴"等字幕的假定性很强的舞台空间里，对他进行基本停留在独白、对话，而无剧烈舞台动作的"静态"描写处理，从而成功地解决了剧作家所要自由处理的舞台空间与过"实"的舞台场景间所发生的矛盾，利用有限的虚拟的舞台空间，展示了尽可能多的社会空间和人物心理空间。

以上，笔者从"封套"和"空间"两方面，论述了宫本研《阿Q外传》的结构特征。这一结构的长处在于，它力避鲁迅为剖析中国几千年文化积淀中滋长的国民性"病根"而运用的白描手法(浓缩客观空间),不惜打破严格的戏剧空间制约,运用动态描写与静态描写交替出现、主要情节与辅助情节交织发展的戏剧创作手法,极大地开拓了戏剧所表现的客观社会空间和人物心理空间,将中国辛亥革命时期错综复杂的社会关系和那个革命年代里阶层人物的精神状态和独特的生活命运淋漓尽致地展现在人们面前,与此同时,又保证了剧作结构的完整性与统一性。

中朝(韩)文学交流研究的重要论著：
评《韦旭升文集》[①]

《韦旭升文集》(北京：中央编译出版社，2000年)是韦旭升教授(北京大学)40年治学的结晶，共六卷，皇皇二百六十万言，主要收集了他有关朝鲜·韩国文学与语言研究的专著、论文、译作、古籍整理以及少量的文学作品。内容兼及朝鲜·韩国的哲学、历史、艺术等。其中，最具代表性的部分为《朝鲜文学史》、《抗倭演义(壬辰录)研究》、《中国文学在朝鲜》。

《韦旭升文集》是近年来中国东方国别文学研究的重要成果之一。韦先生对朝鲜·韩国文学的研究相当全面、透彻，其研究既有史的纵横捭阖(如《朝鲜文学史》)，又有论的鞭辟入里(如《壬辰录》)；既对一些文学作品进行了整理与翻译(如整理《九云梦》、《玉楼梦》，翻译《鹭山时调选集》、歌剧《黄真伊》)，又据古代人物传说进行了中国式的艺术加工(如新编京剧《崔致远传奇》)。其体式之庞大、研究之系统，在近年来的东方国别文学研究中甚为突出。

《朝鲜文学史》作为第一部用汉文完成的系统阐述朝鲜文学发展历史的论著，书中所引用的朝鲜国语作品例文，除个别作品之

[①] 本文原载于《外国文学研究》2005年第1期。

外，都是由本书作者自己翻译成中文的，充分体现出作者深厚的朝鲜语语言功底和对朝鲜、韩国语言文学的充分感悟，从而客观、系统地向中国读者介绍了朝鲜·韩国文学发生、发展的历史及其基本规律，在一定程度上弥补了国内东方文学研究的空白。韦先生的文学研究，始终坚持史论结合的原则。《〈抗倭演义〉研究》是据朝鲜的文献（尤其是据朝鲜文本《壬辰录》）及进行实地考察而写成的，它以史实与小说相对比的方式，全面论述了朝鲜文学史上第一部讲史小说。作者一方面探索了作品产生的社会背景、史实根据及其所反映的时代精神与文学价值，一方面深入分析了作品的思想内容、艺术手法、实际人物与作品人物间的关系等等。作者始终以马克思主义美学的、历史的批评理论为指导，注重结合文艺社会学、文学语言学、文艺心理学等具体学科方法。在一系列论文的基础上，他为朝鲜（韩国）的汉文文学做了科学的定位：（一）汉文文学是韩国文学的重要组成部分；（二）汉文文学在思想、艺术的整体上比国语文学高；（三）汉文文学对国语文学起着深远的启示作用。

"跨越"与"沟通"是比较文学的基本功能，它适用于比较文学的"影响研究"、"平行研究"、"跨文化研究"等方面。其中，"跨越"是手段，而"沟通"才是目的。一个文学史家完全可以复合地运用以上三种研究方法进行文学研究。韦旭升在研究邻国文学时，总是自觉、不自觉地以中国人的独特视角去看待他国的文化，同时，对呈现于外国文化镜子中的中国文化的形象进行研究。这种研究既跨越了国界、跨越了学科，也跨越了区域文化，从而在学术观点与论述方法上都体现出比较文学中国学派的特色。韦先生阐析朝鲜·韩国文学的发展历程时，也巧妙地沿用西方接受美学、系统论的研究方法，设身处地地站在这个民族的地位上，从这个民族的利益与期待视野出发客观、公正地看待其长期主动地接受（主要是垂直接受）中国文学、中国文化的问题（如《中国文学在朝鲜》），同时，大胆地展开不同学科、不同文化间的比较研究（如比较《玉楼梦》的结构与西方音乐"奏鸣曲式"的结构、比较东西方文学作品中音乐因素的功用等）。其研究视野开阔，论述深刻，方法新颖、独到，因而启人深思。

韦旭升还力主在保持"外位性"的基础上，尊重"他者的视角"，从而创造性地理解别国的文化和文学。他对朝鲜·韩国文学作品的译介，既考虑到其在朝鲜·韩国文学史上的地位，也考虑到中国读者普遍的欣赏趣味，多与中国文学作品联系起来评析。在此基础上，他还努力进行中朝两国文学作品间的比较研究，让读者能深入认识到朝鲜·韩国历史过程的地域性特点和由这种特点所造成的民族历史的独特性（如时调与词、散曲的比较研究，《玉楼梦》与军记小说《北宋志传》的比较研究等），从而进一步挖掘出朝鲜民族的民族意识与时代精神。

韦旭升对朝鲜·韩国文学的研究，是建立在对朝鲜·韩国文化深刻体认、研究的基础上。他擅长于对资料的广泛搜集、鉴别真伪，还史籍与史实以本来面目，这种考据不仅与史学相关联，而且还涉及版本、校勘、考古、文字、地理等一系列学科，从而避免了有些研究者引二手材料和别人的观点而不加注造成重复劳动，使研究的深度与广度大受影响的弊端。

韦先生是一位博学、严谨、视野开阔的学者，不管是在韩国还是在朝鲜，还没有一部书像《韦旭升文集》这样系统而全面地论述日韩（朝）之间的文学交流关系。

安藤昌益与朴趾源比较研究绪论(1)①

一、导言

笔者在《东亚文学史比较论》一书中,通过比较17世纪至19世纪"中世纪向近代转换期"东亚各国哲学思潮发生变化的主要状况,曾指出:中国王夫之(1619—1692年)的气论思想、韩国洪大容(1731—1783年)与越南黎景享(1726—1783年)的气论思想与民族主义思想、日本本居宣长(1730—1801年)的民族主义思想,具有鲜明的异同点。②并指出:我们在"中世纪向近代转换期"③将东亚传统思想转变为近代思想的过程中,应该看到,气论思想与民族主义思想居相当重要的地位。我们只有立足于气论思想这个现实主义基础,完成以近代民族主义取代中世纪普遍主义与理想主义的使命,才能真正实现历史性的必然转变。可实际情形却往往因国度不同而不同。

---

① 本文原载于《延边大学学报(社会科学版)》1999年第4期。
② 《东亚文学史比较论》,汉城大学出版社,1993年,第382—390页。
③ 日本历史中的"近世",在这里指"中世纪向近代转换期"。笔者所指的"中世纪"之后的时代,就是"中世纪向近代转换期"经历几个世纪后所进入的"近代",笔者曾在《韩国文学通史》(全5卷,知识出版社,1982—1986年版)中为划分韩国文学史的时代而提出过这种观点。

中国因未能通过瓦解多民族的"帝国"走进近代民族国家的行列，结果，其气论思想就始终与民族主义思想无缘，并使其思想革命缺乏应有的活力。日本由于热衷于确立民族主义思想的巨大工程，缺乏气论思想，因而在探究未产生能取代中世纪普遍主义的新普遍主义的原因方面，表现出相当的热忱。如果说中世纪的普遍主义是基于理一元论思想，那么中世纪向近代转换期的新普遍主义，则是以气一元同时又多元的气论思想为其理论基础，因而它本身就含有民族主义思想。倘若不首先明确这一点，就只能任由民族主义停留在其特殊性的单一层面。

二、理解安藤昌益的新视角

安藤昌益是一位近来才为广大日本人熟识的、争议颇多的思想家。他的生平经历，大都已被澄清；他的全集（已加注并已译成现代语）业已刊行。①那些潜心研究安藤昌益的学者们认为：（1）安藤昌益的思想与他人相较，绝难找出其相同点，因而是独创的；②（2）安

---

① 研究安藤昌益的主要论著有：E·哈伯特·诺依曼著、大空源二译的《被遗忘的思想家：安藤昌益》（岩波书店，1950年）；寺屋五郎著的《先驱者安藤昌益》（德间书店，1976年）；安永寿延著的《安藤昌益》（平凡社，1976年）；川原衙门著的《追忆安藤昌益》（图书出版社，1979年）；佐藤贞夫著的《安藤昌益的生平与思想》（秋田文化出版社，1986年）；安永寿延著的《增补影集：身为人子的安藤昌益》（农文协，1992年）等。这些论著对安藤昌益的生平及其生活的时代背景，都做了细致入微的分析。安藤昌益研究会则编幕了《安藤昌益全集》（共22集，农山渔村文化协会，1982—1986年）。

② 许多学者都曾论述过安藤昌益思想的独创性。其中，寺屋五郎在《论考安藤昌益》（农文协，1992年）一书中，论述得尤为透彻。

藤昌益是日本倡导唯物辩证法思想的先驱；①（3）由于未得到相关资料的翔实证明，安藤昌益所提出的与西方生态论相关的理论主张，②极易遭到他人的反驳。

  为了探究（1）观点，我们应当确定安藤昌益在东亚哲学史上所居的地位。只可惜尚无翔实的资料证明安藤昌益曾接受过中国古典文学的影响③。因而较难展开他与王夫之间的文学比较④。故而与中国以外的国家，譬如与韩国相比较分析，恐怕是得出安藤昌益曾革新过东亚传统思想这一结论的关键所在。在上面，我们只譬举过洪大容，其实，任圣周（1711—1788 年）、洪大容（1731—1783 年）、朴趾源（1737—1805 年）三人的哲学思想是相通的。⑤尤其是朴趾源，与安藤昌益的思想具有惊人的相似。在这个意义上，本文论题完全成立。

  （2）观点认为：作为安藤昌益哲学核心概念的"互性"，是与唯物辩证法中的矛盾范畴相区别而存在。即唯物辩证法认为：对立的

---

  ① 认为安藤昌益是辩证唯物主义先驱的观点，见诸永田广志的《日本唯物论史》（白杨社，1936 年）、三枝博音的《日本的唯物论者》（英宝社，1956 年）、雅·彼得罗夫斯基的《l8 世纪唯物论者安藤昌益》（村山恭一译，雄山阁，1982 年）、寺屋五郎的《先驱安旅昌益》与《论考安藤昌益》等芳作。

  ② 近来，对待安藤昌益的看法有所改变。譬如，和田耕作在《安藤昌益的思想》（甲阳书店，1989 年）中，称他为"生命的思想"；西村俊一在《日本生态学的系谱》（农文协，1992 年）中，称赞他构筑了"日本生态学的基础"，并在《安藤昌益研究：国际化时代的新验证》（农文协，1992 年）等书中，把研究重点放在对其"生态学思想"的考证及评价上。

  ③ 中国学者王家骅、高定彝、屠承性、高淑娟等人的论文被选入《日本、中国对安藤昌益的共同研究》（农文协，1993 年）一书中。

  ④ 在《日本、中国对安藤昌益的共同研究》中所载的东条荣喜的《安藤昌益与王船山的自然观》一文，曾做过这方面的努力，但尚难称得上是真正意义上的比较论。

  ⑤ 在《关于18 世纪思想革新的文学思考》，（《文学史与哲学史的关来》，韩泉出版社，1993 年）一文中，详细论述了这一点。

双方在矛盾中此长彼消、一决胜负；而安藤昌益的"互性"则指：对立的双方难分优劣、协同共存。正因如此，我们有必要阐明"互性"的特性及意义。

（3）观点具有舍近求远的弊端，它片面地认为重视人类生存环境的思想滥觞于西方。（1）（2）两观点试图以"脱亚入欧"的方式来抬高安藤昌益，这种做法实际上近乎愚蠢，必须及时加以纠正。若是误认为环境保护论取代唯物辩证法已成为新的时尚，并试图以此踏上入欧的路途，那就更需进行一番深刻的反省。本论文在拿出纠正（b）（c）错误论点的提案方面，具有一定的意义与价值。

三、安藤昌益的《法世物语》与朴趾源的《虎叱》

安藤昌益（1703—1762年）的《法世物语》尽管比朴趾源（1737—1805年）的《虎叱》早发表20年左右[①]，但仍可视作与《虎叱》同一时代的作品。安藤昌益与朴趾源虽然生活在不同国度、不同环境里，且互不相识，但他们却用相似的艺术手法表现了相同的思想主题。即两部作品全部选择了动物叱责人的题材，认为所谓道德的人并不比动物优越，动物的生活比起人类的生活显得更加真实。

《法世物语》是以鸟、兽、虫、鱼四种动物聚在一起讥讽人的方式展开其故事情节的。即四种动物纷纷指出人类生活比动物生活具有更多的弊端。譬如在"鸟"章中，鸟请教鹫道：在以大吃小这一点上，人与动物都相同，那么，人与动物是否无所区别？对此，鹫回答道："统治者们将天下的土地窃为己有，变成自己的国家或领

---

① 寺尾五郎在《我对〈法世物语〉卷的解说》（《安藤昌益全集》6）中指出：《法世物语》是安藤昌益在其晚年回到秋田县大馆二井田后完成的作品。安藤昌益回到大馆是在1758年。朴趾源的(虎叱)载于(热河日记)(1780年)中。

地,他们贪婪地占有农耕者们应得的天赐之物——土地,无情地榨干被统治者们的血汗。在这一点上,人间'法世'比起动物界显得更加昏暗、残暴"。①

土地由农耕者们共同所有,才是自然界的天理。但自从"法世"取代"自然世"后,就产生了等级差别,专事统治、不劳而获的一部分人就占有了土地,开始贪婪地掠获起农耕的结果。这在"自然世"是绝难容忍的事情。在这一点上,安藤昌益的基本思想体现得十分鲜明、透彻。安藤昌益为了确证自己曾多次在其他作品中阐述过的创作思想,在《法世物语》中,独创性地运用了动物叱责人的写作手法。

与《法世物语》相仿,朴趾源的《虎叱》则是老虎在叱责人。在作品中,老虎成为所有动物的化身。作者笔下的老虎从善恶的角度比较完动物与人的不同生活后,曾指出:"夫天下之理一也,虎诚恶也,人性亦恶也。人性善,则虎之性亦善也。"②

老虎阐述这种观点的依据在于"人物性因气同论"。③如果想深刻理解"人物性因气同论",固然需要经过较复杂的论证过程。但我们只要看到人与动物都以气为生存之本、生存本身就是善的方面,就肯定会承认"人物性因气同善论"是成立的。在安藤昌益看来,"人物性因气同善"是指"自然世"的状况,可是在"法世"却不尽然,尚存在着无数的酷刑。他说道:"绳墨斧矩,日不暇给,莫能止其恶焉。而虎之家,自无是刑,由是观之,虎之性,不亦贤于人

---

① 《安藤昌益全集》卷18,第8—9页。
② 《文学史与哲学史的关系》(韩国资料),第173页。
③ 上书《文学史与哲学史的关系》所提到的关于"人物性同异"的论争,是在洛论派(主张"人物性因理同论")与湖论派(主张"人物性因气异论")之间展开的。最后,由任圣周、洪大容、朴趾源共同确立"人物性因气同论"而结束了以土论争。"人物性因气同论"比起"人物性因理同论",更加明确了"人物性"相同的关系,并且包括了"人物性因气异论"的内容。此著作还指出:在"人物性因同善论"中,善的根据在于气。

乎。"①这种刑罚,实质上是统治者为奴役被统治者而设立的。安藤昌益对这一点尤为强调。可是,朴趾源却改变了论述的角度。他不是直接站在农耕者的立场上抨击社会的不平等现象,而是去揭露统治阶级所固守的虚伪、反动的统治思想。从以下老虎叱责人的语句中,我们也不难窥其一斑。

"汝谈理论性,动辄称天,然自天所命而视之,虎与人乃物之一也。自天地生物之仁而论之,则虎与蝗虫、蜂、蚁与人,并畜而不可相悖也。"②

据此推论,无论是人还是动物,都应当以对等的资格共同生存,任何主体都要尊重客体的生活方式,并承认对方观点或价值观的相对性。关于这一点,朴趾源在其他文章中曾指出:"即物而视我,我亦物之一也"。③洪大容对此也论道:"以人视物,人贵而物贱;以物视人,物贵而人贱;自天而视之,人与物均也"。④由此可见,以上所说的物与人,分别是对所有客体与主体的总称。

以上的观点,与安藤昌益所提到的"互性"是相通的。安藤昌益在《法世物语》"兽"章中,以狗的口吻叱责了那些"学者们",从中阐述了自己的"互性"理论。

"偷窃众人农耕的成果,贪吃众人饭桌上的残羹冷炙,却

---

① 《文学史与哲学史的关系》(韩国资料),第173页。
② 《文学史与哲学史的关系》(韩国资料),第173页。
③ 这是朴趾源《答任亨五论原道书》一文中所写的一段文字。见《文学史与哲学史的关系》,第161—162页。
④ 这是洪大容在《医山问答》一文中所写的文字。见《文学史与哲学史的关系》,第158页。

不知'互性'具足之妙道，由此产生偏气，并写下许多'偏心'、'偏知'的荒唐文字来"。①

这里，所谓的"互性"，是指相互间的作用，即天与地、男与女、上与下、贵与贱等相互区别却又没有优劣差别的相互对等的存在。安藤昌益从社会平等的观念出发，指出一切存在的根本原理就是"互性"。他所指出的"转定是自然一气的进退""进退是互性""进退是一体"等理论断语，都旨在强调相互对立的双方是合二为一的存在。②

"互性"是从"气一元论"（作为"一元"的气既对立又运动）的哲学思想引发出来的概念。但是在众多具有"气一元论"思想的哲学家中，只有安藤昌益才正式使用和阐述了"互性"一语。在这一点上，我们应当充分肯定安藤昌益哲学理论的独创性。只是由于他的这种理论独创，将气论思想引导到了另一条道一路，因而对此有必要进行相关的比较研究。

任圣周根据气论思想中"气之本一而已矣，而其升降飞扬感遇凝聚"③的基本命题，确立了"气则一亦多分殊"的"气一分殊"的原理。④对此，洪大容指出："夫天地变而人物繁，人物繁而物我

---

① 《安藤昌益全集》卷18，第31—32页。
② 引自寺尾五郎的《论考安藤昌益》，第51—57页。
③ 《文学史与哲学史的关系》（韩国资料），第135页。
④ "气一分殊"论是针对"理一分殊"论而提出的。"理一分殊"论认为：理为"一"气为"分殊"，因而是"理通气局"，进而认为"分裂"是由气产生，"和合"是因理而成。与此相反，"气一分殊"论认为："一"与"分殊"皆因气而形成，不需要另外存在导致"和合"的"理"，从而运用"气一分殊"论否定了古代圣贤主张"理"的训谕是维持一切秩序基础的统治理念。倘若我们未经历这个哲学论辩过程，就根本不能实现"中世纪向近代转换期"的思想革新。

形,物我形而内外分",①从而揭示出"分殊"所具有的相对对等关系。在以上引用的文字中,我们可以看到,著者们都将"内外"作为其代表性术语,来阐述其"内外论"哲学思想。朴趾源创作《虎叱》,也正是为了强调这种"内外论"的哲学思想。

安藤昌益的"互性"与朴趾源的"内外"在基本思想上是一致的。其中,"互性"作为主张上下、男女平等的社会哲学用语,所表达的思想内涵更为丰富;而"内外"却在区分华夷文化哲学等方面,又有着特别重要的意义,气论思想的民族主义内涵由此得到进一步的充实。不过这两种理论主张并不是孰优孰劣的对比关系,而是一种相辅相成的统一关系。

四、写作方式革新之比较

安藤昌益在《法世物语》中,揭露了从前写作方式的弊端。他写道:"书中万万句章,悉非转真道,私作妄造也"。②他认为这一断语,适合于"儒书"、"佛书"、"老庄书"、"医书"(神道书)及"一切诗文"。他指出:人们因写出"妄作之书"理应受到世人的谴责。他所认为的妄作之书包括自"尧舜禹汤"至《列子》、《淮南》的许多书籍。同时,他还指出在日本也有圣德太子、林罗山、荻生祖徕等人的妄作之书。安藤昌益还宣称,以往众人做学问的方法都是错误的,他自己要力图带头改变这种错误的学术方法。正如他所言:"为了纠正古书家的谬误,我要采取写文章的方式,来铲除古书所引起的盗乱的根源,即今后我要努力矫枉趋正、表现真道,力争创造一个永远无盗乱的清真世界"。③

---

① 《文学史与哲学史的关系》(韩国资料),第158页。
② 《安藤昌益全集》卷18,第32页。
③ 《安藤昌益全集》卷19,第30页。

安藤昌益也认为自己所写的文章时常有讹谬，为了纠正自己文章中出现的讹谬，他认为必须再度写文章纠正它，而这再度写就的文章当中，又难免出现其他的讹谬。由此看来，改革写作方式的关键在于尽快摆脱依据古书论述古代学说的怪圈，进而去表达出"互性"或"真活"的真理。由于安藤昌益所使用的日语，其中夹杂着许多日语汉字，其文笔不够洗练，因而安藤昌益对由此产生的诸问题解释道：

"或人问曰：'书以文为贵，古书文如何可也。今汝视书之文不可也，何故不善乎？'答曰：'汝论文不知道，不可揣也。文，论道器也，器辣而得器内味道，则器无用也；器假用也，文又然也，诵文字得意，则又无用也，文假用也……好文者好盗道，妄惑甚者也，故古好诗文者，知'互性''真道'者，绝无也"。①

安藤昌益《法世物语》的特点是开门见山、直陈己见，而不太讲究文章的表现技巧。另外，它与别人的作品相较，又有其独到之处：首先，其语言更接近于日语，而迥异于汉语语法，即它努力使文章变得通俗易懂；其次，它采用动物叱责人的拟人手法，颇有生活情趣。正因为《法世物语》具有这两种艺术特征，所以才成为真正意义上的文学作品。因此，我们即便将文学的范围划分得十分狭窄，也应将安藤昌益作为一位作家来加以研究。

朴趾源在《虎叱》中，设定儒士北郭先生为备受老虎叱责的对象，同时让老虎代表所有的兽类。作者在此不是批评拙劣的写作手法，而是讥讽作为这种拙劣写作手法化身的北郭先生。作品中的北

---

① 《安藤昌益全集》卷19，第35—36页。

郭先生曾因校正过逾万卷的书籍而得到天子的嘉许。（但值得注意的是，朴趾源对此不称其"著书"而偏称其"校书"，正堪与安藤昌益所言的"混述"别无二致。）后来，他在同立有烈女牌坊的寡妇私通时，被人发觉。他在慌忙逃跑时，却又不小心跌进了粪坑。在这万分危急的关头，他邂逅遇上了老虎，情急之下，他也顾不上丢面子，连连向老虎哀告求救。由此充分暴露出这位名儒的虚伪本质及以谄媚为能事的丑态。

以上与安藤昌益所言及的"盗乱"是一样的内涵。如果问题仅及于此，那么对北郭先生宽而待之，权当嘲笑的对象也就算了，可问题还在于，北郭先生这时又挥动起"体如枣心、长不盈寸"的笔，竭力做出种种丑恶的勾当。这正如文中所书：

"淬以乌贼之沫，纵横击刺，曲者如矛者，铅者如刀，锐进如刃，歧者如戟，直者如矢，引者如弓。此兵一动，百魂夜哭"。①

朴趾源创作《虎叱》的目的，在于抵制像北郭先生这种人用文字作恶的行为。在这种创作小说的动因方面，安藤昌益与朴趾源是不谋而合的；不同的只是，朴趾源比安藤昌益更彻底地暴露了其虚伪的儒士本质，而且其选择的批评武器更加犀利。朴趾源认为："善写作者知兵法"，文章写作如同运用兵法，也需要讲究其规律与方法，而不应以找出对方缺点加以攻击为能事。即只有最大限度地发挥语言的表现力，才能写出好文章。据此，他指出：

"字譬则士也，意譬则将也，题目者敌国也，掌故者战场

---

① 《文学史与哲学史的关系》（韩国资料），第248—258页。

城垒也。束字为句,囤句成章,犹队伍行阵也。韵以声之,词以耀之,犹金鼓族旗也。照应者烽竣也,譬喻者游驰也。"①

即比起发动正面进攻,侧攻或从背后展开进攻,有时将更能奏效。

新思想需要由新的表现方式来承载。如果按照理尊气贱(以此伦理观来规正上下伦纪)的既存理念的论述方式去提出驳论,是件比较困难的事情。倘若被承袭汉唐古风的正统汉文学修辞手法所束缚,就将难以体现新时代理性的觉醒。从这一点看,在安藤昌益和朴趾源身上,很好地体现出了18世纪思想启蒙家们改革文章写法所取得的丰硕成果。即两位已洞察到敌军的方位,并据此确定了应采取的"进攻"战略。

作为乡村医生的安藤昌益,一边同遥远城镇里的保守势力做斗争,一边也期待着下层百姓的支持和参与。他认为:只有使用汉文写作,才能达到以子之矛攻子之盾的目的,只有掺用日语,才能更易被广大下层参与者所理解。与他相对,朴趾源作为一位特别能进行自由批评的上层文人,他所进行的战斗却是直接从敌人堡垒内部去摧毁敌国,因而他直接展开革新理气论思想与正统汉文的实践,并竭力在"敌营"里寻找自己的同志。比较安藤昌益与朴趾源,我们不难看出:安藤昌益在进取性和开放性方面比较见长;而朴趾源则以其填密而富有逻辑性的理论思辨方式,在写作史上居重要的地位。②

---

① 《文学史与哲学史的关系》(韩国资料),第248—258页。
② 与正统儒学正名论对"一物一名"的要求不同,任圣周、洪大容、朴趾源以"一物多名"的思维方式,打破了现存的旧观念,在闲述"活论"、探讨具体方法方面,都做了详尽的论述。

安藤昌益与朴趾源比较研究绪论(2)[①]

五、通过写作史，观其异同点

在安藤昌益生活的年代，用日语写作的人大为增加，其写作领域也比用汉语写作的领域广阔。尤其是小说，几乎都用日语写就。结果，在书肆上竟很难买到汉文小说。不仅文学书籍是这样，就连哲学思想书籍，也大都是日文版。由于本居室长巧妙地运用日文写作技巧，贴切地表达了要重新认识日本精神的主张，所以就赢得了很高的评价。倘若把摒弃中世纪普遍使用的文言文改用本民族语言文字并活用于文学创作及思辨性文章中的做法，视作实现现代化的必然手段，那么，日本在接受西欧现代化的影响之前，就早已具有了创建现代文化的光荣历史。

与这种现状相比，不管安藤昌益自己的本意如何，他的变体汉文都不能不说是历史的一大退步。从维持儒学正统的立场看，继续崇尚正统汉文是一件很自然的事情。但恰恰与此相反，安藤昌益却将自己的阵地构筑在变体汉文的基础之上。这种做法是否明智，很值得探讨。由此，我们有必要结合朴趾源的创作实际，认真研究一下以上尚有疑义的问题。

---

① 本文原载于《延边大学学报(社会科学版)》2000年第1期。

在朴趾源生活的年代,韩国文坛的汉文写作风气不仅没出现丝毫的颓势,反倒呈现出愈加兴盛的趋势。同时,用韩国语写作的风气也大为兴盛。这样,就形成了两种写作风气相互对立又相互辅助的复杂情势(譬如小说)。①如果说,汉文小说具有中世纪、上层、男性的属性,重在批判现代社会,那么,国文小说则具有现代、下层、女性的属性,它重在将古代理想化,视作价值永恒不变的存在。这是处在对立关系中的双方相互渗透、相互转化的必然结果。正因如此,不仅国文小说、汉文小说这两种共存的小说体的特征显得异常复杂,单单是国文小说或是汉文小说,它们自身也具有多层次的结构与彼此不同的文学主张。

被称作汉文小说家的朴趾源,在熟练运用正统汉文写作的同时,还不时地打破陈规,在很大程度上动摇了有关新旧文学体裁的理论,并由此集中反映了当时文坛的论争情况。下面譬举《虎叱》的例子再论述这一点。《虎叱》尽管是《热河日记》的一部分,但它究竟是不是"记"的一部分,仍值得我们研究。它具有寓言的艺术形式,但同时又具有与"假面舞"相通的讽刺性。另外,它还可视作"野谈"或小说之类的叙事作品。除此之外,它具有政论文的一般要素。正因如此,今天的研究者往往会被这种种现象所迷惑,只去抓住其中的一个特征,进而提出较片面的理论主张。②

如果说,作品中的北郭先生是"人"、"虚"、"儒"、"从"、"华"的代表,那么,虎则是"物"、"实"、"民"、"主"、"夷"的化身。③这样,虎叱责北郭先生,就具有动物针对人、实学针对虚学、百姓针对儒士、主体生活的姿态针对从属卑屈的态度、夷即华

---

① 金万重的《九云梦》、赵圣期的《彰善感义录》、南永鲁的《玉楼梦》是这类作品的代表作。这类作品具有兼带表现男女情事的复合结构。

② 引自《文学史与哲学史的关系》(韩国资料),第248—258页。

③ 引自《文学史与哲学史的关系》(韩国资料),第248—258页。

的近代自觉意识针对"华"为固定不变的中世纪观念等多方面的意义。各种不同的理论主张针锋相对、展开辩论,这在国文小说、说唱文学、假面舞等文艺形式中是相通的。与此同时,由于朴趾源使用了汉文,才得以深入探究哲学的核心问题,并能多方面地进行富有创意的革新。

世界任何地区的中世纪思想都是以某种统一的语言文字形式构筑起来的。我们不能说舍弃了诸如汉语、拉丁语这类统一的语言文字,而改用本民族的语言文字来表达自己的思想,就意味着构筑了近代思想。只有扬弃中世纪思想,才能创造崭新的近代思想。"从中世纪向近代转换期"政论文的中心议题亦在于此。沿用从前统一的语言文字来探究现代新思维,这是任何文明圈都必然要经历的事情。在这个过程中,存在着统一的语言文字空前的广泛使用的现象。同时,还存在着同一种语言文字,既当作统一的语言文字使用,又当作某一民族的语言文字使用的现象。安藤昌益与朴趾源在东亚汉文圈中,是前者的代表。也许正因他们的潜心努力,才突现出了东亚的共同特征,可这一点似乎从未被中国的学者所公认,这也许是出自哲学与文学关系十分密切而用统一的语言文字写作与用本民族语言文字写作之间又不存在利害冲突的缘故。可我们一旦要探明其真相,却还要依靠具体的比较论证。此外,我们仅在欧洲发现(目前在东亚尚未发现)统一的语言文字与各个民族的语言文字并用的现象,事实是否果真如此?其原因何在?都值得我们去研究。

倘若我们没有切实地扬弃以中世纪统一语言文字去表达思想,那么在近代使用本民族语言文字进行创作的实践,就会陷入思想贫困的泥潭,从而只能一味依赖外来的文化,以翻译为能事。其中,日本就是一个很好的例子。期望日本通过输入、学习和借鉴西方哲学最终达到独创境界的想法，是很不切实际的。①我们不能仅仅停留在本居室长所自豪的能用日语写作的层面上，也不要以诠释汉文古典原著为自己的终极目标，而只有像安藤昌益那样对汉文进行扬弃，并全面、客观地汲取其他国家的文化成就，才能够正确引导本国的文学创作。

六、在思想史上的地位

尽管我们对安藤昌益与朴趾源的思想表现有待进一步的考察，但是仅靠以上的论证，我们也能在很大程度上回答序言中所提及的问题。我们通过考察安藤昌益和朴趾源，可以得出如下结论：

（1）安藤昌益与朴趾源共同致力于革新东亚传统哲学的实践，他们将理气二元论的固有理论置换为气一元论，并使其比照"中世纪向近代转换期"的新思想成果，具有许多异同点，从而为扬弃中国的古典文化思想做出较大贡献。具体而言，理气二元论思想一直到"中世纪后期"，尚处在产生（在中国）与传播（在邻国）的阶段。而在"中世纪向近代转换期"，韩国、日本、越南等国的思想革新却没有照搬中国的发展模式，而是各自获得了长足的发展，因而它们颇为相似却又很不相同。②正因如此，安藤昌益与朴趾源相比较，其气论思想侧重于主张解决社会的不平等状况（立即付诸实施），并极力主张寻求与农民情感相契合的具体方式。

---

① 广松涉在《日本哲学界的现状到底怎样?》（《理想》第648页，理想社，1992年）一文中表示，很难赞同"西方哲学"可以经"咀嚼"进行"创造性的阐释"这一说法。广松涉在这篇文章和整部书中，只考察了日本哲学的现状与出现的问题，而对继承日本哲学传统一题却只字未提。

② 在《中国哲学史与韩国哲学史》（《我们研究学问的道路》，知识产业社，1993年）一文中，研讨了这个问题。

（2）安藤昌益所说的"互性"，是指一气分成阴、阳二气，并使阴、阳二气相互依存、相互作用的性状。因而，"互性"具有气论思想的普遍内涵与安藤昌益所指出的特殊内涵。气论思想中所言的阴、阳二气，具有"生""克"两种属性。①其中，"生"是指通过相互作用而产生其他关系的过程，"克"则是指地位不同的双方经过斗争转换为其他关系的过程。在韩国，以"人物"、"物·我"、"内·外"的关系阐释"生克论"；在日本，则以"天·地"、"男·女"、"上·下"的关系阐释"生克论"。

（3）西方人将人与自然看成彼此对立的关系，而东方（尤其是东亚）人所指的"自然天成"的"自然"，广义上则涵盖着人与其他自然万物。任圣周所指的"自然"就有此义；②安藤昌益所称的"自然世"也源出于此。我们认为：长期以来关于"人物性同异"的论辩，必将要立足于"人物性因气同论"而得到解决。假定生活本身是善的，那么就必须力求与其他生命体和谐相处，以求共同生存与发展。目前在西方盛行的"环境保护论"、"生态论"等理论主张，

---

① "生克"原是指五行中的"相生相克"之义，但经过徐敬德如下的论述，"生克"被赋予阴阳相互作用的新意。"太虚为一，其中涵二。既二也，斯不能无开闭、无动静、无生克也。"（《花潭集》之中《理气说》）"一不得不生二，二自能生克。生则克，克则生……"（同上中《原理气》）

② 任圣周在《鹿庐杂识》中，针对"自然"曾说过下面一段话："真之然而然，自有一个虚圆盛大事物。然浩然，无内外无分段，无边际无始终，而全体昭融，都是生意，流行不息，生物不测。"（《文学史与哲学史的关系》第127页）"宇宙之间，直上直下，无内无外，无始无终，充塞弥漫，做出许多造化，生得许多人物者，只是一个气耳。更无些子空隙，可安排写字，特其气之能如是盛大。如果作用者，孰使之哉，不过曰自然而然耳。"（《文学史与哲学史的关系》第129页）

尚不具备较高的理论层次。①

七、前瞻性思考

由于近代世界盲目的西方化趋势而造成的深刻的社会危机，本是源于自我中心意识的过度膨胀，因而人的精神与肉体、人类与环境、本民族国家与他民族国家间的"相克"现象，都相当突出。西方的近代思想尽管都出自解决社会危机的初衷，但最终结局却更加剧了这种危机。如果不首先从思想意识上克服这一时代弊端，就不能够正确选定世界发展的方向。我们重新评价东亚的气论思想，目的就在于此。"气"包含着精神与物质两方面，它不仅调和人类与环境的关系，而且还尽力克服某些民族国家因夸大其优越性而产生的排外倾向。不仅如此，东亚的气论思想还是努力促成人类和解的基本理论依据。可令人遗憾的是，在日本18世纪思想革新的成果中，由于特别推崇并传播本居宣长所鼓吹的各民族国家间应展开竞争的国家理论，力主主体与客体的对等关系乃世界普遍原理的安藤昌益的气论思想几乎遇到抛弃，尽管继承本居宣长的爱国主义对日本的近代化有很大裨益，但现实已到了非克服近代化所滋生的弊端不可的时期，因此，我们只有遵照安藤昌益的理论主张办事，才能彻底结束过去东亚不幸的历史，让韩国与日本一道去选好东亚乃至世界发展的方向，否则只会加剧日本与韩国之间的矛盾冲突。

---

① 安永寿延在《从禅僧到医生，最终创立日本生态学》（《纪念安藤昌益逝世230周年、诞辰290周年国际专题研讨会记录》，农山渔村文化协会，1993年）一文中，否认安藤昌益曾主张过"一元论与二元论是相对立"的，认为安藤昌益持有"生态学意义上的自然观"。这种说法有两点不当之处：一是，历来就有"人与自然应和谐相处"的观点，并已成定论；二是，自从确立了"气既为一，又为二，二者具有'互性'关系"的气一元论思想，就有办法重新验证从前思想的正确与否。

综上所述，我们只有通过比较分析韩国与日本的传统思想，尤其是在"中世纪向近代转换期"思想革新的异同点，才能走出民族优劣论的误区，也才能协力构筑起一种具有指导性的基本理论，以促进东亚乃至全世界学术理论的大发展，为此，我们衷心期望能够实事求是地对待以西方为中心的近代学术理论，从而用具有世界意义的思想来解决目前世界上所发生的各种危机。①

---

① 本文章是笔者的讲演稿(于 1995 年 5 月 23 日在东京大学、同年 6 月 23 日在东北大学)。

后　记

《辨源析流——徐东日教授讲东亚文学关系》，是北京师范大学文学院王向远教授主编的《比较文学与世界文学名家讲堂》丛书中的一部著作。本著书的内容都曾以单篇论文的方式在学术刊物上发表过，其中最早的是撰写于1998年的《论川端式"主客合一"的美学观》，最晚的一篇是2014年完成的《朝鲜朝燕行使臣眼中的中国北方集市形象》，前后时间相距达16年之久。文集中论文的成分较为复杂，其中既有关于"李德懋文学"的论文（10篇），关于"使行录"的论文（10篇），关于中韩日文学比较研究的论文（5篇），关于日本文学的论文（1篇），还有一篇是书评，两篇是论文译著。

　　需要说明的是，因为这些论文原来是在一些学术期刊上持续发表的，各篇之间不免有重复杂沓、撰写格式不一的地方，因此，我在将这些论文编入此书时，尽可能地做了一些修改、调整。

　　在这里，我要特别感谢王向远教授的诚挚约稿，使我有幸参与到"比较文学与世界文学名家讲堂"丛书的编撰工作中，其感激之情无以言表！在本书的编写过程中，我得到了我的博士生张雨雪和她的丈夫刘阳以及我的硕士生黄爱玲的大力帮助，也得到了延边大学中文系的苗苗同学和外语系的刘放同学的不少帮助。在此，我要向这些年轻学生表示感谢！

图书在版编目(CIP)数据

辨源析流 / 徐东日著. —北京：中央编译出版社，2014.9
(比较文学与世界文学名家讲堂 / 王向远主编)
ISBN 978-7-5117-2326-0

Ⅰ.①辨… Ⅱ.①徐… Ⅲ.①比较文学-文学研究-东亚-文集 Ⅳ.①I310.06-53

中国版本图书馆 CIP 数据核字(2014)第 214886 号

辨源析流

出 版 人	: 刘明清
责任编辑	: 邓 彤
责任印制	: 尹 珺
出版发行	: 中央编译出版社
地　　址	: 北京西城区车公庄大街乙 5 号鸿儒大厦 B 座(100044)
电　　话	: (010) 52612345 (总编室)　　(010) 52612352 (编辑室) (010) 52612316 (发行部)　　(010) 52612315 (网络销售) (010) 52612346 (馆配部)　　(010) 66509618 (读者服务部)
传　　真	: (010) 66515838
经　　销	: 全国新华书店
印　　刷	: 北京时捷印刷有限公司
开　　本	: 787 毫米×1092 毫米　1/16
字　　数	: 324 千字
印　　张	: 25.25
版　　次	: 2014 年 9 月第 1 版第 1 次印刷
定　　价	: 68.00 元

网　　址：www.cctphome.com　　邮　箱：cctp@cctphome.com
新浪微博：@中央编译出版社　　　微　信：中央编译出版社(ID:cctphome)

本社常年法律顾问：北京市吴栾赵阎律师事务所律师　闫军　梁勤
凡有印装质量问题，本社负责调换。电话：010-66509618